DANS LA GUERRE

DU MÊME AUTEUR

LE VENTRE DE LA FÉE, Actes Sud, 1993.
L'ÉLÉGANCE DES VEUVES, Actes Sud, 1995 ; Babel n° 280, 1997.
GRÂCE ET DÉNUEMENT, Actes Sud, 1997 ; Babel n° 439, 2000.
LA CONVERSATION AMOUREUSE, Actes Sud, 2000 ; Babel n° 567, 2003.

© ACTES SUD, 2003
ISBN 2-7427-4439-8

ALICE FERNEY

Dans la guerre

ROMAN

un endroit où aller

ACTES SUD

A la mémoire de ceux qui m'ont précédée,
qui ont servi la France,
le colonel Jacques Eugène,
le colonel Paul Brossollet,

A ceux que je précède,
Julie, Alexis et Guillaume Gavriloff.

Parfois, quand je suis seul, j'essaie de revenir en arrière. Mais beaucoup de choses m'échappent, il s'en est trop passé depuis.

ALEXIS TENDIL,
télégraphiste au 7e régiment
du génie d'Avignon.

Entretien avec Jacky Durand
pour *Libération*, 11 novembre 2002.

I

DEUX JOURS D'AOÛT

1

"**P**AR DÉCRET du président de la République, la mobilisation des armées de terre et de mer est ordonnée, ainsi que la réquisition des animaux, voitures et harnais nécessaires au complément de ces armées.

Le premier jour de la mobilisation est le *dimanche 2 août 1914.*

Tout Français soumis aux obligations militaires doit, sous peine d'être puni avec toute la rigueur des lois, obéir aux prescriptions du FASCICULE DE MOBILISATION (pages coloriées placées dans son livret)."

Où l'as-tu mis ce livret ? demanda Félicité. Elle tournait un fricot dans sa cocotte. Je ne savais pas que tu avais un livret. Et continuant de parler toute seule : Et ça dit quoi dans ces pages coloriées ? Le chien Prince se frottait à ses jupes. L'odeur de graisserons

fondus lui flattait l'appétit, pourtant il avait la
queue basse. Félicité le caressa. Il est comme
une âme en peine, dit-elle, il sent bien que
quelque chose ne va pas. Ah ! Dieu que c'est
drôle les bêtes. Il ne faudrait pas les croire
sottes ! Elle savait que, disant cela, elle faisait plaisir à son mari. Et c'était bien ce
qu'elle voulait. Prince ! couché, dit Jules. Il
avait une intonation calme et douce. La fermeté était là-dedans une évidence tranquille. Cette voix portait un commandement
naturel. Une manière de révérence coucha
par terre le grand colley, la tête posée entre
les pattes. Obéir ne tarissait pas son inquiétude, il restait posté dans son attention, sur-
veillant chacun des gestes de l'homme qui
ordonnait. Ses yeux roulaient aussi vers Félicité. Celle qui appartenait au maître lui semblait plus agitée et fiévreuse qu'à l'habitude.
Celui-là, dit Félicité en pointant l'index vers
Prince, il en mourra ; aussi sûr que moi je
t'attendrai, lui se languira. Le chien baissait
ses oreilles, et l'on pouvait penser, le voyant
ainsi faire, qu'il avait tout compris de cette
prédiction funeste. Jules s'agenouilla. Tu as
un cœur trop fidèle ? murmura-t-il en lui
grattant le poitrail. Prince eut un gémissement. Tu es inquiet ! murmura Jules, tendre
et compréhensif. Puis, laissant là l'animal :
Va donc rentrer tes canards, dit-il à sa femme.
Le tocsin lui frappait les nerfs et il expliqua :
Dans ce vacarme, ils prendront peur et s'égail-
leront partout. Félicité quitta la pièce pour
faire ce que demandait son mari. Tu es pâle,

dit Jules en l'attrapant par le bras. Tu te fais des idées, dit-elle. Puis elle avoua : C'est que tu l'es toi-même ! Elle s'efforçait de sourire mais ses yeux brillaient d'un petit plein de larmes. Je suis pâle ? s'étonna-t-il. Seulement au-dehors ! dit-il, feignant de plaisanter. Félicité hocha la tête : dans l'unisson de l'amour, Jules ne pouvait cacher la blessure de son cœur. Il vit bien qu'elle connaissait sa pâleur. Aussi se résolut-il à confier ce qu'il ruminait, grave, pris dans une brusque nostalgie de la vie paisible. Vois-tu, ma douce, certains sont joyeux. Je les ai vus se griser devant l'ordre de mobilisation. Peux-tu le croire ? Ils consentaient. Ils sont prêts pour la revanche. Alors ils s'élanceront, avec leur stupide allégresse. Bel et bien ! fit-il plein d'incompréhension. Les plus jeunes gars, tu penses, ils se croient devenus des hommes. Pauvres gosses ! Et moi au milieu de tout ça ? Moi ! la vie m'a déjà posé. Je ne suis pas assez jeune pour être heureux de partir. Et j'ai à faire ici, tant de besogne qui a besoin de moi. J'ai ce beau morceau de femme. (Il entoura Félicité de ses deux bras.) Et mon garçon au berceau. Et un chien pour marcher dans la forêt. Il énumérait ce qui s'unissait en lui. Félicité cacha son visage dans son tablier. Tais-toi, fit-elle, tais-toi, ne dis rien, ne dis rien. Mais il s'emportait tout seul : Alors voilà qu'on enterre notre vie sans rien nous demander. On sonne ! La guerre ! La guerre ! Aux armes ! Accourez, les gens ! Priez ! Priez pour la paix qu'on assassine. C'est ça les cloches ! Jules

ne parlait plus qu'à son chien. Il entendait
caqueter dans la cour autour de Félicité.
Elle s'était enfuie devant les mots mis sur
les choses. Oui, répéta-t-il, c'est ça les cloches, c'est la fin de tout notre monde. Prince
écoutait cette voix aimée. Quoi de plus
bête et bruyant qu'une cloche qui appelle
les hommes ? lui disait Jules. Moi aussi je
suis inquiet, nous n'y pouvons rien, voilà
notre misère du jour ! Seigneur ! soupira-t-il
en se relevant. Puis il entreprit de trouver son
livret dans le tiroir du vaisselier où il l'avait
rangé.

A toute volée, les cloches frappaient la
campagne béate dans la chaleur d'août. Elles
flagellaient le silence, éclipsaient toutes les
chansons qui le traversent. La forêt crépitait
sous le soleil, une poulie grinçait, un berger
criait, quatre roues de charrette crissaient sur
les graviers, le troupeau des oies promenait
ses cacardements, la jeune mère rabrouait
son enfant, mais les cloches couvraient les
murmures de ce moment… La rumeur travailleuse des outils qui cognent s'était sus-
pendue. Qui s'était imaginé en paix dans la
lande ? Les bergers ? Les bûcherons ? Ils
avaient beau se tenir seuls sous le ciel bleu
qui couvait son orage vespéral, ils ne l'étaient
pas. Une partie de leur vie serait avalée par
une autre. Le tocsin alarmait tous les replis
de la terre. Les tambours des gardes roulaient
sur les chemins. Pas un abri n'était hors de
portée. Le pays était cerné. Les hommes devenaient captifs. Déjà ils n'étaient plus les

mêmes. Ils se cherchaient, attroupés pour marcher vers les villages, à peine moins bruyants que les corniauds en bande qui aboyaient autour des églises. Les hommes avaient besoin de parler, même si cela ne changeait rien à l'histoire. Avaient-ils jamais eu conscience qu'ils ne s'appartenaient pas ? Ils étaient un bien de l'Etat, soumis à son gouvernement. Le découvrir devant une affiche pouvait bien vous mettre la tête à l'envers. Et cependant ils ne faisaient que se répéter, dans l'écho immense que leurs fièvres se donnaient les unes aux autres, et qui faisaient d'eux des pantins agités par les lointains soubresauts de la main toute-puissante : la France. Sapristi de sapristi ! Beaucoup parlaient le patois local et ne lisaient pas le français. Diu vivant ! Oh hilh dou diable ! Ils appelaient Dieu et diable sans même y penser. On voyait leurs bras se lever en l'air, leurs casquettes aller et venir de la tête à la main dans un geste alterné de révolte et de résignation. Cré Diu ! Une fine brise enveloppait leurs palabres. Les nerveux et les silencieux, les joyeux, les contestataires, et ceux qui étaient complètement perdus, ils se poussaient de l'épaule pour lire une fois encore l'affiche, et même, pour certains, regarder de près les cachets des ministres, celui de la Guerre et celui de la Marine. Ils se rassuraient les uns les autres : Qu'anerà viste ! Oui, tout irait très vite ! Sûrs de la France, ils ranimaient l'esprit de vengeance. Au qui l'i faï, faï l'i ! Puis les groupes se

dispersaient, chacun rentrait passer le dernier moment parmi les siens. Un pot aus
mainatges ! Un baiser aux enfants, tous le
feraient. Le soleil avait allumé un jour radieux.
Ce début d'août flamboyant, c'était encore
le plein été. Les cimes répercutaient leurs
craquements. On entendait éclater les pignes
sèches. Sous la toiture des arbres, le tapis
d'aiguilles grillait. Des écureuils se pourchas-
saient sur les grands troncs. Des centaines
d'oiseaux menaient leur train habituel. Au
cœur de la forêt les faons s'émancipaient. On
les surprenait à gambader sans leur mère. De
grosses carpes barbues nageaient à la surface
des étangs. Leurs silhouettes noires glissaient
en bancs dans l'eau verte. C'était peut-être le
plus incroyable pour les gardes champêtres ce
jour-là : que la nature autour d'eux fût semblable à celle qu'ils connaissaient, ignorante et
sourde au message qu'ils s'en allaient porter,
des mots qu'ils n'avaient jamais prononcés et
qu'ils ne liraient pas deux fois, parce qu'il fallait compter avec ce qu'il adviendrait d'eux
tous. Le dais parfait du ciel couvrant l'alternance de forêt et de champs de maïs allait un
peu plus loin jusqu'à la côte offrir sa profondeur au bleu de l'océan. L'immense plage était
rendue au seul grondement des vagues. L'insolente liberté de la nature, son indépendance
radicale, chaque nuage d'écume en était la
tourbillonnante expression, qui démentait le
pacte que l'homme essayait de passer avec
le monde. La guerre ne concernait-elle vraiment que les hommes ? pensait Jules.

Que se passera-t-il ? dit Félicité revenue
dans la cuisine. Elle se lava les mains avec
un gros morceau de savon brun, puis s'essuya
dans son tablier, regardant son mari dont
elle attendait une réponse. Comme elle l'aimait à cet instant ! Non pas qu'elle ne l'eût pas
su jusqu'à ce jour, mais elle en prenait la parfaite mesure rien qu'à le savoir sur le départ.
Allait-il vraiment partir ? Qui avait le pouvoir
de lui retirer cet amour ? s'étonnait-elle. Que
se passera-t-il ? répéta Félicité ; sa voix trahis-
sait une grandissante angoisse. Tu ne dis
plus rien ? dit-elle à son mari, tendre malgré
le sentiment d'égarement, songeant à ce mauvais jour avec une incrédulité de femme
vivante. Jules réfléchissait, tripotant son livret
(qu'il avait trouvé dans le tiroir sous les belles
piles de linge que faisait Félicité). Il n'avait
jamais qu'imaginé la guerre et n'aurait su faire
davantage ce jour-là. Mais puisqu'il était un
homme, il lui vint l'idée de la résumer de
cette façon : les hommes partiront et tous ne
reviendront pas. C'était dire l'essentiel. Sans
prendre garde à son épouse, il assimilait tout
de go la guerre à la mort. Félicité se mit à
pleurer. Elle avait toujours été très émotive.
Elle faisait pourtant des efforts ! D'ailleurs
elle sécha vite ses larmes avec le bas de son
tablier. Alors toi, dit-elle reprenant du poil,
tu dois promettre de revenir. Si je peux, tu
te doutes bien…, dit-il. Mais elle avait justement l'air de douter. Ne fais pas plus qu'il
faut, dit-elle. Promets-moi que tu n'essaieras
pas d'être un héros. Jure ! dit-elle. J'essaierai

pas, murmura Jules. Mais c'était beaucoup demander. Qui voudrait partir pour n'être que l'ombre d'un combattant ? Quel homme serait-il là-bas dans l'épreuve ? Jules pensait avec raison qu'il l'ignorait. Et il pouvait même sentir en lui la peur de sa peur. Les exhortations de sa femme à la prudence réveillaient en lui cette hantise : découvrir le flanchard qu'on est. Jules Chabredoux est un poltron. Oh ! les gars ! regardez le poltron qui fait dans son froc ! Jules frémissait à l'idée qu'une telle scène pût se produire. Comment ça fait le moment de la bataille ? demandait Félicité. Elle voulait savoir ce qu'allaient vivre les soldats. Au moins être capable de se représenter quelque chose. Est-ce qu'on réfléchit parfois à ce que c'est d'attendre sans rien comprendre ? dit-elle à son mari. Et comme il ne répondait pas, elle dit : Tu as déjà d'autres choses à penser ! Dieu, les femmes, comme on est seules ! Jules serra son épouse dans ses bras. Il entrevoyait la difficulté de rester hors de l'action. Mais que fallait-il souhaiter aux femmes ? Si leurs yeux voyaient la guerre, pensait-il, que feraient-elles ? Est-ce qu'elles ne tourneraient pas folles ?! J'ai pas déjà commencé de t'attendre et vois comme je suis ! dit Félicité. Elle riait de se sentir si pleurnicharde. Ça va aller maintenant, dit-elle. Elle passa sa main sur la joue de son mari. Tu es si calme ! Elle l'avait toujours admiré pour ce tempérament qu'il avait. Silencieux. A l'écoute du monde, ouvert comme une fenêtre à toutes ses beautés. A côté de cette présence épanouie qu'il était, elle se sentait une servante qui se débat ! Une femme, prise dans la réalisation des choses, emportée dans les tâches qui reviennent et qui valent si peu... Quand elle le lui disait, je ne te mérite pas, tu es si sage, il tombait d'étonnement : c'était elle la fée qui enchantait le monde, qui donnait à chaque jour sa lumière et son pain. Dans les couples qui s'aiment, chaque époux s'émerveille ainsi de ce que réussit l'autre. Comment fais-tu pour rester calme ? répéta Félicité. Ce fut le moment que choisit sa belle-mère pour redescendre du verger. Son deuxième fils, Petit-Louis, l'accompagnait. Il portait le panier comme l'aurait fait un galant. A dix-sept ans, frêle et réservé, il n'avait pas encore l'audace d'exister devant sa mère. Julia l'asservissait volontiers. Comment je vais faire sans toi ? demandait piteusement Félicité à son mari. Mais Jules n'eut pas le temps de dire un mot. Tu feras comme les autres ! lançait déjà sa mère qui avait l'ouïe fine. Tu pleureras pas longtemps le soir dans ton lit parce que tu tomberas comme un mort. Tu auras jamais tant travaillé ! Y aura plus d'homme à commander ! Et tu seras toujours moins à plaindre que nos gars ! Faites voir les prunes, dit Jules à sa mère pour interrompre cette diatribe. Elles sont pleines de vers, dit-elle. Et elle en donna une à manger au chien qui lui faisait fête. Petit-Louis tenait le panier haut, Jules retournait sa main dans les prunes. Oui, fit Julia en regardant sa bru, c'est ça la

guerre pour les épouses : être à la maison à
la fois un homme et une femme, le père et la
mère.

2

Le chien Prince n'avait pas ses trois ans. Mais
il avait tant écouté son maître qu'il n'était
déjà plus un écervelé de jeune chien. La
sagesse s'était imprimée en lui, exaltée même
par la gaieté simple propre à sa race. Jules
n'en était pas étonné. Il ne cessait pas de parler aux bêtes. Elles étaient peut-être muettes
mais sûrement pas sourdes, disait-il à ceux
qui se moquaient. Il avait toujours cru aux
pouvoirs secrets des mots. La parole transformait le monde. Un arbrisseau grandissait
mieux si on venait le voir, le toucher, et lui
causer. Jules l'avait vu de ses propres yeux :
un arbre privé d'eau qui entendait et faisait un
effort pour lancer ses pousses et ses racines.
Oui, c'était cela qui se passait autour de
l'homme : quelque chose se trouvait dit et
plus personne n'était jamais pareil. L'homme
était le responsable de la parole. Voilà pourquoi il fallait prendre garde à bien parler,
pensait Jules. Le silence des bêtes lui semblait une promesse. N'avaient-elles pas été
créées pour entendre, aux aguets des bruits
du monde ? Elles savaient par nature se taire
et écouter, ce qui n'était justement pas le cas

des hommes. Auprès de ses congénères, Jules devenait moins causant. En somme, il parlait à ceux qui écoutaient et écoutait ceux qui parlaient. Quand ses parents le surnommèrent "le bête", il n'avait pas atteint l'âge de raison. Déjà il commandait ses sœurs sans élever la voix, calmait les oies et les chiens quand venait un visiteur, propriétaire attentif d'un monde naturel dont il éprouvait, dans son impétuosité enfantine, toute la perfection. Sa mère observait ce manège de paroles déplacées, un brin fascinée par ce petit-là, et emportée par la colère s'il ne répondait pas à ses questions. Oui il avait assez mangé, non il n'avait pas mal au ventre, oui il resterait tranquille à l'école, évidemment qu'il écoutait le maître. Parler au chien et ne pas dire à sa mère ! s'écriait Julia, empoignant son fils pour lui arracher les mots de la bouche. Mais au fond d'elle-même elle exultait : ce garçon était taillé pour la ferme.

Cette connivence de Jules avec les animaux était un don, mais il avait modelé peu à peu l'harmonie de ses tonalités. Il avait affermi en lui ses manifestations. Là où Jules était né, la chaleur du corps des bêtes était accessible à chaque instant d'un jour. Depuis sa première enfance, les sensations vitales mêlaient pour lui l'humain et l'animal : douceur et rugosité des toisons, souffle chaud des chevaux, dureté dangereuse des sabots, humidité des museaux, seins moelleux de sa mère, grandes mains rêches de son père, cacardement des oies… L'homme ne régnait

pas sur les bêtes, il partageait le monde avec
elles. Jules était l'incarnation de ce lien ancestral. Pétri par la nature, enchanté dans sa
splendeur bruissante, grandi et gaillard grâce
à elle, il faisait aux animaux la grâce de son
humanité. Il murmurait de petites flatteries à
l'oreille des vaches, sifflotait des chansons
aux veaux sous leurs mères et parlait aux
taureaux comme à des hommes. Mais c'était
à son chien qu'il racontait la vie : il lui en
faisait l'explication et le commentaire. Il s'en
émerveillait à voix haute : comme la terre
valait d'être vue et chaque jour d'être vécu !
Comme un chien avait raison d'aimer folâ-
trer ! L'océan tonitruant, la bande claire du
sable à perte de vue, l'air chaud à vous couper le souffle, la lande semée de tintements,
cette maestria du monde était le don de Dieu
à tous les yeux capables d'admirer. Regarde !
disait le maître à son chien. Jules était de ces
hommes éblouis qui aiment la vie jusque
chez les bêtes.

Un animal ainsi construit par la voix d'un
homme était exceptionnel, car les hommes
ne s'appesantissent pas sur les intelligences
muettes. Prince avait sculpté son être silencieux autour de la parole du maître. Il en
comprenait le sens et les nuances, la lettre
et l'esprit, les causes et les suites. Et puisqu'il
retenait fort bien ce qu'il avait compris une
fois, il se trouvait capable de prévoir les conséquences de ses actes. Auprès d'un maître
ordinaire, la quête d'un plaisir aurait pu l'ame-
ner parfois à désobéir. Et il en aurait supporté

le châtiment logique. N'étant pas dépourvu lui-même de désirs et d'appétits, plaire ou mécontenter aurait été pour lui un arbitrage. Mais il voulait par-dessus tout satisfaire Jules, et il agissait comme s'il avait conscience de ce qui était bon ou mauvais. On a tort de croire les bêtes sans discernement. C'est plutôt qu'elles ont rarement la chance de dépasser les rudiments de l'éducation.

Mais serait-il juste d'attendre de celui qu'on éduque les vertus que l'on ne possède pas soi-même ? Jules était un éducateur parfait parce qu'il était un homme de bien. Sa communion avec le monde naturel avait haussé en lui le sens de l'humanité : sous les yeux des bêtes, les hommes se devaient de donner la meilleure image d'eux-mêmes. Voilà ce que Jules pensait. Les bêtes n'étaient-elles pas devenues muettes devant le spectacle que nous leur offrions ? Oui, se disait-il parfois, elles avaient peut-être été saisies d'horreur, de honte, ou de crainte. Il n'avait pas oublié son catéchisme. Dieu créa les grands poissons et les oiseaux ailés, le bétail, les reptiles et les animaux terrestres. Et si le serpent avait parlé à Eve, c'était bien qu'avant le premier péché, les animaux articulaient un langage compréhensible à toutes les créatures divines. Jules voulait être digne de ces silences qui de partout l'épiaient. Prince avait donc découvert le monde auprès d'un homme qui cherchait la plus belle manière de se tenir dans la vie. Il s'était civilisé selon les meilleures

consignes humaines : la parole plutôt que
la violence, l'émerveillement et la gratitude
devant la vie, la justice et l'équité plutôt que
l'exercice de la force, la vertu en chaque
action et, mieux encore, l'amour du prochain.
On aura compris que Jules était un pur produit de la terre, de l'école et de l'Eglise : il
était ingénieux et travailleur, parlait le français et respectait les livres, aimait Dieu et sa
famille sans se payer de mots. Si sa mère
n'avait pas fait semblant d'en mourir, Jules
aurait été instituteur. Au lieu de cela il était
devenu le maître de ses terres et sa mère
avait par cet enchantement recouvré toute
sa santé. La mère aimait la terre plus que sa
vie, voilà ce que Jules avait conclu de l'aventure qui l'avait orienté. Prince quant à lui
aimait ce maître avec passion et aveuglement.
Il étendait cet amour à tout ce qui plaisait au
maître. Ainsi en allait-il de Félicité et de Julia.
Et plus tard du bébé Antoine qui naquit l'été
de 1912.

Un dressage si insistant n'avait pas tué
l'instinct de Prince. Sans doute l'instinct ne
peut-il qu'être apetissé, ou masqué. Il peut
aussi être haussé dans le déploiement complet des dons naturels à qui le maître trouve
une utilité. L'éducation digne de ce nom atté-
nue les bêtises nées de la spontanéité, elle
police les formes primaires de l'agressivité,
elle n'est pas un outrage fait à la nature. Plutôt un hommage. Ainsi Prince surpassait-il
son maître dans les domaines où la création
l'avait comblé. Son ouïe était fine et sa vue

excellente. Son odorat lui ouvrait cette vie
secrète des bêtes dont les hommes sont pri-
vés. Il n'avait perdu aucune des qualités de
sa race. Courageux et rapide, fort et vif, par
nature prudent et modéré, il se montrait
capable d'attraper une volaille fuyarde dans
sa gueule sans oublier qu'il était interdit de
la blesser. Prince se révélait à la fois doué et
éduqué. Jules n'avait le plus souvent qu'à le
féliciter. Il le faisait avec la fierté d'un dresseur. Le chien se mettait alors debout sur ses
pattes arrière et venait appuyer son museau
dans le cou de Jules. De ses ancêtres écossais
qui ont modelé la belle famille des colleys, il
avait conservé la grande stature. Il était très
haut sur pattes et sa démarche dansante surprenait chez un chien. On le trouvait presque
trop élégant.

Aussi loin que remontaient les souvenirs
de Jules, il y avait eu un chien dans sa vie,
mais Prince était le plus beau qu'il eût jamais
possédé. Il se l'était spontanément collé aux
talons, car la beauté et la grâce sont des
compagnes qui agrémentent la vie, et Prince
possédait ces deux qualités. Son pelage
clair, abondant et comme naturellement peigné, sa jolie tête longue, une humanité de
son regard, sa stature et sa souplesse, tout
en lui concourait à l'harmonie des lignes et
des mouvements. Aucun sang étranger n'avait
abâtardi cet ensemble. Des chiens colleys, il
avait l'intelligence et la douceur. Il en faisait
don à la famille du maître, membre à part
entière de cette constellation amoureuse,

résolu à y tenir sa place. Son silence était
moins inscrutable que bien des bavardages.
Ses yeux, ses oreilles, la posture de son corps,
ses jappements et couinements donnaient à
Jules toutes les réponses. Prince était le
compagnon le plus délicat qu'on pût imaginer. Il n'était jamais lassé de l'autre. Mieux,
il en avait une curiosité joyeuse. Puisque
son intuition l'amenait à devancer l'expression des choses, il se montrait plus subtil
que beaucoup d'hommes. Jules admirait qu'il
eût ce talent. Recevoir de Prince, comme de
Félicité ou d'Antoine, plus qu'il n'en avait
attendu était un plaisir que personne ne lui
offrait si souvent. Au point que Jules se
demandait si les hommes entre eux n'attendaient tout simplement pas trop les uns des
autres.

Jules et Prince formaient un couple. Dans
le cœur du maître se nouaient deux liens,
ces deux épanouissements du monde, celui
que les hommes tissent avec les femmes,
celui qu'ils instaurent avec les bêtes. L'équilibre de leur échange s'ordonnait dans le
travail et dans l'amour, mystérieusement,
créant d'irrémédiables dépendances que la
guerre venait souligner : privé de Jules, Prince
mourrait, tandis que Félicité vivrait, elle l'avait
dit. En faisant naître en lui un grand sentiment, Jules avait donné à Prince une vie qui
ne savait plus se passer des hommes. Il n'y
a pas de chien sans maître. Jules était de
surcroît une autorité vénérée. La guerre et la
chance n'allaient pas tarder à lui faire connaître

qu'il avait l'étoffe naturelle de ceux qu'on
appelle les maîtres-chiens.

3

Dans le champ où dormaient les taureaux
blancs, comme des rochers laiteux dans
l'herbe, Jules parla à Prince. Il lui parla de la
guerre. C'était aussi converser avec lui-même,
faire aller sa pensée autour de ce bascule-
ment soudain qui venait bouleverser sa vie.
Etait-il d'ailleurs si soudain, ce grand coup
de tonnerre ? songeait Jules. Le cliquetis des
armes avait commencé de se faire entendre
en Europe depuis le début de l'été. Ne l'avait-
il pas compris ? Avaient-ils tous cru que le
pays des Landes était loin et protégé du
monde ? Lorsque l'avenir s'assombrit, nous
fermons les yeux, pensait le Landais, mais
nos yeux clos n'ont pas le pouvoir de changer l'avenir. Fallait-il regretter de n'avoir pas
voulu voir ? Fallait-il déplorer que la terre
qu'il foulait appartînt au monde qui s'élançait dans la bataille ?

C'est un empereur qui veut la guerre, disait
Jules à son chien. Nous n'y pouvons rien toi
et moi. Les yeux de Prince étaient lourds de
tristesse parce que ceux de Jules en étaient
pleins. L'inquiétude donnait à l'animal des
tressaillements que seule l'attention prêtée
aux paroles humaines contribuait à contenir.

Prince tremblait dans la prescience d'un départ
imminent. Lorsque son maître l'entraînait à
part pour lui parler, c'était le signe de l'abandon. Il y aurait un départ. Le chien était certain de cela. Mais pour l'instant Jules parlait.
Sa voix hypnotisait le grand colley. Tu ne
sais rien de la guerre, disait Jules, et moi je
ne fais que la deviner, ou l'imaginer. Et sûrement ce que je vais trouver ne va pas ressembler à mon idée. Il s'interrompit, cessa
de marcher en rond, et s'assit sur un petit
rocher à fleur de terre. Ses mains qu'il serrait
dans son dos échappèrent à son anxiété,
comme deux feuilles envolées se posèrent,
une sur chaque genou. Aussitôt le chien vint
cacher sa tête pointue entre les cuisses de
l'homme. Ce contact ramenait Jules au cœur
de sa propre chair. Son corps pouvait être
blessé, il pouvait être anéanti. N'était-ce pas
la seule chose à savoir de la guerre ? C'est
ça, dit Jules à son chien. Il se comprenait.
Puis s'expliqua : La guerre, c'est ce chaud qui
devient froid. Je ne veux pas faire comme
les autres, vois-tu, je veux m'avouer aujour-
d'hui que la guerre tue en masse. Elle prend
un homme vivant, bien chaud et bien mobile,
debout sur ses jambes. Elle fait monter en
lui l'affreux désir de tuer. Elle n'a plus qu'à
faire crier les deux mots magiques. En avant !
Et elle le jette contre le même affreux désir,
un maléfice, une muraille résistante, un crépitement embusqué. Alors elle trouve son
résultat : des hommes morts, étendus par terre,
immobiles avant leur heure, froids comme

la nuit du monde. Jules posa son visage contre le beau poil clair. En même temps, il passait et repassait une main sous le ventre du chien. Je te dis des choses qu'on ne veut pas penser, dit Jules, mais je te dis la vérité. Il soupira. A toi, je peux ne pas mentir. Jamais je ne répéterais à Félicité ce que je viens de t'expliquer. C'est comme ça, pensa-t-il, à ceux qui importent trop, on doit mentir un peu. Le chien ronronnait doucement. Puis, comme le maître ne disait plus rien, il se mit à gémir. On aurait dit qu'il avait des larmes. Jules lui dit : Etre un prince, c'est se tenir au-dessus de la mêlée. Et surtout, ne pas y précipiter ceux qui sont assez stupides pour être prêts à y foncer. Chacun de nous en est capable. Hélas ! fit-il, même les empereurs ont oublié ce qui ferait leur grandeur.

Es-tu mon Prince ? demanda Jules à son chien, et il étendit devant lui sa main ouverte. Le chien vint aussitôt glisser sa tête sous la paume en signe d'allégeance totale. Alors je te confie ma famille, dit Jules. Il avait cent fois demandé ce service à son chien. Mais pour cette fois, l'animal secouait la tête. Tout comme les très jeunes enfants le réussissent en premier, il savait exprimer son déplaisir. Aussi incroyable que cela pût paraître, il refusait. Il ne voulait pas laisser le maître. Félicité avait deviné juste. On devra l'enfermer, avait-elle dit. Sans quoi c'est sûr qu'il partira avec toi. C'est sûr… Elle n'avait plus que ces mots à la bouche. Elle était tout à coup sûre de tout. L'angoisse cristallisait

sa réflexion. Mais cela ne voulait pas dire
que ses idées étaient fausses, pensait Jules,
qui réfléchissait à ce qu'il ferait de son
chien.

Pendant que Jules parlait à Prince, Félicité
avait mené le cheval Colbert à la réquisition.
Il avait le sexe, l'âge et la santé qui conve-
naient. La guerre buvait à toutes les sources
de la vie. On aurait dit qu'elle voulait les
tarir. On pouvait deviner qu'elle en tirerait sa
violence et son ampleur, mais il fallait pour
cela trouver le courage d'affronter cette perspective. Personne n'y songeait. Chacun imaginait la guerre non pas telle qu'elle serait
ou risquait d'être, mais comme celui-là, ou
cet autre-là, avait envie qu'elle fût. Victorieuse, rapide et flamboyante, moins meurtrière que glorieuse. On aurait pu entendre
ces mots dans toutes les bouches si elles
n'avaient cru inutile de clamer des évidences.
La victoire rapide logeait dans les têtes. Et la
guerre, quant à elle, suivait ce cours cruel.
Depuis sa déclaration jusqu'à son achève-
ment elle échapperait à ceux qui la feraient.
Mais tous mourraient pour elle : soldats tués,
civils désespérés, animaux enrôlés ou cuisi-
nés...

Par milliers tirés des écuries et des champs,
les chevaux étaient saisis. Pour démentir l'idée
qu'ils n'en reviendraient pas, on leur peignait au balai un matricule, de sorte à pouvoir à la fois les incorporer et les rendre plus
tard à leur propriétaire. La place de l'église
résonnait du bruit de leurs sabots. Leurs

hennissements s'emmêlaient aux appels des
vétérinaires en blouse et aux injonctions des
valets d'écurie suspendus aux longes. Ce
monde-là connaissait les bêtes et les choses
allaient bon train. Tout ce qui marchait était
pris dans la guerre. Les mulets, les ânes, les
chevaux, les masses musclées de cette chair
vivante et chaude, de n'importe quel poil,
marcheraient bientôt sous la mitraille. Ce qui
séparait ceux-là des hommes, c'était qu'ils n'en
savaient rien. Ou bien était-ce que seuls les
hommes, qui n'avaient ni crocs pour mordre,
ni sabots pour ruer, avaient su concevoir des
armes plus puissantes que les crocs et les
sabots ? Quand l'homme imite la nature, c'est
étrange comme il sait à la fois la surpasser
et la détruire.

Lorsque Félicité revint du village, ses larmes
étaient taries. Elle n'avait fait que pleurer, à
l'aller comme au retour. Partie à cheval et
revenue à pied, elle pensait que c'était trop
donner, le mari et le cheval. Elle avait de
l'amour pour les deux. Elle aurait tout livré
pour garder Jules. Mais elle savait ce qu'elle
devait au cheval. Qui travaillera maintenant ?
pensait Félicité. La colère en elle le dispu-
tait à l'abattement. Elle devinait trop claire-
ment quels soucis s'approchaient. Les champs
aussi allaient pleurer ! Il fallait bien que
quelqu'un restât ! La guerre ! La guerre !
Tous n'avaient plus que ce mot à la bouche.
C'était à se demander de quoi ils avaient su
parler autrefois. Et cependant la vie continuait, et il fallait vivre ! pensait Félicité. Elle

sentait que tout le monde l'oubliait. Et pourtant ! Il n'y avait pas que la guerre. Il fallait
se le rappeler. On déjeunerait et on dînerait
le soir, il faudrait encore ravauder le vieux
linge, et traire, et bêcher, moissonner, gaver...
Et les femmes seules, mais enfin que feraient-
elles avec tant de travail ? Félicité pleurait de
se le demander et de se sentir incapable. Ce
monde était trop grand pour elle, qui pouvait contenir à la fois la guerre et l'ordinaire
course des jours... Maintenant elle était plus
fatiguée de pleurer que de marcher. Car on
peut être fatigué de pleurer. Les yeux sont
rouges et battus, comme s'ils avaient une
mémoire, comme si les larmes les déchiraient
pour longtemps. Et l'on peut se remettre à
pleurer simplement de sentir ces yeux blessés qu'on a et de reconnaître en eux son
chagrin. Ceux de Félicité étaient épouvantés
et las. Elle avait lu et relu l'ordre de mobilisation. Elle devait avoir l'air d'une folle hébétée puisqu'on était venu lui proposer de la
raccompagner chez elle. Un monsieur en
redingote, qu'elle n'avait jamais vu par ici.
Tout va bien, madame ? avait-il demandé.
Elle était seule et perdue comme on peut
l'être quand des mots nous blessent au cœur.
Madame, puis-je me permettre... ? Voilà que
l'importun attentionné la prenait par le bras.
Elle se retira sans violence. Est-ce que ça
pouvait aller un jour pareil ? Cet homme
était encore plus fou qu'elle. Un émissaire du
gouvernement sûrement. Elle restait plantée
devant l'affiche. Elle n'en croyait pas ses yeux.

Rien qu'un papier avec des mots. Et cela parlait déjà de la rigueur de la loi. Au cas où l'on penserait à continuer de vivre sa vie comme si de rien n'était. Jules avait donc raison, les mots transformaient le monde. Et lorsque l'on n'était pas de ceux qui les prononcent, on pouvait se préparer à les subir.

Félicité arriva à l'endroit où le chemin redescend vers la ferme. Dans ce creux de la campagne était posée la maison de Julia. Félicité s'arrêta pour la regarder, dans son décor. Car ce logis bien clos que l'on voit du dehors ne ressemble pas forcément à celui que l'on habite. Chaque fois qu'elle revenait du village, Félicité s'arrêtait de cette manière. Il est bon de profiter du recul qu'offre la distance : voir sa vie de loin était pour Félicité le moyen d'en capter la nature essentielle. De cette manière elle n'oubliait jamais qu'elle habitait la maison de sa belle-mère. Prince, Jules, Antoine étaient nés dans ces murs, juste au bas de la colline, sur la gauche de la route, avant le grand tournant qu'elle fait pour rejoindre la plus proche métairie. Mais elle, Félicité, était venue vivre avec son mari. Ils avaient attendu longtemps le mariage. Julia, née Beliatz, voulait peut-être garder son fils. Julia était une femme dure que le chagrin n'avait pas attendrie. Le Seigneur Dieu lui avait pris ses deux filles sans lui en donner d'autres. Elle en avait voulu à Félicité d'arriver, avec ses jupes et sa beauté mais pas le sang des Beliatz. Alors elle avait mis à l'épreuve l'amour de Jules pour cette fille

qui venait de la côte. Les gens de la terre et
ceux de la mer, ils sont pas faits pour s'entendre, répétait Julia. Tu le regretteras, mon
fils, de marier une fille de marin. Mais Jules
n'avait pas regretté, pensa Félicité. Elle était
sûre de cela aussi. Un sourire triste étira sa
bouche mince. Comme Julia était présente !
Félicité avait le sentiment que la mort de
Julia la séparerait à jamais d'un temps où
l'on décidait pour elle. Ce sentiment s'était
développé depuis la naissance d'Antoine. Et
parfois elle reprochait à son mari d'être trop
préoccupé par ce que pensait sa mère. C'est
la terre qui veut ça ! disait Jules, pragmatique.
Il lui faut les bras d'un homme, on ne peut
pas la partager et on ne peut l'abandonner…,
murmurait-il. On aurait dit qu'il parlait d'une
femme aimée. D'ailleurs, quand il pensait
ainsi, Félicité éprouvait une jalousie singulière. Elle sentait qu'elle ne le comprenait pas.
Peut-être même l'enviait-elle. Pareil attachement ! Elle n'en connaissait pas d'autre que
celui qu'elle avait pour son fils et son mari.
Ses canards, elle les tuait, comment aurait-
elle pu les aimer ? Tandis que Jules aimait la
ferme. Terre, arbres et animaux, et harasse-
ment d'être courbé pour les servir, étaient sa
vie. Ils en étaient devenus la substance même
le jour où, renonçant à la carrière d'instituteur qui s'ouvrait, à l'école, aux enfants et au
prestige, délaissant le travail intellectuel, il
avait acquiescé une fois encore au désir de
Julia : il avait repris les outils et s'était penché
non plus sur les livres mais sur les champs.

Avait-il étudié pour rien ? déplorait Félicité.
Non ! avait dit M. le curé, ce que Jules avait
appris ferait toujours partie de lui-même.
Il était un autre homme du fait de ce qu'il
savait. Contre cela, Julia ne pouvait rien !
Du petit Jules, qui était un de ces enfants ma-
giciens, on disait alors : Jésus Marie ! cette
tête ! tout y entre ! Quand Dieu a mis tant
d'intelligence dans un garçon, ses parents
ont un devoir, avaient dit le curé et l'instituteur à la Landaise. Elle avait bien dû s'incli-
ner et le leur laisser pour un temps. Jules
apprenait sans souffrir. Il mangeait la gram-
maire et le vocabulaire, l'arithmétique et la
géométrie, sans bouderie. Julia ne félicitait
personne ct surtout pas ce fils : elle n'en
réclamait pas tant et ne voulait que des bras
solides. Le maître laissait grandir ses espoirs
en cet élève. Jules continuait de dévorer, sa
mémoire avait toujours faim. Et le soir il courait avec le chien dans les odeurs de résine.
Mais voilà, elle était rusée la Julia ! et son fils
l'aimait ! Alors elle l'avait repris. Du moins
n'étaient-ils plus métayers, pensa Félicité, et
cela, c'était à elle, la fille de marin, qu'ils le
devaient, ces Chabredoux. Jules avait acheté
la terre qu'il aimait, sur le conseil vigoureux
de sa femme. Et la vieille qui ne jouait alors
qu'à contredire sa belle-fille avait tout de
même fini par comprendre. Voilà le monde
possédé et soigné qu'il allait quitter maintenant. C'était un abandon, les choses autant
que les êtres avaient besoin de lui. Il lui faudrait faire le deuil de la terre !

Justement Julia semblait attendre sa belle-
fille. Elle était assise à la porte de sa maison,
sur le banc de pierre qui figurait pour elle le
droit et le courage de sa race. Même lorsque
le mari était encore de ce monde, elle avait
été seule avec Jules à s'asseoir sur ce banc.
Cinq ans plus tôt, lorsque Félicité était arrivée avec son trousseau brodé, Julia l'avait
menée là devant cet endroit. Félicité ne
comprenait pas. Poliment elle attendait que
sa belle-mère dît ce qu'elle avait à dire.
Caressant la surface légèrement creusée de
la pierre, avec une volupté hallucinée, Julia
s'était expliquée : Là-dessus, c'est la trace de
ma fatigue, de celle de mon père, et de celle
du père de mon père. Je peux connaître à
cette usure le travail et le repos des Beliatz !
Alors, fit-elle, je mourrai dans cette maison.
C'était sa manière de dire à la femme de son
fils que la vieille mère ne laisserait pas sa
place. Félicité n'avait d'abord rien répondu.
Que dire en vérité ? Puis elle avait trouvé à
gentiment commenter : C'est beau ! Elle voulait parler de la continuité, de la transmis-
sion, de l'éternité de la terre qui passe de cœur
en cœur… La vieille avait haussé les épaules : Viens, je vais te montrer ta chambre !
    On doit faire le portrait de Julia car il est
le plus éloquent : à partir d'un certain âge,
on dirait que le visage (le corps entier parfois) se mêle de dire qui est là-dedans, quelle
personne habite cette chair. Julia avait à ce
moment de sa vie une figure osseuse, tout
en angles et en pointes, sans mollesse aucune,

sans douceur, comme était son caractère.
Elle pesait à peine trente-sept kilos, consu-
mant le gras comme une lampe, et sa petite
taille se faisait oublier tant était grande son
autorité. Il n'y avait pas jusqu'au maire qui
ne se souvînt, enfant, d'avoir eu peur de la
Julia, alors qu'elle n'était qu'une fillette un
peu plus jeune que lui ! Elle avait toujours
fait ce qu'elle voulait de son monde. Avec la
vie qui marche sur toutes les jeunesses, ses
yeux s'étaient amenuisés jusqu'à n'être plus
que deux fentes sur un bleu délavé. La
pierre pâle des iris s'enfouissait sous les paupières tombantes. A-t-on besoin de regarder
le monde quand il vous obéit ? Sa bouche
était minuscule, une autre fente en retrait
dans le menton qui avançait. Ses cheveux
gris étaient épais comme du crin de cheval,
de très beaux cheveux qu'elle attachait et
plaquait derrière ses oreilles, sans fioritures,
séparés par une simple raie au milieu. Julia
Chabredoux ne faisait pas de manières. On
le savait. Elle disait trop volontiers ce qu'elle
pensait de tout, les affaires, la famille, les
autres, et surtout si c'était du mécontentement qui l'emplissait. Elle n'avait guère de
tendresse pour personne. En avait-elle eu
pour son mari ? On n'en disait mot. Il était
mort le brave homme, et on ne parle pas des
morts. Paix à son âme. Il avait été capable
de l'épouser, la diablesse ! Et de lui faire
quatre enfants. Ça devait être qu'il l'aimait
assez ! disaient les vieux en rigolant. Mais ça
ne voulait pas dire qu'elle avait su l'aimer.

Le mois suivant le veuvage de Julia, bien
avant le mariage de Jules, avait été plein de
murmures. La pauvre ! soufflait-on, son mari
est mort. Mais très vite, voilà que l'on hochait
la tête, l'air d'aller s'approcher de la vérité.
Dempuish et tut escarrabelhat ! Le mot de
patois était bien sémillant pour signifier que
depuis ce deuil, Julia était toute ragaillardie.
   Te voilà ! dit Julia à Félicité. La vieille dévi-
sageait sa belle-fille. Tu as pleuré ! lui dit-
elle, et c'était un reproche. Félicité baissa ses
yeux battus tandis que ses joues prenaient
le rouge de sa timidité. Julia lui donnait
même honte de sa tristesse un jour comme
celui-ci ! Derrière ses paupières mi-closes, la
vieille paysanne observait une fois de plus
celle que son fils avait choisie. Comment se
faisait-il ? Ne dit-on pas que les fils sont
amoureux de leur mère ? Celle-là ne lui ressemblait pas ! Qui cachait sa détermination
derrière un sourire de sainte nitouche ! Gentille ma bru ? répondait Julia à ceux qui lui
en faisaient naïvement compliment. Oui oui
très ! confirmait-elle, mais pensant rageuse-
ment : Gentille ! Il fallait le dire vite ! Pas
une trace d'hypocrisie ne venait pourtant
tacher la belle âme de Félicité. Il arrivait à
Julia d'être injuste. Ou simplement de ne
pas voir chez les autres les qualités dont
elle-même était dépourvue. Félicité était une
sacrée femme que l'amour avait révélée :
sérieuse et travailleuse, amoureuse et maternelle. Il ne lui manquait rien. Mais tout le
charme qu'elle avait sans le chercher, ses

belles boucles brunes sous le chapeau, le
moelleux de sa jeunesse, ce qui avait séduit
le fils en somme, ne faisait qu'agacer la mère.
Julia ne le lui pardonnait pas. Coèca ! Coèca !
marmonnait la vieille, dans ce patois que
Félicité ne comprenait pas. Félicité continuait de sourire. Au lieu de la trouver gracieuse, Julia la jugeait maniérée : coèca !

Qu'as-tu fait tout ce temps ? demanda
Julia. J'ai mené le cheval, dit Félicité. Et ensuite ? demanda la vieille, suspicieuse comme
pour un jeu qui n'amusait qu'elle-même. Je
suis rentrée, dit la jeune femme, il y avait
bien de l'agitation là-bas. Comme vous pouvez le deviner, dit-elle à sa belle-mère. Lui
faudrait-il donc toujours se justifier de ce
qu'elle faisait ? Voilà bien l'heure de nos gars
qui a sonné, dit Julia. Et Félicité se demandait si Julia voulait parler de l'heure du départ
ou de la dernière heure. Elle ne savait que
répondre. Y avait-il d'ailleurs à répondre ?
Julia ne la regardait même plus. Oh ! comme
il est difficile de se tenir devant quelqu'un
qui ne vous apprécie pas, pensait Félicité.
Elle s'en voulait de n'avoir pas su conquérir
Julia, elle se sentait toute gourde. Que voulez-vous que je… ? commença Félicité. Mais
Jules venait vers elle, ses yeux bleus sou-
riaient, il portait leur garçon pour le lui confier, elle s'arrêta de parler. Jules glissa sa
main libre autour de la taille de sa femme.
Vigoureux, il pouvait tenir Antoine sur un
bras. Félicité se laissa aller contre le torse de
son mari. Elle avait en le regardant des yeux

adorateurs. Mais Julia voulait être la seule à
adorer son fils. Je suis fière de mon fils, dit-
elle pour couper court à ces effusions. Et
puisque personne ne lui répondait, elle
entreprit de s'expliquer : Notre pays, c'est
plus que la campagne, les fermes, les rivières
et les forêts. On a un devoir envers la terre
comme on en a un envers son âme : aucun
diable doit venir l'habiter. Julia n'avait jamais
vu un cavalier uhlan de sa vie, mais elle en
parlait comme s'il était ce diable que l'on
devait chasser. Félicité enfouissait son visage
dans le cou de son garçonnet, elle ne voulait rien entendre de ce que disait sa belle-
mère. Le petit Antoine riait, attrapant la tête
de sa mère entre ses deux mains potelées
en lui tirant les cheveux. Il était ce miracle
d'un enfant désiré et donné, et Félicité riait
avec lui. Mon bébé ! lui disait-elle. Elle pressentait qu'il devenait l'ancre de sa joie. A ce
moment tout le reste la faisait trembler : ce
qui allait se passer pour Jules à la guerre et
ce que serait la maison pendant qu'il n'y était
pas. Comment imaginer la terre d'ici sans les
hommes d'ici ? L'idée de la compagnie exclu-
sive de Julia à la ferme… Félicité devait tout
faire pour la chasser de son esprit. Sa belle-
mère ! Voilà qu'elle n'avait pas su la mettre
dans sa poche et qu'elle allait se retrouver
seule dans sa maison !

4

Il portait son gilet de mouton, son béret noir, et son bâton de marche. A son épaule, un petit ballot renfermait quelques provisions. Etait-il déjà prêt à partir ? Félicité ne se faisait pas à cette idée, elle allait et venait, agitée, s'éclipsant sous de faux prétextes. Voilà comment les séparations lui détruisaient la vie ! Voilà ce que gâchait ce départ : elle ne savait plus se tenir auprès de Jules. D'ailleurs elle lui trouvait un petit air empoté, pas dans son assiette, un peu bêta. Mais elle ne se mettait pas à la place de son mari. Non, elle se contentait de le trouver tout nigaud à rester planté là dans la cour. Elle ne songeait pas qu'il était ému, bouleversé autant qu'elle. Il l'était, mais comme pouvait l'être un fils de Julia, en croyant qu'il fallait surmonter et cacher. Alors que Félicité avait le visage écarlate à force de verser, puis contenir, puis verser encore des larmes légitimes. Jules ne savait pas quoi dire. Le chagrin de sa femme l'immergeait déjà dans l'ombre que promet une guerre. Il regardait Félicité, impuissant. Or il pensait que c'était à lui de parler. Il s'imaginait devoir s'excuser, puisque c'était lui qui s'en allait, lui que l'action emportait. Jules se sentait choisi. Il pourrait allumer en lui un feu d'ardeur patriotique, et il ne serait pas seul. Félicité serait tenue en dehors des péripéties distrayantes de la bravoure. La guerre ne la qualifiait pas, ce jour de mobilisation ne

faisait que lui enlever son mari. Ainsi Jules
avait-il le sentiment d'abandonner lâchement
Félicité. Et pire peut-être : il imaginait qu'il
livrait sa femme à sa mère. Cela bien sûr ne
concernait personne que lui, et nul n'en était
responsable, et c'était infime dans le chambardement général, mais cela demeurait
cependant son grand tracas.

Aussi la première chose qu'il fit au moment
de dire au revoir à Julia fut de lui murmurer :
Ne soyez pas dure avec Félicité, votre fils
vous le demande aujourd'hui. La vieille Landaise se contenta de hocher la tête avec un
petit sourire. Elle semblait penser que ces
nouvelles jeunes femmes n'étaient pas bien
trempées, comme si la délicatesse de son
fils faisait de Félicité une petite nature. Jules
regardait sa mère. La grande traversée de la
vie peut vous assécher le cœur sans retour,
pensait-il. A l'âge de perdre ses dents et ses
cheveux, quand la raideur vous attrapait le
matin au saut du lit comme la main de la
mort, n'en avait-on pas trop vu pour s'attendrir ? Le petit sourire de Julia était indéchif-
frable. Est-ce que cette femme-là pouvait
encore être douce ? Il allait partir sans être
sûr de rien. Mère, je vous supplie de promettre…, commença-t-il à voix basse. Mais
la vieille le coupa net : elle parla prompte-
ment, d'une voix singulièrement forte qu'il
ne lui connaissait pas, et par quoi il reconnut (plus tard en y repensant) qu'elle était
émue. C'est ainsi que tu viens me dire au
revoir ! En me soutirant une promesse !

C'est à toi de promettre aujourd'hui, s'écria-t-elle. Promets de faire ton devoir. Je ne veux pas avoir honte de mon fils. Promets de ne pas te faire tuer. Je ne veux pas pleurer mon fils. As-tu compris ? Sois brave et prudent. Garde ton honneur et ta vie. Tu le dois à ta mère. Et ce fut tout. Pas une caresse, pas un baiser, Julia sortit un mouchoir et souffla bruyamment. Puis, relevant son nez du tissu blanc, presque étonnée de voir Jules encore là, elle dit simplement à son fils : Alors je te dis adieu. Et comme il ne bougeait encore pas, elle dit : Qu'attends-tu donc pour t'en aller ? Et Jules sortit de la cuisine, semblable à un petit garçon que sa mère envoie jouer dehors parce qu'il fait beau.

Et maintenant, pourquoi Félicité ne venait-elle pas auprès de lui ? Il l'appelait. Félicité ! Il cherchait sa dernière douceur. Félicité ! Et toujours elle se sauvait, espérant retarder par ses puérils stratagèmes le déchirement des adieux. Cette pure tristesse pourtant ne s'esquive pas. Le moment de se quitter, on l'attend, on essaie de ne pas y penser, de ne pas gâcher les dernières heures ensemble. Mais c'est peine perdue. Félicité ne faisait plus que craindre l'instant fatidique. Elle croyait préférer que Jules partît sans l'embrasser. Saurait-elle jamais vivre un tel baiser ? Le baiser de la guerre, de la vie qui bascule, de la mort possible. Il faut traverser les épreuves sans les penser, se disait Félicité, mais elle n'y réussissait pas et songeait

encore : le baiser pour entamer la solitude.
Elle serait si seule ensuite avec Julia qui ne
l'aimait pas et Antoine qui ne parlait pas !
Sans son homme aimé, que pourrait-elle faire
d'autre qu'espérer la fin de cette absence ?
Un cœur qui n'a plus de désir à cueillir, il
se fatigue de sa rage et fait pleurer les yeux
qui le voient désœuvré ! Attendre ! Attendre
était une chose insupportable, pensait déjà
Félicité. Voilà tout ce que l'on demandait
aux femmes, se disait-elle. C'était la première fois qu'elle avait pareille idée, mais
sa justesse lui mettait soudain la colère au
cœur. Attendre d'être plus grande pour aller
au bal. Attendre d'être mariée pour connaître
un homme. Attendre un enfant. Attendre que
la guerre finisse. Attendre sans participer.
Attendre comme une noix, qu'on vous ramasse
pour vous jeter dans le panier du malheur
ou dans celui du bonheur. Pauvres filles ! Pas
étonnant qu'elles deviennent à la fin sèches
et mauvaises comme Julia. Plutôt mourir !
pensait Félicité, et à cette idée elle se remettait à pleurer. Car il s'agissait bien de mourir, et c'était peut-être Jules qui allait passer.
    Jules quant à lui attendait sa femme. Il était
encore là, sans être plus là. Son douteux avenir l'emplissait de songes. C'était un moment
en suspens. Le train, le dépôt, la frontière
l'attendaient, et Dieu savait quoi encore. Il
y pensait. La petite trépidation qui vient dans
l'action naissait en lui. Il n'était pas heureux,
mais la curiosité s'éveillait, et l'élan hardi de
l'homme ; cette fibre virile qui peut se plaire

dans la guerre essayait de dépasser l'idée du Jules raisonnable et sérieux. Il allait parcourir le pays pour monter vers des terres qu'il n'avait jamais vues, et côtoyer des hommes qu'il ne connaissait pas. Les provinces perdues, les grands forts de l'Est... il essayait de se faire à cette destinée. Félicité se moquait bien de la revanche. L'humiliation et la vengeance n'étaient que billevesées à côté de son bonheur. Elle désirait d'abord garder son mari, le reste ne valait rien. Elle le lui avait dit tout net. D'ailleurs elle pourrait accepter de devenir une Allemande pourvu qu'elle gardât son Jules et son Antoine ensemble. On n'a qu'une vie et elle n'est pas pour défendre des provinces perdues ! Perdu c'est perdu ! Félicité avait dit cela crûment, et Jules s'en était trouvé tout peiné. Allait-il donc se battre pour des prunes ? Sa femme ne pouvait pas croire cela tout de même ! Mais si, elle le croyait. Elle n'était pas méchante, elle n'était que bouleversée et sincère, et naïve, à croire encore que l'on avait le choix, que l'on fût un pays ou un homme. On ne préparait pas les filles aux mêmes sacrifices que les garçons, avait pensé Jules. On leur insufflait l'esprit de famille plus que l'esprit patriotique. Jules regarda Petit-Louis qui lui tournait autour. Celui-là, si jeune, rêvait de partir. Il était bien décidé à se présenter au conseil de révision et lui qui d'ordinaire se tenait tout courbé marchait bien droit, comme s'il s'imaginait sanglé dans l'uniforme, pour la revue des troupes par un général grisonnant couvert de décorations.

Dans l'heure qui précéda son départ, Jules se résolut à ne rien dire à Félicité. Il n'essaierait même pas de parler. La consoler, la convaincre, la rallier, il ne s'y efforcerait pas si rien ne lui venait aux lèvres. Au moment de se séparer, on ne sait jamais trouver les mots qu'on voudrait. C'est sûrement qu'il n'y en a pas. A part ceux de l'amour, que l'on porte au cœur et qui se dit si mal. Peut-on s'en vouloir d'être ému et maladroit ? Jules pensait plutôt qu'il y aurait eu de la honte à ne pas l'être. Aussi était-il allé trouver sa femme là où elle se cachait. Dans l'étable, auprès des canetons.

Que fais-tu ? demanda Félicité comme si elle espérait conjurer le sort. La peine lui enlevait sa douceur et elle regardait son mari, celui par qui venait la souffrance. Je pars, dit Jules avec un pauvre sourire. Et ce sourire disait : Je n'y suis pour rien, ne m'en veux pas, il ne m'est pas permis de choisir. Et le visage de Félicité était un grand reproche : Tu n'es donc rien ! Tu n'es donc même pas libre ! Et moi alors, pourquoi le suis-je ? Regarde-moi : je reste ! Pourquoi moi ai-je cette suprématie et cette liberté ? Comment les as-tu perdues ! Jules baissa les yeux et dans son silence se mit à regarder ses souliers. Félicité changea le cap de sa plainte : Tu vas nous abandonner ? dit-elle. Tu vas laisser ton fils ! Il y avait des moments, pensait Jules une fois encore, où il était impossible

de parler avec sa femme ! Es-tu déjà prêt ?
s'étonna Félicité. A tout prix elle voulait discuter. Ne jamais s'arrêter de bavarder ensemble ! Je suis prêt depuis longtemps, dit Jules,
mais je t'attendais dans la cour. As-tu vu ta
mère ? demanda Félicité. Jules fit signe que
oui. Que t'a-t-elle dit ? demanda Félicité. Elle
voulait toujours tout savoir de ce que disait
Julia à son fils. Elle m'a demandé d'être brave
et prudent ! dit Jules en riant de cette consigne presque contradictoire. Félicité haussa
les épaules. Je ne veux pas que tu sois brave,
dit-elle à son mari. Et son corps sembla bas-
culer vers lui, comme si elle allait se laisser
tomber. Ses yeux étaient pleins de larmes.
Les poussins piaillaient de peur, nés de quelques jours, grégaires et faibles, agglutinés
dans un recoin. Jules attira sa femme dans
ses bras. Embrasse-moi, souffla-t-elle. Il voulait simplement la serrer tout contre lui,
l'apaiser autant qu'il le pouvait, puis ne pas
bouger et la respirer. Elle sentait le savon, le
linge frais, l'enfant et la ferme. Elle embau-
mait tout ce qu'il imaginait en elle. Elle avait
l'odeur de leur vie. Il voulait emporter son
odeur avec lui. C'était le souhait qu'il formulait dans ce baiser pour la quitter. Mais son
sang avait jailli et il éprouva un immense
désir. Il ne pouvait rien contre cette vérité
répétée : tout son corps aimait cette femme-
là. Alors il dénoua les longues boucles brunes.
Il les peignait lentement avec ses doigts. Ses
mains apprenaient encore et remplissaient
sa mémoire de celle qui s'était donnée. Je ne

vais pas t'oublier un seul instant, murmura-
t-il. Elle répondit : Non ! Pense à toi ! Pense à
ce que tu vois ! Prends garde à toi ! Mais son
cœur se serra et elle se tut. Il dégrafa le corsage, sortit les seins de leur enclos de coton
et embrassa la peau blanche de Félicité. Il
tremblait, de sa vitalité toute réveillée, et sa
bouche était comme un naseau de cheval,
chaude et veloutée. Félicité ne pouvait dire
un seul mot tandis que lui maintenant ne
cessait plus de parler. Mon aimée ! disait-il.
Et aussi : Pardonne-moi ! ou bien encore : Je
ne veux pas te laisser ! Comme tu es belle !
s'exclamait-il. Elle était une jolie jeune femme, la peau douce partout, les seins pleins et
ronds, des fesses rebondies, un grand dos
de paysanne, et il caressait ce bel ensemble.
Son épouse. Comment feraient-ils là-bas
entre hommes et sans les femmes ? Voilà
bien une chose dont on ne parlait pas ! Il se
rappela son service militaire. Déjà les filles
lui avaient manqué. Et pourtant il était jeune
alors, il n'avait pas pris l'habitude d'une
sexualité vivante et régulière. Il courtisait et
il rêvait. Tandis que là désormais, adulte,
indépendant, père, il vivait avec une amante,
et cela voulait dire des choses précises, des
choses assouvies. Est-ce que la guerre vous
faisait aimer les hommes ? pensa-t-il en embrassant la gorge de Félicité. Elle avait de la
paille dans les cheveux. Elle avait le feu aux
joues. Elle resplendissait d'amour pour lui.
Comme tu es belle ! répétait-il. Si belle ! Il se
recula pour mieux la regarder tandis qu'elle

rougissait. Tu es une très belle femme, dit-il
comme après réflexion. Il le lui jurait depuis
longtemps, afin que dans l'amour elle eût
confiance en elle. Oui, si belle ! murmura-
t-il en se rapprochant. Entre eux la convoitise
sensuelle était tendre. Ses lèvres roulaient
sur celles de son épouse, sa langue se promenait dans la bouche de sa femme. Sa femme !
Sa femme ! Il en pleurait. Est-ce que c'était une
façon de se quitter ? pensait-il tout à coup.
Pleurer et s'aimer. Former à deux la conjura-
tion de l'amour, la gerbe féconde de deux
corps qui s'embrassent. Oui, se répondit-il
avec fermeté, c'en était une, et ils allaient
s'aimer, bel et bien, une dernière fois. A ces
mots qu'il garda pour lui, il amena doucement
Félicité à s'agenouiller puis s'étendre dans la
paille. Elle voulait son amour, et prendre son
désir au-dedans d'elle, s'en enchanter et s'en
repaître, elle était toute brûlante dans ce mélange singulier de malheur et de désir. Les
pioupious des canetons les assourdissaient,
la chaleur et l'odeur étaient fortes, mais la
paille était propre et Jules aima sa femme,
enflammé par l'idée de la perdre. Elle pleurait aussi, sa rage vaincue et son amour se
crevaient.

Dieu ? appela Jules avec sa voix du dedans.
Nous vois-tu nous aimer ? Nous vois-tu nous
quitter ? Pourquoi nous faut-il vivre ce jour ?
Félicité remettait sa coiffure en ordre. Jules
enlevait les brins de paille collés aux vêtements. Tu verses la paix en moi et c'est à la
guerre que je pars, murmura-t-il. Pouvait-elle

encore lui faire des reproches ? L'amour viril avait gagné son absolution. Elle l'attrapa pour l'embrasser. Ils restèrent l'un contre l'autre, debout, ventre à ventre, séchant toutes les larmes, dans une sorte d'extase incrédule. Deux minces parois de chair séparaient les cœurs qui battaient. Leurs corps conspiraient en frémissant, ils ne pouvaient pas finir et se séparer : Je voudrais que tu sois inapte et me restes, marmotta la bouche de Félicité. Ils étaient à la fois si puissants pour s'aimer et si démunis pour se réunir. Pourquoi tout cela leur avait-il été donné puis repris ? Nous ne possédons rien, nous sommes de passage et Sa volonté s'accomplit, pensa Jules. Il embrassait encore Félicité. Laisse-moi te regarder, disait-elle en tenant le visage de son mari entre ses mains. Ils ignoraient qu'ils venaient de faire un enfant. Jules déposa un dernier baiser tendre sur le front de sa femme. Adieu, murmura Félicité dont les bras tombèrent le long des jupes. Non, souffla Jules, pas adieu, au revoir. Et il quitta la grange, se retournant, voyant sa femme déjà tout en pleurs devant le grand vantail, jugeant ce spectacle insupportable, ne sachant pas qu'il avait en cet instant une raison de se réjouir. Ignorant que son Dieu justement pétrissait une chair nouvelle dont il lui faisait le cadeau. Tant de choses adviennent pour nous seuls, et malgré nous, au-delà de nous.

Le chien Prince était couché sur le lit conjugal, et comme il savait que c'était interdit, il

avait un petit air penaud, que les encouragements de Jules ne dissipaient pas. Dès que
son maître s'éloignait, Prince rampait vers le
bord de la courtepointe pour en descendre.
Et Jules le ramenait là où il l'avait installé :
du côté où il dormait. Reste là veux-tu ! C'est
moi qui te le permets ! répétait Jules. Félicité
serait mécontente mais elle comprendrait ce
que son mari avait voulu faire. Il avait
demandé à Prince de veiller sur sa famille et
de l'attendre. Je reviendrai, avait dit Jules,
j'en ai fait la promesse à Félicité, je te la fais
aussi. Le chien n'avait pas besoin de comprendre chacun de ces mots pour percevoir
qu'une chose grave affectait son maître. Il
sentait dans la caresse une palpitation singulière, de faiblesse et de bonté, de lassitude, comme si une tension nouvelle s'était
installée dans tout le corps de l'homme et
faisait trembler sa main. La main avait la
fièvre mais elle était bonne. Puis d'un coup
elle se détacha et l'animal en ressentit une
douleur transperçante : il pensait que c'était
maintenant le moment du départ. Trois ou
quatre gémissements aigus exprimèrent cette
souffrance et Jules fit : Chut ! Chut ! Tu vas
réveiller le petit. Aussitôt le chien s'arrêta. Là
où je vais, tu ne peux pas venir, disait Jules.
Mais je reviendrai. Je te les confie, ma
femme et mon enfant, et tu sais bien qu'ils
sont notre famille. Mais ne bouge pas d'ici.
Ne bouge pas... C'était l'ordre le plus difficile que Jules pouvait donner, puisqu'il s'en
allait et que, pour cette fois, c'était presque

un abandon. Ne bouge pas, même si tu ne me trouves plus. Ne me cherche pas. Protège Félicité et veille sur Antoine. Jules s'approcha du petit lit où dormait son fils, les jambes déjetées et un de ses pieds potelés sortant entre deux barreaux. L'enfant respirait fort et souriait, il devait être dans un rêve, sur ses tempes et son front brillaient quelques minuscules points de sueur qui avaient mouillé ses boucles. Comme des accroche-cœurs, elles collaient à son front doré. Antoine avait les cheveux noirs de sa mère, Jules pouvait trouve les traits de Félicité dans ce visage poupin. C'était voir en même temps tout ce qu'il perdait en partant, et il sentit sa poitrine l'étouffer, comme si un poids venait de s'y lâcher et ne se lèverait plus. Chaque vie humaine est, par le cœur, sans limites, pensa Jules, mais la vie elle-même est pleine de limites. Rien n'était plus important que son fils et sa femme (il oubliait la ferme à ce moment), et voilà qu'il s'en allait. Il *devait* délaisser le centre de son bonheur, car ce qui était le plus important pour lui, en ce jour précis, ne l'était pas pour son pays. C'était l'heure de découvrir qu'il n'avait pas sa liberté, qu'il pouvait être la victime d'un temps. Par le simple hasard des dates, les hommes de sa génération quittaient leurs foyers, abandonnaient leurs outils et prenaient un fusil. Pas plus que les autres, il ne détenait le pouvoir de dire non. Chacun de nous se croit si puissant ! soufflait en lui la voix de sa sagesse. Chacun de nous est un monde pour lui-même. Un monde entier quelquefois ! Avait-il été lui aussi victime de cette illusion d'optique ? S'était-il ainsi concentré sur sa personne, esquivant le partage et la diversité, n'étant jamais peiné que pour lui-même ? Non, pensa-t-il, il ne s'agissait pas de lui mais d'eux (il pensait à Antoine et Félicité, à sa mère aussi). Au moins n'était-il pas responsable. Je n'ai pas voulu cela, pensa-t-il. Dieu sait que je ne l'ai pas voulu, murmura-t-il à son fils. Puis il se tourna vers Prince et dit, tout bas pour ne pas réveiller l'enfant : Je te dis merci, et adieu. Merci, souffla-t-il.

Sur ces paroles, Jules avait refermé la porte derrière lui. Il était resté quelques secondes l'oreille collée au bois, écoutant le silence qui s'était fait dans sa chambre. Il n'entendait rien. Alors seulement il était parti, et la bête soumise, blessée par chaque pas du maître qui s'éloignait, s'était mise à souffrir. Qui a le pouvoir de retenir un soldat ? Pas même la souffrance d'un cœur. Et pas un enfant. Et pas l'amour d'une femme. Que dire de celui dont la détresse sans mots est un silence ? Prince ferma ses yeux tristes. L'enfant dans le petit lit continuait de dormir ; à ses pieds où il était venu se placer, l'animal resta silencieux tant que dura ce bon repos. Lorsque Antoine s'éveilla, le chien vint lécher l'adorable visage, et les mains rondes, qui se glissaient à travers les barreaux de bois pour attraper les longs poils. L'enfant poussait de petits cris joyeux. Prince jouait avec lui. Puis il aboya pour appeler Félicité,

5

Alors les femmes restèrent seules. Sur le versant silencieux de la guerre : non pas sous l'orage d'acier mais dans le ruissellement des pleurs, loin du pétillement de la bataille mais dans l'attente anxieuse de ses effets, là où se froisse un visage quand arrive un papier timbré, où une larme se fraye son chemin dans une chevelure jusqu'à l'oreiller. Seule ! Félicité se le répéta même à voix haute, deux fois, ayant besoin de pleurer sur elle-même, après qu'elle eut refermé derrière elle la porte de l'étable pour nourrir les canetons et, justement, être seule. Puisque celui qu'elle voulait était celui qui manquait, elle recherchait et déplorait dans le même temps sa solitude. A quoi bon les autres ? Le monde nous est parfois donné tout entier par un seul être, elle avait bel et bien perdu le monde... du moins c'était ce qu'elle éprouvait à ce moment. Les autres, qui vous regardent, vous interprètent, vous demandent de parler, désapprouvent ce que vous dites, essaient de vous consoler, se lassent de votre mélancolie, les autres étaient pires que la solitude. Celui qui souffre est si seul ! pensait Félicité, découvrant ce principe élémentaire qu'un grand amour tendre lui avait masqué. Elle ne pouvait partager sa souffrance. Qui sait si certains même ne se réjouissaient pas ? Elle avait cru voir un sourire sur le visage de Julia. Ce sourire ricanait : A ton

tour de le perdre ! Félicité n'en revenait pas
d'avoir perdu Jules. Depuis leur mariage,
elle croyait qu'eux seuls pouvaient séparer
ou réunir leur duo. Et voilà ! pensait-elle,
cela s'est fait. Elle voulait dire le départ, les
adieux et les larmes, tout ce qui paraît invi-
vable quand dans un être la sensibilité croit
l'emporter sur la force. Et elle dit à haute voix,
comme si elle ne se contrôlait pas : Et voilà !
Et les petites bêtes autour d'elle eurent un
frémissement. Piou ! Piou ! Piou ! répondait la
vague de duvet jaune. L'effroi faisait trembler et courir ensemble tous ces vulnérables
poussins. Et maintenant je suis seule, répéta
Félicité, comme si elle parlait à cette piètre
armée manœuvrant sur la paille. Alors elle
pensa à Julia. Hélas non elle n'était pas
seule ! Et sa voix du dedans murmura, décidée : A nous deux !

Les femmes restèrent entre elles. Livrées à
elles-mêmes. Rendues à la seule sensation
de leur féminité. C'est-à-dire vivant désormais sans le contrepoids d'un esprit différent. Elles n'eurent plus que leur propre façon
de saisir le monde, ce qui est l'occasion
d'éprouver à quel point on se contient soi-
même tout entier, sans chance de sortir de
cette prison. On pouvait dire cela de Julia et
de Félicité, parce que Petit-Louis n'était pas
encore un homme, avec ce qu'il doit comporter de force, de détermination, d'autorité
et d'élan protecteur. Il était physiquement
un adulte, mais son caractère était d'un garçon qui plie devant sa mère. En ce jour bien

sûr le garçon tremblait d'envie d'être davantage. Il pouvait voir le flux des pères, des
maris et des frères happés par la nation, leur
marche déjà solidaire vers les gares, et il se
sentait exclu de cette communion nationale.
En route pour Berlin ! criait le jeune Labatz.
Petit-Louis, à ces mots, avait cru que son
cœur s'arrêtait. Pourquoi d'autres en étaient-
ils et pas lui ?! Il le demandait à sa mère, l'air
de croire qu'elle y était pour quelque chose.
Ne me regarde pas comme ça ! disait la
vieille Julia. Mais son fils n'en pensait pas
moins.

Rien ne rompt la trame des jours : il y eut le
départ de Jules, puis il y eut un soir, une nuit,
et il y eut un matin pour que tout recommence. Parce que Julia le voulut, comme si
cette séparation n'était pas venue altérer
l'harmonie de la journée, il y eut un dîner.
Félicité disait qu'elle ne pourrait rien avaler,
mais sa belle-mère insista et mit à chauffer
la garbure. Si tu te laisses aussitôt abattre,
quelle sorte de femme trouvera Jules à son
retour ? dit-elle. Mais ce fut tout, car Félicité
fit comme si elle n'avait rien écouté. A table,
dans la salle sombre, on n'entendit ce soir-
là que le bruit des cuillères contre les assiettes, et pas un seul mot. N'y avait-il rien à
dire pour apaiser et unir ceux qui restaient
là ? Seule la prière fit mention de ce jour singulier. Après qu'ils eurent fait ensemble le
signe de croix, Julia murmura : Bénissez Seigneur ces nourritures que nous allons prendre et donnez du pain à ceux qui n'en ont

pas. C'était la formule habituelle. Félicité et
Petit-Louis répétaient aveuglément, la tête
penchée, s'apprêtant à finir là, amen, lorsque
la voix de Julia ajouta : Et protégez nos soldats qui font leur devoir. amen, dirent-ils tous
les trois. Julia se signa de nouveau, s'assit
sur sa chaise, tira sa serviette d'un rond de
buis et l'étala sur ses genoux. Alors le silence
tomba.

Ce silence pesait aussi lourd que la guerre.
Il y avait la guerre et ce silence : l'idée que
l'on se faisait d'elle et la stupeur qu'elle cau-
sait. On pouvait entendre pleurer le petit
Antoine que Félicité venait de coucher. L'enfant ne voulait pas dormir. La tristesse qu'il
avait vue chez sa mère quand il s'était
éveillé de la sieste, le départ de son père
pendant ce temps du repos, tout cela l'avait
inquiété, et il était maintenant debout dans
son lit à appeler. Félicité tendait l'oreille sans
trouver la force de monter, espérant à chaque
seconde que ces pleurs s'arrêteraient. Mais
n'était-il pas normal qu'il y eût beaucoup de
larmes ce soir dans cette maison ? Elle le
pensait d'autant mieux qu'en servant le potage garbure, elle retenait les siennes. Prince
était couché devant la porte d'entrée, et de
temps à autre, lorsque Antoine poussait un
cri plus fort, ses oreilles tressaillaient. Petit-
Louis était tout rembruni d'être celui qui reste,
mêlé aux femmes et aux enfants, et donc
semblable à eux, beaucoup moins qu'un
homme. Julia se tenait très droite sur sa
chaise (elle ne s'appuyait jamais au dossier)

et attendait que sa belle-fille fût rassise pour
se mettre à manger. Félicité avait posé la
grosse soupière au centre de la table. Elle fit
faire deux tours à sa louche dans les pommes
de terre, les carottes, retournant les légumes
dans le jus et cherchant les morceaux de
viande. Quand elle eut rempli les assiettes
creuses, la jeune femme se laissa choir sur sa
chaise. Etait-ce intéressant de se tenir debout ?
Elle aurait pu laisser tomber plus qu'elle-
même à ce moment, elle aurait pu tout abandonner pour courir derrière son mari.

Les cuillères tintaient contre la faïence. Félicité jetait des coups d'œil vers la place vide de
Jules et aussitôt les larmes réfrénées (pleurer devant Julia !) revenaient au bord de ses
yeux. Où était-il maintenant ? Et que faisait-
il ? Combien de temps resterait-il absent ?
C'était la question qui s'incrustait. Un rêve
s'ensuivait : que cela ne dure pas longtemps !
On peut comprendre ainsi comment per-
dura jusqu'à l'été de 1916, en plein cœur de
la guerre réelle, l'illusion de la guerre rapide.
Il y a bien des rêves que l'on ne lâche pas,
quoi que donne à penser la vie. Félicité était
loin d'envisager le deuil collectif qui était
promis à son pays, elle ne pensait qu'à Jules.
Tu n'as qu'à te dire qu'il est parti en voyage,
souffla Julia, qui observait le manège des
yeux de sa bru. Mère sans cœur ! pensa Félicité au-dedans. Comment pouvait-elle se tenir si droite quand son fils risquait de revenir
couché ? Félicité imagina tout à coup son
propre fils partant dans l'armée en guerre.

Son Antoine ! Perdre cet enfant semblait plus impensable que perdre son mari. Elle ne comprenait décidément pas sa belle-mère, jamais elle ne le pourrait !

Julia refusait de s'attendrir, elle trouvait les pensées qui confortaient sa force. Il est encore loin de la guerre notre Jules, dit-elle à Félicité. C'est bien du tintouin de préparer une armée d'hommes. Elle imagina ce bazar. D'abord on va les habiller, dit-elle, trouver les godillots et le reste, leur donner tout le barda, le fusil, les cartouches. Il aura aussi la visite médicale. On va les entraîner un peu, apprendre les munitions et le maniement, défiler et tirer... Petit-Louis écoutait avec passion, Félicité avait son air dépité de petite fille, avec la lèvre inférieure un peu retroussée. Etre celui qui part, être celle qui reste et regarde partir, on ne choisit pas, et qui peut dire quelle souffrance est la plus grande ? Chacun voit que la sienne est profonde. Félicité acheva de penser à haute voix : Tout ce qu'on peut dire, dit-elle, c'est que la guerre ne devrait pas exister. Julia s'arrêta de parler. Puis elle se tourna de face vers sa belle-fille. Ecoute-moi bien, dit-elle, car je vais te dire une chose qui est vraie. Les hommes aiment la guerre, dit Julia. Vois comme la plupart sont heureux ! Ils craignent moins la mort que l'ennui. Ils craignent moins la bataille que les colères de leurs femmes ! La vieille paysanne eut un affreux rire de gorge. Ils sont incapables de penser qu'ils mourront, murmura-t-elle avec mépris.

Jules en est capable, répliqua Félicité. Crois-
tu ! s'écria Julia, comme si elle en désespérait de le croire. Elle semblait à cet instant
pleine de rage contre son fils. Comment la
comprendre ? Etait-elle donc folle ?! pensait
Félicité.

Le petit Antoine était emporté par une
colère pleine de chagrin. Ses cris stridents
résonnaient dans l'escalier. N'entends-tu pas
que ton fils pleure ? demanda tout à coup
Julia en relevant les sourcils. Qu'attends-tu
donc pour monter le voir ? Tout étranglée
dans sa détresse, Félicité ne parvenait pas à
répondre. Apprend-on à se tenir dans cette
sorte de situation exceptionnelle ? Votre mari
n'est pas mort mais il pourrait l'être bientôt,
votre mari vous aime mais ne fera plus que
vous l'écrire. Il vient de partir pour la guerre…
Félicité ne s'était tout simplement pas encore
faite à l'idée. Son hébétude rendait Julia plus
hardie, comme si la mère avait voulu prendre
la fille à témoin de sa force, ou mieux :
comme si elle avait voulu être la jeunesse à
la place de la jeunesse. Pauvre petit ! dit Julia,
pense que ce jour est cruel pour lui aussi.
Quelle vieille hypocrite ! pensait Félicité. Ses
yeux noirs brillaient autant de larmes que
de colère. Croyez-vous que je ne le sache
pas ! dit-elle. C'en était soudain trop. Une
montée de colère contre Julia la saisit. Je le
sais ! hurla-t-elle. Julia se mit les deux mains
sur les oreilles en grimaçant. Le singulier
mépris se lisait encore sur son visage. Alors,
répéta-t-elle, d'autant plus calme que sa

belle-fille perdait le contrôle d'elle-même, pourquoi ne montes-tu pas le faire taire ? C'est bien à vous de me donner des leçons ! cria Félicité. Et pourquoi ne te donnerais-je pas un conseil ? demanda Julia avec fermeté. Elle ne demandait pas mais s'étonnait : Sais-tu donc toujours tout ce qu'il faut faire ?! Es-tu donc si forte ? Il y avait dans sa question un point de moquerie qui était de la vanité : Julia se croyait depuis longtemps la plus forte. Tu es très forte ! dit-elle à Félicité, narquoise. Non je ne le suis pas ! répondit enfin Félicité. Comme elle était soudain fatiguée de se battre ! Je n'ai plus la force d'être forte, dit-elle. Et elle souffla tout bas : Jules était celui qui me fortifiait. Jules était mon refuge, Jules était... Julia se leva et jeta sa serviette sur la table : Pas de ça dans ma maison. Elle n'avait jamais supporté de faire face à l'amour de Félicité. Prétextant Antoine, elle fuyait. Si tu ne montes pas voir ce que veut cet enfant, j'irai moi-même, dit Julia. Je vous l'interdis ! cria Félicité. Petit-Louis restait pétrifié. Deux femmes qui se déchirent, c'était pensait-il l'une des choses les plus terribles à voir. Prince était couché. Félicité était déjà debout, sa chaise s'était renversée, la jeune mère courait vers l'escalier. On distinguait les cris d'Antoine : Maman ! Tir ! Tir ! Ce qui, dans son premier langage, signifiait : Sortir !

Mon bébé, murmurait Félicité, tu n'étais pas abandonné ! Calme-toi petit cœur, maman est là, nous sommes ensemble. Elle serrait l'enfant si fortement qu'il s'affolait au lieu de

s'apaiser. Et comme les sanglots continuaient,
elle dit d'une voix toute proche des larmes :
Arrête-toi ! Je t'en supplie, ne pleure plus !
Je t'aime plus que tout. Ne sais-tu pas comme
je t'aime ? Je ne peux pas te voir triste. A ce
moment précis, se croyant désarmée face
aux pleurs de son fils, et tout emplie des
siens, Félicité se sentit perdue. Elle eut l'impression que ses bras tremblaient, que ses
jambes ne la soutenaient plus. Toute sa vaillance s'était envolée : elle était ensemble les
mères et les fils apeurés, les enfants qu'on
berce en vain, pendant que le cortège des
hommes s'éloigne et que le bonheur des familles est perdu. Que proposer ? Que dire ?
Vers quoi poursuivre ? Elle ne savait plus
faire. Les bras lui en tombaient. Mais elle
regarda son garçon. Qu'il était beau cet enfant ! Comment lui imposer cette tristesse à
son âge ? Il avait droit à une mère entière :
à des rires et des farces, à des sourires et des
baisers. Aussi, essuyant son nez d'un revers
de main, Félicité se redressa, composa un
sourire et déposa un baiser. Peut-être la force
de vie est-elle gardée dans les enfants. Elle
embrassa Antoine sur la bouche en riant.
On pouvait sourire ! pensa-t-elle. Il suffisait
de le vouloir ! aurait dit Julia avec assurance.
Félicité s'apercevait que sa belle-mère, pour
cette fois, n'avait pas tort. Le visage de l'enfant était écarlate, baigné de larmes, brillant
dans l'ombre comme un fruit, et piqueté par
un regard bleu qui était, en neuf, celui de
Jules. Félicité le couvrit de baisers rieurs, et

pensant à son mari, elle dit au petit garçon :
Papa reviendra de la guerre. Fais confiance à
Dieu : ton père reviendra. Et Prince, qui tout
ce temps était resté silencieux au pied de la
mère et de l'enfant, se mit à aboyer gaiement. Tu vois, dit Félicité, même Prince est
d'accord avec moi.

Restée dans la cuisine, Julia regardait par
la fenêtre. Que de drames ! pensait-elle avec
mépris. Sa bouche était si serrée qu'elle aurait
pu se casser les dents. Où puisait-elle la rage
de poursuivre qui clouait ses lèvres ? Les
vieux du village auraient su le dire : Julia
Chabredoux avait la terre dans le sang. La
terre c'était tout, elle l'aimait mieux que les
humains qui la peuplaient. Il lui suffisait de
respirer son pays, d'écouter le vent faire pleurer les grands arbres et de voir les fougères
cinglées par la pluie. Elle aimait les tempêtes
autant que les canicules, l'air avait pour toujours l'odeur de son enfance. Vieux sarment
plus robuste que les intempéries, Julia avait
une mémoire infinie et landaise. Elle le savait bien, et c'était cette certitude qu'elle regardait par la fenêtre : le verger, les champs, les
forêts, le ciel, les herbes en goguette, les os-
mondes géantes sous la toiture des pins, les
eaux courantes, les eaux qui dorment, le
vent qui les réveille, tout ce qui de la terre
dure au-delà des batailles et des hommes
l'emplissait de force. La lande lui murmurait
des secrets d'éternité. Julia se croyait peut-
être indestructible, comme les chemins de
sable qui pétrissaient ses pieds. Car elle était

plantée dans ce sol sableux, et quand elle serait morte son esprit sauvage viendrait cogner sa liberté contre les cimes des pins. La terre était ce qui avait toujours fait battre le cœur des Beliatz ! La terre : pas l'argent, pas les femmes... Là où se trouvait le fils, la nature était belle aussi autour de lui, il y avait de grands arbres, les hêtres et les châtaigniers ne parlaient pas un autre langage que les pins, et c'était cette terre, française et arborée, que Jules défendait. Voilà pourquoi la guerre ne saurait pas le briser. Jules tiendrait toute une vie. Le temps d'un homme est plus long à vivre qu'on ne croit, pensait la vieille Landaise. Elle se sentait lasse à cette pensée, déclinante. La lumière de ce jour s'éteignait, l'ombre descendait sur les landes, la forêt moutonnait, chaque arbre faisait comme une pelote sous le ciel où naissait le plumetis des étoiles. L'orage n'éclaterait pas ce soir. Peut-être viendrait-il crever le silence de cette première nuit sans les hommes. Sans les hommes... Julia n'y songeait pas : il y avait bien longtemps que son lit le soir était vide.

II

PREMIÈRES BATAILLES

1

*LE LION dans sa tête avait une entreprise.
Il tint conseil de guerre, envoya ses pré-
vôts, fit avertir les animaux. Tous furent
du dessein...* Tel le lion de la fable, à qui sa
forte corpulence était loin de faire penser, le
général Joffre avait, sur les cartes, imaginé
son plan. C'était un plan d'offensive. Il fallait,
pensait-il, prendre les Allemands de vitesse
en attaquant avant la fin de la concentration
des armées. Partis les premiers, les Français
sauraient faire le bond en avant jusqu'au
Rhin, et détruire les ponts afin de bloquer
les renforts allemands. Pour avoir le droit de
mettre en œuvre cette idée, Joseph Joffre
avait gagné ses galons jusqu'à devenir chef
d'état-major général en 1911, puis commandant en chef de toutes les armées en ce mois
d'août 1914. Il avait alors soixante-deux ans,
une chevelure coupée court tout à fait blanche, une forte bedaine qui faisait plisser la

veste de son uniforme autour des trois derniers boutons. Pour figurer sur les clichés,
souriant au milieu des généraux, il portait
son képi très enfoncé sur les yeux et se tenait
bien planté sur ses jambes un peu écartées.
Il n'arborait pas toujours ses décorations.
Des jambières de cuir couvraient le haut de
ses souliers lacés, et une paire de jumelles
pendues au cou reposait sur la saillie de son
ventre. Une épaisse moustache, blanche elle
aussi, incurvée entre le dessous du nez et
les lèvres, imprimait à son visage un mouvement descendant. Sans vouloir abuser des
analogies animalières, l'expression de ses
traits faisait songer à celle des morses. De ces
mammifères marins, il avait aussi la compo-
sante exotique : c'était au Tonkin, au Sou-
dan, et à Madagascar, qu'il s'était distingué.
Autrement dit : il n'avait jamais mené une
guerre sur son propre territoire.

Du pays entier des hommes avaient commencé de s'acheminer vers leur destin de
soldats. Commandés par la géographie des
affectations et de la stratégie, des centaines
de trains se croisaient. La France, diraient
plus tard les historiens, était une gigantesque
gare. Les derniers adieux, sur les quais où
restaient les femmes, n'étaient pas tous aussi
tristes ou amoureux que ceux de Jules et
Félicité. Train de plaisir pour Berlin ! pouvait-
on lire sur un wagon. Les cœurs étaient
patriotes. Un sentiment les avait empoignés
en quelques heures : ils allaient défendre la
terre de France ! Dans cette exaltation, qui

étonnerait les générations à venir, la terre était une idée. C'est pourquoi les citadins consentaient encore plus volontiers que les paysans : ils n'avaient pas de moissons à rentrer, et moins à faire dans l'ordre des tâches qui n'attendent pas. Les deux camps affichaient un optimisme qui facilitait le rassemblement dans les dépôts et le départ vers le front. Personne ne partait pour un massacre. Noël à Berlin, disait-on à la gare de l'Est. Paris dans six semaines, criait-on à Berlin. Nul ne voyait, même avec les yeux du cœur, quelle balafre feraient dans l'Europe les cinq années à venir, ni même l'hécatombe que causerait le petit mois suivant. Fallait-il fermer les yeux de chair pour que l'esprit vît clair ? La guerre réelle ferait-elle tomber l'élan vers la guerre imaginée ? Dans le noir, les hommes ne sont pas des chats, ils le prouvèrent une fois de plus : ils ne virent rien venir, et pas les ténèbres elles-mêmes.

Sur les terres continentales de l'Est français, la chaleur était accablante. Le soleil culminant d'été cuisait le bleu des capotes, la chair des soldats, le poil des bêtes et l'acier des armes. Sous cette lumière blanche, la querelle s'envenimait de l'allant des hommes propulsés dans l'armée. Des milliers d'entre eux faisaient leurs premiers pas dans la guerre sans pressentir qu'ils seraient les derniers. C'était un fameux spectacle : soldats de l'infanterie promis à tomber au son du clairon, habillés pour certains de bric et de broc, ce

qui valait encore mieux que les uniformes
d'opérette dont le rouge et l'or flamboyaient
comme des coquelicots dans l'herbe. Servants d'artillerie qui ne pourraient contrebattre. Chevaux dont les quatre pattes seraient
bientôt en l'air sur le bord des chemins.
Chariots que les premières déroutes laisse-
raient abandonnés à l'ennemi. Tout cela était
encore accordé dans la poussière des routes
ou l'herbe des champs, avançant vers les
frontières, avant de commencer les contre-
marches empêtrées dans la foule de réfugiés
qui propageraient des rumeurs atroces. Bar-
das, canons, munitions, l'intendance pesante
de la guerre suivait le plan XVII. Une étrange
bête à tuer, dont un côté du visage était
humain, s'animait. Pour ce début des hostilités, elle souriait.

Le plan XVII prévoyait de franchir la frontière de l'humiliation. Les raisons sentimen-
tales avaient prévalu. Cet été de 1914 serait
pour les Français celui des batailles de frontière. Depuis son grand quartier général de
Vitry-le-François, au quatrième jour de la
mobilisation, Joffre poussait deux armées à
l'assaut des villes allemandes d'Alsace. Pendant ce temps, l'armée allemande se concen-
trait non pas à l'Est, qui lui appartenait, mais
au Nord, qui était à conquérir. Puisqu'il est
moins coûteux de faire la guerre hors de chez
soi, la ruée allemande s'appuierait sur le sol
belge. L'armée de l'empereur Guillaume disposait de canons Krupp et Schneider, d'une
portée si grande qu'on pouvait en user de

sorte à protéger les hommes. Plus que deux cohortes d'hommes en armes, deux idées de la guerre allaient se heurter : l'attaque rapide à la baïonnette découvrirait bientôt les prémices déjà fermes de la guerre industrielle. Mais pour l'instant, le général Joffre n'avait aucune idée de ce qui attendait ses armées. Voir sans être vu, tuer sans être tué, telle était la nouvelle logique de la rencontre guerrière. Les Français ne l'avaient pas inventée. Ils payeraient avec de la chair, comme on le fait toujours.

Depuis deux jours, le régiment de Jules traversait en pleins champs la campagne alsacienne. On eût dit une délicieuse promenade. La terre accompagnait l'entrée en guerre d'une agréable imposture : la vie était belle, les jours splendides, longs et illuminés. Les hommes se déployaient dans une apparente liberté. Aucune conscience du danger n'était perceptible en eux. Les Landais, Béarnais, Basques, régiments frères dans la même division d'infanterie, ils avaient bonne allure. Pas un coup de feu n'avait été tiré. C'était la guerre d'avant la guerre. Le sang coulait au-dedans, bien à sa place, chaud, secret, instillant la vie. Les soldats étaient hardis, vifs, et presque heureux. Leur avance rapide était encore une marche conquérante. Au loin, dans le silence de l'attente, les canons allemands reposaient sur leurs grandes roues immobiles, avant de tressauter vers l'arrière en crachant leurs obus sans craindre d'être contrebattus.

2

Est-ce qu'on court ou est-ce qu'on rampe ?
demanda Joseph. Que faisait-il ? Que fallait-
il faire ? Où se trouvait-il ? Ces choses qu'il
savait d'habitude, c'était fini, il n'en savait
plus rien. Etait-il devenu fou ? Pourquoi
Jules ne répondait-il pas ? Est-ce qu'on court
ou est-ce qu'on rampe ? hurla Joseph d'une
voix brisée par un sanglot. Son corps se tor-
tillait dans l'herbe à côté du corps de Jules.
Mais il ne pensait plus ce qu'il faisait. La
clairvoyance s'était éclipsée dans l'affolement.
On rampe, dit Jules. Est-ce qu'on devrait pas
mieux courir ? demanda Joseph. Jules ne
répondait rien. Il n'avait pas entendu. La par-
tition tonitruante de l'affrontement – sans un
silence, sifflements, explosions, coups de
fusil sporadiques, cris jaillis au même instant – avait couvert la voix de Joseph. Dans
le ciel volaient toutes ces choses qui n'ont
pourtant pas d'ailes, et qui ne se trouvent là
que par la volonté et l'énergie des hommes :
des tourbillons de fumée, des éclats de métal, des mottes de terre, des fragments d'étoffes, des képis, des corps comme des objets
sans nom, des morceaux d'arbres, des membres
arrachés. Les hommes vivants s'étaient dé-
bandés à la première explosion. Quelle surprise ! On croyait attaquer et l'on était soudain
pris sous un feu infernal. Avait-on jamais
entendu un bruit pareil ? Le premier obus
avait emporté la tête du caporal Devanier.

Ses hommes l'avaient vu s'effondrer décapité dans un jaillissement de sang. Ils avaient
hurlé un grand cri incrédule et s'étaient mis à
courir dans toutes les directions, tandis que
commençaient d'éclater partout des détonations formidables. Restez avec moi ! criait le
caporal Toulia. Quelques officiers étaient té-
tanisés. En partie de voir s'enfuir les hommes
dès ce premier enfer. En partie d'être surpris
comme un gibier. Qui bombardait ? Y avait-il
donc par ici une armée allemande ? Pourquoi ne la leur avait-on pas signalée ? Qu'ar-
rivait-il aux autres régiments ? L'ennemi était
invisible et malin. Des charges explosives
jamais imaginées dégringolaient du ciel. Ce
n'était pas cela la guerre ! La guerre n'avait
jamais ressemblé à ce massacre. Aucun soldat français n'avait été préparé à ce qui arrivait là !

Et maintenant chacun était rendu à lui-
même, à la solitude absolue de sa vie qui
n'appartenait qu'à lui. Chacun se trouvait
seul enfermé dans sa peau vulnérable. La blessure d'un autre n'était jamais la vôtre, qui ne
serait pas celle d'un autre. S'ils en partageaient
la perspective, ils ne prendraient part qu'à
leur propre mort. Jules avait vu le dernier
frisson du corps sans tête de Devanier.
C'était Devanier qui mourait, et lui, Jules
Chabredoux, était entier. Il s'était palpé partout pour s'en convaincre. Mais un troisième
là-bas, qui faisait de même, découvrait sa
main couverte de sang ! La chance se donnait et se reprenait, on était en tête-à-tête

avec elle, favori ou immolé, heureux ou
déçu. Celui qui était éventré, ou même seulement éraflé, couché sur le flanc, posant les
doigts peureusement sur sa chair malmenée,
plein d'espoir stupide, non, ce ne sera rien !
celui-là était bien seul à se sentir périr, et les
autres, tant qu'ils n'étaient pas touchés par
un tir, ne souffraient pas. C'est surtout par
l'esprit que nous nous approchons les uns
des autres, la vie du corps est l'image même
de notre isolement, la guerre était un moment pour le comprendre. Il n'y aura que
nos mères pour pleurer sur nos blessures,
avait dit le timide Joseph blotti derrière ses
lunettes. Mais les autres rabrouaient ce ché-
tif et le faisaient taire : Arrête de parler de ta
mère ! Quel âge elle a ta mère ?! Chaque
homme est une solitude qui a des dents pour
mordre.

Jules rampait dans l'herbe cuite et chaude
de septembre. Tu seras maudit entre tout le
bétail et entre tous les animaux des champs,
tu marcheras sur ton ventre et tu mangeras
de la poussière tous les jours de ta vie. Jules
était le serpent de la Genèse. Et d'ailleurs il
se préparait à perpétrer des actes sacrilèges.
La colère levait un interdit crucial. Je les tue-
rai pour cela, ruminait-il. La noire surprise
de la mort des autres venait faire de Jules un
guerrier. Tuer ou être tué. Voilà donc déjà le
cœur de la guerre ! Elle vous changeait un
homme. Elle vous le configurait en soldat.
Est-ce qu'on devrait pas mieux courir ? demanda encore Joseph. Buffie et Bressol, ils

courent, et les autres aussi, dit Joseph. Cou-
rons, dit Jules pour lui faire plaisir. Lui non
plus ne savait pas quoi faire. Il n'y avait pas
moyen de voir d'où l'on tirait. Comme si la
section était prise dans une embuscade. Est-
ce que ce ne sont pas nos artilleurs qui tirent
court ? se demanda Jules. Il voulait oublier
qu'ils attaquaient sans soutien d'artillerie. Il
chercha des yeux leur jeune lieutenant mais
ne le trouva pas. Une fumée qui piquait les
yeux et la gorge épaississait la clarté de l'air.
Un petit vent l'enlevait vers le ciel en
panaches échevelés, Jules eut l'idée de se
coucher à nouveau pour mieux respirer.
Joseph l'imita aussitôt. Car Joseph faisait tout
ce que faisait Jules, certain d'avoir rencontré
un homme inspiré. Une mitrailleuse s'était
mise à taper avec obstination. On pouvait
voir distinctement les trous qu'elle faisait
dans les capotes et, sous les capotes, dans les
abdomens, les pectoraux, les épaules… Le
tissu bleu était brûlé autour de la perfora-
tion, la chair était crevée et le sang dessinait
des formes d'étoiles ou de fleurs. Le jeune
Barbet s'écroula à quelques mètres de Jules.
Ah ! fit-il. Il n'était pas mort mais contem-
plant sa cuisse ravagée, il pouvait savoir
qu'il allait mourir : son artère fémorale était
ouverte. Ah ! répétait-il, comme s'il n'y avait
rien d'autre à dire, que souffrir et déplorer.
Tac tac tac tac, faisait la mitrailleuse. Quelle
violence avait ce bruit ! Tac tac tac, sans arrêt.
Nul n'était capable de repérer l'affût. Nul ne
semblait capable de penser. Jules rampa vers

le blessé. Tout le monde se couche comme nous, observa Joseph. Son esprit n'était déjà pas loin de se détacher du réel. Pour vivre ou pour mourir ? pensait Jules en regardant les hommes couchés. Le jeune Barbet s'était abattu d'un coup : à genoux encore, une main sur la cuisse, une deuxième rafale l'avait attrapé en plein visage. Jules avait crié : Non ! Cela semblait incroyable. En un éclair c'était fait. Mourir devrait prendre tellement plus de temps.

Dès son premier jour dans la compagnie, une fois affecté dans sa section, Joseph s'était accroché à Jules. Il l'avait élu. Il avait su que c'était là le bon parti, parce que Jules écoute quand on lui parle. On peut tout lui dire, jamais il ne bronche. Jules n'est pas moqueur pour deux sous, et son paisible sourire résiste à la guerre. N'était-ce pas un don sacré que celui-là : savoir, au plus douloureux de la vie, tout à côté de la souffrance et de la mort, ne pas être sombre mais lumineux, faire taire ce qui en vous répugne à vivre, et accompagner de cette grâce ceux qui demandent de l'aide ? Jules possédait cette chaleur d'humanité qui réchauffe les cœurs et aménage la terre. Auprès de Jules on pouvait être fier de l'homme qu'on était et du soldat qu'on faisait. Jules partait se battre sans être agressif. Il semblait courageux sans parler de courage. Il pensait à tout sans se vanter de rien. Jules est un grand homme, pensait Joseph. Et sous le feu, Joseph entendait bien rester tout près de ce bel

ami. S'il mourait, il voulait que Jules fût là
pour le voir. La nuit avant l'attaque, Joseph
avait dit tout cela à Jules.

Il avait dit : Le pire c'est de mourir seul.
Ou bien, ce qui revient au même, de mourir
au milieu d'hommes qu'on ne connaît pas.
Que personne ne sache rapporter à quel
moment, ou de quelle manière, vous avez
quitté la vie. En déplorant cela, Joseph pensait à sa mère. Il l'avait déjà tuée en se portant volontaire, lui qui aurait pu être réformé
pour une myopie prononcée. Pauvre femme !
S'il mourait, c'était Jules qu'il voulait imaginer devant elle. Alors Joseph avait eu cette
phrase étrange : Si je suis tué, je veux que tu
me voies mourir. Regarde-moi bien. Et
comme Jules ne réagissait pas, Joseph avait
insisté : Promets que tu regarderas. Même si
c'est moche ! Il avait ri pour dire cela, bien
que ce triste sort fût difficile à imaginer. Jules
ne répondait rien. Il réfléchissait. Depuis le
début des longues marches, il cherchait en
lui-même le calme et la sagesse qui semblaient faire défaut aux colonnes cheminant
sous le soleil. Cette conversation était tout
de même une chose très nouvelle ! Jules
entendait des paroles qu'il n'avait jamais en-
tendues, il ne voulait pas répondre n'importe
quoi.

Ce que Jules répondit étonna bien Joseph.
Il y a comme cela des gens qui ne ressemblent à personne, ils ne vont jamais là où on
les attendrait, et ce qu'ils choisissent de vous
dire s'imprime en vous pour toujours. Les

animaux, répondit Jules à Joseph, ils pensent
tout le contraire de toi. Ils vont se cacher
pour mourir. Comme s'ils voulaient préser-
ver les vivants à la fois du spectacle et de la
consternation. Pourquoi me parles-tu des
animaux ? demanda Joseph. Parce que je
pense à mon pays, dit Jules, à ma famille, à
ma ferme… à mon chien. Il s'en allait dans
un songe infini d'océan et de pinède. Et il
ajouta, comme à part soi : Parce que les animaux savent mieux mourir que nous. Il
y avait tant d'émoi et une admiration si lim-
pide dans la voix de Jules que Joseph se
sentit misérable. Pardon, dit-il. C'est cette
guerre… Il n'y a pas de honte, dit Jules,
aucune honte. N'oublie jamais que nous
sommes purs et que Dieu t'aime tel qu'il t'a
fait. Voilà ce que dit un véritable ami, pensait Joseph. Son bonheur collait à son visage
et reposait tout son être. Et maintenant dors !
lui dit Jules. Dors…, souffla-t-il comme il le
faisait avec son fils. Lorsqu'il vit les yeux de
Joseph bien clos et immobiles, Jules murmura : Ne crains rien, je ne te quitterai pas
des yeux.

Maintenant ils couraient. Il fallait courir.
Seul le mouvement pouvait les emporter vers
l'ondulation du terrain que cherchaient leurs
yeux, légère mais susceptible de les protéger. Tac tac tac ! C'était la mitrailleuse qui
voulait finir le travail. Cours ! criait Jules.
Il était fidèle à sa promesse : il tenait la vie
de Joseph au bout de sa voix. Cours ! Ne
t'arrête pas ! ordonnait-il encore. Il pensait

au-dedans, comme une injonction mentale :
Cours de toutes tes forces ! Ne pense à rien
qu'à courir ! Car il voyait le pauvre garçon,
tout stupéfait et inquiet, hésiter à continuer
dès qu'une balle le frôlait. Le jeune lieutenant hurlait lui aussi, en faisant de grands
gestes pour essayer de contrôler les fuyards
effarés. Il indiquait l'endroit pour un repli,
appelait les hommes à rejoindre une haie
d'épineux que bordait un fossé plein d'herbe
haute. Voilà un bon chef qui avait le souci
des vies. Restez avec moi ! Son cœur et sa
voix s'accordaient dans le commandement.
Il n'est pas mort ! pensa Jules en l'apercevant, et cette pensée lui redonnait de l'ardeur.
Il sentit ses jambes bondir et rebondir sur
les mottes d'herbe. Ah ! si ses yeux voyaient
le chemin des balles ! Si sa présence, tel un
rempart d'énergie bienfaisante, suffisait à les
détourner ! N'y avait-il pas une magie de la
volonté capable de sauver les fantassins ?
N'étaient-ils là que pour fuir et mourir ? A demi
pliés et la tête baissée. Joseph s'était encore
arrêté, interdit et benêt. Brêle courait en met-
tant ses bras sur sa tête. Et lui aussi de temps
en temps se plantait immobile pour regarder
tantôt le ciel, tantôt les camarades. Il avait eu
le matin même un mauvais pressentiment,
quelque chose allait lui tomber dessus, voilà
à quoi il pensait maintenant, c'était donc ce
qu'il avait deviné, ce marmitage-surprise. Avec
moi ! criait le jeune lieutenant.

  Qu'est-ce que je fous là ?! pensait Brêle.
Et les autres ! Ils étaient bien vivants encore,

et pourtant ce n'était pas dans la vie qu'ils
couraient, c'était à côté. Filer sous le feu n'était
déjà plus vivre. On est cuits ! se disait Brêle.
C'est pas vrai ! C'est pas vrai ! Guetter sa
mort, éprouver dans un frisson la fragilité de
son souffle, pour la première fois ne plus
croire en sa force, c'était perdre l'aveuglement
des vivants, c'était déjà sauter hors de son
corps et l'abandonner. La chair était un si
vulnérable vaisseau ! Plein de portes d'entrée invisibles où s'engouffraient les balles,
avec ce petit bruit amorti qui était le début
de leur silence, lorsqu'elles avaient fini de
siffler et qu'elles étaient bien au chaud.
Alors le sang pouvait courir tout son saoul.
Adieu la vie. Toutes les secondes étaient
mortelles. Cours ! hurla Jules. Derrière moi !
Suivez-moi ! appelait encore le lieutenant.
Ici ! ordonna Jules à Joseph. Comme on crie !
pensa-t-il. Est-ce que la sauvagerie ne naissait pas justement dans ce vacarme ? Pour
accepter de mourir autant que pour survivre, il fallait ces appels, commandement,
ralliement, encouragement, qui scandaient
l'action des hommes écrasés sous un tonnerre ennemi. Etait-ce même une action,
cette panique qui vous attrapait le cœur, dé-
bandant la troupe, faisant fuir les uns, para-
lysant les autres au milieu des blessés déjà
geignant ? L'avenir des chanceux entendrait
longtemps les invocations, les suppliques, les
ordres, les révoltes et les défaites, toute cette
misère de sursauts, d'espérances et de souffrances insoupçonnables. Quels moments

irrécusables ! Le ciel versait des masses d'acier qui éclataient et s'éparpillaient. La vie et la matière entraient dans une collision fatale. L'air portait des centaines de projectiles à la recherche d'un peu de chair vivante. C'est un désastre, pensait déjà le lieutenant. Et Jules quant à lui ne cessait de murmurer entre ses dents : Quel malheur ! Quel malheur, mon Dieu ! Les silhouettes s'effondraient, plusieurs ensemble, ou une toute seule, égarée dans ce jeu de quilles sacrées. Leur effacement discret, sans effet sur le tumulte général, laissait des corps affreux à voir : de quoi fabriquer le tourment des survivants. Une simple balle était donc capable de venir à bout de tout un homme ? De le défigurer. De fracasser en chair et en os sa mâchoire, son épaule, sa hanche… Combien de silhouettes tombées ? Elles couvraient le grand champ d'herbe comme une maladie qui s'étendait par des excroissances rouge et bleu. Pas un civil en ce jour n'aurait pu croire cela sans le voir. En un coup d'œil Jules pouvait faire le tour du drame. Il lui venait un sentiment inattendu, désespérant et vain : ce ne pouvait pas être ainsi ! Il fallait se reprendre, recommencer et mieux se préparer. La guerre était venue trop vite. Etre là, quand la semaine d'avant on s'en allait regarder les progrès du maïs, c'était un conte à dormir debout. Que savaient-ils vraiment du feu ces hommes, et lui-même, cavalant sous la mitraille ? Il voulait se convaincre que les généraux eux-mêmes n'en savaient rien. Sans quoi qu'étaient-ils

d'autre que de stupides assassins ? Pauvres
soldats de France ! Etaient-ils prêts et capables ? Sans doute ni l'un ni l'autre. Jules était
agile et preste, son intuition était libre, son
oreille enregistrait les bruits et le guidait, il
se couchait, se relevait d'un saut, courait, se
couchait… Déjà il n'était pas loin du fossé
herbu qui le sauverait. Mais il sentait autour
de lui tomber les autres, ceux qui étaient
moins jeunes ou trop jeunes, plus fatigués
ou moins adroits. La tonicité, la rapidité,
l'endurance leur faisaient défaut, et ce man-
quement était fatal. Le gros Buffie devait
chercher son souffle. Sa course s'était ralen-
tie, il avait cessé de se plaquer au sol, il ne
faisait plus que se pencher en avant. Par le
dessus de ce crâne présenté en offrande
entra une balle qui ressortit par la nuque.
L'impact releva un peu son visage, comme
si on le tirait par les cheveux. Sa course s'arrêta, la courbe de son corps s'inversa légèrement vers l'arrière, il ployait sous l'effet
d'une force invisible, son visage n'était déjà
plus celui qu'il avait dans la vie. Il put dire
encore un mot au vacarme. Il put de la main
chercher sa blessure, peut-être sentait-il le
sang chaud coller dans son cou, puis il tomba
à genoux, un instant en prière avant de
s'écraser, plongeant dans la terre sa nouvelle
face de cadavre. Bressol qui le suivait s'affala
d'un coup, sans mot, sans geste. La balle
l'avait atteint en plein cœur. La ligne de sa
bouche tomba, comme si plus rien ne pouvait
la tenir et que son corps savait. Voilà deux

morts qui avaient des noms, et des lignes de
chance dont, la veille, ils ne trouvaient pas
la fin. Si Jules avait été capable de penser, il
aurait pu les revoir rigolant ensemble avec
leurs paumes ouvertes. Mais leur mort adve-
nue si près de lui le faisait courir encore
plus vite. Son esprit était tout entier dans ses
jambes. Il atteignit le fossé avant tous les
autres et se jeta dedans. Dans les bras de
Dieu, pensa-t-il. Et au même moment il ouvrit
les siens à Joseph qui le suivait et s'agrippa
à son ami en une grande convulsion.

   Jules et Joseph étaient les premiers sortis
de la zone mortelle. Etait-ce la peur ou le
courage, la jeunesse, l'élan de la vie qui leur
donna des ailes ? Tout se mêle pour nous
tenir en vie. C'était aussi l'union de l'amitié.
Et maintenant, terrés comme des animaux,
et dans cette union impuissante, ils regardaient l'essaim des hommes s'éclaircir peu à
peu au milieu du grand pré pelé qu'arrosait
la puissance d'un tir concentré. Deux sections s'affaissaient dans l'herbe et la fumée.
On distinguait les silhouettes, des mouvements
empêtrés, des courses arrêtées, des chutes
brutales, des faufilements chanceux. On
continuait d'entendre les appels du jeune
lieutenant, un bras tendu dans la direction
du fossé. Le ciel déversait loyalement tout
ce que lui confiait l'affreux désir de tuer. Les
ogives de métal volaient au-dessus des têtes.
Elles retombaient au milieu des hommes qui
couraient, chaque fois les dispersant comme
par magie, perçant au sol un cratère. Si le tir

s'allongeait, elles déchireraient le misérable
fossé. La terre valsait au ciel. Un obus plon-
gea droit sur un homme : la tête disparut
dans une fournaise, comme par un enchantement rougeoyant, son torse et son ventre
s'ouvrirent jusqu'à couper le corps en deux,
le sang fit un feu d'artifice vermillon, et un
petit tas sanguinolent retomba au sol quand
tout fut fini. Les morceaux de chair blanche
étaient comme une peau nue sous le soleil.
Est-ce que ce n'était rien que ça un homme ?
Serait-on soi-même semblable à ce petit excré-
ment d'animal indisposé ? Joseph vomissait
dans le fossé, puis il pleura comme un enfant
dans les bras de Jules. Il pesait, abandonné,
secoué par les sanglots, son corps était
chaud : Jules avait le sentiment de tenir la
vie entre ses mains. Oui, il sut à ce moment
comme le principe en était simple : cette
chaleur douce, ce souffle continu, et la fragilité de cet ensemble. Alors, dans le tohu-
bohu du premier feu, caressant la tête de
Joseph comme il caressait autrefois celle de
Prince, Jules pensa à ceux qui faisaient sa
vie. Antoine et Félicité. Un moment de paix
s'installa en lui. Un homme qui a fait un enfant possède un avenir, disait-on au pays.
Jules pouvait entendre sa mère répéter cette
phrase rituelle. Accroché à ce fil de vie, il
pouvait s'échapper vers son avenir. Son fils
ne connaîtrait jamais cela, et sa femme en
ignorerait l'idée même, il s'en faisait le ser-
ment. Il savait les gestes et les paroles qu'il
aurait, et ceux qu'il n'aurait pas, quand il

reviendrait chez lui et trouverait l'enfançon devenu garçonnet. Non, jamais il ne dirait un mot de ce qui se passait là. Il ne dirait pas qu'en se battant, il avait donné son assentiment à tout cela. Il ne dirait pas non plus comment il l'avait compris puis accepté, comment il avait fini déjà de s'en vouloir d'avoir consenti : ayant le plus ingrat des courages, celui de la guerre plutôt que celui de la paix. Il tairait son regret d'avoir été conforme. Pourquoi rapporter encore plus de tristesse ? Il y en aurait des tombereaux ! Il tairait à Julia, à toutes les femmes comme elle, cela vers quoi elles avaient poussé leurs époux et leurs fils. Voilà qu'il était reconnaissant envers Félicité simplement d'avoir pleuré quand il partait ! Celles qui riaient et encourageaient, que disaient-elles depuis qu'ils mouraient ? Est-ce que Julia serait encore fière de son fils maintenant que tout était bien commencé ? Si elle le voyait ainsi, couché dans un fossé, serrant dans ses bras un homme en larmes et regardant vainement mourir les autres, quels mots trouverait-elle ? Qui sait ? pensa Jules. Peut-être les femmes étaient-elles très dures. Peut-être étaient-elles mieux préparées à cette boucherie qu'un pauvre Joseph. Elles savaient comment un corps peut saigner, et souffrir, et geindre. Elles savaient que la vie vient comme elle s'en va, dans le sang et les cris, dans un effroi originel que l'expérience justifiera. Un obus tomba sur deux corps couchés dans l'herbe, ils firent ensemble une virevolte dans les airs

avant de retomber estropiés. Voilà que l'on
continuait de tuer les morts ! Les mains de
Jules couvrirent son visage. On n'impose
pas n'importe quel spectacle à ses yeux.

Jules avait eu une vie priante, il savait
qu'il aurait une guerre scandée par la prière.
Où qu'il se trouvât, il pouvait clore son être
sur lui-même : Souvenez-vous, ô très miséricordieuse Vierge Marie, qu'on n'a jamais
entendu dire qu'aucun de ceux qui ont eu
recours à votre protection, imploré votre assistance ou réclamé vos suffrages ait été abandonné. Animé d'une pareille confiance, ô
Vierge des vierges, ô ma mère, je viens à
vous, et, gémissant sous le poids de mes péchés, je me prosterne à vos pieds. O Mère
du Verbe incarné, ne méprisez pas mes prières, mais écoutez-les favorablement et dai-
gnez les exaucer. Les hommes avaient rejoint
le petit fossé. Brêle, Arteguy, Rousseau, Toulia… Jules ouvrit les yeux. Le lieutenant
donnait des ordres. Ce n'était pas le moment
de prier ! Les Allemands étaient à moins de
deux cents mètres, à quarante-cinq degrés
sur la droite. Notre repli les a presque con-
tournés, expliqua Brêle à Jules. Feu à répétition, criait le lieutenant, feu ! Les canons des
lebels se glissaient à travers la haie d'épineux. Jules aperçut au loin des mouvements
de silhouettes gris-vert. Il respira amplement,
comme pour poser son être entier dans
l'action de viser. Joseph tirait sans répit, ruis-
selant de malheur. Jules visa les formes qui
se faufilaient là-bas. C'était un soulagement

d'agir, de croire tuer plutôt que de croire mourir. L'affreux désir de tuer se nourrit de lui-
même.

Un agent de liaison du capitaine attrapa
l'épaule du jeune lieutenant : Enfin ! souffla-
t-il. On vous cherche partout ! Jules écoutait.
Depuis le début des mouvements, il avait
décidé qu'il voulait comprendre. Et ensuite
il expliquait ce qu'il pouvait à Joseph. Des
soldats informés sont plus performants que
des crétins qu'on trimballe, pensait Jules.
Jamais il n'accepterait que les officiers n'y
songent pas davantage. Déjà Joseph s'affolait. Calme-toi, dit Jules à son protégé. Nous
sommes les seuls à n'avoir pas reculé. Et
nous voilà livrés à toute une compagnie allemande. Il faut laisser tomber, se regrouper
en arrière et rejoindre les autres sections, à
défaut de quoi on risque de mourir ici.
Nous avons été trop doués, concluait Jules.
Trop quoi ? Joseph ne comprenait rien.
Qu'est-ce qui se passe ? demanda-t-il à Jules.
Mais Jules écoutait les deux gradés. Suivez-
moi ! répétait le lieutenant gardant son sang-
froid. Derrière moi ! Puisqu'il s'en retournait
en laissant la haie entre ses hommes et le tir
ennemi, ils ne rejoignaient pas leur point
de départ. Le bombardement avait cessé,
une mitrailleuse reprenait son tapotement
embusqué dès que les hommes se dressaient.
S'ils n'avaient pas bêtement tiré, personne
en face n'aurait su qu'il restait des hommes
dans ce champ, pensa Jules. S'ils n'étaient
pas vêtus comme des perroquets fanfarons,

ils pourraient se camoufler dans la couleur
des champs. Verdâtre, gris, comme un cadavre,
comme un taillis, comme un homme qui n'est
pas une cible, voilà comment on devrait
vêtir un soldat. C'est pas vrai ! C'est pas vrai !
Ils se croyaient malins, des héros presque.
Quelles andouilles ils faisaient maintenant à
reculer !

3

Deux heures plus tard ils s'étaient repliés.
L'ordre avait été donné aux compagnies de
se reformer à l'arrière. Une contremarche
allait commencer. Ils parcouraient des kilomètres et des kilomètres, au-delà de toutes
les forces qu'ils se connaissaient. Et à la fin,
leur esprit entier serait concentré dans leurs
pieds. Une armée qui recule ? Des milliers
de malheureux qui marchent dans la mauvaise direction ! disait Brêle.
   Bien des hommes n'avaient plus de peau
sous les pieds. Ils ne s'en plaignaient pas.
Les plus avisés commençaient à prendre
soin de leurs souliers. Ce qui leur faisait mal
au cœur, disaient-ils, ce n'étaient pas leurs
pieds, c'était de s'en aller comme ça, sans
avoir combattu, ayant à peine aperçu l'ennemi, et laissant tant de soldats morts pour
rien. T'aurais imaginé que les choses ressem-
bleraient à ça ? demandait le jeune Rousseau

à Arteguy. A quoi ? disait Arteguy qui pensait
à ses pieds. A une promenade interminable
jusqu'à une mort minable, répondit Brêle.
C'est ça que tu voulais dire, petit ? demandait
Arteguy à Rousseau. Ben..., murmurait Rousseau. C'est ça oui ? disait Brêle. A peu près
oui, faisait timidement le jeune Rousseau.
Les ordres avaient encore changé ! Un courrier à cheval les apportait. Si ce cavalier était
tué, qu'advenait-il des consignes et de ceux
qui les attendaient ? se demandait Jules. Leur
guerre offrait une place pour la chance ou
le malheur : une impression désagréable de
bricolage se dégageait de ce qu'ils menaient.
Les Allemands étaient-ils soumis aux mêmes
aléas ? A cette heure on imaginait qu'ils étaient
invincibles. Qu'avaient-ils réussi que nous
avions manqué ? Ils étaient très proches
maintenant ! murmurait-on. Les reconnais-
sances envoyaient des messages inquiétants :
à quelques kilomètres, la grande forêt se
remplissait de troupes ennemies. Vingt corps
d'armée massés dans la région pour une
vaste contre-offensive ! Fallait-il le croire ?
Pourquoi l'information n'était-elle pas par-
venue avant ? Nul ne se l'expliquait. Cette
guerre avait décidément peu de traits com-
muns avec les manœuvres et les prévisions
françaises ! Beaucoup de jeunes soldats, et
des vieux officiers parfois proches de la retraite, le découvraient à leurs risques et périls.
Jules, qui essayait de comprendre le mieux
possible l'enchaînement des faits, se trouvait assez désemparé. Joseph l'était encore

davantage : si Jules était perdu… Le défilé des morts, couchés sur les brancards, déjà raides et jaunis – était-ce une idée ? –, durait depuis une heure. On fermait les yeux qui étaient restés ouverts. Ils semblaient lancer tant de reproches ! Pourquoi êtes-vous vivants ? Pour quelle cause sommes-nous morts ? Par quelle incompétence ? Quelqu'un avait-il idée de l'intensité du feu allemand ? Des blessés qu'on évacuait criaient, invectivaient, ou se taisaient pour commencer à mourir. Leur bruit ou leur silence avaient la même horreur. Le caporal Toulia se tenait la tête dans les mains, pressant ses doigts sur ses tempes comme s'il avait voulu en extirper l'image de ses hommes paniqués par les détonations, et celle de Devanier la tête volant en éclats de sang. Devanier ? Et pourquoi pas Toulia ? pensait le caporal Toulia. Et alors ses mains retombaient ballantes. Il ne supportait pas l'idée de tenir sa tête quand celle d'un autre avait éclaté.

Votre prière nous a sauvés, dit le jeune lieutenant à Jules. Il avait cherché le soldat landais, juste pour lui dire cela. Il fallait absolument le lui dire, et tout de suite, dans le désordre du régiment en retraite. Parce que le partage de la foi n'attendait pas. D'ailleurs Dieu était venu en aide à l'officier, sûrement, car il avait trouvé son homme, un peu à part des autres, assis sur le talus, les bras et la tête enfouis dans ses genoux, avec ce garçon simple qui le suivait partout. Il l'avait reconnu sans même voir son visage.

On oublie facilement un beau visage, mais on se rappelle l'expression d'un regard et l'allure globale d'un corps tenu par une personne. Des yeux très bleus, froids comme l'exigence, bons comme l'amour. Des cheveux noirs. Une finesse musculeuse. Une distinction qui n'instaure pas la distance. Jean Bourgeois cherchait cet étrange mélange. Jules, le lieutenant te parle, disait Joseph maintenant que c'était trouvé. Il tapotait l'épaule de son compagnon. Les yeux bleus se levèrent, un ciel dans la pierre claire d'une face harmonieuse. Votre prière nous a sauvés, répéta le lieutenant venu affirmer ce qu'il espérait. Le croyez-vous ? demanda Jules. C'est vous qui nous avez tous ramenés. Je fais de mon mieux, dit Jean Bourgeois, mais ce que je fais de plus sage, c'est de vous confier à Dieu. Ne le dites pas aux autres, dit Jules en hochant la tête. Et pourtant ! dit le lieutenant, ne les avez-vous pas entendus ? Au premier danger ils récitent plus de "Je vous salue" qu'ils n'en ont jamais dit. Ils veulent toutes les protections, dit Jules. On peut les comprendre. Et il se rappela : dans la poche de Buffie il y avait une prière à la Vierge, un trèfle à quatre feuilles et une Marianne... et toute cette espérance superstitieuse était partie en fumée. Ils comptent tout de même sur vous, dit Jules, et moi je compte avec vous. Il avait dit *avec* et ce simple mot si bien choisi faisait chaud au cœur du lieutenant. Il se sentait moins seul avec son galon doré. Pour peu, il aurait cru partager le commandement

avec ce soldat landais. Jules s'était tu. Son
visage s'attendrissait dans une moue, et cela
faisait deux ou trois minutes qu'il ne disait
plus rien. Un rayon de soleil lui chauffait
la joue. Il avait oublié son compagnon de
conversation et ses yeux s'obstinaient à rester clos sur leur béatitude. Peut-être avait-il
oublié la guerre. A quoi sourit-il ? se demandait le lieutenant Bourgeois. Jules s'abandonnait au ciel, à la douceur de l'air qui lui
caressait les cheveux, à ce soleil d'été. Je
suis bien vivant, chantait le corps de Jules.
Jules souriait d'entendre son corps chanter.
Certaines délices simples durent aussi longtemps que la terre. Je suis bien vivant et le
soleil est brûlant. La peau de Jules, les ailes
de son nez, ses paupières closes, tout cela
claironnait, comme s'il avait suffi du soleil,
comme s'il n'y avait que son rayonnement.
Pourquoi y avait-il dans le ciel un astre bienfaisant et la folie des hommes ? A cette question rageuse, Jules ouvrit les yeux. Il pouvait
se voir assis sur le talus. Ses pantalons rouges
étaient de la couleur de la route. Il regarda
le bazar de l'armée en déroute. Leur capitaine avait fait passer le mot qu'on fusillait
sans jugement les fuyards. Mais ils étaient
tous des fuyards ! pensait Jules. Retraite,
fuite, déroute, il fallait être bien malin pour
percevoir la différence. L'enchevêtrement des
hommes assis et couchés partout, les chevaux et même les vaches, des chariots de
civils qui passaient auxquels s'accrochaient
certains soldats, jamais il n'aurait imaginé

une telle débandade, un pareil fourbi, et des généraux qui ne maîtrisaient plus leurs troupes. Si vous aviez pensé que vous verriez cela..., commença Jules. Mais le lieutenant parlait aussi. Votre nom est bien Chabredoux ? demandait-il. Appelez-moi Jules, dit le Landais revenu de son escapade. Jules Chabredoux, acquiesça-t-il en tendant la main au lieutenant, je viens des Landes comme le caporal Toulia et beaucoup d'autres dans le régiment. Jean Bourgeois, dit le lieutenant, je faisais mon service à Toul, ma famille réside à Paris. Et le jeune homme semblait s'en excuser.

Il s'en excusait vraiment, mais pas d'être parisien, plutôt d'être un nanti, comme ils disaient ici, d'être né avec la cuillère en argent dans la bouche : d'avoir eu des culottes en dentelle et des gouvernantes, d'avoir fait les écoles, et que sa mère fût de ces chanceuses qui se faisaient servir à table et qui comptaient le linge au lieu de le laver. Bref d'être ce qu'il était. En même temps que le feu et la couleur du sang, il découvrait des vies qui ne ressemblaient pas à la sienne. Jules lui apprenait qu'on pouvait avoir vingt-huit ans, travailler depuis des sept ou huit ans, être marié et père de famille. Je ne suis qu'un enfant ! pensait Jean Bourgeois, ignorant qu'il se le disait parce qu'il souffrait de devenir si vite un homme. Il songeait à son père, si peu connu, Paul Bourgeois, polytechnicien que l'anticléricalisme républicain n'avait promu que capitaine d'artillerie,

décédé prématurément, avant d'avoir appris
à son fils soldat ce que d'autres lui ensei-
gnaient aujourd'hui : le courage et la peur,
le commandement et la responsabilité, la
fraternité dans cette adversité soudaine. Son
père ne vantait-il pas le service militaire de
cette façon ? Jean pouvait encore entendre
sa grosse voix : La première vertu de ces trois
années à l'armée, c'est le brassage social. Il
y a comme cela chez les grands bourgeois
un besoin d'être sûrs que leurs privilèges ne
forgent pas une méconnaissance des autres.
Avez-vous eu peur ? demandait le lieutenant.
Un rouge-gorge, tout gonflé et sans crainte,
s'était approché de Jules. Et Jules lui murmurait de petits mots qui le faisaient venir,
sautillant, à quelques centimètres de lui. Mais
Joseph s'approcha et l'oiseau s'envola. Moins
peur que lui, répondit Jules en regardant le
ciel où volait le fuyard.

  Tu n'iras pas chez ma mère pour cette
fois, murmura Joseph en touchant le bras de
Jules. Il était comme ceux à qui le monde
fait peur, il avait besoin de sentir dans sa
main la chair d'un autre. Où habite votre
mère ? demanda Jean Bourgeois avec un
sympathique intérêt. Mais sans répondre à
la question, Joseph expliqua : Ma mère voulait me cacher dans sa cave ! Elle ne pouvait
plus s'arrêter de pleurer quand je lui ai dit
que je refusais d'être un planqué. N'ai-je pas
déjà tué ma mère ? marmottaient les lèvres
de Joseph. Ces mots eurent le pouvoir de
fabriquer tout à coup trois garçons qui s'en

retournaient chez eux. Car Jules pensait à Julia, et le lieutenant lui aussi était avec sa propre mère. Valentine Bourgeois avait-elle pleuré ? Si elle l'avait fait, elle s'en était bien cachée. Jamais Jean n'avait vu pleurer sa mère, pas même à l'enterrement de son mari. Elle serrait les dents, elle semblait minuscule et prête à défaillir tant elle était menue, les plumes noires de son chapeau noir dansotaient curieusement, mais elle ne faiblissait jamais. Elle avait connu le désespoir sans l'apaisement des larmes. Elle traversait le deuil avec un courage de femme, voilà ce que pensait aujourd'hui son fils. Et d'ailleurs il dit : Il faut tant de courage aux mères ! Nous mettre au monde et risquer de nous perdre... Continuer de donner des fils à un pays qui les envoie dans la guerre... Et il murmura, comme si c'était inhumain (mais on ne savait pas si c'était la mère ou la situation qui l'était) : Ma mère, qui a trois garçons à la guerre, prie pour que le quatrième passe le conseil de révision... Elle ne pleure pas ? demanda Joseph, effaré. Je n'ai jamais vu une larme dans ses yeux, dit le jeune lieutenant, et je ne l'ai connue qu'en noir, portant le deuil. Et il souffla : D'une sœur, d'un enfant, d'un mari... Le deuil de tout le bonheur. Julia, dit Jules. Il s'interrompit. C'est ma mère, précisa-t-il. Julia, j'ai cru qu'elle en perdrait la tête, mais c'est son cœur qu'elle a perdu. Elle est devenue aussi dure que la pierre du lavoir : tout glisse sur elle comme l'eau sur un canard, on croirait que

jamais elle n'éprouve quelque chose. Et quand
tu es parti ? demanda Joseph. Non, dit Jules,
elle n'a pas versé une miette de larmes, et
elle a méprisé ma belle Félicité bouleversée.
C'est bien ça mon souci maintenant, dit Jules,
et il se mit à rire pour dire : Les femmes
entre elles, c'est pas de la tendresse ! Pour
ça non ! fit Joseph qui aimait acquiescer à
tout ce que disait son ami.

Joseph n'avait qu'un ami. Les autres se
moquaient de lui. Joseph ! est-ce qu'elle a
des gros seins ta mère ?! Quand c'est que tu
m'la présentes, hé ?! Fermez-la les gars, vous
voyez pas qu'il sait pas de quoi on parle !
Oh la chochotte ! tu réponds quand j'te
cause !... La violence des mots obscènes
remplaçait celle du désir, car les femmes manquaient. Joseph ne parlait plus de sa mère
depuis qu'il avait été victime de ces railleries. Comment pouvaient-ils déshonorer sa
mère qu'ils ne connaissaient même pas ?
demandait-il à Jules. Ne réponds pas, tais-
toi, laisse dire, ordonnait Jules. Il craignait
que Joseph se crût obligé de se battre. Alors
il l'emmenait voir le lieutenant. Avez-vous
écrit à votre mère ? demandait Jean Bourgeois. Aucun d'eux n'avait trouvé le temps
d'une lettre. Elles doivent se faire beaucoup
de souci ! disait Jules. Parler des compagnes
et des amantes sans mépris et sans grivoise-
rie était ici la distinction même. Ainsi Jean,
qui découvrait le monde grâce à la guerre,
fut-il certain d'avoir trouvé une âme sœur.
Et puisque Joseph semblait le protégé de

Jules, il l'adopta. Ils furent trois, ce qui est
toujours mieux que trois fois un. Un pour
trois et trois pour un, disait Joseph, avec un
petit air heureux parce que sa peur du monde
était peut-être divisée en trois.

4

On me charge de vous dire que votre frère
Louis a été décoré de la Légion d'honneur,
disait à Jean Bourgeois le capitaine Dorette,
qui le tenait du général lui-même. Louis
Bourgeois, mobilisé dans l'infanterie, avait
été blessé au poignet et évacué à Tours, où
Valentine sa mère, retenue par un autre enfant
malade (elle avait alors cinq fils et deux filles),
ne put le visiter. Jean ne songeait jamais à
ce frère sans que son cœur se pinçât. C'était
un mystère dont il ne parlait à personne.
Qui comprendrait, en dehors de jumeaux
semblables à eux, et il n'en avait pas rencontré. L'amour gémellaire supportait-il la
séparation ? Si l'un d'eux venait à mourir,
l'autre mourrait-il aussi ? Ils le croyaient, tant
était serré le lien de leur fraternité. Et ils
pensaient à leur mère. Qu'adviendrait-il d'elle ?
Pouvait-elle survivre à la perte simultanée
de deux fils ? Jean s'obligea à laisser de côté
ces questions qui n'avaient pas lieu d'être.
Pourquoi devancer sa souffrance ? A peine
un mois plus tard, le 24 septembre, Louis

Bourgeois serait porté disparu, à Chaulnes, près de Roye, dans la Somme, mais cela, Jean ne le savait pas, sa mère le lui cacherait, si bien qu'il admira longtemps son frère déjà décoré, déjà mort. Mon frère jumeau a reçu la Légion d'honneur, vint-il dire à Jules et Joseph qui le félicitèrent. Ils étaient sincères dans un surprenant plaisir. C'est un peu comme si c'était vous ! disait Joseph. Jules acquiesçait, plus curieux. N'avez-vous rien ressenti lorsqu'il a été blessé ? Mais Jean ne pouvait pas trouver le moindre signe annonciateur, d'ailleurs il ignorait à quel moment exact cela était arrivé. La Légion d'honneur, fit Joseph, tu te rends compte ! Son émerveillement lui faisait oublier ce qu'il avait vu ces derniers jours. C'était le temps des décorations : la guerre avait besoin d'elles, comme elles ont besoin de la guerre.

Ils avaient bel et bien commencé à vivre les choses les plus difficiles. Au dépôt, Jules avait lié connaissance avec Buffie et Bressol, voilà que les deux étaient tués. Oui, pensait Jules, ça n'avait pas tardé. Une attaque nue sous le feu lourd, une reptation dans l'herbe, et toute la misère des hommes était découverte. Jamais il n'avait vu tant d'entrailles. Ils voulaient tous sauver leur peau mais leur peau ne résistait pas au feu : elle s'ouvrait, saignait, laissait voir ce qu'elle renfermait de viscères, de muscles, de cervelle même. Et quel spectacle c'était ! Maintenant les hommes étaient sombres. Pas un seul qui n'ait déjà vu frire le sang autour d'une blessure.

Et tout cela sans apercevoir le bout d'un ennemi ! Il était bien temps de perdre le moral maintenant qu'ils étaient tous engagés, pensa Jules pour se reprendre. Quelle tuerie ! N'auraient-ils pu le deviner dans le train quand ils croisaient les blessés ramenés vers l'arrière ? Dire qu'il s'en trouvait alors pour chanter ! Croyaient-ils donc être fabriqués autrement ? Pourquoi ce qui frappe un autre nous serait-il épargné ? Pourquoi le croyons-nous si souvent ? se disait Jules. Parce que nous le voulons à tout prix ? Pour cette fois il ne suffisait pas d'espérer, pensa-t-il. Il se sentait maintenant minuscule, dépossédé du pouvoir de diriger sa vie, insignifiant dans le flot bruyant des hommes. Comme ils étaient frustes soudain séparés de ce qui les policait, la société des autres et une épouse soucieuse de ce qu'on dirait, un lit et des draps, un pantalon propre, une barbe rasée. C'étaient tout de même ces compagnes qui manquaient le plus. Ils gardaient encore l'image de leurs sourires et de leurs larmes sur les quais des gares, mais bientôt ce souvenir s'estomperait devant d'autres rictus. Et Jules, à cette idée, cherchait le visage de Félicité. En lui, juste là, il pouvait trouver aussitôt les longs cheveux, leurs boucles noires, les yeux en amande, le sourire des petites lèvres fines… tout ce trésor scellé dans son amour. Le meilleur était encore là dans son cœur, accessible à tout moment, et si loin cependant. Comment se peut-il qu'une force étrangère sache imposer cette séparation ?

Félicité, murmura Jules. Félicité, Félicité, Félicité, il ne s'arrêtait plus de le répéter, c'était comme une folie d'aimer ce prénom et cette tendreté féminine, et elle ne savait rien de tout ce qu'il ressassait. Il n'avait pas eu un seul répit pour lui écrire, il n'avait fait que marcher, et dormir lorsque enfin ils s'arrêtaient.

On commence plus facilement à vivre les choses difficiles lorsqu'on ignore combien de temps il faudra les endurer encore. Quand on entretient l'illusion que le cauchemar sera bref. Il arrive ainsi que l'erreur ou l'ignorance réduisent la souffrance. On peut se montrer plus courageux qu'on ne l'est, héroïque sans avoir eu le temps d'y songer, vaillant petit à petit en rêvant du temps où l'on cessera de l'être, un instant de bravoure après un moment de persévérance, un morceau de gloire pour passer tout un jour, un sursaut après un abattement, en croyant que ce mauvais temps sera bientôt fini, et soutenu par cette idée. Peut-être justifiait-on ainsi à l'armée l'ignorance des troupes.

Car plus de trois cent mille soldats marchaient ainsi autour de Jules, dans leur dangereux pantalon rouge et la même méconnaissance de ce qui se passait, s'imaginant pour beaucoup que la guerre serait courte et qu'aux premières lignes, des régiments avaient peut-être déjà traversé le Rhin. Quels régiments ? Ils n'en savaient rien. Mais ils marchaient. Marcher est toujours moins pénible que mourir, disait Brêle en rigolant. Ses cheveux, blonds et bouclés comme ceux d'un angelot, avaient poussé en boule dorée autour de sa tête. J'ai l'air d'une fillette adorable, se plaignait-il. Il voulait avoir l'air féroce, cela pouvait toujours servir. Jules coupa cette chevelure en suivant la géométrie du visage taillé au carré. L'ange devint un ogre. Avec une tête pareille, disait Brêle, j'aurai de l'autorité ! Joseph enlevait ses lunettes pour rire plus confortablement.

Que se passe-t-il ? demandait sans cesse Joseph. Dès que la colonne s'arrêtait, dès qu'un caporal sifflait un biffin, quand un cheval hennissait ou que la pluie cinglait les feuilles, si un homme râlait, si un ordre venait infléchir la direction ou la vitesse de leurs déplacements : Que se passe-t-il ? Tu crois qu'on va les voir enfin les Boches ? J'espère qu'ils vont pas encore nous tomber dessus par surprise ? Pourquoi notre artillerie vient-elle pas les contrebattre ? Joseph ne s'arrêtait pas de poser des questions, comme font les enfants, sautillant presque au lieu de marcher. Chut ! faisait Jules qui n'en pouvait plus. Mon chien était moins bavard que toi ! disait-il en riant. Au-dedans, il regrettait de ne pouvoir fournir de réponses. Lui aussi se posait ces questions. On ne sait jamais rien, pensait-il. C'était cette ignorance qui lui usait le moral. Marcher sans raison et sans but, marcher comme on se sauve. Est-ce qu'on ne tourne pas le dos à l'ennemi ? se demandait-il. Il lui semblait que si. Mais il se rassurait : J'ignore la stratégie d'ensemble. Le régiment allait prendre le train. Que se

passe-t-il ? recommençait Joseph. Pourquoi
le train ? Où allons-nous ? Ne pose plus de
questions, dit Jules, je n'ai pas les réponses.
Puis, le cœur pincé, songeant à sa maison,
il se demanda ce qu'ils faisaient là-bas.

                    5

A la ferme Chabredoux, le petit Antoine
réclama son père pendant quelques jours. Il
vit que cela faisait pleurer sa mère sans faire
revenir celui qui manquait. Il regardait avec
étonnement le visage froissé de Félicité, ses
yeux mouillés et brillants, cette façon qu'elle
avait alors de baisser la tête pour cacher ses
larmes, puis d'attraper la nuque de son fils et
d'y déposer un baiser. Déclencher ce manège
intéressait le garçonnet. Cruauté enfantine,
curiosité devant un phénomène reproduc-
tible et singulier, vengeance même ? Félicité
ne comprenait pas son fils mais elle l'entendait crier. Papa ! Papa ! se mettait-il tout à
coup à marteler, souvent lorsqu'il avait été
grondé, et parfois sans que l'on pût savoir ce
qui l'avait amené à y penser. Papa ! Papa !
appelait-il sur divers tons, celui de la supplique le lendemain du départ de Jules, puis
peu à peu comme une vaine ritournelle.
Papa va revenir bientôt, disait Félicité pour
rassurer l'enfant, qui aussitôt reprenait après
elle : Papa ! papa ! Il était à cet âge où l'on

saisit les mots au vol, pour les dire et redire, les écouter peut-être, et regarder sourire ceux qui vous entendent. Guerre, guerre, disait aussi Antoine, prononçant plutôt "guê", avec entrain, se mêlant à la conversation qui, où que l'on allât, tournait autour de ce que faisaient l'armée française et ce général Joffre. Félicité s'amusait de voir son fils s'approprier à la fois le langage et le monde. Cet émerveillement-là appartient à la jeunesse des mères et peut côtoyer la tristesse. Guê ! Guê ! criaillait l'enfant devant les adultes. On le prenait à partie, toi aussi tu t'intéresses à la guerre ! lui disait-on, il répétait : Guê guê, avec une petite voix pointue, fort content de lui, et Félicité remarquait qu'il était bien le seul à la faire sourire avec ce mot.

Au bout d'une dizaine de jours, le garçonnet avait oublié qu'un homme manquait dans la maison. Sa mémoire si neuve et son attention captivée par la découverte semblaient même avoir effacé le père tout entier. Nul n'aurait su dire ce qui de Jules restait à son fils, le visage ou la voix, le sourire ou les baisers, en tout cas Antoine ne le réclamait plus. On eût dit qu'il n'avait jamais eu besoin que de sa mère. Félicité, partagée, décida de ne pas lui parler exprès de Jules. Si la conversation venait sur les soldats et le régiment de Jules, elle ne cachait rien, mais elle ne faisait pas de grands discours. Voilà un petit garçon dont le papa était soldat et à qui elle n'allait pas rabâcher qu'il avait un papa… Bien sûr qu'il en avait un ! Elle le

câlinait, il riait, elle croyait qu'il ne manquait
de rien. Elle était trop fruste pour imaginer
ce que creuse, dans l'enfance, une absence
jamais dite. Antoine avait un père qui l'aimait
mais peu de souvenirs pour s'en nourrir.
Félicité ne voyait qu'une chose : ce père fantôme ne venait que servir des caprices. Elle
se décida à gronder Antoine. Les enfants,
pensait Félicité avec naïveté, sont plus faciles
et plus simples que les bêtes. Car dans cette
famille sans chef, c'était le chien Prince qui
n'était plus lui-même.

   Il avait bel et bien terminé de trouver la
vie merveilleuse. Comment l'aurait-il pu ? Il
n'avait vécu que pour Jules, sous les yeux
de Jules, et par sa parole. Le maître qui savait
lui dire le monde n'était plus à ses côtés :
Prince l'attendait. En somme il n'avait désormais rien d'autre à faire. Un amour profond
et passionné s'était levé en lui et lui fendait
le cœur depuis que l'objet s'en était éloigné.
Son ressort vital était brisé. On aurait dit
qu'il désespérait de la vie et des hommes.
Comme s'il avait su avant tous les autres
que les soldats mouraient déjà par milliers,
et que cela ne servirait à rien, qu'à forger des
vainqueurs exsangues et des vaincus revanchards. Prince avait été une flèche blanche
dans la campagne, il n'avait été que cela, un
entrain, un élan, un pétillement, et voilà
qu'il était un paquet de poils affalé. Lui qui
avait maîtrisé, avec la patience et la passion
du maître, les plus difficiles exercices du
dressage vivait comme le plus aboulique

des chiens de bourgeois : il n'avait pas
quitté la courtepointe et le lit depuis le départ de Jules. A la lettre, il obéissait au dernier ordre donné par Jules. Son beau jabot
blanc s'électrisait contre le tissu. Il perdait
beaucoup de poils ; ceux qui étaient acajou
faisaient comme des cheveux d'enfant autour
de lui.

Dehors ! Dehors ! Va, le chien ! criait Félicité. Cours ! Elle essayait de rire pour l'égayer,
de la même façon qu'elle cachait sa tristesse
au petit Antoine. Avec le chien, c'était peine
perdue. Peut-être n'était-il pas plus éclairé
du monde que l'enfant, mais on aurait pu
croire le contraire. En tout cas Félicité ne lui
suffisait pas. Comme le petit garçon aurait
souffert d'une longue absence de sa mère,
Prince ne se passait pas de Jules. Aussi,
lorsque Félicité l'appelait dehors, il ne faisait
que s'aplatir sur le sable de la cour, devant
la porte, et il ne bougeait plus. Il semblait si
piteux et détruit ! Je sais bien que tu veux
voir ton maître, lui disait Félicité. Elle lui
apportait un os à ronger ou quelque gâterie
landaise. Mais il reniflait ses présents sans
conviction et reposait son museau par terre
sans y toucher. Ah ! pensait Félicité, je ne sais
pas m'y prendre avec ce chien. Elle n'avait
encore jamais vu un animal aussi malheureux. Plus fidèle qu'un humain, pensait-elle.
Et dans le même temps elle se sentait proche
de lui. Cette détresse était la même qu'en
son cœur elle éteignait. Alors elle disait au
chien : Je l'aime autant que toi ! Les larmes

lui montaient aux yeux : c'était l'idée de son
amour qui l'exaltait. Elle croyait voir tres-
saillir l'animal. Il comprenait très bien qu'elle
lui parlait de Jules. Nous sommes dans le
même tourment toi et moi, disait-elle. Et elle
murmurait le prénom de la joie. Jules ! Jules !
Prince gémissait doucement. Ce simple nom
désignait le sel de leur vie.

Prince guettait chaque bruit susceptible
d'annoncer Jules. Il soutenait un éveil conti-
nuel des sens sans paraître éprouver la
fatigue d'une telle attention. Un seul homme
avait éclipsé les plaisirs de sa vie, le soleil et
la campagne, les promenades, la sieste ou le
dîner. Un seul homme lui manquait. Le grand
colley faisait la chose qui lui semblait utile :
être prêt pour l'accueillir. Dans ses petits
yeux une expression de mélancolie et de
vigilance le rendait à la fois morose et ardent.
Une flamme de détresse s'était allumée, mais
c'était une flamme, c'était encore la vie en
lui, et il ne fallait pas qu'un renoncement la
soufflât d'un coup. Mange ! disait Félicité.
Regarde Antoine comme il mange bien ! Le
petit garçon riait en ouvrant sa bouche. J'ai
deux enfants ! pensait-elle. Elle regardait son
fils et le chien : elle avait la charge de ces
deux êtres.

Prince devint un grand souci pour Félicité. Un souci qui était souci de Jules. Elle
n'imaginait pas quoi dire à son mari si ce
chien venait à se laisser mourir. Qu'une telle
chose arrivât et elle la lui cacherait. Voilà ce
qu'elle avait décidé toute seule. Prince va

très bien, elle serait capable d'écrire ces mots
même si Prince était mort. Elle qui n'avait
jamais dissimulé à Jules la moindre pecca-
dille, elle lui déroberait ce drame et la vérité,
de crainte que le chagrin ne le brisât. Un
combattant démoralisé n'était-il pas un combattant mort ? pensait Félicité, devançant le
problème pour mieux le résoudre. C'était
sans compter avec Julia qui peut-être pré-
viendrait son fils, sous prétexte de dire la
vérité, et pour discréditer sa belle-fille. Félicité en eut l'inquiétude. Elle était d'ailleurs
préoccupée de chaque lettre qu'écrivait
Julia. La vérité ! Toujours la vérité ! La vieille
n'avait que ce mot-là à la bouche, et sa
vérité était toujours noire. Parlait-elle seulement de toute la dureté qu'elle avait pour
les autres ? enrageait Félicité. Prince et Julia…
Félicité en perdait le sommeil. La vieille était
si imprévisible ! Voilà que maintenant elle
critiquait son fils qui avait fait de ce chien ce
qu'il était : un animal bien trop curieux des
humains. Quelle sottise de planter dans
l'esprit d'une bête l'idée de l'amour ! Est-ce
qu'une femme aimante ne suffisait pas à ce
garçon ? demandait Julia, parlant à Petit-
Louis, et guettant sa belle-fille par en dessous. Dans le contre-jour de la fenêtre devant
laquelle elle restait assise, son menton se
découpait distinctement, effilé, pointu, un
peu en galoche, un petit menton autoritaire.
Félicité voyait quelques poils que l'âge y
avait portés. Que tout cela était triste ! La
vieillesse d'une femme, sa mauvaiseté, cette

hideur de l'être intérieur qui émergeait en plein visage, et ce cœur sec qui ne s'ouvrait plus à personne, pas même à une bête... Prince était devenu un enjeu entre les deux femmes. Si Julia voyait qu'il réconfortait Félicité, elle lui donnait des coups de pied aussitôt que sa belle-fille avait le dos tourné. Traître animal ! lui disait-elle à voix basse. Et il n'avait pas du tout l'air de comprendre, tant il est vrai que les bêtes n'attendent pas des hommes la cruauté. Tout cela arrivait de plus en plus souvent. Car Félicité avait trouvé en Prince un confident. Elle lui parlait comme l'aurait fait Jules. C'était du moins ce qu'elle imaginait.

Elle lui donnait de la guerre les maigres nouvelles grappillées au village. On sait si peu, lui murmurait-elle pour finir, désespérée de ce silence singulier des armées, et se justifiant de ce désespoir. Que leur cachait-on ? Y avait-il tant d'horreurs à dissimuler ? Elle devenait suspicieuse comme une épouse trompée, et maligne, pressentant quelles manigances se tramaient déjà pour faire mourir les hommes sans tuer l'esprit guerrier du peuple. Prince écoutait Félicité, tout déconfit, sensible au moindre changement d'humeur de celle qui appartenait au maître.

A sa façon, il était le seul qui prenait en lui l'inquiétude de la jeune femme. Ni Julia, ni Petit-Louis ne voulaient rien entendre. Tout allait bien. Jules était solide. Pas de nouvelles, bonnes nouvelles... Etaient-ils donc, elle et eux, dans des camps opposés ? se

demandait Félicité. Ils sont pour la guerre et
moi je suis pour la vie, se disait-elle. Je m'en
émerveille, je sais que seule la vie compte.
Nous sommes si différentes ! pensait-elle en
voyant vivre sa belle-mère. Lorsque Félicité
serrait son fils dans ses bras, ce spectacle
n'amenait pas un sourire sur le visage de
Julia. Lorsque Félicité se plaignait de l'absence de Jules, Julia haussait les épaules et
Petit-Louis disait : Je suis là, moi. Comme si
cela pouvait être un réconfort pour une
épouse de tenir le beau-frère un peu sim-
plet plutôt que le bon mari. Alors elle mesurait les distances : sa belle-mère était déjà du
côté de la mort et le jeune beau-frère encore
du côté de la bêtise. Jules avait été la seule
chose pour les rapprocher et même, rien
n'était moins sûr. Il avait peut-être été ce qui
les divisait. Comme Julia avait peu de sagesse ! Prendre encore les armes à son âge,
saborder tous les bonheurs au lieu de goûter la simplicité paisible des jours d'ici. Pas
étonnant qu'elle entonnât tous les refrains
de cette guerre. Elle farcissait la tête de Petit-
Louis avec ses sottises. Ils croyaient tout ce
qu'ils entendaient : l'ennemi était sauvage et
barbare, nos soldats défendaient la civilisation.
C'est prouvé que les Allemands coupent les
mains des enfants, disait Petit-Louis. Qui te
fait croire des choses comme ça ? disait Félicité. Tu penses peut-être que les Allemands
n'ont pas d'enfants ? disait-elle. Mais c'était
peine perdue. Les fantasmes patriotiques l'emportaient. La propagande avait déjà commencé.

Des affiches commençaient de circuler. *Silence !! Ne parlez pas de la guerre. Nos ennemis nous écoutent.* Julia mettait son index sur ses lèvres dès qu'une opinion lui déplaisait. Le bon prétexte ! pensait Félicité. Mais ce n'était pas encore le pire. Des croyances invraisemblables trouvaient leur place. L'ennemi avait une odeur pestilente, preuve de son affreuse nature. Même cette bêtise, protestait Félicité, même celle-là, ils la croyaient ! Prince la regardait s'emporter. Ses yeux doux désamorçaient les colères. Tu comprends tout ! lui disait Félicité. Elle s'émerveillait de l'intelligence de ce compagnon. Et elle éprouvait pour son mari gratitude et admiration : elle avait le sentiment qu'il lui avait laissé un cadeau. Mais ce cadeau accroissait son souci.

Prince aimait Jules à ce point de l'amour où l'on égare sa vie. Ce chien était capable de mourir de chagrin, pensait Félicité. Elle l'avait toujours su ! N'avait-elle pas prévenu Jules ? Celui-là, il en mourra ; aussi sûr que moi je t'attendrai, lui se languira. Elle s'entendait encore dire ces mots à son mari, debout au milieu de la cuisine, pendant qu'il cherchait son livret dans le vaisselier. L'avait-il seulement crue ? Il ne l'avait pas voulu. On ne voit pas si souvent mourir de chagrin ! Il est aisé de croire que ça n'existe pas. Est-ce pourquoi on rechigne à savoir les animaux capables de ce sacrifice ? Mais Prince avait donné sa vie au maître. Et il ne s'occupait pas de la reprendre maintenant que le maître s'était éclipsé. Chaque espèce possède de ces êtres exceptionnels. Félicité s'endormait près de lui, la main enfouie dans le jabot du chien, lui grattant le poitrail, rêvant à Jules, faisant apparaître son visage, les yeux bleus, comment étaient les yeux maintenant ?, les boucles noires des cheveux, la bouche charnue. Parfois le panache blanc de la queue du colley battait la courtepointe, doucement, comme s'il avait accès aux pensées de sa maîtresse. Prince était content, pensait Félicité, et alors un peu de bonheur revenait en elle, car tout le bien qu'elle faisait à ce chien, c'était à Jules qu'elle le faisait. Comme nous sommes dépendants les uns des autres ! se disait-elle. Oui, ligotés dans des nœuds de fleurs ou de ronces. On se sent parfois si seul que l'on ne sait plus à quel point on ne l'est pas, même quand on voudrait l'être ! Car au vrai il n'y a pas moyen d'être détaché et serein. Jamais elle n'avait eu des idées pareilles. Ce ballet mental qui la menait était si fatigant ! Ses pensées étaient semblables aux cristaux colorés d'un kaléidoscope, qui se réarrangeaient au moindre choc extérieur. Leur emboîtement changeait. Mais ces mouvements laissaient une cicatrice envenimée. Quand tout sera fini, murmurait Félicité au chien Prince, nous dirons : Mon Dieu ! par quoi sommes-nous passés ! Et nous serons fiers de nous. Tu verras ! L'animal lui léchait le visage et le cou avec une fougue amoureuse. Elle riait beaucoup. C'était si incroyable de rire encore ! J'ai de la chance de t'avoir,

soufflait-elle à l'oreille du chien, et il s'écartait
parce qu'il n'aimait pas qu'on lui parlât dans
les oreilles. Un matin pourtant, il faisait encore
nuit quand elle s'éveilla, elle aperçut que
Prince n'était plus dans la chambre. Elle en-
fila les grosses pantoufles posées sur la car-
pette au pied du lit et s'en alla vers la cuisine
préparer le café. Un air frais, léger comme le
matin, vibrait dans le corridor. La porte d'entrée était ouverte. Félicité devina que Prince
était parti. Elle comprit que bientôt Jules ne
serait plus seul. Et son cœur apaisé s'emplit
d'imaginations.

                              6

Le départ de Prince fut le salut de Félicité,
parce qu'elle se figurait qu'il serait le salut
de Jules. Si Prince, avec son amour, son silence et son intelligence, n'était pas un ange
gardien, qu'était-il ? Félicité avait en lui une
foi inébranlable. Ce qui pourrait sembler une
naïveté était peut-être de sa part l'ultime degré
de la clairvoyance : lorsque tout semble
perdu, une idée aberrante mais réconfortante
est d'abord un habile stratagème. Félicité
avait trouvé le sien. Elle revint tout entière
du côté de sa vie. Pas une fois elle ne douta
que Prince n'atteignît le but de son voyage.
Aussi pouvait-elle, dès qu'elle éprouvait le
besoin d'une pensée heureuse, convoquer

dans son esprit la scène joyeuse des retrouvailles entre le maître devenu guerrier et le
chien qui voulait que l'on mît des mots sur
les choses. Cette songerie était capable d'ame-
ner un sourire sur son jeune visage. Le pli
qui était apparu entre ses sourcils s'effaça en
quelques jours. Elle n'avait plus besoin de
feindre la gaieté avec son fils, elle était joyeuse,
étonnée de l'être et résolue à le rester. Et ce
qui la faisait rire par-dessus tout, c'était la
tête que faisait Julia. Julia qui se demandait
ce qui avait bien pu égayer sa belle-fille, ne
songeant pas, en somme, que l'on peut être
heureux pour un autre, par un autre.

Son équilibre restauré, Félicité reprit ses
travaux avec l'ardeur d'une femme qui prépare une surprise à son mari. Elle se sentait
parfois très lasse, et nauséeuse comme lorsque
le corps se rebelle, mais elle n'abandonnait
aucune de ses responsabilités. Dans une maison, ceux qui font sont ceux qui commandent... C'était un principe intangible. Antoine
avait eu deux ans, ce n'était plus un bébé, il
marchait bien et commençait à parler, Félicité l'amenait partout avec elle. Sous aucun
prétexte elle n'aurait voulu le laisser avec sa
grand-mère. D'ailleurs Julia ne faisait déjà
que critiquer son petit-fils : elle le trouvait
sans idées et capricieux. Il était pourtant un
enfant calme qui savait regarder sa mère travailler, assis par terre, jouant de son côté
avec les petits riens qu'elle lui trouvait. Trois
cailloux, deux pattes de canard, quelques
petits morceaux de bois, des pommes de

pin... Comme son père, Antoine serait un
enfant à qui la nature avait donné ses premiers jouets.

La tâche ne manquait pas. Celui qui se
promène dans la campagne peut voir comme
est coquet ce pays, joliment marqué par le
soin des hommes qui l'aiment. La ferme
Chabredoux n'était pas la plus grande, mais
elle était de loin la plus fleurie. C'était à Félicité qu'elle le devait. Car Félicité, à qui Julia
n'avait jamais donné un sou pour sa partici-
pation, s'était lancée dans les fleurs et, un
peu plus tard, dans les foies gras. Un par-
terre grillagé enfermait les dahlias et les zin-
nias qu'elle coupait chaque vendredi de
l'été pour vendre sur le marché aux femmes
des grands propriétaires. Dans l'étable que
Jules avait construite à son mariage, pour
cesser de vivre à côté des bêtes, quarante
canetons d'un jour débutaient leur crois-
sance. Ils seraient quatre ou cinq mois plus
tard gavés et éventrés. C'était une énorme
charge que Félicité avait pu prendre sur elle
parce que Jules travaillait aussi dur. Elle
décida pourtant que la guerre ne changerait
rien à tout cela. Lorsque Jules reviendrait, il
retrouverait sa maison inchangée, son enfant
plus beau et gaillard, sa femme forte et active.
Elle avait plus que jamais besoin de gagner
son argent, ne pouvant pas compter sur son
mari et ne souhaitant rien demander à sa
belle-mère. Alors Julia s'indignait de cette
indépendance diablement gagnée : voilà que
la guerre émancipait les femmes !

Elle les endeuillait aussi. Le crêpe noir faisait une apparition remarquée sous le soleil de septembre. Ce n'était pas un tissu du pays, mais on le vendait partout. Toute la terre de Chalosse voyait s'assombrir les épouses, les mères, les sœurs, les filles. Les premiers deuils qui touchaient villages et métairies éclipsaient l'habituelle douceur des automnes. Pleurer faisait oublier le soleil, bientôt les pluies lourdes et serrées accorderaient dans une même noyade la terre et les hommes. Que le temps avance donc et la guerre serait finie ! On croyait encore que la victoire était une question de jours. Et pourtant l'attente durait. Noël à Berlin, chantaient les soldats au début d'août. Que disaient-ils maintenant ? Le pays ne savait plus rien des fils et des époux. Petit-Louis revenait de la mairie avec de mauvaises nouvelles. Pour cette fois, il avait vu de loin le sous-préfet et tout un groupe de femmes en deuil autour de lui. Le fils Geles, dit-il essoufflé et sans reprendre son souffle. Le père Chabraz. Les jumeaux Barbes. Trois fils chez les Lesbatz. Félicité cachait son visage dans ses mains. Julia ressemblait à une statuette de pierre blanche. Tout ce monde-là tué, ces gaillards qui ne reverraient jamais la terre d'ici, la jeunesse emportée et les vieux qui tenaient debout, c'était le monde à l'envers. Qui pouvait vouloir cela ? On comprenait d'un coup que la guerre et la mort font le meilleur des ménages. Que chaque bataille enfante des milliers de cadavres. Mais il était trop tard pour reculer. Alors on priait. La communion des saints, la supplication envahissaient ces vies qui avaient plus que jamais le souci de la mort. Dieu était avec nos soldats. Dieu protégeait nos fils. M. le curé l'assurait aux mères venues à confesse pour se délivrer et entendre le grand réconfort de la parole. Et les Allemands ? pensait Félicité. Est-ce que Dieu les abandonnait ? Et puisqu'elle le disait à Julia, la vieille la rabrouait, refusant de réfléchir : Ne sois pas fière de penser de travers ! C'est pas d'une femme comme ça que ton homme a besoin ! Félicité souriait sans répondre. Qui savait mieux qu'elle de quoi Jules avait besoin ? Sûrement pas Julia qui avait maintenant cette étrange parole : N'oublie jamais ceci, petite, disait Julia, c'est pour nous que les hommes partent faire la guerre. Elle était rageuse dans ses mots, faisant face à sa belle-fille comme pour un combat. C'est peut-être pour vous, répliqua Félicité, mais Dieu sait bien que ce n'est pas pour moi. A quoi la vieille répondit : Laisse Dieu tranquille !

Ni Julia ni Félicité ne manquaient de confier Jules au Seigneur. Elles allaient ensemble à la messe. C'était pour chacune l'obligation de se côtoyer : leur sacrifice hebdomadaire. La vieille Julia marchait, secouant Petit-Louis qu'elle obligeait à venir, et se vantant de faire ses kilomètres comme un petit soldat. Un petit soldat de la paix, disait-elle à Antoine à qui elle entendait faire un peu la leçon. Félicité roulait la poussette sans parler à sa belle-mère. Plus que jamais à cet instant elle visualisait

les retrouvailles de Prince et de Jules. Aussi
souriait-elle béatement, ce qui ne manquait
pas d'agacer Julia. Mais la vieille ne soufflait
mot, fatiguée qu'elle était tout de même par
l'effort sous le soleil montant.

Seul entre ces deux femmes, Petit-Louis
se sentait un minable. Il rêvait de combattre.
Quels garçons restaient comme lui chez leur
mère ? Les poltrons, les enfants, ou les diffor-
mes. Au village il n'y avait plus un homme
valide. L'office dominical était pour Petit-
Louis une singulière épreuve, à la fois douce
et amère. Car c'était une messe de femmes.
Quelques bérets noirs déparaient la forêt
des fichus féminins, mais l'harmonie d'ensemble était en robe et bottines. Petit-Louis
observait ces visages recueillis. Il pouvait à
loisir détailler la cambrure d'un dos ou les
cheveux doux d'une nuque. Il pouvait contempler l'épanouissement de Félicité qui
obéissait aux gestes du célébrant. S'asseoir
et se lever, se signer, baisser la tête, s'agenouiller… Petit-Louis quant à lui suivait ce
manège cérémonieux comme une marionnette. Deux rêves l'occupaient bien plus que
Dieu : aimer et combattre. Une femme et une
bataille, voilà ce qu'il voulait dans sa vie. Sa
pensée tricotait des images de poitrines dé-
nudées et d'uniformes galonnés, s'en allait
dans une autre vie puis revenait à la célébration. Tiens, il fallait chanter ! La vieille
Quitterie éreintait ses mains sur l'harmonium.
Les jeunes filles, les mères qui tenaient des
petits dans leurs jambes, les vieilles en grosse

jupe, tout ce monde bruissant plein de mystère se levait. Quand elles entonnaient les
chants, ces voix aiguës faisaient des cabrioles, certaines pleuraient en chantant, et c'était
le chant de l'attente et de la résignation, ce
n'était pas le chant de la bataille.

                        7

Le dimanche 21 août 1914, c'était à Charle-
roi que chantait la bataille et, pour mieux
dire, qu'allait sonner la retraite. Les hommes
s'étaient battus à Thann, à Mulhouse, à Sarre-
bourg, autour de Nancy, à Morhange. La
mort en masse était venue les prendre à
Cirey, à La Garde, à Moncourt. Pendant trois
semaines toutes les offensives françaises
avaient échoué, les unes après les autres.
Pourquoi ne sait-on rien ? demandait Félicité
à la mairie. Les préfets eux-mêmes n'étaient
pas informés des hécatombes. La plupart
des faits d'armes malheureux qui firent les
morts de l'entrée en guerre étaient encore le
secret des états-majors. Le commandant en
chef était passé de l'élan à la perplexité, de
l'étonnement à la colère, de la colère à l'in-
dignation. Pourquoi reculer lorsque l'on avait
devant soi un corps d'armée isolé ? demandait-il aux officiers. Ces généraux, Curé, Bon-
neau, Dubail, se sentaient-ils coupables au
moins ? Avaient-ils leurs troupes bien en main ?

Oui ! Pourquoi alors ce désordre dans la retraite ? Quand il ne savait plus quoi dire et
que l'on ne répondait pas à ses questions
qui étaient des reproches, Joseph Joffre lis-
sait sa moustache, tournait le dos au cortège
que faisait l'état-major interdit, et s'en allait
parcourir des yeux l'Europe sur le papier :
la carte du front, obsédante, changeante,
angoissante. Comment pouvait-on être battu
quand on dominait par le nombre ? C'était
pour le commandant en chef une chose difficile à comprendre. Il goûtait la délivrance
en s'emportant contre le général Poline avant
de le renvoyer. Attaquer sans préparation
d'artillerie ! Qui finirait donc par entendre
les conseils ? Depuis l'erreur de La Garde,
Castelnau insistait pour que l'on oubliât les
charges à la baïonnette. Mais Joffre lui-même,
après sa longue carrière, avait-il vraiment
réalisé à quel point la guerre se transformait ?
Savait-il que ce qu'il savait devenait faux ? Il
voyait enfler le chiffre des pertes et se mettait en colère. Mais avait-il abandonné pour
autant le culte de l'offensive ? La meilleure
manière de se défendre est d'attaquer. Il importe de ne pas subir la volonté de l'adver-
saire. Ainsi prêchait-on à Paris à l'Ecole de
guerre. Pourtant les conséquences étaient
préoccupantes. Tués, blessés, disparus, par
milliers dans des engagements inutiles ! Tout
cela, qui écorchait le moral des soldats et
finirait par nuire aux généraux, continuait
sans changement depuis le 7 août. Les pertes
en hommes, ainsi que la manière dont avaient

été conduites les batailles, firent l'objet de
rapports à l'état-major. Joffre éliminait les
chefs incompétents. Les débandades devant
l'artillerie allemande avaient commencé. La
prévôté traquait les fuyards. Le ministère
s'apprêtait à rétablir les cours martiales. Des
exécutions eurent lieu en catimini. De pré-
tendus espions étaient traînés jusqu'au tré-
pas la tête dans un sac à pommes de terre.
Quelle pagaille ! pensait Jules. On dirait que
l'armée découvre la guerre. Et, se disant cela,
il ne songeait pas que c'était à peu près exact.
Car les Allemands avaient inventé une nouvelle façon de combattre qui couchait dans
les champs le clairon et les baïonnettes françaises, avant même l'entrée des villages dont
ils sonnaient l'assaut. En cette journée du
21 août où priaient Julia et Félicité, on finissait de compter cent cinquante mille morts
dans les offensives de Lorraine. Bien sûr toutes ces dames l'ignoraient, et d'ailleurs elles
priaient pour que repose auprès de Dieu l'âme
du pape. Pie X était mort la veille. C'est un
mauvais signe, avait assuré Julia en se signant
deux fois.

Le régiment de Jules ne comptait plus que
huit cents hommes sur les mille cinq cents
qui le composaient. En quelques heures, les
mitrailleuses allemandes et les obus de 105
avaient percé, labouré, déchiqueté une première vague de jeunesse ardente. Un grand
changement s'était produit en Jules. Il était
devenu un soldat. Cela s'était fait en deux
semaines. Il s'était configuré pour la guerre.

Il y a un mot pour dire cela : Jules s'était aguerri. Ensuite, il en avait pris conscience, ce qui voulait dire qu'il était à la fois opérationnel, volontaire, et désespéré. Au-dehors, il eût été difficile d'en déceler les manifestations tant demeurait intact son tempérament ouvert et aimable. Mais au-dedans, sa vision du monde s'était obscurcie. Il avait découvert la raison d'Etat. La mort d'un homme, qui était tout pour cet homme, était peu pour une armée. Elle irait construire un drame familial et une statistique nationale. Pouvait-on résoudre ce paradoxe ? réduire cette distorsion ? Qui s'en souciait ? On additionnait les morts, il s'en trouvait là-bas à Paris pour qui le nombre obtenu avait un sens. Jules comprenait qu'il ne devait compter que sur lui-même : il voulait défendre sa vie autant que défendre la France, et il protégerait Joseph avec lui, et Jean, s'il ne voulait pas entrer par le nom ou par le cœur dans les listes funèbres. La vie que chacun reçoit ne compte pour personne autant que pour lui-même. Ce qu'il en fait, combien de temps il la mène et la conserve, seuls les témoins de l'origine, père et mère réunis, se préoccupent d'un tel chemin autant que celui qui le parcourt. Julia le disait à son fils : aucun amour ne vaut celui du sang. En ces jours de sang, Jules se le rappelait. Son père était mort, sa mère était une dure, il voulait taire à sa femme ce qu'il endurait : Jules découvrit quelle solitude incombe aux êtres qui mêlent la pureté à leur intelligence du monde.

Les informations avaient confirmé sans cesse le transport des troupes allemandes vers le Nord, mais Joffre, persistant dans son plan, n'avait fait longtemps que s'en réjouir. Le général Lanrezac, qui était venu le dimanche précédent exposer les risques d'un enveloppement de son armée, n'avait obtenu que sept jours plus tard l'ordre qui s'imposait : remonter vers le Nord. Toutes les armées de France étaient maintenant en marche de retraite vers la Marne. Les régiments du Sud-Ouest étaient pris dans cette transhumance hâtive. Joffre avait tant tardé à admettre la stratégie allemande qu'il était désormais captif du dispositif ennemi. Il lui fallait endiguer la ruée vers Paris, avec des troupes épuisées et démoralisées, dans des conditions qu'il ne pouvait pas prévoir. A Vitry-le-François, une fièvre de tragédie gagnait les officiers. Paris menacé ! Gallieni faisait abattre les arbres aux portes de la capitale. Allait-on revivre la honte de 1870 ? Joffre était seul à garder son calme. On en disait le moins possible aux troupes. Les sous-officiers eux-mêmes ne savaient rien du désastre. Ils ne pouvaient que le pressentir. Aux côtés du lieutenant Bourgeois, Jules Chabredoux lui aussi gardait son calme, mais il n'était pas le général en chef. Il marchait, souriait au soleil, rassurait son ami, appelait les oiseaux, se dessinait dans les yeux Prince et Félicité, pensait une prière, sans cesser jamais de marcher. Il faut se réchauffer à la beauté du monde, disait-il volontiers, avec un sourire des yeux, écrasant

entre ses doigts une feuille de menthe. Joseph
Joffre devait le croire aussi en prenant paisi-
blement son déjeuner. Chaque jour, à la
même heure, assis à une table ! lisait Brêle à
voix haute, un journal entre les mains.

III

BORDS DE MARNE

1

LES ANIMAUX eux aussi avaient commencé de mourir en grand nombre dans la collision des armées, le chambardement des attaques et retraites, le début de l'exode civil. Ni la rage de combattre ni la peur de souffrir des hommes ne les épargnaient : pour l'une ou l'autre de ces raisons, les bêtes étaient mobilisées, consommées, ou abandonnées. Les vaches délaissées dans les champs meuglaient de douleur. Qui pouvait prendre le temps de les traire quand leurs prés allaient devenir champs de bataille ? On ne trouvait pas un adulte mâle qui ne fût occupé par le feu : les uns à marcher vers lui, les autres à le fuir. Les petits troupeaux d'oies ou de canards, les poules, toute cette volaille domestique se faisait tordre le cou en douce par les soldats affamés. Une mort moins artisanale attendait les moutons et les bœufs dans les abattoirs militaires. Ils seraient dépecés avec méthode, les peaux ici, la viande là, les abats en tas par terre, éventrés et morts presque comme les hommes qu'on envoyait périr après les avoir nourris. Les chevaux avaient-ils le plus noble destin ? Ils mouraient debout sous le feu. Mais c'était pour mieux exhiber ensuite l'horreur de leur putréfaction. Ceux qui avaient été bombardés sur les routes, livrés à la nature et aux intempéries, donnaient aux troupes l'impression de traverser un cimetière de monstres. Leurs grands cadavres accueillaient les colonnes comme les statues des sphinx avaient ouvert l'Egypte aux armées napoléoniennes, pensait Jean Bourgeois. Qui voudrait voir cela ? pensait Jules. Nombreux dans le régiment, les paysans se montraient les plus frappés par ce sinistre spectacle. Quel mal ont fait ces bêtes ? répétait Arteguy. Et Brêle lui répondait du tac au tac : Quel mal avons-nous fait ? Les blessures qui avaient tué les anciens destriers étaient parfois si grandes que les soldats, à les contempler, se demandaient ce qu'elles auraient fait d'un homme. Effacé ! disait Brêle. Les chevaux étaient présents même dans leur mort. Les cavaliers qui les montaient sous le feu avaient depuis longtemps reçu leurs sépultures que leurs montures reposaient encore sur le bord des chemins, impossible de ne pas les regarder, on eût dit que quelqu'un avait imaginé de les exposer. Leurs panses énormes éclataient sous l'effet de la fermentation. Le petit Rousseau avait été pris d'une crise nerveuse lorsqu'il s'était ainsi trouvé couvert de lambeaux d'intestins. L'odeur

en était épouvantable, elle resta sur lui plusieurs jours, il pleurait comme l'enfant qu'il
était, inconsolable dans le désespoir de ne
pouvoir se laver en entier. Et pour cette fois,
il n'était pas seul à sentir son cœur se soulever. Toutes les lèvres se crispaient. Ces
grandes bêtes étalées les quatre pattes en
l'air figuraient la substance de la vie en train
de disparaître. Un homme n'était pas fait d'une
autre matière. La funeste parenté n'échappait à personne. Qui parmi eux ne risquait
pas de mourir là ? A qui était-il épargné de
posséder un corps ? Quel corps n'était pas
destiné à disparaître, avec la lenteur et la
puanteur qu'il faut pour cela, afin que tout
s'accomplisse et s'efface, pour que revienne
la poussière ? Quand ses pas soulevaient la
fine poussière des routes, tandis qu'il la
voyait se coller et se détacher du bout de
ses godillots, priant son Dieu de lui donner
la force de marcher encore, c'était ce que
pensait Jules. On trouvait les chevaux jusque
dans les arbres où ils avaient été projetés.
Devant ces crucifixions païennes, ceux qui
étaient chrétiens se signaient. Si les déplacements d'air que produisaient les explosions
étaient capables de faire voler ces géants,
quels sommets pouvaient atteindre les frêles
carcasses humaines ? Le ciel ! rigolait Brêle
en regardant le cadavre amolli d'un étalon
blanc enchevêtré dans les branches d'un
hêtre. Cette image macabre était digne d'un
tableau de maître. Et l'artiste n'était que la
guerre moderne… Nous monterons droit au

ciel ! criait Brêle. Et comme Arteguy le rabrouait, Brêle s'emportait : Et pourquoi pas
plaisanter justement ? Qu'est-ce que tu crois
que ça change ? Arteguy ne lui répondait plus.
Brêle avait trop d'énergie pour discuter ! Et
Brêle faisait sa conclusion : Ça ne change rien !
Rien du tout ! Alors je préfère rigoler. Si tu
permets ! Arrêtez ! disait Joseph qui venait
se mettre entre les deux. Je pourrais pleurer,
disait alors Brêle avec gravité, ouais je pourrais ! Mais vous croyez que ça nous ferait du
bien ? Alors je me l'interdis.

Ensemble, soldats et bêtes martelaient de
leurs pas désolés la zone de mort. Tout
éloignée qu'elle se fût tenue des cohortes
humaines, la faune sauvage n'était pas épargnée. La vie d'armes ramenait les hommes
au-dehors : pas un petit bois propre à cacher
des troupes qui ne fût marmité. Les escouades étaient friandes de toutes les victimes
comestibles. Dès qu'ils quittaient les routes,
Brêle encourageait Joseph à ne pas laisser
ses yeux dans sa poche : d'un renard ou
d'un lièvre ramassé en passant il saurait lui
faire un festin ! Les pigeons, tourterelles et
autres volatiles, suspectés déjà d'être messa-
gers militaires, étaient abattus de façon sys-
tématique. Bien des mondes se touchent,
l'ensemble en est compact, les frontières en
sont perméables : la souffrance des hommes
débordait l'espace qui leur est imparti. Leur
violence venait lécher les rives du territoire
des bêtes. Le chaos n'épargnait personne, la
guerre était totale. D'une manière ou d'une
autre, la guerre est toujours totale, disait Jean

Bourgeois. Il faudrait se le rappeler à l'instant
de la déclarer. Une mobilisation générale devrait être décidée par référendum, concluait
Jules. Qu'est-ce que c'est par référendum ? demandait Joseph.

Il y avait partout des chiens errants, des
chats faméliques, animaux domestiques livrés
à leur désarroi, qui suivaient les armées, sans
comprendre ni l'éparpillement des familles,
ni la rupture du pacte avec les hommes. Les
chiens trouvaient de nouveaux maîtres. Dans
les sections d'infanterie, les soldats nourris-
saient ces mascottes. Les chats miaulaient
derrière les colonnes en retraite, croquaient
les oiseaux, retournés à leur sauvagerie sans
oublier pour autant les richesses que détien-
nent les maîtres humains. Je déteste les chats !
répétait Brêle. Il les chassait à coups de pied,
vociférant dans la nouvelle barbe que lui
donnait la débâcle.

Ayant porté ses premiers pas vers le nord,
le chien Prince ne passa pas par Pau, où
son maître avait été embarqué en train, trois
semaines auparavant, sur un quai à qui le
sort, ironique à l'insu de tous, avait attribué
les numéros 14 à 18. La première aggloméra-
tion que traversa Prince fut Mont-de-Marsan,
où il avait souvent accompagné Jules et Félicité venus faire des emplettes. Sa démarche
était altière et gracieuse, et son fouet battait
l'air joyeusement : il n'était pas égaré, il s'en
allait vers son maître et ne connaissait pas le
souci de l'avenir. Les enfants le montraient
du doigt à leurs mères. Elles tournaient la tête
pour regarder, sous le chapeau ou l'ombrelle,

puis revenaient à leur souci. Parfois un petit
pleurait pour caresser le chien. Mais Prince
ne se laissait pas approcher et passait son
chemin. Tu vois bien qu'il ne veut pas, disait
alors la mère. Est-il perdu ? demanda une
fillette. Maman ! nous pourrions le recueillir !
Ne dis pas de sottise ! Où le mettrions-nous ?
Prince s'était déjà sauvé.

Il s'engagea vers Agen, puis Cahors. Inflé-
chie vers l'est, sa route reprit par le nord.
Il aborda Brive, et Tulle, Ussel, et arriva à
Clermont-Ferrand. Dès qu'il eut passé Agen,
le décor lui devint étranger. Ce n'étaient plus
les mêmes couleurs, les odeurs aussi étaient
différentes, le fond de l'air n'avait pas la même
épaisseur, quelque chose de sucré et de pe-
sant y était apparu, les habitations ne ressemblaient pas à la sienne. Il passa une nuit à
Chamalières, aux abords d'une grande maison bourgeoise où le bruit d'une fête l'effraya. Le froid de la nuit d'Auvergne l'avait
surpris et il éternuait maintenant d'une drôle
de façon, en cachant son museau dans son
jabot comme s'il était vexé de ne pouvoir
mettre une main devant sa bouche. Il perdit
plusieurs jours en sautant à l'arrière d'une
charrette qui l'emmena à Limoges par la
route d'Aubusson. Dans la ville de garnison,
des renforts frais partaient pour l'Est : Prince
vit pour la première fois des soldats en
colonnes de marche. Il eut peur du bruit et
de l'agitation qui entouraient leur mouvement, mais quelque chose en lui, qui était
obscur et secret, savait que ce remuement

des hommes avait à voir avec ce qui arrivait à Jules. Caché sous un porche, Prince observait comme un espion. Une intelligence du monde était en lui. Il appartenait à la terre, il pouvait comprendre, regarder, écouter, sentir, éprouver et deviner, réfléchir, imaginer même. On embarquait les recrues dans des trains. Cela faisait un mélange inextricable de cris, de chansons et de larmes. Prince écoutait cet ébranlement. Il se mit à suivre la voie ferrée.

Nul n'aurait su dire ce qui guidait le chien Prince. Que pouvait-il voir qu'un autre ne voyait pas ? Que comprenait-il de ce qu'il découvrait ? Jusqu'à quel point croyait-il bientôt retrouver Jules ? Un tel voyage tenait du miracle. C'est bien le mot qu'auraient employé les humains. Parce qu'ils ne connaissent pas encore les animaux, aurait dit le chien Prince s'il avait su s'expliquer.

2

Prince cherchait son maître. Sans commandement, il avait pris sa piste. Il savait qu'il ne le retrouverait pas avec ses yeux, car ses yeux justement l'avaient perdu, il le découvrirait avec son flair et son cœur. C'était la plus grande chasse au trésor qu'il eût jamais entreprise. Mais c'était aussi le seul trésor qui faisait de lui un chien digne de ce nom.

Aussi, par un de ces prodiges que l'amour réussit, les pas de Prince emboîtaient ceux de Jules. Il refaisait la grande diagonale, du Sud-Ouest vers le Nord-Est, de l'océan et de la lande vers les vieilles montagnes, tantôt longeant des lignes de chemin de fer, tantôt courant sur des routes et des chemins, toujours la truffe au sol, poursuivant ses idées secrètes, son intuition, dans la probité et la hardiesse de sa race. A cœur vaillant rien n'est impossible, le chien Prince écoutait les voix de l'amour en lui, tous les sens en alerte. Le régiment de Jules avait fait de longues marches, Prince les refaisait à son tour. Il savait lire cette écriture qu'incrustent les corps dans la terre. Des traces invisibles lui marquaient le chemin, mille empreintes et effluves essaimés pour lui, ce texte que gravent les odeurs, et qui s'offre aux bêtes minutieuses, peut-être comme récompense de leur silence, ou bien de leur fidélité. Il était conduit par la concentration forte d'odeurs humaines, halo invisible nimbant les regroupements d'armées. Il suivait le troupeau des hommes qui s'était levé depuis quelques semaines et se serrait maintenant dans un recoin de la terre. Prince savait que Jules était un homme, il faisait le pari qu'il le trouverait parmi ses semblables. De cette façon, sans le savoir, Prince montait en ligne.

Parce qu'il était beau, encore propre, et que les chiens de sa race sont réputés affectueux et doux, Prince put compter sur la générosité des habitants. Il vivait comme les

indigents, nourri des restes qu'on lui jetait
dans les fermes, dormant dans les granges
et repartant au matin. Les enfants plaidaient
sa cause auprès des mères très occupées,
dont le souci était plus grand au fur et à
mesure que l'on s'approchait des lignes de
front. Prince ressentait cette onde de malheur croissant sur les maisonnées. On peut
pas donner aux soldats et aux chiens ! disait
une jeune femme. Il est tout maigre ! disait sa
fillette en s'accrochant au cou de Prince.
Laisse-le, disait doucement la mère, ne l'embrasse pas comme ça, il a sûrement des vers.
On n'a plus rien à te donner, mon pauvre !
disait-elle au chien, et c'était vrai. La guerre
avait appauvri beaucoup de familles, les
hommes étaient partis, l'armée avait réquisi-
tionné, il ne restait le plus souvent ni bétail
ni bras pour travailler. Les troupes qui passaient vilipendaient les paysans qui cachaient
les vivres : où mettaient-ils leur patriotisme ?
On n'en peut plus nous ! disait la femme. Le
silence de Prince lui était une terrible réponse. Je veux le garder ! suppliait la petite.
Elle regardait sa mère, les yeux pleins de
larmes, puis elle jeta : Si papa était là, je sais
qu'il dirait oui. Comment avait-elle eu cette
idée ? Ses mains potelées caressaient le dos
de Prince qui se laissait faire. La mère avait
cédé, attendrie par l'enfant et peinée par
l'évocation de l'époux. Elle aurait pu se mettre
en colère et répondre : Papa n'est pas là !
Mais elle était un peu perdue. Elle ne supportait plus de voir sa petite fille pleurer. Se

retrouver seule à faire le travail et élever la gosse, elle n'avait jamais imaginé de devoir le faire. Prince resta quatre jours dans cette maison. Il dormait sur le lit de l'enfant. La maman avait brossé ses longs poils, avec patience et douceur. D'où viens-tu, mon beau ? lui disait-elle. Que fais-tu comme ça sur les routes ? Je vois bien que tu n'es pas un vagabond. Elle sentait la vitalité et la force de l'animal, et l'ardeur de son tempérament. Ce chien était en parfaite santé. Il était aussi en pleine quête, mais cela elle l'ignorait. Prince s'en alla, une nuit que la fenêtre de la chambre était restée ouverte. Rien ne lui fut plus facile. Il n'avait pas les scrupules d'un homme puisqu'il était un chien : il n'imaginait pas les larmes versées à cause de lui. Il voyait que Jules n'était pas là et qu'il fallait repartir le trouver. Il y a une rectitude dans l'animalité, une simplicité dont l'homme est privé.

Néanmoins la route était longue. Les soldats eux-mêmes étaient arrivés dans les aubes glacées du Nord et de l'Est moulus par le voyage en train. Leurs yeux de chouette effraie s'écarquillaient pour apercevoir les images manquantes d'une guerre qui, tout audible qu'elle fût, leur restait encore invisible. En ces premières semaines, l'ennemi lui-même était insaisissable. Prince n'ouvrait pas tant les yeux qu'il laissait sa truffe au sol. Son bel aspect s'était gâté, son pelage était plein de nœuds et de boue. Il ressemblait chaque jour davantage à un de ces chiens abandonnés dont se méfient les paysannes. Qu'il n'aille pas attraper une poule ou mordre le petit ! Il n'a pas l'air méchant mais qui sait ce qu'il a dans la tête ? On le repoussait désormais. Pas toujours gentiment. Il s'enfuit en couinant de douleur d'une cour de ferme où des adolescents brutaux s'amusaient à lui jeter des pierres. Regarde ce grand bêta, il s'en va même pas ! disait le garçon à sa sœur. Prince n'avait pas peur des hommes. Il se sauva tout penaud, rasant la terre, la queue repliée sous le ventre, comme s'il venait de commettre une bêtise alors qu'il était en passe de réussir un exploit.

Car le voyage de Prince arrivait à son terme. A vol d'oiseau, il n'était plus très éloigné de son maître. Mais il n'était capable ni de le penser ni de l'imaginer. Jules demeurait introuvable : son chien poursuivait sa recherche. Les pluies d'été trempaient les routes. Prince croisait maintenant des files de charrettes où s'entassaient meubles, bagages, victuailles, enfants et femmes, animaux. Les chefs de famille, seuls hommes non mobilisés, vieux pater familias à moustache, casquette sur le front, sourcils froncés, marchaient en tête, à côté du vieux cheval, parfois tenant la bride, d'autres fois tapant par terre leur canne de bois. Les bassines et les seaux de métal cliquetaient aux montants des chariots. Les enfants pleurnichaient et se chamaillaient au milieu des édredons. Quand est-ce qu'on arrive ? demandaient-ils. Et les mères soupiraient. Elles ne répondaient

pas aux questions. Pourquoi on doit partir ?
Où s'en va-t-on ? Pourquoi papa ne vient
pas avec nous ?… Que répondre à tout cela ?
Elles n'en savaient rien. Et quand le convoi
des civils cheminait devant ou derrière des
soldats, alors les femmes pleuraient en pensant à leurs hommes. C'était une procession
lugubre, sous les ciels bas qui léchaient
l'horizon, entre les rangées d'arbres plantés
depuis peu sur les bords des routes. Pour
reposer les chevaux, on obligeait de temps
en temps toute la famille à marcher. Cela faisait de pitoyables tableaux. Des petites filles,
aux joues grises rayées par leurs larmes, ser-
raient des poupées de chiffon et appelaient
leur papa. Des mères excédées talochaient
sans retenue. Cette circulation inaccoutumée
des humains n'échappait pas à l'esprit de
Prince. Toutes ces familles quittaient leurs
maisons. Et de ce fait le chien Prince visitait
de plus en plus de fermes abandonnées. Il
pénétrait dans les cours, poussait les portes
des étables, mangeait les fruits tombés. Personne ne venait jamais. La solennité sombre
des exodes, le silence des lieux déserts, la
lumière voilée de ce pays, tout ce qui sans
le maître lui était inconnaissable, Prince en
ressentait la tristesse. Mais il ne cessait pas
de chercher Jules.

Et finalement l'atmosphère changea. Il se
trouvait à deux kilomètres de la ligne de feu.
N'importe quel homme aurait ce qu'il faut
de mots, de pensée et d'informations pour le
deviner. Mais la guerre armée est proprement

humaine : rien n'avait familiarisé Prince à ce
danger exceptionnel. Il n'éprouva que l'habituelle crainte de l'inconnu. Une canonnade
étant perceptible, le premier grondement fit
sursauter le grand chien. Ce n'était rien à
côté de ce que réservait l'avenir, mais Prince,
prenant peur aussitôt, partit se cacher dans
un cellier. Le ciel rubescent, les tracés de
fusées éclairantes et le sifflement des obus
lui firent croire que l'orage montait, il se mit
à couvert. Il attendit. Mais cet orage-là ne
finissait pas. Il pointa le nez hors de son
abri. Un groupe de soldats barbus et sales,
couverts de boue, ployant sous leur fourniment, marchait sur le chemin. Il en émanait
tout le contraire de ce que Prince connaissait
des hommes : il en émanait une mauvaise
fatigue physique, un délabrement, et l'abattement moral qui fait perdre jusqu'à l'intérêt
pour ce que l'on fait. Lorsque la colonne
ralentissait, certains venaient buter sur le sac
du compagnon de devant. Dormaient-ils
debout ? Prince n'avait vécu que dans l'éveil
d'un maître. Il n'avait vu que les renforts
frais au départ de Limoges, jamais encore
des combattants revenus de la mort et de la
boue, instinctivement il baissa la queue et se
terra au fond de sa cache. A ce spectacle il
pouvait savoir la vérité : ce qui advenait par
ici ne s'était jamais produit encore dans sa vie
et c'était une catastrophe. Le monde humain
était en détresse. Il le percevait sans le comprendre. Cette évidence d'un grand bouleversement autour de lui désunissait ses forces

animales. Il se trouvait face à un embrasement qu'il était incapable d'expliquer, dans
une situation qu'il ne reconnaissait pas. Une
zone de mort l'entourait. La peur s'installa en
lui. Sa témérité l'abandonnait. La prudence
prenait plus de place dans son esprit. Son
entrain tombait. Il n'était plus le chien hardi
qui poursuivait son maître, mais celui qui a
perdu tous ses repères. Car il n'entendait
plus le chant de la terre, seulement des bruits
insolites et violents. Il se coucha sur la pierre
du seuil et se mit à gémir. Le maître avait
disparu, la terre ne se ressemblait pas, tout
devenait inconnu. Le chien Prince ferma les
yeux.

3

Beaucoup de fantassins fermaient aussi les
yeux. Ce n'était pas pour ne plus voir le
monde, c'était pour dormir avant de combattre. Il fallait essayer coûte que coûte de
prendre le repos nécessaire, même en marchant. La contre-offensive qui se préparait
autour de Joffre à Bar-sur-Aube serait menée
par ces hommes épuisés. Ils n'en savaient
rien. Dans le régiment de Jules et Joseph,
les traces physiques et morales de la retraite
ne s'effaçaient pas. La panique n'était pas
dissipée. Un effroi était né sous le feu lourd
allemand. Il s'était noué au ventre dès la

première explosion, gravé à l'esprit dès la vue des morts couchés dans leurs blessures. Combattre n'était donc pas un jeu ! Les engagés volontaires, les revanchards, ceux que l'enthousiasme patriotique rendait belliqueux alors qu'ils étaient tendres, tous devenaient maintenant capables de se l'avouer vraiment. On les avait embobinés dans un fil de mots ! L'aventure guerrière n'était pas bravoure et décorations. On pouvait s'y trouver perdu et angoissé. On pouvait commencer à douter d'un rien, à faire de soi-même un poltron, de tout civil un espion, de n'importe quel soldat le meurtrier qu'il était. Oui, tout était à craindre et soupçonner. Dans le plein noir de la nuit, une sentinelle de l'escouade de Jules avait tué le soldat qui venait la relever. Le mort était distrait, il avait oublié le mot de passe, il avait rigolé mais n'avait pas voulu réfléchir. C'est rien que moi ! disait-il. Aie donc pas peur ! C'était précisément demander l'impossible. L'inquiétude tenait l'autre, et sa lucidité s'était toute évanouie dans sa frayeur. Pas un pas ou je tire ! Est-ce qu'on rigolait quand on était en poste ? Il aurait pu reconnaître la voix de son camarade, mais il faisait si noir ! L'obscurité le raidissait. La nuit était un événement plein d'importance à la guerre. Elle apportait tant de surprises... L'instinct de chaque soldat pouvait savoir cela.

Pas un pas ou je tire ! criait la sentinelle. C'est moi ! disait l'oublieux. C'est moi Augustin ! Il était là tout près. Sa présence faisait frémir la nuit. Le silence devenait faux.

Y avait-il quelqu'un ou n'y avait-il personne ?
Etait-ce un allié ou un ennemi ? Qui va là ?
répétait la sentinelle troublée par cette faus-
seté. C'était de sa part une vraie question !
Ses yeux ne distinguaient rien, son esprit imaginait des fantômes. On l'espionnait peut-
être depuis un moment ! C'était une chose
toujours possible. On pouvait venir le tuer
sans un bruit. Il n'ignorait pas comme il est
vite arrivé de mourir. Qui va là ? Sa peur
le rendait maintenant capable d'inventer le
danger. Le péril était devenu intérieur. C'est
Augustin ! Une insouciance le répétait, une
angoisse l'entendait : deux camarades dans
l'ombre de la guerre. L'envie de vivre de l'un
allait prêter main-forte à la mort de l'autre. Il
est vite arrivé de tuer.

Le mort a vingt-deux ans. Il est couché
sous une toile de sac. Son visage est dissimulé mais son nom vient sur les lèvres. Augustin Perdereau, qui était cordonnier dans
sa vie. Sa femme attendait un enfant. Ses
camarades se le disent comme un mot de
passe : Sa femme attend un enfant. Il allait
avoir un petit. Un de plus qui ne connaîtra
pas son père. Le lieutenant Bourgeois est
très abattu. Il écrit à sa mère : Je prie Dieu
qu'il nous protège au moins de nos erreurs.
C'est bien sûr à Jules qu'il vient parler. C'est
un accident, répète-t-il. Mais on voit bien
qu'il pense : Comment peut-on être aussi
stupide ? Jules se demande qui fut le plus
stupide : celui qui a tiré ou celui qui fut tué.
C'est une des questions indémêlables de la

guerre, pense-t-il. Il observe l'officier, qui est plus jeune que lui, en s'efforçant de sourire. Comment peut-on aimer être militaire ? Lieutenant Jean Bourgeois. Pauvre lieutenant ! pense Jules. Deux mois plus tôt, il était élève à l'Ecole polytechnique. Bien sûr il n'a jamais combattu. Et le voilà à entraîner une section vers un affrontement douteux ! Peut-être une nouvelle apocalypse… Il fait cela avec sollicitude, et Jules se surprend à présager le destin : il mourra. Mais il chasse ce pressentiment par l'image du présent : le lieutenant est beau comme un prince. Le lieutenant se tient extrêmement droit. Il possède une distinction naturelle. La raideur, un long cou et ce grand nez busqué qui a de l'autorité se mêlent pour la lui conférer. Mais Jules ne fait pas la part des choses : il est sous un charme. Jules est beaucoup plus beau que le lieutenant, cela non plus il ne le sait pas. Plus farouche, sans apprêt, sauvage, et tout de même doux. Ses yeux sont extraordinairement bleus. Ses cheveux noirs encadrent avec souplesse un visage étroit où les traits sont réguliers. Le nez surtout est parfait, droit, court et fin. Jules n'est pas très grand, mais sa musculature et ses proportions font de lui un athlète. Bon pour le travail. C'est ainsi que pensait Julia quand elle retardait le mariage avec Félicité. Je vous remercie de m'avoir écouté, disait maintenant le lieutenant. C'est bien naturel, répondait Jules. Le calme de toute cette courtoisie était apaisant.

Le lendemain, le malheureux responsable qui avait tiré sur son camarade se fait sauter la cervelle. Le caporal Toulia le découvre, écroulé dans des latrines, la moitié du crâne emportée, un œil dégouttant sur la joue ensanglantée. Celui-là était de la classe 14, des derniers jours de l'année. Honoré Soulas, enfant unique d'une mère qui lui écrivait tous les jours. Les lettres arriveront plus tard, qu'il faudra retourner, mais un colis se présente le matin même. Le lieutenant permet qu'on se le partage. Certains voudraient qu'on le dépose dans la tombe du mort. C'est pas utile, murmurent les plus respectueux, il aimerait pas qu'on gâche les bonnes choses, Honoré. Il a plus besoin de manger tandis que nous on a la dalle ! dit Brêle dont la sensibilité s'émousse avec l'appétit. On enterre les deux hommes l'un à côté de l'autre. Des enfants ! dit Jules. Guy Arteguy le Basque est pris d'une crise de larmes devant le couple de croix. La section est démoralisée. Comme on est loin des illusions et des vagues idéaux ! L'ivresse et l'accomplissement du combat, mon cul ! dit Brêle dans sa barbe touffue. Pour ceux qui s'imaginaient mourir en pleine attaque, arrêtés dans une grande course en avant, soulevés par l'émoi de la bataille, deux morts pareilles escamotent toute leur idée. Elles couvrent les hommes de honte. Quel genre de combattants sont-ils s'ils se débinent entre eux ? La parure entière que l'héroïsme offre à la guerre s'est déchirée d'un coup de fusil malheureux.

Quelque chose s'exhibe, qui n'est plus ce
qu'on imaginait ; les chevauchées, les charges,
les casques et les plumes ont disparu ; il ne
reste qu'un ventre ouvert où se pressent dix
doigts impuissants, et le sang qui s'écoule,
sans conscience de la mort qu'il cause, bête
comme une oie. Il faudrait rendre le sang
intelligent, murmure souvent Brêle. Beaucoup le tiennent pour un sacré fêlé de dire
des trucs pareils.

Ils ont rejoint la compagnie qui cantonne
dans un village évacué. Dans la grange où
dormira leur section, l'air sent le pissat de
cheval. Une vapeur s'échappe des hommes :
filtrant à travers les capotes, les corps fument.
La vie et la mort ont des odeurs qu'ils connaissent chaque jour plus intimement. Ils ne
se sont pas lavés depuis plus de dix jours,
marchant déjà quand l'aube élève sa clarté
faible, attendant d'imminents départs quand
ils s'arrêtent, toujours en instance, jamais
libres. Ils sont sales, leurs vêtements le sont
encore plus. Un bourgeois s'en sortirait pas !
dit Arteguy, et cela fait sourire Jean Bourgeois qui croit porter dans son patronyme le
sceau de ses privilèges et de ses handicaps.
Le jeune Rousseau installe son couchage
près de la porte. Dis tout de suite qu'on te
dégoûte ! lui crie Brêle. Hein ! Dis-le ! Il retire
ses chaussures et agite ses orteils en rigolant. T'en as des problèmes, petit ! On pue
donc tant ? Brêle rit. C'est le bonheur d'avoir
un toit au-dessus de sa tête. Si tu savais
comme je m'en fous de puer ! s'exclame-t-il.

Tant que c'est pas la mort qui me fait sentir !
Joseph s'est endormi sur son sac. Il ronfle
très fort. Jules se sauve dehors. Il s'en va le
nez au vent du nord. Le ciel à l'horizon est
rose. Un potager à l'abandon exhibe deux
rangées de salades montées en graine. Planter et ne pas récolter, c'est le gâchis le plus
simple. La terre a beau être patiente, elle est
sauvage. Jules est plein de ses pensées : Ce
ne sont pas ceux qui soignent la terre qui
aiment la guerre. Contempler ainsi ce monde
à vau-l'eau ! Je fais la guerre pour ne plus
jamais la faire. Que peuvent attendre de bon
les hommes lorsqu'on les rassemble en masse,
immatriculés et armés, loin des femmes et
des enfants ? Si son chien était à ses côtés,
promenant sa loyauté dans cet ébranlement
du monde, c'est à lui que Jules se confierait.
Au lieu de cela, tout seul dans le poudroie-
ment rosé du soir, il ramasse les scaroles et
les laitues pyramidales, et les jette dans une
brouette qu'il trouve renversée contre la clô-
ture. Puis il gratte la terre à la recherche de
pommes de terre oubliées. Quelqu'un vient…
Jules se retourne vivement tout en se baissant. Ce n'est que le jeune lieutenant.

Voyant venir à lui Jean Bourgeois, Jules
pense : Toi, tu as besoin de mots. Et il s'ap-
prête à écouter. Depuis qu'il a rejoint le front,
Jules ne fait plus que cela : accorder son attention aux compagnons. Brêle, qui plaisante
sans cesse mais porte en lui la force de ne jamais se plaindre, est seul à s'en être aperçu.
Tu dis jamais rien, le Landais ! souffle-t-il

souvent à l'oreille de Jules. Viens donc que
je te fasse boire et causer ! Tu parles pas plus
qu'une bête ! Quelle serait donc la conversation du monde si les animaux parlaient ?!
répond Jules. Tu sais que t'es un drôle d'oiseau ! dit Brêle.

Jean Bourgeois aime bavarder. C'est un
Bourgeois, dirait sa mère. Il parle et Jules
écoute. Et cette rencontre se réalise. Et il
y aura cette amitié dans la guerre. Quel guet-
teur ! Vous avez l'ouïe fine ! dit le lieutenant.
J'avais pourtant l'impression de marcher
comme un renard. Un renard qui porterait
des godillots cloutés ! dit Jules. Et il rit comme
un simple d'esprit, en montrant toutes ses
dents, laissant échapper un petit grogne-
ment rigolo dont il s'amuse encore plus (car
il se rappelle que Félicité se fâche à ce sujet).
Sur son visage, reconstruit autour de cette
joie, c'est une vitalité contagieuse. Jean Bourgeois s'en trouve saisi. Qu'a-t-il que je n'ai
pas ? Pourquoi ne puis-je que sourire ? pense-
t-il. Je suis si sérieux, si ennuyeux… Quelle
foi allume la joie ? Est-ce un inexplicable
don ? Est-ce un effort de chaque jour ? Est-ce
l'habitude de la souffrance ? Est-ce l'amour de
la terre ? Il y a trop de réponses. Pourquoi
riez-vous ? demande-t-il à Jules. Il est debout
dans son uniforme, incrédule et curieux d'un
autre, et il demande : Qu'avez-vous dans la
vie pour rester si gai ? J'ai ma famille, répond
Jules sans réfléchir.

Et le voilà avec sa famille. Une belle
femme et un fils, dit Jules. Comment se

prénomme-t-il ? demande Jean Bourgeois.
Ma femme l'a appelé Antoine, dit Jules. Et
comme le lieutenant paraît attendre, Jules
continue à énumérer son bonheur : J'ai la
ferme de ma mère pour travailler, dit-il. Et
j'ai un chien. Un chien extraordinaire. Voilà !
fait-il, c'est ça que j'ai dans mon cœur. Félicité, Antoine, et ma mère, et Prince. Prince,
c'est le chien, un écossais, un grand berger.
Jules hoche la tête. Il est peut-être en train
de mourir, dit-il. Peut-il vivre sans son maître ?
Ma femme était sûre du contraire le jour du
grand départ. Dommage que vous ne l'ayez
pas amené avec vous, dit le jeune lieutenant.
A la guerre ? s'étonne Jules. A la guerre ! dit
Jean. De quoi croyez-vous que je parle ? Et
il explique : Un maître et son chien, je ne
sais pas de meilleure sentinelle. Les Allemands ont dressé des milliers de couples
inséparables. Leurs bergers rendent tous les
services : transport de charges, patrouilles,
gardes, liaisons. Ces animaux ont le courage,
l'endurance et le dévouement qui peuvent
faire défaut à un homme. Et lorsqu'ils en
font preuve, c'est pour toujours. Jean parle
avec regret et fermeté. Il y a longtemps que
j'essaie de faire enrôler les chiens dans l'armée, dit-il. Le visage de Jules est de nouveau
éclaboussé par un enchantement complet.
Vous ne me croyez pas ? demande le jeune
lieutenant. Si bien sûr ! dit Jules. Et il lève
ses bras en l'air, comme s'il s'étirait, mais
c'est une grâce qu'il rend au ciel : Je suis bien
content, dit-il, vous n'imaginez pas comme je

suis heureux de vous entendre parler comme
ça. A la prochaine permission, je reprendrai
mon chien et il ne me quittera plus. Jean Bourgeois hoche la tête. Les permissions..., dit-il,
ça n'est pas pour tout de suite.

4

Depuis que Félicité savait qu'elle était enceinte, elle allait souvent rêver dans l'étable
où avait été conçu cet enfant. Conçu le jour
du départ de son père ! De cela Félicité était
à la fois certaine et époustouflée. Son mari
ne faisait donc que lui laisser des cadeaux.
Leur amour était une poule aux œufs d'or.
Elle avait écrit une lettre aussitôt. *Je veux te
dire le plus beau joyau de la vie. Il est en moi
et il me vient de toi. J'ai envie d'embrasser la
terre entière, car je veux t'embrasser et tu n'es
pas là, je veux câliner cet enfant mais il n'est
pas encore là. Alors je serre Antoine contre
mon cœur. J'embrasse même les canetons, ils
sont aussi le début d'un chemin. Je les vois
fragiles et émouvants. Je suis sûre que Dieu
nous aime. Maintenant je crois que tu reviendras. Dieu nous aurait-il donné cet enfant
s'il devait faire de lui un orphelin ?* Mais en
écrivant cela, les mains de Félicité tremblaient.
Ces mots ne disaient rien qu'une espérance.
Attendre un enfant d'un homme en danger
de mort. Une chose pareille était possible.

Ce Dieu qu'ils priaient pouvait le laisser faire. Il le pouvait depuis toujours. Et il n'y avait pas que la guerre pour faire mourir les pères. Nous étions tous en sursis, dans l'imminence possible des derniers instants. Mais pourquoi ajouter encore ce malheur aux autres ? La guerre est la pire des choses, commença à répéter Félicité.

Les canetons étaient chauds, duveteux, tremblants de peur, gigotant et dandinant du croupion. Piou piou piou. Ce petit bruit de fond ne cessait jamais. A peine Félicité déposait-elle sur la paille celui qu'elle avait attrapé qu'il courait rejoindre les autres. Quarante petites boules jaunes ou noires qui piaillaient aussi fort qu'elles pouvaient. Ils avaient peur de celle qui les nourrissait ! Comme s'ils avaient peur du monde lui-même. Et c'était un peu cela : le mouvement des autres, leur approche et leurs gestes, qu'y comprenaient-ils ? On ne leur parlait pas comme on parlait à Antoine ou à Prince. On les faisait boire et manger de sorte qu'ils deviennent beaux et vaillants, puis on les gavait pour les tuer, les éventrer et les découper. Pouvait-on s'étonner qu'ils aient peur de tout ? pensait Félicité. Depuis que Jules était parti, elle se trouvait des idées qu'elle n'avait jamais eues. La mobilisation, la guerre, l'isolement à l'arrière l'avaient portée de l'action simple à la cogitation. Son regard sur les choses avait changé. Elle s'en était aperçue quand la voisine était venue montrer un petit colley qui ressemblait à Prince. Félicité

le voulait-elle ? demandait la vieille Quitterie, venue gentiment offrir le plus beau de sa
portée. Elle lui en faisait cadeau volontiers.
Félicité avait tenu la pelote blanche dans ses
mains. Quoi de plus joli qu'un chiot ? avait-
elle pensé. Quoi de plus joli que les petits
d'animaux ? Aurait-elle dit cela autrefois ?!
Elle embellissait le monde. Les canetons jaunes eux-mêmes étaient adorables. Antoine
ne pensait qu'à les attraper dès qu'il venait
les voir. Mais ils se sauvaient. Ils étaient nés
pour donner sang, chair et entrailles aux
maîtres du monde. On eût dit qu'ils le savaient. Non, ils ne savaient rien. Mais peut-
être le pressentaient-ils, comme si en eux
vacillait ce destin, et que tout l'attestait autour
d'eux. Non, décidément jamais Félicité n'aurait eu pareille pensée autrefois. Le troupeau
des canetons finirait pissant le sang pendu à
un crochet. Je vois la mort partout, se disait-
elle. La zone de destruction qui s'était déve-
loppée en un point du pays étendait en elle
l'idée de l'horreur. Que la vie finisse, il faut
tout un cheminement pour l'accepter, et
quand bien même, certaines images demeurent impensables tant elles sont tragiques.
Ceux qui vous ont aimé et ceux qu'on a
choyés, dans l'attachement indéfectible du
sang, peut-on jamais les regarder couchés
dans leur cercueil ? se disait Félicité. Alors
elle croyait que l'on peut mourir de chagrin.
Jules couché, mort, son visage clos… je n'y
survivrai pas, se disait-elle. Puis elle pensait
à Antoine et savait qu'elle se trompait. Piou

piou piou. Les canetons vivaient, ils mourraient de la main même qui les avait nourris...
Ah mon Dieu ! pensait Félicité, qui serons-
nous après cette guerre ? Redeviendrons-nous
tels que nous avons été ? Libres, soucieux
de vivre et de travailler. Piou piou piou, faisaient les canetons. Non, c'est impossible,
nous serons marqués à jamais.

Le soir, Félicité portait sur elle l'odeur puissante des faibles petites bêtes jaunes, fiente,
urine, paille, une marinade excrémentielle
dans laquelle elles piétinaient. Aucun animal
n'est aussi sale que le canard, capable de
déféquer dans l'eau qu'il boira. Les canards
sentaient aussi fort que les poissons qu'elle
avait vu, petite fille, déverser au retour de la
pêche, quand elle allait au port, donnant
la main docilement à sa mère, en attendant
le père. Il fallait se laver vigoureusement, et
malgré cela l'odeur tenait bon, un léger
relent auquel on s'habituait. Félicité délaça
les cordons de son corsage, laissa tomber la
jupe et le jupon, les enjamba et les ramassa
ensemble, puis commença sa toilette. Quand
elle eut enfilé sa chemise de nuit, elle s'approcha du lit de son fils. Antoine dormait
comme dorment les enfants, à des profon-
deurs inaccessibles. Il n'entendit pas sa mère
qui l'embrassait en même temps qu'elle re-
plaçait sa petite couverture. Revenue à son
lit, Félicité le découvrit et s'allongea à la place
de Jules. Elle emplissait le creux qu'avait
laissé dans le matelas le corps de son mari.
Voilà un homme qui pesait par sa présence

autant que par son absence ! Jules, murmura-
t-elle tout bas, comme on appelle parfois un
défunt à qui l'on vient à penser, comme on
invoque un amant, comme on implore à voix
basse. Ses deux mains étaient serrées sur
son nombril.

Quand Félicité allait se mettre au lit, c'était
le moment où Jules lui manquait le plus.
Comment nier que le soir dans les bras d'un
homme avait une autre saveur ? Elle pouvait
tout braver mais pas cette solitude-là. Dans
l'ombre, la chambre devenait mortuaire, l'angoisse attrapait Félicité comme une pieuvre
accrochée au ventre. L'arrière était encore
sans nouvelles des soldats. Le courrier n'arrivait pas. Ecrivaient-ils ? Les lettres étaient-elles
perdues, détruites, censurées ? Etaient-ils silencieux pour toujours ? Les civils ne savaient
rien. Voilà, pensait Félicité, il est peut-être
mort et je le vois vivant. Oui, s'il arrivait
malheur à Jules, il y aurait cet intervalle de
temps affreux : il serait mort et elle ne le
saurait pas. Elle respirerait en pensant à lui
et il serait couché sous une croix. (Elle n'en
était pas à savoir ou imaginer que ce n'était
pas forcément le cas.) Que l'on pût ainsi
vivre dans sa vie en ignorant que l'essentiel
en était perdu, c'était à ne pas le croire. Etre
légère et vibrante quand on aurait dû être
en deuil. Se tenir droite et fière, rendre son
hommage au jour et à la terre, quand c'était
la mort qui vous assaillait. Une telle erreur
devait être impossible : il suffit d'être très
attentif, se disait Félicité. Aussi écoutait-elle

son cœur, ses battements et ses impulsions
secrètes, convaincue qu'il saurait avant elle,
qu'il se pincerait si venait à être retiré du
monde l'objet de son amour. Voilà comment
elle se referma en elle, recomposée par cette
vigilance, et restaurée aussi, forte de cette
attention, serrée comme un bouton de fleur
autour de Jules, et fraîche comme cette gemme
que livrent les pins. On n'avait pas cessé de
dire et croire que la guerre serait courte,
Félicité espérait encore un prompt retour de
Jules.

Félicité se couchait tôt parce qu'elle se
levait de bonne heure. C'était elle qui allait
traire. Elle aussi qui s'occupait des canards.
A cela s'ajoutait son besoin d'être seule dans
le commencement sombre du jour. Elle voulait des aubes sans paroles, s'attabler pour
un moment de silence, les mains serrées autour du bol de café chaud. Elle avait ensuite
la force de faire sa part du matin, de s'occuper de son fils qui s'éveillait plus tard, et de
préparer le déjeuner pour toute la famille.

Elle était belle sans y penser, Félicité, plantée dans sa détermination, aimante et digne.
La jeunesse, une plénitude que la maternité
et l'amour partagé exaltaient, la belle exubé-
rance d'une nature qui aimait le travail, elle
avait reçu ces dons. Elle était de ceux que
n'habite jamais la nuit du monde. Il n'y avait
pas d'amertume en elle, seulement de la volonté, pas de véhémence, seulement de la
persévérance, et plus de courage que de tristesse, plus d'espérance que de ténèbres, et

tout cela malgré le bain de larmes. L'enfant à venir faisait flamme, attisant cette vaillance native que Jules aimait comme la disposition la plus identifiable de son épouse. Ce que peut être le jaillissement de la vie, sa splendeur simple, son évidence impénétrable, Félicité le mettait en chair, elle en offrait l'époustouflant spectacle. Souriante, sensible, mobile, elle était une fleur ouverte, un fruit mûr, un cœur comblé, un havre, elle était la hardiesse du vivant, sa générosité, et aussi l'éternelle attente, la patience de l'amour, la contemplation, la douceur, tout ce qui peut chanter en nous. Petit-Louis, qui allait sur ses dix-huit ans, plongeait son regard dans cette grâce. Il était comme un insecte devant une source lumineuse. Une femme en fleur, c'était bien plus beau que tout, pensait-il, bien plus beau qu'un taureau de concours, plus beau que l'océan en courroux ou que la lande d'automne. Il la regardait comme si elle était capable de le rassasier. Et d'ailleurs elle l'était. Lui qui faisait de la musculation pour être pris au conseil de révision se disait : Si elle m'aimait, je ne partirais pas à la guerre. Si elle m'aimait... Cette phrase le faisait frémir. Une onde inconnue le traversait de part en part, irradiant jusqu'au bout de ses doigts, réveillant tous les fluides. Il en tombait assis, presque terrassé, ébloui par la puissance de son corps, cet étourdissement de sensations nouvelles, sous les yeux de sa mère qui commençait à se douter de quelque chose. La vieille Julia observait le grand

manège de la chair qui mûrit. Ça ne s'arrêtait
donc jamais ! s'extasiait la vieille femme. Rien
ne brisait le cours inexorable et ce n'était pas
le départ des uns qui empêchait les autres
de désirer. Julia en était effarée. Ah ! la jeunesse ! cette conjonction de doutes et d'élans !
Cette chance unique que l'on tient sans la
reconnaître et que l'on perd en la découvrant. Les larmes lui venaient aux yeux à ce
mot. La jeunesse était faite pour l'amour. La
sienne n'avait pas été assez délurée et s'était
effacée dans le deuil. Et celle de Jules allait
se perdre dans la guerre… N'avait-elle pas
mieux à faire que se battre ? A cette idée qui
n'était pas plus chrétienne que patriotique,
la vieille se signa. Elle l'aurait fait deux fois
plus, si elle avait su quelle pensée s'était
emparée de Petit-Louis : peut-être le Jules
mourrait à la guerre, alors lui le frère pourrait
épouser la belle veuve… C'était pendable,
mais Petit-Louis connaissait en même temps
un premier amour et un premier désir, il en
supportait la violence conjuguée, il en était
l'innocente proie, que protégeait la pureté
de Félicité.

5

Le 5 septembre, l'ordre du jour aux troupes
fut ainsi rédigé : "Au moment où s'engage
une bataille qui peut être décisive dont dépend

le sort du pays, il importe de rappeler à tous
que le moment n'est plus de regarder en arrière ; tous les efforts doivent être employés
à attaquer et refouler l'ennemi. Dans les circonstances actuelles, aucune défaillance ne
peut être tolérée. Une troupe qui ne peut
plus avancer devra, coûte que coûte, garder
le terrain conquis et se faire tuer sur place,
plutôt que de reculer. Dans les circonstances
actuelles, aucune défaillance ne peut être
tolérée."

Ce général Joffre, au moins, il n'a pas peur
de dire les choses ! disait Brêle. Tués sur
place, rien que ça ! Au moins on est préve-
nus. On sait ce qu'il veut… Les gars ! il nous
reste à boire un coup. Et toi le Jules ! où tu
t'en vas encore ? Ecrire à ma femme, répondit Jules. Va donc ! Va écrire à ta femme ! dit
Brêle. Est-ce que tu sais ce qu'elle fait en ce
moment ? Moi j'aimerais bien le savoir.
Parce que je me demande si ça me plairait.
Ah ! fait-il. C'est quelque chose dans la vie
les femmes ! Mais faut pas croire qu'on les
tient. Il s'interrompit. Une idée le faisait
réfléchir. T'as jamais rêvé d'être une femme ?
demanda-t-il à Arteguy. T'as de ces questions, toi ! s'émerveilla le Basque. Brêle s'expliqua. On serait pas dans la guerre, dit-il, si
on était des gonzesses. On y serait autrement, dit Arteguy à voix basse. Il pensait
encore à ses enfants. Tous ces jours usants,
ce temps qui passait et ne reviendrait jamais,
perdu pour l'amour et donné à la guerre.
Tout ce trésor dilapidé ! Honte à leur pays !

Honte à leurs chefs ! Il ne les reconnaîtra
pas ses enfants, ou pire, il ne les reverra
pas. Il aura été absent de leur vie. Qu'est-ce
que tu crois que tu ferais si t'étais une femme ? dit Arteguy. Brêle restait silencieux. Il
ne s'était pas posé la question, il s'était
contenté de croire le sort qui lui était échu
moins enviable que celui qu'il ne connaissait
pas. Arteguy donna lui-même sa réponse. Il
dit : T'attendrais. T'attendrais le retour des
hommes, le mari, les fils. Mais ce serait en
vain, et tu récolterais l'annonce de leur mort.
Tu découvrirais que les fils et les maris obéissent à l'Etat. Ceux que tu croyais à toi pour
toujours ! Tu les regarderais partir, tu les
imaginerais dans la guerre, tu lirais dans les
journaux le présage de leur mort patriotique,
tu relirais dix fois leurs lettres ! Arteguy
regardait dans le vague et parlait, il faisait un
cauchemar, on l'aurait juré. Il faisait le cauchemar de la guerre. Il dit encore : Tu pleurerais toutes les larmes de ton corps merveilleux.
Brêle aurait pu rire de cette formule, il aimait
bien se moquer de la poésie, mais l'émotion
fut plus forte que l'ironie. Arteguy ne voyait
plus personne. Ses propres yeux étaient
pleins de larmes. Il se parlait : Tu pleurerais
dans la nuit de ta chambre, parce que les
petits sortis de tes entrailles seraient de la
chair à canon. On les jetterait n'importe comment sous le feu. Mais ça, tu n'en saurais
rien. Car on te mentirait constamment. Même
ton mari te mentirait. Arteguy désigna Jules
d'un geste du menton. Tu crois qu'il va lui

parler des tapis de cadavres à sa petite Félicité, et des fosses communes qu'on a creusées ? Oui, fit-il à Brêle, si t'étais une gonzesse comme tu dis, tu saurais petit à petit, à force d'attendre en vain, que la guerre sépare les sexes, que les visages des uns disparaissent dans la boue, et ceux des autres sous le crêpe noir. Non, finit Arteguy, tu vois, je préfère encore être un homme et agir plutôt qu'attendre. Agir ? s'exclama Brêle. Mais elles n'ont qu'à agir les jolies, si c'est ça qui leur manque ! Qu'est-ce qu'elles foutent d'ailleurs ?! dit-il. Pourquoi pas faire la révolte des femmes ? dit-il. Pourquoi ne viennent-elles pas nous chercher ? Quand je pense à tous ces gosses qui ont appelé leur mère en mourant... Elles pourraient bien crier, les mères, les sœurs et les épouses ! Au secours ! Au secours ! Tu crois pas qu'elles pourraient dire qu'on assassine leurs hommes ? Qu'est-ce que c'est que ces cœurs qui se résignent à perdre ? De la gnognotte !

Toute la section regardait Brêle en souriant. Il se démenait dans son idée comme un clown pris au rire des autres, espérant une amplification, une apothéose qui remporte l'adhésion définitive. Il se leva et déclama : Je fais ce rêve. Elles quitteraient nos maisons, avec leurs robes et leurs beaux cheveux longs, et elles monteraient jusqu'à nos champs de bataille. Elles lèveraient leurs bras ronds pour arrêter cette tuerie. Et elles nous emporteraient dans leur lit ! Et à ces mots Brêle s'esclaffa d'une manière qui disait fort bien tout son malheur. Elles peuvent pas… il faut obéir à la guerre, dit timidement le jeune Rousseau. Obéir, répéta Brêle. Oui, il le faut bien, dit Arteguy. Et il ajouta : Je ne suis pas du Nord moi, mais on peut pas laisser cette terre aux Boches ! Quand même ! Imagine ! Peux-tu penser la France vaincue et envahie ? Qu'est-ce que ça serait ta vie ? C'est bien juste ce que dit le général : on doit refouler l'ennemi. Bah ! faisait Brêle, qu'est-ce qu'on fait d'autre ? Il ne savait plus quelle vérité penser, tant étaient difficiles à trancher la part du cœur et celle de la raison. Le jeune Millet, fusillé parce qu'il s'enfuyait, il l'admirait. Voilà ! Il osait se l'avouer. Ne devraient-ils pas tous refuser de se battre comme ce petit ? Qu'adviendrait-il des armées et de la guerre s'ils faisaient tous comme lui ? Pourquoi donc poursuivaient-ils docilement ? Comment pouvaient-ils voir dans cette outrance meurtrière une nécessité ? Il fallait se résigner à ne rien voir dans rien, et c'était ce que faisait Brêle pour survivre. Bon, dit-il, on est bien dociles. Alors buvons ! Il leva son quart de fer rempli d'eau à l'intention de Jules dont il avait croisé le beau sourire. A notre docilité ! dit-il, ardent et exalté pour le spectacle, dubitatif en son for. Et personne ne répéta après lui. Brêle pensait : J'ai pourtant raison, je le sais. Sans doute devinait-il qu'aux temps extrêmes de l'histoire, la suspicion de tous les principes est judicieuse.

Jules, qui avait tout écouté, songeait à Félicité. Que dire et que cacher ? Que voulait-elle

vraiment savoir ? N'était-il pas vain de l'inquiéter ? A quoi pouvait servir un tourment
de plus ? Il ne savait plus trop qu'écrire. Sa
mère se ferait tant de souci s'il donnait des
détails. Et cependant il ne voulait pas trop
mentir. Car Arteguy avait raison. Arteguy
l'avait convaincu : les femmes étaient abandonnées dans leur attente, elles pleuraient
en ignorant tout, et cela n'était pas bon. Il
fallait un peu de vérité dans leurs maisons.
Tout de même. Jules regarda le ciel pom-
ponné de nuages, il écrivit la date. Le 5e de
septembre. Comme c'était difficile, pensa-t-il,
de mettre des mots sur la souffrance ! On
est bien malheureux. Si on écrit ces quatre
mots, qu'est-ce que c'est en face du malheureux qu'on est ? Et alors, si des phrases
ne sont rien à côté des choses qu'elles cir-
conscrivent, pourquoi les dire ? Alors donc,
qu'est-ce qu'il fallait écrire à la fin ? se disait
Jules. Et enfin il se lança : *Chère mère, chère*
femme, cher frère, je peux enfin vous donner
de mes nouvelles, parce que nous avons un
peu fini de marcher des cinquante ou soixante
kilomètres par jour...

Il ne s'arrêtait plus d'écrire. Voilà qu'il se
remettait à croire au bien que font les mots.
Il faisait en écrivant le voyage du retour.
L'émotion de penser à sa terre et aux siens
le transportait. Il n'était plus assis par terre
adossé contre un muret, il volait et rêvait au-
dessus de la vie, dans la constellation de ses
pensées. L'amour de Félicité sinuait dans
ses veines. Quelle douceur cette femme-là

pouvait dispenser ! Il n'entendit pas venir
Brêle et Arteguy. T'as pas fini ! disait Brêle.
Et Arteguy : C'est trois pages que t'as écrit !
T'es pas fou ! s'exclamait Brêle. Qu'est-ce
que tu lui racontes encore ?! Et Arteguy : Tu
la gâtes bien, ta princesse. Jules secoua la
tête, ébauchant un sourire parce que Félicité
était encore dans ses yeux. Etait-ce bien ce
qu'il faisait ? La gâter... avec pareille vérité !

6

On a une lettre, dit Julia à Petit-Louis, va
chercher Félicité, je l'entends d'ici battre le
linge. Ses vieilles mains tremblaient autour
du rectangle de papier. La première lettre
après tant de jours à l'attendre ! Petit-Louis
s'avança sur le seuil et appela sa belle-sœur.
Félicité vint s'asseoir avec Antoine sur ses
genoux. Le garçonnet jouait avec deux pattes
de canard coupées qu'il faisait grimper comme
deux petits personnages sur les bras ronds de
sa mère. Il venait de s'amuser dans le sable
de la cour, aussi laissait-il des marques pal-
mées sur le gilet de Félicité. Tu me salis,
mon Antoine, dit Félicité à son fils. L'enfant
continuait son manège, Julia lui fit les gros
yeux pour qu'il se montrât sage. Ils étaient
les quatre dans la cuisine sur les chaises de
noyer. Julia tendit la lettre ouverte à Petit-
Louis. Lis fort, dit-elle, que j'entende bien tout

ce que dit mon Jules. Chère mère, chère
femme, cher frère, lut Petit-Louis. A-t-il mis
une date ? demanda Félicité. C'est écrit le 5ᵉ,
mais je peux pas lire le mois, ça a coulé sur
le mot. De l'eau, dit Petit-Louis. Ils furent
silencieux un instant à cette idée que c'était
peut-être une larme. Donne voir, dit Félicité.
Elle scruta la tache grise et dit : C'est septembre qu'il a écrit, ça ne peut être que
septembre. Petit-Louis hocha la tête. Il n'était
pas capable de réfléchir comme sa belle-
sœur, et la voyant si belle, avec l'enfançon,
il n'avait pas envie de la contrarier. Il pleut
comme vache qui pisse dans ces pays-là,
disait Julia perdue dans un songe. Elle ne
croyait pas que son fils pourrait avoir pleuré.
Lis, mon garçon, dit-elle. Bien fort !

Chère mère, chère femme, cher frère,

*Je peux enfin vous donner de mes nou-
velles, parce que nous avons un peu fini de
marcher des cinquante ou soixante kilomètres par jour. Nous prenons du repos avant
demain, pour la grande contre-attaque et
peut-être la victoire. Il fallait que le front se
retourne enfin. Parce que je vous promets que
jusqu'ici ça n'était pas de la gaieté. Reculer
comme on se sauve, décamper dans une vraie
débandade, et sans comprendre rien à ces
ordres de marche et de contremarche, c'est
arrivé si vite. Les attaques en Lorraine, c'est
nous qui les avons faites ! Je me demande
bien ce que les journaux vous en disaient à*

l'arrière... Un très grand nombre de soldats sont morts dans les premières batailles. Les champs en étaient couverts. Jamais on n'aurait imaginé une telle désolation de spectacle. Personne n'a eu idée de ce qui allait se passer. Je crois bien qu'ils se sont fait tuer en pure perte. Je sais qu'il ne faut pas dire ça, mais je peux vous le confier à vous. Mère, malgré tout ce que vous pensez, que l'on doit être un soldat de France et défendre bravement sa terre, une bataille est un moment atroce. Vous ne sauriez imaginer pareil enchevêtrement de crimes et de courages. J'en ai gagné la haine définitive de la guerre. On devrait la faire entrer dans la tête des enfants au lieu de leur enseigner le patriotisme, et crois bien que mon Antoine je sais ce que je lui ferai si j'en retourne. J'ai vu des blessures que je ne vous décrirai pas. Quel souvenir emporte-t-on de la vie lorsqu'on quitte la terre dans une mort si violente ? Les premiers attaquants se sont fait tirer comme des lapins. Nous étions trop mal sapés. Vraiment, croyez-vous qu'un pantalon rouge est bien choisi quand on a le besoin pressant de se cacher ? En tout cas je me doute que le grand plan des armées a bien foiré... Evidemment on ne nous en dit rien. Mais nous ne sommes pas si stupides. Quand c'est la retraite générale, je peux vous dire que ça se devine ! Nous avons marché de l'est vers l'ouest. Le régiment cantonne maintenant dans le Nord-Est, je ne sais pas les noms des villages, ça n'est pas éloigné de la capitale, et d'ailleurs nous avons pour demain interdiction de reculer. Je veux surtout vous dire que je vais bien, mieux que beaucoup d'autres qui n'ont pas supporté les longues marches avec le barda sur le dos. Ça me sert bien d'être robuste. Certains camarades ont les pieds dans des sales états, moi je m'en tire.

En ce moment même pour vous écrire je suis assis dans la cour d'une grande exploitation. Nous avons eu des œufs et du lard offerts par l'habitant. Vous devinez que les Landais ont fait honneur à ce festin. Je vous parlerai souvent d'un ami qui s'appelle Joseph. Son esprit a été très secoué par les premières attaques. La vie d'hommes des bois ici ne lui fait pas bon effet. Il est trop fragile pour un soldat. Avec tout ça il est toujours derrière moi, comme était mon beau Prince ! La vie est si étrange quand on y pense... Mais c'est un brave garçon ! Il est simple et pur comme un animal. Vous savez comme c'est le plus grand compliment que je peux lui faire.

Surtout ne vous faites pas de souci pour moi. Je veux vous expliquer une chose qui vous rassurera : notre lieutenant est un officier chrétien. Je m'aperçois que cela fait une grande différence. Il ne sacrifie pas ses hommes. Et je vous promets que ce n'est pas le cas de tous les officiers. Je suis soulagé et heureux d'avoir un chef que je peux respecter. Qu'aurais-je fait sinon ? Lui sait que la vie est sacrée. Dieu la donne et Dieu la reprend, il essaie d'être un chef qui la protège. Il faut avouer que ce n'est pas facile et je vois qu'il *prie souvent Dieu de lui venir en aide. Il y a une autre chose extraordinaire que je dois aussi vous raconter, vous allez être bien étonnés et surtout toi, ma chérie. Ce lieutenant m'a appris des choses concernant les chiens. J'aurais voulu les savoir plus tôt. Si tu y penses, Félicité : j'aurais pu t'écouter et prendre Prince avec moi ! C'était ce qu'il voulait ce chien, et l'armée aurait très bien su l'employer ici. Les Allemands sont plus avisés que nous. Te rends-tu compte que depuis longtemps déjà le Kronprinz (c'est le fils de l'empereur Guillaume) a créé des chenils militaires où sont entraînés leurs bergers ? Je regrette ! Et en même temps, vois-tu, je ne sais si j'aurais le courage de voir cette bête endurer ces tourments. Pas plus tard qu'hier soir, je tapotais l'échine du pauvre cheval qui tire notre roulante (la cuisine sur roues), quand elle est là, parce que l'intendance, je te jure qu'elle ne suit pas ! Ces pauvres bêtes sont le nerf de la guerre, on ne le dit pas assez. Tu sais comme je suis. Alors je lui parlais, je lui disais les pâturages, la litière fraîche et le foin savoureux de l'écurie qu'elle retrouverait. Eh bien non, elle ne sentira plus la bonne odeur de sa terre, je l'ai vue ce matin, les quatre fers en l'air, près d'un tas de fumier, tout le ventre ouvert où s'affolaient déjà les mouches. Est-ce que j'aurais jamais cru voir ça ? Des chevaux avec la panse gonflée et les yeux couverts de bêtes, il y en a plein le bord des routes. Oh ! mère, soyez sûre de cela, et même si cela vous fait peine à penser, votre fils marche*

au milieu du cimetière des chevaux. J'ai pensé
à notre bon Colbert. Où est-il à cette heure ?
Rappelle-toi ma chérie comme il avait belle
allure ce jour béni où il tirait la carriole qui
nous ramenait de l'église à la noce. N'oublie
rien de ce bonheur. Même s'il est pour tou-
jours en moi, j'ai l'impression qu'il part en
lambeaux. Tu devras manger la vie pour
nous deux. Tu me feras plaisir chaque fois
que tu le feras. J'imagine le ciel de septembre,
le soir qui vient plus tôt, le fond de l'air qui
fraîchit, les cimes qui font le chœur du vent.
Regarde bien ce que tu vois, parce que c'est
beau notre pays. Ecoute le silence de la nuit,
le hululement des chouettes, l'aboiement des
chiens et même les canards qui cancanent.
Sais-tu quoi ? Je pense à tout ce que j'ai perdu
et cela me fait à la fois du bien et du mal.
Quand retrouverai-je notre vie ? A Noël
disions-nous ? Nous l'espérons tous, mais
c'est un espoir fou. Enfin ! Je ne dis rien
avant demain.

Ecrivez-moi. On dirait que nous sommes
séparés du reste du monde. Pour les lettres,
c'est une ou deux pour toute la compagnie
qui arrivent. Mais le lieutenant promet que
le courrier va s'installer. Alors je vous supplie
de ne pas m'oublier. Avoir des nouvelles, ce
sera du bonheur pur. Il faut que vous en soyez
sûrs. Dites-moi comment se porte Prince.
Mange-t-il normalement ? Les écossais comme
lui sont capables d'être bêtement têtus. Et de
l'exercice, en prend-il ? Il aurait pu en avoir
ici. Maintenant que je le sais, je m'en voudrais

*encore plus qu'il lui arrive du mal. Donnez-
lui sa part de caresses. Aussi, toi Félicité,
embrasse mon petit Antoine. Je me demande
bien ce qu'il fait de nouveau. A cet âge ça
change tous les jours les enfants, pour sûr je
ne vais pas le reconnaître... Est-ce que tu lui
parles de son père ? Si tu le fais, ne lui dis pas
que je suis à la guerre. Je n'aimerais pas
qu'il m'imagine en soldat. Je pense à lui
chaque jour. Tu peux le lui dire, sans le rendre
triste. Pour les canetons, n'oublie pas, dès
qu'il va faire froid, surveille le poêle, et surtout la nuit. Ma pauvre chatte, tu vas être
bien fatiguée ! Demande à Petit-Louis de
t'aider pour le gavage, tu ne peux pas le
faire seule, je le sais. Ah ! comme j'enrage
de ne pas être là pour vous aider ! Tout le
travail que tu ne peux pas faire, laisse-le. Ne
regrette pas. J'apprends cela : chaque belle
journée, il faut la prendre en soi sans la
gâcher.*

*Petit-Louis, si tu veux écouter ton frère
pour cette fois, eh bien, reste au pays et
occupe-toi de te rendre utile auprès des femmes. Ici c'est de l'horreur inutile, il y a bien
assez d'hommes qui souffrent et meurent
pour ne pas en ajouter. Si on me demandait
pourquoi je me bats aujourd'hui, je sais
bien ce que je répondrais. Je répondrais que
je fais la guerre pour qu'on ne la fasse plus
jamais.*

*Bon, je crois que je vous ai dit ce que j'avais
à vous dire. Alors je vous embrasse tous, chère
mère, chère femme. Prenez soin de Prince et*

du petit Antoine. Je sais que vous le ferez.
Pour toi Petit-Louis, pense à ce que je t'ai dit.
Je vous confie à Dieu.

Votre JULES

Petit-Louis restait avec la lettre dans les mains, et l'idée de ne pas aller combattre qui lui tournait autour et l'asticotait comme une mouche. Félicité sanglotait dans le cou de son fils. Elle pressentait les vérités cachées. La réalité était pire que ce que voulait bien en dire son mari. Car Jules était une grande âme, il ne répandrait pas l'angoisse quand bien même il l'aurait au ventre. Pauvre Jules ! répétait-elle entre ses sanglots. Pauvre Jules ! Et l'enfant sur ses genoux était un peu affolé d'entendre pleurer sa mère. Julia s'était raidie sur sa chaise, songeuse qui scrutait l'ombre lointaine d'un cataclysme. Les mots de Jules fabriquaient des images insoupçonnées qui se creusaient une place en elle. Elle essayait de les chasser et de réfléchir. C'était une tête froide, Julia. Elle voulait deviner quelles nouvelles de la ferme son fils avait déjà reçues. Elle se tourna vers sa bru et dit : Il sait donc pas que son Prince est parti ! Tu ne lui as pas écrit ? Félicité fit signe que non, reniflant, essuyant son nez rougi avec le dessus de sa main. Ma-ma-man, ma-ma-man, répétait le petit Antoine. Je suis là, mon bébé, dit Félicité. Elle se redressa contre le dossier de bois, lissant ses cheveux sur sa tempe, caressant la joue de son fils. On n'a pas le droit de flancher, lui disait sa voix du dedans. J'ai

pensé qu'il valait mieux ne rien dire, dit-elle
à Julia. Si le chien lui revient, il saura bien
son départ et son voyage. Si le chien s'est
perdu, à quoi servirait de donner ce souci à
Jules ? A rien, dit Félicité. Tu as bien pensé,
ma fille, dit Julia. Les deux femmes se regar-
dèrent une fraction de seconde après que
Julia eut parlé, puis la vieille se leva. Quelque
chose était changé par l'acquiescement de
Julia. Félicité le ressentait avec émotion.
Elle pensa à son secret. Dans sa lettre, Jules
n'avait rien dit de l'enfant qu'elle attendait. Il
n'avait sans doute pas reçu encore ce courrier. Ou bien il écrirait plus tard à sa femme
à propos de ce qui ne regardait que leur
amour. Ah ! quels bouleversements pour la
famille ! pensait Félicité. Elle voyait comme
son mari avait été plein de sagesse. Lui qui
disait : De tout malheur peut sortir quelque
chose de bon. N'avait-il pas raison ? Bon,
pensa-t-elle, voilà une bonne lettre qu'elle
pourrait lui faire : Julia est devenue plus
gentille. A cette pensée Félicité se leva, son
fils dans les bras. Il souriait de voir revenu le
visage calme de sa mère. Elle couvrit de baisers joyeux la petite face arrondie, le fit tournoyer en l'air en riant et l'emporta, ballotté
contre sa hanche, jusqu'au lavoir où le paquet
de linge attendait. Comment faisait Jules
pour vivre sans son bébé ? pensa-t-elle. Oh
pauvre Jules !

7

Visez-moi un peu ce cabot qui dort comme un bienheureux ! dit le caporal Toulia aux hommes qui marchaient derrière lui. Son doigt désignait le chien Prince couché sur la pierre de seuil du cellier où il s'était abrité. Il en écrase, dit Arteguy, qu'est-ce que je donnerais pas pour faire comme lui ! Il est mort ! s'exclama le jeune Rousseau. Mais non, crâne d'andouille, regarde son flanc, ça se soulève, dit Brêle. Il respire ton mort ! En tout cas on n'a pas la belle vie comme lui... Est-ce que je l'ai pas assez dit ? demanda Brêle, les poings sur les hanches. Des bêtes accepteraient pas, on est moins que des bêtes ! dit-il. On est plus cons en tout cas, dit Toulia, les animaux ne se font pas la guerre. Ah ! dit Brêle, enfin tu l'remarques ! On vit même pas comme eux parce qu'on les vaut pas, voilà tout ce que je crois pour moi ! C'est pas la parole le propre de l'homme, c'est la guerre, et y a pas de quoi être fier ! Oh non ! Y a pas de quoi. A ces mots qui laissaient silencieux ses compagnons, le soldat Brêle enjamba le corps du chien. Son pantalon rouge dont la boue maculait la couleur passa devant les yeux de Prince qui roulaient pour le regarder. Brêle disparut dans le cellier. *Mamma mia !* cria-t-il. Et les autres en l'entendant pouvaient être sûrs qu'ils allaient boire. Le petit Rousseau souriait. Le caporal regardait Prince qui s'était redressé sur ses longues

pattes. Ce chien-là, c'est un géant, j'en ai
encore jamais vu un pareil, dit-il. Un grand
berger d'Ecosse. Comment les appelle-t-on
déjà ? Les collies, répondit le jeune Rousseau.
Les colleys, rectifia Arteguy. C'est très gentil
avec les gosses, dit-il en songeant aux siens.
Brêle réapparut triomphant, les deux bras
en l'air, une bouteille dans chaque main. Tu
sais quel sort réserve l'armée aux chapar-
deurs, dit Toulia, attends un peu que j'ama-
doue le chef et va poser ça. Pououh ! fit Brêle
en s'en retournant dépité. Quelle chance de
cantonner là, remarqua Arteguy. Ça paraît
propret, acquiesça Toulia. Ils sont partis en
fermant les volets, dit Rousseau qui levait les
yeux vers la maison attenante. Un cheval à
bascule était resté devant la porte. Si c'est
pas malheureux, dit Arteguy en regardant le
jouet. Et de nouveau les deux visages de ses
enfants furent dans sa pensée.

Le chien Prince observait, sans crainte ni
agressivité, tout ce remuement d'hommes qui
venait par la route. Ses yeux, deux petites
amandes dorées dans le museau long, épiaient
avec intelligence le groupe autour de lui.
Voilà une bête intéressée et impassible, commenta Arteguy. Prince portait les traces d'un
grand dressage. Cet ennoblissement l'avait
libéré de la gangue instinctuelle. Une dignité
était venue s'adjoindre à sa beauté d'animal :
il semblait proche et compréhensible sans
que l'on sût par quelle magie. C'était un brin
de Jules qu'il serrait dans son cœur. Seules ses
oreilles, ramenées vers l'avant et semi-dressées,

trahissaient cette façon d'être au monde qui
n'est pas celle des hommes. Ces petits pavil-
lons poilus pouvaient bouger selon l'état
d'esprit de leur propriétaire. Prince entendait beaucoup mieux que les soldats, il percevait des bruits inaudibles, loin en deçà
des limites de l'ouïe humaine. Son flair était
un instrument fiable et précis : respirer lui
apprenait le monde. En comparant au détail
près une atmosphère habituelle à une autre
qui ne l'était pas, il savait prévoir un accident,
pressentir ce qui pouvait advenir de fâcheux.
Mieux qu'un homme, il faisait confiance à
ce qui en lui parlait sans mots, sans explication. Comme si les événements étaient toujours précédés par des signes, comme si le
présent ne faisait jamais que raconter l'avenir, et que lui, chien remâchant son silence,
avait percé l'opacité de ce langage codé. Ainsi
Prince était-il constamment aux aguets, et
c'était le plus révélateur de son animalité. Le
caporal Toulia pensait à tout cela en regardant frémir les petites oreilles. Le sous-officier
songeait que la guerre oblige les hommes à
guetter, comme les animaux, et que les animaux savent mieux le faire que les hommes. Et cette constatation simple construisait
en lui une idée d'animal soldat qui lui faisait
toucher sa moustache avec nervosité. Salut
le chien, répéta Rousseau en caressant Prince.
Il n'a pas de collier ni rien, dit Arteguy. C'est
ici que tu habites ? demanda-t-il à Prince.
Est-ce ta maison ? Tu crois qu'il va te répondre ! rigolait Brêle. Avec précaution, il souleva

une patte de Prince qui le laissa faire. Regardez ça ! disait Brêle. Les griffes étaient usées
à ras, les coussinets à vif, du sang avait séché
dans les poils autour d'une écorchure, le
chien gémissait doucement quand on y tou-
chait. Pour ça non il habite pas là, dit Brêle.
Cet animal a parcouru des kilomètres, j'en
mettrais ma main à couper. Et ça t'arrangerait ! dit Toulia. Ils étaient tous autour du
chien, le caressant chacun leur tour, attirés
et attendris par cette belle bête abîmée dans
la guerre. Il a des bouloches plein l'arrière
des oreilles, disait Brêle qui poursuivait son
examen. Prince lui léchait les mains. Il doit
avoir une de ces faims pour t'aimer comme
ça ! dit Rousseau. Si tu lui donnes quelque
chose tu peux être certain qu'il te lâchera
plus. Le caporal Toulia avait fini de mener à
son bout l'idée qui le réjouissait. Où il est le
Landais qui cause avec les bêtes ? demanda-
t-il. Il se raidit de toute sa taille, le visage levé,
et appela : Chabredoux ! en se tournant vers
la route. Chabredoux ! Jules Chabredoux ! le
bon Dieu t'a apporté un copain ! Le caporal ne
croyait pas si bien dire et il fut étonné de voir
Prince dresser les oreilles au nom de Jules.
Pourquoi tu t'agites comme ça ? demanda-t-il
au grand chien. Et il continua d'appeler tout
en observant la frénésie qu'il provoquait.
Juules ! Juules ! Qu'on me le trouve ce gars !
finit-il. Le caporal s'expliqua à voix haute : Je
vais lui faire un cadeau. Il dit qu'il dresse n'importe quel chien. C'est le moment de nous le
prouver. Et se tournant vers Prince, il dit : Je

t'ai trouvé le bon maître. Attends de voir. Tu seras la mascotte de notre section ! Ça lui fait une belle jambe ! dit Brêle. Ben regarde comme il est content ! dit Rousseau.

Ce qui restait de la compagnie, à peine une centaine d'hommes, piétinait maintenant rassemblé dans la cour. Les derniers traînards finissaient d'arriver. Les morts étaient restés couchés dans l'herbe tassée. Aux abords des villages abandonnés, le sol en était couvert. Les grandes villas bourgeoises ouvraient leurs grilles sur ces champs de carnage. Des fenêtres de l'une d'elles, à quelques kilomètres du brouhaha que faisaient maintenant les soldats, on pouvait regarder, aussi longtemps qu'on le désirait, une trentaine de ces corps alignés à la hâte, sur le dos ou le ventre cela semblait indifférent, certains grimpant un peu sur les autres, misérables, les yeux ouverts, fermés, les bras étendus au-dessus de la tête, ou repliés entre les jambes, les mains parfois croisées sur le sexe, ce qui obligeait à penser qu'ils avaient eu une vie et des désirs, et qu'ils avaient encore un pauvre appareil de chair molle à cet endroit. Certaines des blessures mortelles qui les avaient couchés restaient invisibles, accroissant l'incrédulité du témoin, le sentiment d'absurdité. On pouvait venir à l'idée que ce monde, on ne le supporterait pas, et c'était bien ce qu'éprouvait, dans une sensation d'étouffement et de nausée, la jeune femme de bonne famille qui était à sa fenêtre, face à ce spectacle inhabituel.

Les traînards s'étaient assis partout, à l'entrée du village, autour de la première ferme. Le relâchement les essaimait dans le paysage que la guerre avait déjà altéré, ils s'écroulaient au hasard des talus, des trottoirs, des murets, torpillés par la fatigue des derniers jours de combat. Le lieutenant Bourgeois couvait des yeux les hommes de sa section, hirsutes et barbus, sales, épuisés. Mais victorieux, pensait-il. Son jeune cœur était fiévreux. L'émotion d'avoir tenu et vaincu, le crépitement étourdissant de la bataille, les liens étroits qu'elle tisse entre les soldats avaient formé pour lui un instant de bonheur intense comme aucun autre, croyait-il, ne le serait dans sa vie. Il se regardait lui-même dans cet instant, de sorte à le vivre sans réserve. Comme c'était étrange, se disait-il, cette façon qu'on avait d'aimer mieux les autres parce qu'ils pouvaient mourir dans l'instant et soi-même avec eux... Comme si la mort nous rendait à l'amour. Et nous ne sommes pas morts, nous avons gagné, pensa le lieutenant.

Car le miracle s'était produit. Ils avaient repoussé l'ennemi de la Marne à l'Aisne. La retraite était terminée, et terminés aussi les déplacements harassants, les ordres et contrordres d'un état-major qui tâtonnait, ignorant jusqu'à quel point s'était aventurée l'avancée adverse. Peut-être cesserait-on de commander des attaques inutiles et des contre-attaques sanglantes, mais la guerre continuait, pensa le lieutenant. Les hommes le devinaient-ils ? Avaient-ils déjà songé qu'il n'y aurait pas de victoire éclair, seulement une lutte jusqu'à l'épuisement ? Cette perspective donnerait-elle aux généraux le souci des pertes ? Il fallait le souhaiter, mais alors l'épuisement tarderait à venir. Jean Bourgeois en était certain, c'était un sujet dont on ne parlait pas, on pouvait pourtant prédire que la fin du conflit rendrait à leur deuil deux nations exsangues. A chaque jour suffit sa peine, disaient les soldats. Jean Bourgeois essaya d'avoir leur sagesse en ne pensant qu'au lendemain. Ils auront la moitié de la nuit pour dormir, à quatre heures du matin il les ferait lever pour creuser les fosses et enterrer les camarades.

La victoire de la Marne avait collé l'armée française aux trousses des Allemands. A leur tour de décamper ! disait Brêle. Et qu'on en finisse ! Il riait. Pour une fois j'ai envie de rigoler ! ajoutait-il. Le front s'était enfin retourné et le moral des fantassins français avec lui. Ils marchaient maintenant dans la bonne direction : ils expulsaient l'envahisseur hors de leur propre pays. On attendrait l'ordre pour repartir et avancer vers une armée qui s'enterrait, prévoyait Jean Bourgeois. Nos territoriaux creusaient tranchées et boyaux. Les hommes tomberaient dedans comme dans de faux havres de paix, se disait-il. Mon lieutenant, dit le caporal Toulia, vous auriez pas vu Jules Chabredoux dans les parages ? Qu'est-ce que vous lui voulez à ce bon Jules ? demanda le lieutenant tiré de sa rêverie. En même temps qu'il parlait, il aperçut le chien dont le fouet dansait, et l'intuition de la vérité vint en lui. J'ai un cadeau pour lui, dit Toulia en caressant Prince. D'où le tenez-vous ? dit le lieutenant. Il dormait à l'entrée d'un cellier que les gars ont exploré, dit Toulia avec un sourire indulgent. A-t-il un nom ? dit le lieutenant. Comment allons-nous t'appeler ? murmura-t-il. Et se tournant vers le caporal : Savez-vous que Jules possède un colley comme celui-là ? Je crois qu'il l'a prénommé Prince. A ces mots, le chien Prince s'embrasa. Il aboyait comme un sourd protégé du bruit qu'il faisait. Ses quatre pattes ensemble se soulevaient du sol tant il s'égosillait. L'attente et la patience, le tourment et la fatigue, et surtout le fol espoir, tout cela en même temps criait sans mots dans ses yeux. C'était pur comme dans un monde sans les hommes. Il entama une danse endiablée : tournant en rond, décrivant des circuits dans la cour, puis revenant glapir la langue pendante, essoufflé, devant le lieutenant. La folie de l'amour et du besoin mordait Prince et il ne pouvait faire parler son cœur. Il incombait à son corps d'exprimer sa fièvre. Que veux-tu nous dire ? s'exclamait le caporal Toulia. Prince aboya de plus belle à son adresse. Alors le lieutenant dit : Viens ! Allons trouver Jules qui s'occupera de toi. C'est une très bonne idée ! Aussitôt l'impétuosité joyeuse se changea en obéissance. Et Prince suivit, au pas, le museau derrière la main gauche de Jean Bourgeois.

Les yeux de Prince étaient bien plus exercés et perçants que ceux du lieutenant, ils découvrirent Jules avant eux. C'était une vision merveilleuse. De tout ce que le monde pouvait offrir au chien, la compagnie du maître était ce qu'il désirait le plus. Le sang dans tout son corps frémissait, son cœur battait follement. Et dans le même temps quelque chose se calmait en lui : la quête était achevée, la chape de tristesse était levée, et la vie allait reprendre. La vie d'avant, la vie ensemble. Quelle fête ! La surprise était aussi saisissante que l'attente avait été longue. Le maître était découvert. Prince s'élança en aboyant de toutes ses forces. La stupeur avait cloué Jules, mais il n'eut pas le temps de dire un mot, il était déjà par terre sur le dos, écrasé par une masse de poils et une langue qui lui léchait le visage.

Ce furent des retrouvailles heureuses qui se passaient très bien des mots. Le silence de Jules était une stupéfaction heureuse, celui de Prince l'aboutissement d'un long effort. La gueule du chien semblait déformée par un sourire. On pouvait le voir vivre son bonheur : dans l'adoration. Rien n'était exagéré, rien n'était dissimulé, il y avait une limpidité du bonheur exemplaire, et dans ce même temps Prince ne perdait pas ce qui se passait autour de lui. C'est mon chien, répétait Jules à ses compagnons. Joseph riait : On a compris tu sais, souffla-t-il. Tu lui as appris à ne pas parler ? se moqua Brêle en désignant Prince. Voilà ! dit Jules. Quel

homme sage tu fais ! dit Brêle. Et il vint ta-
poter le flanc de Prince, avec une timidité
brusque, une petite rougeur aux joues, comme
s'il avait voulu cacher ce qu'il ne comprenait
pas : qu'il avait envie de toucher ce bel animal. Il le caressa, il le tapota, il le gratta…
Jules le regardait faire en souriant. Il est très
affectueux, dit-il à Brêle. Et Brêle continuait
de faire ce qu'il voulait. Car il est vrai que
les bêtes nous offrent leurs corps en pâture.

8

Le chien Prince n'était pas encore un soldat,
les bruits de la guerre l'effrayaient, il ne savait
pas reconnaître les officiers, ni distinguer les
uniformes français et allemands. Mais il
apprendrait, et il pouvait d'ores et déjà se
rendre utile. Le soir même le caporal Toulia
lui confia sa première mission : surveiller la
réserve de vin du cellier. Que personne ne
passe se servir avant qu'on obtienne une
autorisation. Tu vas pas en faire un flic ! protestait Brêle. Un flic qui te protège de toi-
même ! répondit le caporal. Je veux pas perdre
mes hommes pour quelques bouteilles de
pinard volées. Et toi tu es du genre à croire
qu'il suffit d'avoir raison pour prendre ce
qu'on a envie de prendre ! Pas vrai mon
lieutenant ? dit le caporal à Jean Bourgeois.
Est-ce que je sais ? dit le lieutenant. Et il

pensait, mélancolique : Qu'est-ce que je connais de vous ? Ce grand courage d'hier ? Et puis quoi ?

Jules expliqua à Prince ce qu'il devait faire. Mais ce fut ensemble qu'ils le firent. Dès que son maître s'éloignait, l'animal soufflait une longue plainte affligée. Les retrouvailles étaient trop neuves pour qu'il acceptât une séparation. Jules était troublé : non pas d'être emprisonné par son chien, mais de sentir qu'il avait perdu sa confiance. C'est une leçon, pensait-il. De tous les actes que nous commettons, aucun n'est effacé. Tout fait trace. Cette guerre elle-même imprimera la sienne. Aucun crime ne sera anodin. Les pensées sinistres se succédaient. Crime… Oui, c'était le bon mot, murmurait à Jules une minuscule voix au-dedans. Etait-ce son chien qui lui parlait ainsi ? Jules Chabredoux ferma les yeux. Tu me fais des murmures ? dit-il à Prince. Puis, encore à voix haute : Des crimes ont été commis au nom de la patrie. Peut-être découvrirons-nous qu'ils n'ont servi à rien. Peut-être feront-ils de nos enfants des criminels dont nous n'imaginons pas encore la cruauté. Il n'y a vraiment que les hommes pour espérer n'avoir ni mémoire ni rancune lorsqu'ils ont fauté. Leurs forfaits, leurs mensonges, leurs désertions ne pèseraient rien. Ils se le laissent croire les uns les autres. Mais les animaux savent qu'il n'en est rien et que nos traces nous suivent.

Les animaux n'oublient rien. Leur survie dépend de leur rapidité à mémoriser. Voilà

ce dont Jules était sûr. Tout ce que découvre
un animal fait son enseignement. Il n'a que
l'observation pour apprendre le monde : ce
qui semble être et ce qui est, ce qui est doux
et ce qui blesse, ce qui s'y passe et s'y passera
encore. Une bête reconnaît les situations.
Chaque événement, enregistré, la transforme.
Avertissement, alerte ou garantie sont dé-
cryptés comme autant de signes qui disent
s'il faut fuir ou foncer, combattre ou renoncer, et ce qui est nouveau éveille la crainte.
Aucun acte n'est anodin, non, tout est consigné. Voilà comment un maître peut aisé-
ment gâcher le caractère d'un chien. Voilà
comment Prince éprouvait désormais la peur
d'être abandonné. Il avait appris en une fois
que la présence de Jules pouvait faire défaut. L'absence était devenue une chose possible, menaçante. Une certitude en lui s'était
amoindrie. Il fallait le regagner. Jules s'y em-
ploya. Je reste avec toi, dit-il. Je ne te quitterai plus. Et Jules joignit l'acte à la parole : il
s'assit à côté du chien sur la pierre de seuil.
Il le fallait. Comme si les animaux, bien mieux
que nous, osaient réclamer des preuves im-
médiates.

C'était une de ces nuits de guerre calmes
qui suivent un ample mouvement décisif.
Une reconfiguration stratégique couve tandis
que les troupes attendent les nouveaux ordres.
Pas un tir ne venait fouetter le silence. Rien
n'indiquait qu'il y eût dans ce pays la source
d'un cataclysme où des vies déjà s'étaient
perdues. Les combattants connaissaient leur

premier répit depuis quatre semaines. Relâchement physique, repos moral, après une première victoire trop longtemps attendue. La plupart des soldats dormaient d'un sommeil inaltérable. Dans le soir qui infiltrait l'air et l'humidité qui montait de la terre, Jules et Prince veillaient côte à côte, silencieux. Quel sorte de couple formaient-ils ? Le maître et le chien, se disait Jean Bourgeois, qui confrontait à ce moment sa vision et son idée. C'était bien d'un amour qu'il s'agissait là, et en cela semblable aux autres qu'il diffusait ses bonheurs et ses pâmoisons. De loin, l'union de ces deux êtres était apparente. Ils étaient une image de l'alliance entre les hommes et la nature. Ils étaient pareillement embellis de cette distinction que donne une vie à la fois libre et civilisée. Ils étaient l'harmonie du monde, sa complétude et sa perfection : la grâce sauvage venant s'allier par un pacte ancestral à l'intelligence industrieuse. Ils se parlaient à leur façon unilatérale : les mots de Jules venaient entre eux inciser le silence. On aurait dit qu'un fil invisible attachait la bête à l'homme que les yeux d'or, aux aguets, ne quittaient pas. Le maître voulait-il quelque chose ? S'en allait-il quelque part ? Chacun de ses gestes était épié avec bienveillance, et dans cette attention inaltérable une vie se donnait à une autre, comme s'il n'y avait rien d'autre à faire, comme si un sortilège, depuis la nuit des temps, avait lié les chiens aux maisons et aux maîtres, et cela quels que fussent leurs manquements. Jean Bourgeois

réfléchissait. Sa section aurait donc son chien
de guerre ! Comme la vie était malicieuse…
Lui qui avait cru, envers et contre des états-
majors sans idées, à l'utilité des chiens, le
voilà qui était récompensé. Le voilà rendu
capable de prouver ses dires. Jules et Prince
étaient des graines de héros, le jeune officier
en était sûr, toute son enfance avait vu que
dans un bon couple, chaque individu est
amené, par l'affection qui l'entoure, à dépasser ses limites.

Pour la première fois de sa vie, Jules dé-
plora que son chien ne parlât pas le langage
des hommes. Il éprouvait à quel point ces
mots impossibles sont susceptibles de manquer. Mais peut-être en cela avait-il tort, car
c'était lui qui voulait les entendre. Prince
aurait-il aimé parler ? Rien n'était plus incertain. Et cependant ! se disait le maître.
Pouvait-on oublier de quelles manières les
mots nous sauvent la vie, et combien est
grave la tâche que nous leur confions ? Parler,
répéter, rapporter, murmurer, chantonner, grif-
fonner, écrire, pourquoi le faisait-on ? songeait Jules sous le regard de Prince. Pour
avouer, pour prévenir, pour implorer, pour
raconter, pour complimenter, pour se délivrer,
se retrouver, pour vivre et survivre, pour garder sa mémoire, pour faire advenir en soi des
milliers de mots aimés, les formes du monde
concentrées dans un alphabet, pour les partager et les affronter. Privé de mots ! Quel sort
était-ce ? Une grâce ou une malédiction ? Jules craignait de changer d'avis à ce propos.

Prince ne saurait pas lui donner des nouvelles d'Antoine et de Félicité, et pas davantage
lui conter par le menu son départ et son grand
voyage. Lui seul savait pourtant avec exactitude
ce qui s'était passé. S'était-il sauvé ? Félicité
l'avait-elle envoyé ? Un incident était-il la
cause de son aventure ? Tout ce passé existait en lui, mais il resterait consigné dans une
mémoire dérobée, enfoui dans un monde
intérieur. Le silence de Prince n'était pas
vacuité de la pensée, il était plein de secrets.
Mais que de regrets faisait naître cette certitude ! Qu'est-ce qui me prend ? pensa Jules
se voyant dans ce tourment. Je deviens idiot.
    Voulait-il donc que son chien ne fût qu'un
homme ? Non, ce qu'il voulait, c'était pour
une fois offrir à son chien le pouvoir des
mots. Mais ce serait une parole humaine de
plus ! pensa Jules. On savait ce que racontaient les grands parleurs de la création :
beaucoup de choses fausses, inutiles, approxi-
matives, nuisibles ou subjectives, stupides
ou incompréhensibles. A cet instant pourtant Jules s'en serait contenté. Et même s'il
y avait des mots d'animaux à écouter. Est-ce
que je ne sais pas les entendre ? se demandait-
il. N'était-il pas raconté dans une légende
ancienne que le roi Salomon, grand sage
devant l'Eternel, pouvait comprendre les animaux et leur parler ? Mon Prince ! murmura
Jules, avec ses regrets, sa curiosité inassouvie,
son espoir impossible. Beau Prince excuse-
moi de rêver bêtement et de ne rien te dire
pour t'accueillir ! Il disait cela parce qu'il s'en

voulait d'être sombre. On aurait dit que le
chien se désolait de son propre silence. Jules
attendait de lui quelque chose qu'il ne savait pas donner. Prince le devinait. Il pouvait
s'en étonner car cela n'était jamais arrivé.
C'était une chose nouvelle. Quelle apocalypse
avait détruit la sagesse du maître ? Prince
léchait fébrilement les mains de Jules, mains
inusables, mains aimantes, qui comprenaient
maintenant l'anxiété du chien et aussitôt le
caressèrent. Avaient-ils vraiment besoin des
mots ? Ne se comprenaient-ils pas comme
ils étaient ? Mais non ! dit Jules à Prince, tu
n'as fait aucune bêtise ! Et sa voix du dedans
murmurait : Qu'ai-je besoin de savoir ce qui
l'a mené jusqu'à moi ? Et pourquoi sans cesse
raviver la douleur de penser à ce que j'ai
perdu ?

Alors Jules se mit à parler. Prince posa sa
longue tête fine sur la cuisse du maître. Les
mots étaient un baume pour la bête aussi.
Elle aimait les entendre, parce qu'elle sentait
le plaisir de l'homme à les dire. Comme je
suis fier de toi ! murmura Jules. Je ne me
doutais pas que tu étais capable de faire des
exploits… Je n'ai même pas songé à t'attendre,
et voilà que je te trouve. Suis-je le même
que tu as quitté un mois plus tôt ? Non je ne
le suis pas. Je suis un homme plus malheureux. Et Jules à ces mots ne parla plus à son
chien, il se parla à lui-même, que cela ne
sembla pas singulier, les conversations sont
plus qu'on ne le croit des monologues. J'ai
vu des compagnons perdre leur cervelle et

y tremper leurs doigts avant de rendre l'âme.
Les blessures des autres m'ont blessé. Mon
corps attend de subir le même sort que
ceux qu'il a côtoyés. La mort des autres m'a
approché tout près de la mienne. On dirait
qu'elle m'a mis la main sur l'épaule pour me
faire visiter ce dont elle est capable. J'ai fini
d'oublier. La mort est comme une épouse
malfaisante qui ouvre ses bras pour moi,
elle est dans ma vie pour toujours. Du moins
ne serai-je pas surpris de mourir. J'ai peine
à me rappeler la vie d'avant. Nous ne sa-
vions pas que c'était la vie du côté de la vie.
Dire que nous n'avions que le souci de la
joie ! Et maintenant le chaos du monde m'a
assombri. Mon beau chien ! disait Jules revenu dans la conversation. Tu me rends
heureux par ta seule présence. Faire la guerre
et être fait pour la guerre sont deux choses
bien différentes. Nous la ferons sans avoir
été conçus pour elle. Je ne veux jamais me
battre avec plaisir. Car nous sommes voués
à l'amour, c'est toute ma foi, lancés vers la
grâce et la beauté, toi, moi, tous les autres,
pour les honorer et les goûter. Seigneur qui
vivez dans les siècles des siècles, je remets
nos vies entre vos mains. Et à ces mots, qui
venaient droit de son cœur pur et priant,
Jules enfouit son visage dans la fourrure de
son chien. Aussi hérétique que cela pût
paraître, c'était, dans la douleur de ces jours,
comme une incarnation, comme si le corps
d'une bête offrait à son Dieu une présence
terrestre.

9

Félicité avait sur cette guerre les mêmes idées que la plupart des femmes. Elle avait peur pour son mari. Quoi de plus normal ? pensait-elle, chaque fois que sa belle-mère la rabrouait pour des larmes, bien inutiles, disait Julia. Ne risquait-il pas sa vie à chaque minute ? Dès lors que l'idée s'en formulait, il devenait impossible de penser à autre chose : que Jules mourût ou revînt invalide, tout serait fini pour lui. Il fallait être fou pour l'accepter sans colère. Leur bonheur serait un de ces souvenirs enchantés qui font souffrir quand survient la peine. Et cela pour quoi ? pensait Félicité à qui le patriotisme ne suffi-sait pas.

Si le pain blanc était mangé, Félicité vou-lait se préparer au pain noir. Quelques-unes alentour d'elle étaient déjà à le mâcher. Il suffisait toujours de s'approcher des autres pour découvrir combien l'on peut avoir de raisons de pleurer. Félicité imaginait Jules avec une manche pendante. D'autres fois c'était une jambe qui était coupée. Elle versait des larmes silencieuses, un peu honteuse de pleurnicher dans l'imaginaire. Pleurer par avance ! se disait-elle. Je suis stupide. Mais elle ne pouvait pas se boucher les oreilles : elle entendait bien ce que faisaient les obus. Elle tâchait de dominer ses pensées. Alors elle voyait le pire : Jules mort, son jeune visage clos et raide. Mutilé de guerre ou mort au

champ d'honneur, quelle différence cela faisait-il ? Ces deux avenirs lui soulevaient le
cœur de révolte. Elle les confondait en un
même drame, bien qu'elle sût à quel point
est précieuse la vie en soi, et quelle que soit
cette vie. Elle craignait que son fils fût à
jamais privé de père. Et du fait de ces craintes,
elle ne s'expliquait pas les raisons pour lesquelles on se faisait la guerre. Son amour
refusait que son esprit les comprît. Le jeu des
alliances qui avait entraîné l'Europe dans le
conflit lui était impénétrable, car elle n'y trouvait pas une raison d'y faire trouer le corps
de celui qu'elle aimait. Quel sens faisait la
perte de milliers de pères et maris ? Pourquoi les hommes croyaient-ils pouvoir justifier la mort ? Il lui semblait que les soldats
étaient de stupides moutons qui allaient en
chantant se faire égorger. Pourquoi avaient-
ils été si nombreux à partir en chantant ?
Quelle force obscure les conduisait à s'entre-
tuer ? Voilà la question que se posait Félicité.
Si Julia trouvait dans le deuil des autres la
haine de l'Allemagne, Félicité sentait croître
en elle, en même temps que l'enfant qu'elle
portait, une haine de la guerre qui était
amour de la vie. Et bien qu'elle n'en soufflât
mot, elle était en cela un esprit insoumis,
une résistante. Car la propagande avait commencé de tenir l'arrière. Il était interdit de
publier les pertes. Les trains de blessés n'allaient pas à Paris. Seules les louanges de la
récente victoire trouvaient des relais jusqu'aux
oreilles civiles. Ainsi Félicité et Julia, qui

n'avaient reçu de Jules qu'une seule lettre,
purent-elles découvrir le communiqué du
général Joffre à ses armées, reproduit dans
la presse le 10 septembre, pour fêter le miracle
de la Marne. Elles en furent avides, comme
toutes les mères et épouses abandonnées
dans un monde vidé de ses hommes.

"Camarades, lisaient les yeux de Félicité,
le général en chef vous a demandé, au nom
de la patrie, de faire plus que votre devoir :
vous avez répondu au-delà même de ce qui
paraissait possible. Grâce à vous, la victoire
est venue couronner nos drapeaux. Quant
à moi, si j'ai fait quelque bien, j'en ai été
récompensé par le plus grand honneur qui
m'ait été décerné dans ma longue carrière :
celui de commander des hommes tels que
vous." Les yeux de Félicité ne voyaient plus
qu'un fouillis de petits pâtés noirs, imprimerie brouillée par les larmes. Des hommes
tels que toi, pensait-elle dans l'adoration
malheureuse de son mari. La vieille Julia
n'approuvait pas ces pleurnicheries. Nos
soldats pleuraient-ils ? Est-ce qu'ils n'étaient
pas plus à plaindre que nous ? Voilà ce qu'elle
pensait. Félicité disait qu'on ne pouvait pas
comparer ces choses-là. Chacun avait sa part
de malheur, et elle ne connaissait pas encore
l'échelle qui mesurait l'ampleur des souffrances. Sans le vouloir, Petit-Louis donnait
ce jour-là raison à sa belle-sœur puisqu'il
avait aussi les larmes aux yeux. Le ton gran-
diloquent de ces mots lancés par le général
en chef venait réveiller et nourrir ses rêves

d'héroïsme. Et il était triste comme un petit garçon qui n'a pas eu le droit d'aller à la fête. La vieille Landaise endurcie regardait cette jeunesse sensible. Elle secouait la tête, marmottant sa désapprobation. Arrh ! faisait-elle avec une rage exagérée. Arrh ! vous me faites mal au cœur. Deux pleurnichards dans ma famille ! c'est trop pour moi. Et toi tu me dégoûtes encore plus parce que je suis la mère qui a enfanté cette nouille. Est-ce que je pleure ?! hurla-t-elle à l'oreille de son fils, qui se repliait encore davantage sur lui-même. Félicité la regardait avec ses beaux yeux allumés par l'effroi que provoquait ce spectacle d'une femme sans compassion. Sa beauté fraîche s'imposait avec une telle force que la vieille Julia sentit croître sa colère. Oh ! le monde entier la contrariait. Antoine dehors appelait sa mère en geignant. Il ne manquait plus que le petit fît une comédie ! pensa-t-elle en les quittant tous. Elle était brusquement lasse à mourir. Félicité le vit à la pâleur transparente qu'avait prise sa peau. Tant de dureté doit fatiguer, se disait Félicité. Est-ce que la mauvaise colère ne peut pas venir à bout d'un être ? Dieu ! pensa-t-elle. Elle se sentait honteuse de songer à la mort de Julia, mais elle était sûre que la haine et la vie ne font pas bon ménage.

10

A la veille de se lever pour creuser des fosses
dans cette aube reposée, Jules avait fait ce
rêve : au lieu de tomber à terre et d'entrer
dans l'immobilité putrescente, les corps des
combattants tués disparaissaient en faisceaux
d'étincelles, comme par magie. La guerre
prenait la beauté spectaculaire et colorée
d'un feu d'artifice. La clairvoyance de cette
vision impressionnait Jules. N'étaient-ils pas
tous effacés de leur vie comme par enchantement ? C'était ce mauvais sort que Jules
avait rendu visible. Ils mouraient et leur disparition ne laissait aucune trace. Etait-ce préférable ? Sûrement pas, se disait le Landais.
Faire disparaître les corps faisait oublier les
crimes. Or dans le bilan de l'été, ils étaient
grands. Cent mille morts en une journée, là-bas,
où exactement – quelque part en Lorraine.
Et que faisait-on ? Le général en chef s'emportait, le quartier général était en efferves-
cence, un responsable était limogé ! Chacun
de ces défunts pourtant, par les enlacements de
l'amitié, de l'amour, ou du sang, endeuillait
une gerbe de familles. Pour ceux-là, la mort
d'un seul soldat était une énormité. Par quel
miracle funeste cent mille énormités, s'addi-
tionnant les unes aux autres, fondaient-elles
comme neige au soleil, jusqu'à devenir un
chiffre quotidien à surveiller, une comptabi-
lité abstraite qui réclamait des prévisions ? On
devrait convoyer les cadavres jusqu'à ces

messieurs de l'Assemblée nationale, disait souvent Brêle. Voilà une odeur qui rendrait les morts de la guerre plus présents à leur esprit. Les chiffres qui résument les pertes puent moins que ceux qu'ils comptent ! Personne ne lui répondait. Trop d'horreur s'était tapie dans ces mots.

L'aube était arrivée sur le rêve. Le moment était venu de creuser la terre, d'enfouir et de prier, d'oublier. Tout le monde a sa pelle ? demandait le lieutenant Bourgeois à la cantonade. En colonne par deux ! Et ils s'en allèrent vers ce champ où les soldats étaient couchés en vrac les uns sur les autres, à la sortie du village, sous les fenêtres de la grande maison bourgeoise.

La mort fait des cadavres et il faut se débarrasser des cadavres. Ils ont une vie particulière qui empesterait les fous prêts à ne pas s'en séparer. Dans le rythme normal de la vie, cette obligation se remplit discrètement, avec délicatesse : un défunt après un autre, en des lieux divers, dans la répétition apaisante des rites du deuil. Et les vivants peuvent alors oublier l'encombrement de la chair morte. Ils peuvent cacher derrière des parois de bois, dans les ténèbres des caveaux de famille, tout le chemin qui reste à parcourir jusqu'à l'effacement, chemin du dépouillement promis à chaque corps en mouvement dès que l'agitation vitale aura cessé en lui. Ceux qui doivent vivre ne pensent pas si longtemps que cela au cadavre, car une telle pensée n'est pas compatible

avec l'action. Ils oublient. Ils peuvent reprendre le mouvement dans leur corps sans
songer qu'il fera une dépouille semblable à
celle dont ils chassent l'idée. Mais tout se
trouvait changé par la guerre, pensait Jean
Bourgeois. Sa jeunesse était hébétée dans
le courroux et la nausée. Ils avaient brisé le
cours normal de la vie. La mort venait plus
qu'à son tour. Voilà que des milliers d'hommes étaient rassemblés à l'endroit où l'on
mourait en ce temps. Les défunts étaient
légion. Les défunts étaient jeunes. Ils avaient
possédé la santé et le courage. Désormais
leurs corps inertes, troués, ensanglantés,
uniformément vêtus du pantalon couleur
de sang très frais, s'entassaient dans l'herbe.
Il fallait deux sections d'hommes pour
s'occuper de ces camarades silencieux. Les
silhouettes fantomatiques se mouvaient
maintenant dans une brume blanche et glaciale, choses fluettes sur l'étendue du champ,
en contrebas du remblai de la route. A cette
heure avant l'aurore, c'était la lune qui éclai-
rait la terre. Un calme qu'on ne connaissait
plus entourait le va-et-vient des soldats
chanceux et des soldats morts. Aussi muets
que les cadavres, les guerriers fossoyeurs ne
parlaient pas. On les reconnaissait néanmoins à ceci : ils se tenaient debout, leurs
bouches humides et chaudes gonflaient à
chaque expiration un petit ballon blanc. Les
défunts avaient perdu ce précieux nuage,
les vivants semblaient le fabriquer avec leur
souffrance.

Beaucoup de très jeunes soldats n'avaient
encore, avant la guerre, jamais vu un mort
de près. Et voilà qu'ils en découvraient des
centaines ! Joseph était un autre. Déjà
s'étaient détruits en un coup de fusil sa can-
deur et son élan. Maintenant il se rappelait
le visage grave de sa mère lorsqu'elle revenait de faire une toilette mortuaire. Comme
il admirait alors les femmes, capables d'affronter ce mystère caché, ce silence, cette
fausse immobilité d'un corps en transforma-
tion, dans l'odeur douceâtre dont elles mur-
muraient à voix basse qu'elle monte si vite
que c'est à peine croyable, et qu'elles voulaient qualifier, peut-être pour s'en défaire.
Jamais il n'avait osé accompagner sa mère,
et même lorsque le père était mort, il n'avait
pas voulu le voir. Cette chair abandonnée,
livrée aux bêtes minuscules, quel effroi !
Aujourd'hui il identifiait une dizaine de
corps, les dépouillait de leur uniforme et les
transportait jusqu'à leur dernière place. Et
Joseph avait changé d'idée. Ces cadavres
n'étaient pas inhabités comme il l'avait cru,
ils avaient encore leur nom et leur histoire,
leur blessure les racontait et les faisait revivre.
Joseph devenait capable d'imaginer leurs derniers instants. Sous le sang collé et la plaie
de leur blessure, il reconnut Tilleul et Cha-
bat qui se moquaient vilainement de lui.
Il éprouvait une tendresse pour eux. Des
hommes qui vous étaient détestables debout
dans leur vie devenaient attendrissants couchés dans leur mort. C'était un miracle de la

guerre de faire éclore cette compassion dans
le temps de la haine, cette certitude que nous
sommes proches les uns des autres parce que
promis au même sort silencieux. Les resca-
pés nommaient chaque défunt, et priaient
pour lui avant de l'allonger dans la fosse.
Les soins qu'ils apportaient à ceux que la
guerre avait tués, s'il advenait qu'ils ne pus-
sent plus les prodiguer, seraient-ils encore
des hommes ? Ils seraient moins que des
chiens, pensait Arteguy, des vautours, des
hyènes...

Le chien Prince tournicotait au cœur de ce
spectacle pathétique et misérable. Si misérable ! pensait Jules. Car c'est seulement dans
le temps du retour, dans la reconstruction
du souvenir et le balancement renaissant de
la vie que la guerre devenait ce moment
d'exception dont on offre le récit : exaltant,
ardent, révélateur, romanesque. Mais les soldats n'avaient pas encore franchi cette porte-
là du temps, et la vérité de ce présent était
autre, celle de cette aurore noyée de brouillard pendant laquelle ils creusaient des tombes et des tombes, dans lesquelles ils auraient
pu se coucher eux-mêmes, puisque la mort
des autres avait la figure de la leur, puisque
l'obscurcissement du monde les ensevelis-
sait déjà. Jules pleurait, lui à qui Félicité
reprochait de n'être pas sensible. Il plantait
sa pelle dans la terre glacée et sanglotait
comme un enfant perdu, comme une femme,
comme un de ces êtres à qui l'on ne demandait pas de faire la guerre, et c'était bien ce

qu'il aurait voulu être, vulnérable et inoffen-
sif, dispensé de bataille, par nature du côté
de la vie, destiné à vivre, exempté de tuer
ou d'être tué. Lui qui était à la joie de semer
et de cueillir, d'aimer et d'enfanter, préparait
le dernier lit des morts. Hélas ! Il n'y avait
plus ni vie ni joie. C'était un autre monde,
un autre moment. On y récupérait le maté-
riel des morts : de quoi avaient-ils besoin là
où ils allaient ? Pas même de pudeur...
Joseph, Brêle et Arteguy déshabillaient les
soldats. Jules les regardait de loin manipuler
ces corps déjà raides, du froid de la mort, de
celui de la terre, on ne savait plus bien, on
eût dit que la chaleur s'en était allée. Prince
était là-bas avec eux. Il reniflait le sang
coulé dans l'herbe. Ce sang humain avait-il
une odeur particulière ? se demandait Arteguy. Prince pouvait-il savoir ce qu'il y avait
d'exceptionnel à le trouver versé ? Juste au
moment où le Basque se posait cette question, le chien vint lécher le visage rouge d'un
jeune garçon aux yeux ouverts et Brêle s'emporta. Va-t'en ! Va-t'en ! hurlait-il. Et aux
autres il disait : Faut du respect ! C'est dé-
goûtant ! Mais Joseph voyait les choses
autrement. Laisse-le ! dit-il, ça n'est pas dé-
goûtant, ça n'est que de l'amour tout chaud
et mouillé. Il voyait que ces soldats seraient
bientôt seuls et gelés, qu'ils ne seraient plus
des soldats, et qu'on les oublierait, eux et
leur sacrifice. Comment éloigner celui qui
venait les toucher, qui s'intéressait à ce qu'ils
devenaient, qui était affectueux et proche ?

Prince se tenait penaud, aplati dans l'herbe,
la queue ramenée sous son ventre, écoutant la
conversation. Quand le silence retomba et
que Brêle partit dans sa tristesse, le grand
colley vint prendre la main de Joseph dans sa
gueule. Puis il s'en retourna vers son maître.

Jules creusait : un trou à dimensions d'homme. Il pensait : Pas de tombeau, ni le mau-
solée qu'elles méritent, pour ces dépouilles
mutilées, un simple trou dans la terre, comme
celui qu'on leur a fait, dans la tête ou ailleurs.
Et il sentait son être mourir à lui-même.
Creusait-il en même temps dans son cœur
pour souffrir à ce point ? Lorsque la section
reprit la route, vingt-huit petites croix restaient dans le champ, devant les fenêtres de
la belle maison bourgeoise de l'autre côté
de la route. Appuyée contre le chambranle
d'une grande fenêtre, une main posée sur le
rideau, une jeune femme les regardait. Son
père l'appelait de la pièce à côté, mais elle
ne venait pas. Que regardes-tu, ma chérie ?
demandait le père. Il s'inquiétait pour sa fille
qui accoucherait bientôt. Dans son état, les
émotions fortes étaient déconseillées. La chérie ne répondait pas et le père soupirait, car il
savait ce qui se passait. Les ravages de la
guerre n'ont pas de limites établies.

La mort des autres préfigurait la leur, mais
toujours la vie prenait le dessus. Le retour
au cantonnement fut joyeux : il y avait des
lettres. Le courrier s'installe comme la guerre,
pensa Brêle qui n'avait toujours rien. Est-ce
qu'elle a écrit cette salope ? répétait-il pendant

la distribution. Il préférait faire rire plutôt qu'être moqué en douce. Non, elle n'a pas écrit ! dit-il quand tous les B furent passés. Il le hurla : La salope n'a pas écrit ! et tous les visages se tournèrent un instant vers lui. Elle n'avait pas un mot pour son mari et lui, pauvre imbécile, il avait peine à le croire ! Le fourrier poursuivait. Chabredoux. Deux lettres pour vous ! Il y eut des exclamations. Ah ! veinard ! Mais il écrit, lui ! Jules n'aimait pas être envié, il serrait dans sa main les enveloppes sans oser les regarder. La distribution n'était pas terminée. Perdereau, appela le fourrier. Mort, dit le caporal Toulia. Les hommes baissèrent la tête, ils avaient honte d'avoir déjà oublié. Le fourrier écrivit à côté du timbre : Tué. C'était la réponse qui reviendrait à une femme. Du moins ne saurait-elle jamais que c'était un accident, pensa Jules. Il avait posé la question au lieutenant Bourgeois. L'armée française savait mentir quand il le fallait, avait promis Jean. Mentir ou tromper ? Jules pensa à Félicité. La vie prenait le dessus, mais quelle vie ! Le mauvais vin, le mauvais sommeil, la croustance infâme, la peur au ventre, l'appel vain aux femmes… il y avait de quoi en découvrir sur les hommes, se disait souvent Jules. Mais il avait ce jour-là deux lettres, c'était une fête tremblante et solitaire. Il les froissa un moment dans ses mains avant de les ouvrir. Prince le regardait faire, on aurait dit qu'à nouveau il souriait.

Les deux lettres étaient de Félicité. Dans l'une, il n'y avait que quelques mots, une supplique silencieuse, le cri muet d'un cœur : *Garde-toi ! Je t'aime.* Mais dans l'autre, c'était un miracle. Il y avait : *Je veux te dire le plus beau joyau de la vie. Il est en moi et il me vient de toi. J'ai envie d'embrasser la terre entière, car je veux t'embrasser et tu n'es pas là, je veux câliner cet enfant mais il n'est pas encore là. Alors je serre Antoine contre mon cœur. J'embrasse même les canetons, ils sont aussi le début d'un chemin. Je les vois fragiles et émouvants. Je suis sûre que Dieu nous aime. Maintenant je crois que tu reviendras. Dieu nous aurait-il donné cet enfant s'il devait faire de lui un orphelin ?* Les yeux de Jules s'étaient remplis de larmes sous l'effet de la surprise. En un seul jour il aurait donc pleuré tout son saoul ! L'homme qui naît, l'homme moribond, l'homme disparu… quel chemin absurde ! se disait-il en songeant à ce nouvel enfant. Qu'est-ce que tu as, mon vieux ? demanda Brêle. Mais Jules ne répondit pas. Brêle murmura : T'as perdu quoi ? Le sourire ou la voix ? Qu'est-ce que t'as pour pleurer encore ? Il est arrivé malheur chez toi ? demandait Brêle. Jules faisait non de la tête. Alors ! s'exclama Brêle soulagé. On n'est pas mal ici ! On a du pinard autant qu'on en veut. Et t'as retrouvé ton chien. Tu devrais être heureux un peu. Je suis heureux et en même temps je suis triste, souffla Jules en souriant. Alors là, dit Brêle, les types comme toi je peux pas les comprendre. Heureux et triste ! Surtout me dis pas comment tu fais ! Et comme Jules se mettait à rire, Brêle s'enhardit

pour demander à voix basse : S'il te plaît,
prête-moi une lettre, que je m'rappelle comment ça fait, une écriture de femme. Il n'aurait pas aimé être vu, mais il savait que Jules
ne raconterait rien. *Si tu es encore vivant, je
veux te dire le plus beau joyau de la vie. Il est
en moi et il me vient de toi*, lisait Brêle. Alors
il attrapa Jules dans ses bras, grogna un bon
rire franc. Sacré homme ! dit-il. On croirait
pas que ce bonheur-là existe encore. Et t'as
raison, c'est plus tout à fait du bonheur, on a
envie d'en rire et d'en pleurer. Ah ! vivement
que tout ça finisse, que j'aille botter le cul de
ma gonzesse et que t'embrasses tes gosses.

IV

UN ANIMAL SOLDAT

1

L E DRESSAGE de Prince pour la guerre demanda quatre semaines. Jean Bourgeois en fut l'artisan méthodique. Jules demeura aux côtés de Prince le magicien éclairé qu'il avait toujours été : l'homme qui parlait aux bêtes. Jules et Prince suivirent à la lettre le programme élaboré par le lieutenant. Jules savait qu'il n'y a qu'un dresseur à la fois, comme il n'y a qu'un seul maître. Cette collaboration des deux soldats scella en amitié l'estime née d'une prière à la Vierge. Prince fut bercé dans cette alliance qui contribuait à l'éclatante réussite de son éducation militaire.

Si Prince avait été envoyé dans l'un des chenils de préparation agréés par l'armée, il aurait été éloigné des conditions réelles de la guerre. Il n'aurait d'abord connu que la sorte de jeu que peut être un entraînement au combat. Tandis que Jean, craignant, s'il laissait partir le maître et le chien, de les voir affectés ensuite à une autre compagnie, fit le choix de dresser lui-même cet animal d'exception. Cette décision, qui avait l'assentiment de Jules, supposait d'imposer d'emblée la réalité au futur chien soldat. Au gré des mouvements vers l'avant ou l'arrière, au fil des déplacements de sa section, Prince découvrit sans acclimatation préalable les divers visages de la vie d'armes. Jean écarta pour lui, petit à petit, le rideau qui, entre l'arrière et les lignes de front, cache l'ambiance de la guerre. Prince apprit à connaître les péripéties guerrières non pas méthodiquement, l'une après l'autre advenant dans un monde tranquille, mais toutes en même temps, en plein cœur du conflit qui les engendrait. Il apprit les bruits dans le vacarme, les fumées dans la fumée, les armes au milieu des armes. Seuls l'ancien dressage à la ferme et la relation avec le maître qui parlait rendirent cela possible.

L'armée française était à ce moment aux trousses des Allemands qui reculaient partout et s'installaient sur des lignes fortes. C'est dans cette atmosphère de victorieuse poursuite que Prince apprit son nouveau métier. Il entra en service actif en même temps qu'il faisait des exercices quand la compagnie était en réserve. Conscient de cet environnement exaltant, Prince était attentif, enregistrait ce qu'il voyait, écoutait ce qu'on lui disait, et faisait tout ce qu'on lui ordonnait. Trottinant derrière son dresseur en remuant la queue, aboyant de plaisir, il témoignait à quel point les chiens, comme les enfants, ont le goût d'apprendre. Du premier âge de la vie, il possédait aussi le sens du bonheur. Car Prince

semblait heureux. Et parfois, dans le secret
de ses pensées, Jules s'en étonnait. Tout de
même, se disait-il, la guerre était une barbarie, cet animal s'y trouvait mêlé lui qui
n'avait rien à voir avec elle, la mort venait
chaque jour amoindrir les rangs, et ce chien
montrait de la joie !

   Prince était heureux. Il l'était comme peut
l'être un chien, de vivre auprès de son maître,
de courir dans les champs, de manger et de
dormir, et comme peut l'être un homme, de
découvrir, d'essayer, d'entreprendre, de réussir, et de se sentir aimé pour cela. Jules pouvait fort bien s'imaginer et comprendre ces
diverses raisons. Et cependant il voyait aussi
que la conscience animale s'arrêtait bien avant
celle des hommes. Il se surprenait tantôt à le
croire, tantôt à en douter, puisque celui qu'il
soupçonnait restait muet. Prince en somme
était indifférent à la tuerie qui se jouait sous
leurs yeux, pensait Jules. L'était-il ? se demandait-il l'instant d'après. Pouvait-on être certain
qu'il l'était ? Prince était aussi incapable de
s'affliger du désastre qu'il aurait été capable
de l'engendrer. Le pacifisme des animaux
était-il, plus qu'une intelligence de la vie, un
cran de sûreté contre leur inconscience ? Cette
question s'imposait à l'esprit de Jules, au fur
et à mesure qu'il voyait son chien devenir
un soldat. Et dans ce sentiment étrange qu'il
éprouvait, devinant que l'on peut commettre
un animal à n'importe quelle entreprise, sa foi
en un pacifisme naturel ne tenait qu'à un fil :
Prince n'était pas doué pour l'attaque. Oui,

pensait Jules, je ne lui ai jamais montré que
l'élan vital de l'amour, il n'y a pas d'agressivité en lui, il n'y en aura pas. Le rêve de Jules
était de faire de Prince un chien sanitaire plutôt qu'un chien d'attaque. Une paire de crocs
pour tuer, que d'un Prince on ne fît que cela,
il ne l'aurait pas supporté. Il voulait croire
que c'était impossible. Et il avait raison de le
vouloir, puisque de cette façon cela devenait
improbable.

Jules ne se trompait pas sur Prince. Jean
Bourgeois eut tôt fait de s'en apercevoir. Il
tenta sans résultat de développer chez le
chien quelques réflexes belliqueux. Prince
attaquait volontiers des mannequins de chiffon (que fabriquèrent pour lui Brêle et Arteguy) et il pouvait les mettre en pièces, mais
quand Jean Bourgeois s'accoutrait en tenue
molletonnée et le provoquait, Prince restait
hautainement assis sur son derrière. Sa gueule
semblait se plisser dans un sourire, et Jules
riait de voir cette bête si déterminée à l'amour.
Le chien Prince n'attaquerait que si un danger
menaçait le maître et ses camarades. C'était
là l'essentiel. Une agressivité défensive, voilà
le plus grand courage dont un homme est
capable, admettait Jean Bourgeois.

Ils trouvèrent en Prince du calme, de la
clairvoyance et de la rapidité, une aptitude
à rencontrer n'importe quelle situation et à
trouver ce qu'il convenait de faire. Ni bagar-
reur, ni hurleur, Prince était renifleur et rapide. Il apprit plus vite qu'un chien ordinaire,
parce que son débourrage avait déjà été fait.

Il lui suffisait d'être accompagné de son maître pour ne plus éprouver la peur. Les coups de feu, les détonations, les fumigènes, les cris, les agressions à l'arme blanche, les attaques franches ou déloyales, ce bouquet de supplices que composent les armées face à face le trouva bientôt attentif et résolu. Jules lui prodiguait l'affection qui permet de découvrir la cruauté du monde sans la craindre ou imaginer qu'elle vous est destinée. Prince savait toujours ce que son maître attendait de lui. Combler cette attente était sa vie même : son obéissance était sans détour, sa vigilance exacte.

Il guetta quand on le lui ordonna, courut quand on le lui demanda, sauta des obstacles, escalada des grillages, rampa, bondit, marcha des kilomètres durant. Il porta des charges, tira des chariots légers. Il prit des pistes, dénicha des objets enfouis, surveilla, défila même, aboya, resta silencieux et tapi… Si je me laissais aller, dit un jour Jean Bourgeois en désignant Prince, je croirais vraiment qu'un homme s'est caché en lui, et qu'il écoute chaque parole et chaque ordre ! Jules s'étouffa en commençant à rire et Prince agita sa queue joyeusement. Fine équipe ! conclut Jean Bourgeois. Son visage demeurait énergique même lorsqu'il se détendait dans le rire. Cette détermination intérieure, celle qui est l'exacte tension d'un être vers le digne but qu'il s'est donné, Prince pouvait la ressentir : les effets sur sa propre volonté et son plaisir en étaient visibles.

Docile jusque dans son effroi, et vulnérable autant qu'un homme, le grand colley repoussait les limites de ce qu'on croyait possible à une bête. Par monts et par vaux, en terrain dégagé, dans les sentes forestières, au fond des taillis, seul ou accompagné, il délivra et rapporta des messages. Il apprit comment se cacher et attendre sans être vu. Il sut aussi repérer un ennemi, prendre sa piste pour conduire une section à ses trousses. Il connut le bruit de l'homme qui bouge en se cachant, et celui que font les armées quand elles se déplacent, et même celui qui échappe à l'ouïe humaine : le silence d'une présence immobile. Il s'habitua à ne pas s'effrayer du grondement d'un obus quand il part, traverse le flamboiement du ciel et vient éclater au milieu des soldats. Il fit des guets de nuit, à l'heure des hiboux, reniflant dans l'humidité de la terre l'odeur accrue des cadavres, percevant ce hurlement silencieux des morts, les petits échos de leur torture finale, pets des ventres, crèvements d'entrailles, froissement du tapis des feuilles sous les légers mouvements incontrôlés de la chair qui travaille à disparaître. Toutes ces dépouilles aux pauvres sépultures peuplaient les mondes sonores et olfactifs qui étaient imperceptibles aux hommes mais n'avaient pas de secret pour lui. Il connaissait désormais les vivants et les morts. Il entendit les cris des soldats dans l'embrasement d'une bataille, dans la surprise d'une embuscade, leurs gémissements de bête quand la mort est trop lente. Il sut qu'un homme ne veut jamais mourir. Il le sut à sa manière, au cœur de son intelligence instinctive des situations, sans mettre de mots sur les choses, et sans peut-être rien savoir de ce qui se jouait là pour un blessé, mais sensible à la souffrance, à la détresse, à l'effroi ou l'espoir, tout cela qui emplissait les regards que posaient les soldats sur ce sauveur muet venu lécher leur visage.

Jules accompagnait son chien partout. Il était son conducteur sur le difficile chemin des combats. Il lui parlait, lui expliquait les choses, le caressait et le soignait. Sa voix était le code secret qui présentait le monde humain en conflit à celui qui ne le connaissait qu'apaisé. Et quand la peur risquait de s'emparer d'eux, Jules faisait le calme en lui-même, de sorte que le chien, à son image, se dominait. Alors Jules admira Prince. Il applaudissait chaque succès. Qui eût cru cela possible ? disait-il à Brêle. Jules s'émerveillait de ces victoires sur l'effroi, sur l'inconnu, sur la guerre elle-même et ceux qui la font, le tout sans une parole, dans le silence des modestes. Tant de prétention humaine trouvait là sa leçon ! pensait le Landais, et il se reprochait parfois d'être vaniteux à la place de son chien. Lorsque Prince réussissait, lorsqu'il revenait de si loin qu'on le pensait mort ou perdu, une émotion étreignait le cœur du maître, une sensation forte qui n'était pas le bonheur, qui n'osait pas l'être, mais qui lui ressemblait. C'était le souffle de la conquête de soi, celui de l'éclosion d'un être grâce à un autre. Jules était troublé par ce qu'il éprouvait. C'était lui maintenant qui se sentait heureux ! N'avait-il donc pas plus de conscience que son chien ? Dès le premier jour il avait tenu cette guerre pour un grand malheur et le voilà qui était heureux au cœur de ce chaos ! Il y avait donc bien une exaltation guerrière capable de s'emparer des soldats. Mais non, se disait Jules, je n'ai rien d'un guerrier, j'ai simplement beaucoup de chance et je m'en rends compte. Et il pensait : Combien de temps durera cette chance ? Un enfant à naître, Prince à ses côtés, une amitié avec un homme d'exception… et ce serait la guerre qui lui vaudrait tout cela. Ce n'est pas la guerre, soufflait Jean, c'est vous qui vous le valez. Mais Jules hochait la tête. On ne pouvait plus se persuader de cela, disait-il, c'en était bel et bien fini pour leur génération de croire aux récompenses et au mérite. Qu'avait-il fait que les autres n'avaient pas fait ? Qui recevait ici ce qu'il méritait ? Qui avait seulement une bonne raison de se retrouver allongé dans un champ, loin des siens, et seul pour mourir ? Et c'était sans compter avec cet incroyable fait : que ceux qui se battaient n'étaient pas les mêmes qui imaginaient comment il fallait se battre. Vous vous trompez ! protestait Jean Bourgeois. Vous ne connaissez pas l'armée ! Mais Jules remâchait autrement son idée : ceux qui décidaient des attaques n'avaient plus depuis longtemps attendu sans savoir quoi dans une cour de ferme, ni marché

de l'aube jusqu'au soir sans savoir où. Et ils
n'avaient jamais couru sous le feu d'une mitrailleuse embusquée… et c'étaient pourtant
eux qui méritaient cela. Quand il récriminait
ainsi avec Brêle dans l'aube blanche, Jules
sentait ses mains trembler, car le sentiment
de l'injustice est capable de vous soulever le
cœur. Et c'était un tel sentiment qui l'empoignait : cette certitude que les gars comme
Brêle mourraient les uns après les autres,
et que c'était prévu, calculé d'avance, parce
qu'il fallait désormais cela pour la victoire.
L'esprit républicain s'était-il envolé ? protes-
taient Jules et Brêle. L'égalité devant l'impôt
du sang, voilà que ce difficile idéal ne valait
pas dans cette guerre ! Jean Bourgeois entendait détromper ses amis. Il venait du monde
doré auquel ils n'appartenaient pas et savait que là où Brêle dénonçait les privilèges,
il n'y avait que deux idéaux qui font des
deuils : le devoir et l'honneur. Les planqués
n'ont pas d'origine sociale particulière, cer-
tifiait le lieutenant. Puisque le lieutenant te
l'dit ! rigolait Brêle. Jules écoutait. Jean racontait comment sa mère priait pour que le dernier de ses fils, qui n'avait que dix-sept ans,
passât le conseil de révision. Il essayait de
convaincre Jules aussi : un grand nombre
d'officiers avaient déjà été tués en ces deux
mois d'offensives ratées. Et cela continuerait.
Les lieutenants, les capitaines, tous ces hommes gradés qui avaient un commandement
étaient morts et mouraient au feu. Mais pas
les généraux…, marmonnait Brêle. Eux ne

savaient rien de ce qui se passait au front.
Ils ont mené d'autres guerres, rétorquait Jean.
Brêle et Jules finissaient par se buter, il le
fallait s'ils voulaient conserver un peu de
cette rage qui fait de vous un témoin dési-
reux de survivre. Comment auraient-ils pu
convaincre un brillant élève de la première
école militaire de France ? Jules ne discutait
plus et caressait son chien. Jean Bourgeois
n'insistait pas. Il venait ajouter sa main à celle
de Jules dans la fourrure de Prince, en signe
de paix fraternelle. Tu ne m'en veux pas ?
demandait Jean qui s'était timidement lancé
dans le tutoiement. Jules souriait. Au lieu de
répondre il sifflotait pour appeler les oiseaux.
Sous sa main souple qui ondulait, le chien
ne bougeait pas plus qu'une statue, il était le
médiateur silencieux et bienveillant. Et Brêle
concluait en disant à Prince : Tu n'as pas
tous ces problèmes, toi ! Chiens des champs
et chiens des villes, vous êtes tous égaux et
soumis au bon vouloir des hommes !

2

Le lieutenant Bourgeois n'était pas un expert
cynophile, mais il n'avait pas peur d'innover
et son imagination était naturellement témé-
raire. Cette vitalité de l'esprit l'avait conduit
à devenir avant les autres un partisan zélé
de l'emploi des chiens dans l'armée. A l'Ecole

polytechnique, on le tenait pour un original
et l'on s'étonnait qu'il ne possédât même pas
un chien. Ne se discréditait-il pas en voulant
imposer aux autres le souci d'un animal
sans le connaître lui-même ? Mais il venait
d'une grande famille, qui avait servi la France
depuis quatre générations, et même s'il était
catholique, ce qui dans l'armée était un han-
dicap, il était entré dans les premiers au concours et ferait forcément une belle carrière
d'officier.

Bien avant le début de la guerre, Jean Bourgeois n'ignorait rien de ce qui concernait les
chiens militaires. Il avait eu vent de ce qui
se faisait en Europe, il assistait à des concours et lisait toutes les publications. Il n'avait
manqué aucun des progrès allemands dans
la recherche de la race de guerre. Aussi
savait-il, sans avoir eu besoin de connaître
Prince, que les meilleurs chiens étaient anglais, les airedales terriers, et les colleys justement. Les expériences nombreuses menées
en Europe l'avaient convaincu. Comme il
arrive souvent chez les hommes capables de
s'enflammer, la connaissance avait amené la
passion. Jean déplorait que son propre pays
fût incapable de se projeter dans une guerre
moderne afin de mettre tous les atouts de
son côté. En France, la culture du sabre et
de la baïonnette, qui aurait bientôt fait tuer
un million de jeunes soldats, maintenait l'armée entière dans une approche passéiste des
conflits. Qu'il s'agît de l'artillerie lourde, de
l'aviation ou des chiens sanitaires, l'état-major

restait réticent, sceptique sans raison, et ne
faisait qu'entrouvrir les portes des régiments.
Les imbéciles ! pensait le jeune élève. Se reprenant devant sa mère : Quel dommage !
Valentine souriait à ce fils : plus qu'aucun autre de ses enfants, celui-là possédait, en son
plus pur état, le tempérament des Bourgeois.
Passionné ! Trop emporté pour ne pas gâcher son avancement.

Il restait que Jean Bourgeois était loin
d'avoir tort. Sa jeunesse le disposait spontanément à imaginer et réfléchir plutôt qu'à
répéter ou reproduire. Il pressentait que la
guerre pouvait changer de forme. On ne se
battrait pas toujours de la même façon. L'évo-
lution des conflits poserait des problèmes
nouveaux : le nombre croissant des blessés
et des disparus, la difficulté des liaisons, les
renseignements sur un ennemi dispersé le
long d'un front plus grand, l'accélération des
manœuvres. Les chiens sont une promesse
autant que les avions, concluait-il. Jules écoutait son ami sans dire un mot. Jean savait
beaucoup de choses. J'aurais dû naître allemand, plaisantait Jean Bourgeois, je n'aurais
pas parlé dans le vide. Il racontait comment
l'Allemagne était entrée en guerre avec plus
de quarante mille chiens déjà dressés. Malgré ses réserves canines, elle ne cessait pas
d'acheter des bêtes, en Suisse, en Hollande,
elle réquisitionnait en Belgique. Toutes les
formations sanitaires du front occidental
pouvaient employer les bergers allemands,
les dobermans, les rottweilers, et les bergers

belges rapatriés des territoires occupés. Et nous ! s'exclamait Jean, nos généraux ne s'occupent que de leurs batteries de 75 !

L'ordre de mobilisation avait trouvé le lieutenant Jean Bourgeois au chenil militaire de Toul où il achevait son service militaire. C'était là qu'il avait pu expérimenter les méthodes de dressage qui permettaient de créer chez un animal civil les mécanismes de base nécessaires à un soldat. Sa section ne fut pas longue à le seconder, aimant à se penser propriétaire d'un chien savant. A force de croire que les bêtes ne savent rien faire comme les hommes, on oublie, disait Jean, qu'elles réussissent des tours dont nous sommes incapables. Le soldat Prince était ainsi doué d'un flair spécialement développé et d'un sens de la fidélité que son maître avait su mériter. Il savait identifier l'empreinte corporelle de n'importe quel humain l'ayant approché deux ou trois fois. Chaque fois que les compagnies cantonnaient à l'arrière, la section de Jules organisait ce que Brêle avait appelé une "braderie". C'était la variante ludique d'un exercice de dressage traditionnel dans lequel un objet ou un vêtement portant l'odeur d'une personne doit lui être restitué par l'animal. Jules, Joseph et Brêle, certains du talent de Prince, avaient imaginé d'empiler des effets appartenant à tous les soldats de la compagnie. En cercle autour du tas comme autour d'un feu, chacun attendait que Prince flairât et rapportât ce qu'il avait déposé. On chronométrait le chien qui, enivré d'odeurs et de courses, semblait retrouver, au milieu des cris des hommes, une sauvagerie d'avant les hommes. A qui c'est ? hurlaient les soldats. Il n'y avait jamais d'erreur. Et quand Brêle criait : Mes chaussettes ! Ce ne sont pas mes chaussettes ! tous riaient en répondant : Tu savais pas qu'elles puaient autant, pas vrai ? Il y eut bien sûr quelques dérapages. Le caporal Toulia avait glissé un corsage de dentelle emprunté à sa logeuse. Prince vainement mordait dans la broderie à l'empreinte inconnue tandis que fusaient les rires pour attribuer le corsage aux plus coriaces. On se moquait de lui ! Prince avait déchiqueté le coton blanc pendant que le caporal hurlait. Elle le cherche encore ! disait-il de sa logeuse longtemps après qu'ils eurent quitté ce village.

Et maintenant Jules et Jean faisaient sentir à Prince une bande molletière imprégnée de saumure de hareng. Les sections du Kronprinz qui possédaient un chien enduisaient ainsi leurs semelles afin d'accentuer leur marquage olfactif. C'est une vraie boule puante ce truc ! disait le petit Rousseau toujours facilement dégoûté. Une bombe odoriférante, répliqua Jean en tapotant le flanc de Prince. Pour être sûr que notre Prince nous revienne ! Le colley prenait un réel plaisir aux exercices imaginés par le lieutenant. Tout son être, vif et tendu, en témoignait. Il frétillait, agitant la queue sans relâche, la truffe dans les paumes de Jules, attendant l'ordre. Il n'a pas besoin de la saumure, répétait Jules ce jour-là, bougon sans savoir pourquoi.

Voulez-vous risquer qu'il nous perde si nous nous déplaçons ? murmura Jean. C'était la première fois que Prince rallierait un poste mobile, et Jules convint qu'il fallait lui faciliter la tâche. Mais au fond de lui, la confiance absolue et irraisonnée qu'il avait en son chien se trouvait vexée par les précautions de Jean. Prince était un animal exceptionnel. Prince comprenait même ce qui n'avait pas été dit. Prince découvrait comme par miracle le meilleur chemin. Prince était un être social autant qu'animal. A vrai dire Jules aurait été à peine surpris de l'entendre un matin venir lui dire bonjour.

On cacherait la bande molletière à cent mètres d'un bois de hêtres que tenaient les Allemands, dans la cabane du Mort. C'était une idée de Brêle. Cette histoire de cabane le fascinait : un seul défunt immortalisé quand la guerre en oubliait des milliers ! Comment c'était son nom à ce mort ? demandait le jeune Rousseau. On sait pas, disait Brêle, c'était un garde forestier qu'on a trouvé claboté, gelé dans sa cahute. Comme quoi tout le monde est pas logé à la même enseigne, souffla Joseph, nous n'aurons pas de cabane à notre nom ! C'te cabane, ça sera bientôt la cabane aux cent mille morts, assura Brêle. Sa bouche se serra sur une moue. Brêle souffrait d'une façon qui n'appartenait à personne : il assénait des vérités enveloppées dans des plaisanteries mais ne s'y laissait jamais prendre lui-même. Qui va aller la cacher, la bande molletière ? demanda Rousseau. Il était inquiet

de risquer sa peau pour si peu. Celui qui
veut être un héros ! répondit Brêle. Le petit
Rousseau mordait ses lèvres. T'en fais pas,
mulot ! lui dit Brêle. De toute façon, c'est pas
de question, Jules se désignera, c'est son
odeur que le chien connaît bien. Il s'agit pas
de prendre des risques inutiles en envoyant
un fifils à sa mémère comme toi ! Rousseau
haussait les épaules. Rien n'y faisait, il préférait rester planqué même s'il fallait subir
les railleries des autres.

                    3

En contournant le bois, Jules marcha jusqu'aux avant-postes allemands et, non sans
surprise, déposa la bande de tissu près de la
cabane.
   Il s'était désigné naturellement. Et maintenant j'ai besoin d'un volontaire…, avait commencé Jean Bourgeois qui entendait mêler
toute la section au dressage. Mais Jules avait
aussitôt levé le bras. Et les autres l'avaient
applaudi. Ces exercices étaient un divertis-
sement pour les soldats. Le chien était si
alerte et joyeux que cet entraînement leur
semblait un jeu. S'il s'était agi d'une mission
dangereuse, ils seraient restés muets : le
volontaire se serait proposé dans la pesanteur
de leur silence. Est-ce qu'on applaudit celui
qui s'en va tenter la mort ? D'ordinaire ils se

repliaient plutôt dans leur peur, ils l'admi-
raient et lui en voulaient d'être brave, ils le
remerciaient, ils l'assuraient que tout se pas-
serait bien. Les liens qu'entre eux tissait le
danger étaient subtils. Mais pour ce jour-là,
il n'y avait pas tant de danger, et ils firent fête
à Jules. Quand tu rentreras chez toi, disait
Brêle, tu sauras comment dresser ta femme !
    Dès que la nuit fut tombée, Jules grimpa
le talus et coupa à travers champs. La terre
avait séché, on ne bousillait plus ses souliers.
La veille, Jules avait songé au tracé qu'il sui-
vrait, mais dans la nuit il n'était plus si certain d'être là où il croyait. C'est toujours la
même chose, pensa-t-il, on se prépare pour
rien. Il réfléchissait vite, n'oubliant jamais
que Prince percevrait les balises olfactives
de son maître et emprunterait sûrement le
même chemin. Il dépassa les sentinelles. Après
sa voix dans l'ombre articulant le mot de
passe, le silence tomba sur lui comme un
coup de bâton. Il sentait la solitude pareille
à une peur. L'impression d'être abandonné
était saisissante. Il fallait se reprendre, chasser
le maléfice de l'imagination qui s'emballe, et
revenir exactement dans l'action présente. Il
fallait penser à ce que l'on faisait et non à ce
qui adviendrait. Jules le savait bien. Mais le
monde autour de lui semblait anormal. Mourir sans être vu, ne pas être retrouvé, Joseph
lui avait collé dans l'esprit l'idée que c'était
le plus terrible. On pouvait, disait Joseph,
mettre des heures à s'en aller. Jules savait
que Joseph avait raison et, pour l'oublier, il

avait de plus en plus besoin du réconfort de
Prince. Au point qu'il se demandait comment
il avait pu passer un mois de guerre sans
son chien. Désormais il pensait souvent : Si
je suis blessé, Prince me trouvera. Quel bonheur de posséder pareille certitude ! Et maintenant, sans son chien, il se sentait comme nu,
déshabillé dans la nuit.

La nuit était fraîche, une de ces premières
nuits d'automne qui viennent dans la fin
d'été. Le train des saisons n'avait que faire
des outrances des hommes : il filait. Emporté
dans des tracas humains, Jules avait oublié
tout ce à quoi il était d'ordinaire attentif.
Quel jour était-on ? se demanda-t-il. Il respirait une grande bouffée d'air en évaluant
le temps depuis le mardi 6 septembre. La
fuite d'un petit animal sous ses pieds le fit
sursauter. Comme la terre était loin de lui
désormais ! Il n'y pensait plus que pour s'y
coucher : ramper ou dormir, et peut-être
mourir. Quel paysan faisait-il maintenant ?
Dire qu'il avait habité le plus beau village
de France ! Et voilà qu'il ne remarquait plus
le passage des jours, leur raccourcissement,
ni les changements de la lumière ou les
faufilements du ciel... Oh non ! il n'était
plus le même ! Il n'était plus lui-même ! Félicité allait-elle le reconnaître quand il lui
reviendrait ? Et Antoine ? Il n'était qu'un
soldat seul avec la lune, et la mort à l'affût
faisait moins d'ombre en lui que cette nuit
solitaire. N'était-ce pas cela, la solitude et
le mal du pays : croire que la lune est

moins éloignée de soi que la terre de son
cœur ?

Il était un soldat dans la nuit. Tout son
être était aux aguets de l'ombre alentour,
dans la complète alerte des sens qui est à la
fois une jouissance et une fatigue. Son pas
était franc tandis que son esprit guettait la
sournoiserie ennemie. Il fallait s'attendre sans
cesse à tout. Les Boches n'étaient-ils pas
d'impitoyables guerriers ? Tous les hommes
le pensaient : Ils sont plus cruels que nous,
disait Joseph. Et Brêle confirmait : Ces types-
là ils aiment faire la guerre, ça se sent. Prends
garde à toi ! avait-il lancé à Jules. Avant d'ajouter : Le lieutenant n'a pas le droit de t'obliger
si tu ne veux pas y aller. Et Jules avait fait
signe de la main, il était volontaire et connaissait ses droits.

Jules se sentait tonique et reposé bien
qu'il manquât continuellement de sommeil.
Puis cette disposition changea alors que ses
yeux distinguaient un petit enclos plein de
tumulus et de croix. 5 septembre, 9 septembre, 10 septembre. Les dates avaient été ins-
crites au couteau dans le bois des croix. Il
pouvait les lire dans l'ombre parce qu'il les
connaissait dans son cœur : elles étaient le
prix de la victoire. Ces jours étaient si proches qu'il se sentit frissonner. Machinalement
Jules se signa. Avec qui est Dieu ? pensait-il
souvent quand il priait. Auprès des vivants
ou au milieu des morts ? Avec les Français ou
avec les Allemands ? Chacun le voulait pour
lui ! Mais il est avec tous..., pensait Jules.

C'est là ce qu'il est seul capable de faire :
n'abandonner personne. Accompagner chaque vie. Accepter ce qui vient des hommes
et accueillir les morts en son royaume. Jules
se retourna pour regarder les croix. Il éprouvait une sorte de vertige à songer quelle large
part de chance ou de malchance commande
notre mort ou notre survivance. Il pourrait
être là à leur place au lieu d'être là à marcher. Cette idée transforma sa façon d'habiter dans son corps. Il se sentit vulnérable,
fragile, tendre. Les morts de la Marne l'inter-
pellaient : Prends garde, Jules Chabredoux !
Une mésaventure est vite arrivée ! Tu vas te
faire bigorner, mon vieux ! Ni vu ni connu,
disparu pouf !

Ces types dont les corps gonflaient la terre
étaient morts pour repousser les Boches, pas
pour aller faire des expériences ! pensait Jules.
Tout de même, n'était-ce pas idiot d'aller
courir la nuit pour cacher un chiffon et le
faire trouver à son chien ? Jules s'agaçait
dans cette idée. Bien sûr que Prince le déni-
cherait ! Il n'avait rien à prouver à personne.
Prince savait tenir une trace ! Ses facultés
d'orientation étaient totalement mystérieuses,
elles demeuraient inexpliquées, mais nul ne
songeait à les contester. Fallait-il leur rappeler à tous que ce chien avait parcouru plus
de huit cents kilomètres, en terres inconnues,
par temps de guerre, pour retrouver son
maître ? Il y a plus de souci à se faire pour
moi que pour lui, pensa Jules. Et se disant
cela, il marcha dans son souci, sans plus

prendre garde à rien, distrait par son inquiétude, ce qui faisait qu'on aurait eu raison
de s'en inquiéter. Il arrivait à une centaine de
mètres de la fameuse cabane et se coucha.
L'air était si léger qu'il pouvait entendre les
rires de sentinelles allemandes qui veillaient
dans une casemate. Jules rampa dans l'ombre.

4

Jules poussa doucement la porte de bois.
Aussitôt une silhouette allongée sur une natte
bondit en un éclair, comme si elle avait attendu un homme depuis longtemps.

L'esprit de Jules était en promenade, le cliquetis de la culasse tirée en arrière le ramena
dans la guerre. Un jeune garçon se tenait
prêt à tirer au moindre geste. Fiévreux et
paniqué, il roulait des yeux dans toutes les
directions, comme s'il avait voulu être capable de voir derrière lui. Jules pensa qu'il
attendait des camarades. Ou bien était-il
déserteur ? On disait que la prévôté en arrêtait de plus en plus dans les deux camps.
Tout de suite Jules le regarda fixement. Il
voulait avec ses yeux l'attraper dans sa propre
volonté, inhiber la sienne, entrer en lui au
point de le rendre incapable de tirer.

Le jeune Allemand ressemblait en tous
points à un ange. Il n'avait rien d'un ennemi. Les traits purs d'un visage au teint clair

tranchaient avec la rudesse de la tenue feldgrau. Son cou d'enfant paraissait frêle au milieu du rabat d'un col trop large. Ses cheveux
étaient aussi blonds et bouclés que ceux de
Jules étaient noirs et raides. Il était grand
et mince, cette silhouette fluette accentuait
l'impression de jeunesse qu'il produisait. Ce
garçon avait dix-sept ou dix-huit ans tout au
plus. Il aurait dû se trouver sur les bancs du
lycée ou à apprendre un métier. Les Boches
étaient donc déjà à envoyer un gosse à la
guerre, pensa Jules. Un enfant soldat se retrouvait en uniforme loin de sa terre natale,
par-delà les frontières d'un pays qu'il n'était
peut-être même pas capable de placer sur
une carte ! Un instant les yeux de Jules s'em-
plirent de rage. La main délicate qui tenait
l'arme se mit à trembler. Les yeux du jeune
homme se portèrent sur elle et ceux de Jules
aussi. Quelle singulière situation ! pensait
le Landais. Je ne peux pas mourir de cette
façon. Tué par un enfant ! Si rien ne s'est
passé depuis deux minutes, rien ne se passera, cela signifie qu'il ne peut pas tirer, c'est
au-dessus de ses forces. Et Jules pensa : Mais
il ne faut pas qu'il appelle. Aussitôt ses yeux
noirs replongèrent dans ceux du jeune ange.

La communication silencieuse avec Prince
avait donné à Jules la certitude qu'existe un
pouvoir télépathique de l'esprit. Il se croyait
capable de prendre l'ascendant sur son adver-
saire sans dire un seul mot et de le commander comme son chien. Baisse ton arme
et laisse-moi partir, ordonnait sa voix du

dedans. Les secondes silencieuses semblaient
des heures. La main et le revolver tremblaient
de plus en plus fort. Cette peur elle-même
était dangereuse. Elle l'était aussi parce que
Jules ne pouvait songer à tuer celui qui hésitait à tuer. Comment ensuite serait-il reparti
avec lui-même ? Il fallait, pensait-il, trouver
le moyen de rentrer chacun de son côté.
Son être était concentré sur cet objectif. Ses
yeux landais habitaient les yeux allemands.
Ils ne cillaient pas et restaient fixes. Range
ton arme et laisse-moi partir. Range ton arme...

Ce qui se passa alors faisait de Jules un
hypnotiseur. Le jeune soldat se jeta sur sa
natte en sanglotant. Partez ! dit-il dans un
français parfait. Partez ! Ne revenez jamais !
Il semblait à Jules que ces paroles lui étaient
connues. (L'enfant en lui se souvenait de ces
paroles dites dans la forêt, à la jeune reine
Blanche-Neige, par le serviteur chargé de
la tuer.) Jules entrouvrit la porte, lança un
regard dehors, et sortit. Il enfouit la bande
molletière sous les feuilles et la terre près de
la cabane et s'en alla en courant vers les premiers arbres. A l'orée du bois, il se retourna.
La porte de bois était entrebâillée et l'ange
regardait partir son ennemi.

Jules était si choqué par ce qu'il avait découvert de lui-même qu'il fut incapable de
raconter cette singulière péripétie à ses compagnons d'armes. Pourquoi ne puis-je rien
en dire ? se demandait-il. Les sentiments
étaient confus. Il s'était laissé surprendre par
un enfant. Il n'avait pas tué cet ennemi. Il

avait usé d'inavouable magie. Il avait mesuré
son appétit de vivre. Non, décidément, cet
épisode n'était pas racontable. Les autres eurent vite fait de comprendre que Jules n'avait
pas envie de parler. Elle était pas habitée
c'te cabane ? demandait Brêle en mangeant
bruyamment une gamelle de rata. C'était un
débarras, répondit Jules. Un débarras ? dit
Arteguy. Et t'as rien trouvé d'intéressant à
ramener ? Je reviens les mains vides, dit Jules.
Ah ! fit Arteguy, quand donc cesseras-tu d'être
un honnête homme ? Fais pas cette tête-là !
dit Brêle. Que s'est-il passé ? se demandait-il.
Mais il ne voulait pas insister pour le savoir :
la guerre, pensait-il, n'enlève pas le droit
d'avoir des secrets.

Le lendemain matin on lança le chien
Prince. Puisque Jules n'avait rien dit de sa
rencontre, il fut seul à se demander si Prince
tomberait lui aussi sur le jeune Allemand.
Bien qu'il sût son chien intelligent, cette perspective le tracassait. Sa ride centrale, celle
en qui Félicité voyait la prédestination de
leur union puisqu'elle avait la même, barrait
son front verticalement entre les deux sourcils. Mais les autres, trop agités autour de
Prince, ne s'aperçurent de rien. L'exercice
faisait attraction. La compagnie était rassem-
blée pour regarder l'animal prendre son départ
comme pour une course. L'escouade de
ravitaillement avait ce jour-là distribué aux
hommes des bouteillons supplémentaires
– signe qu'une offensive se préparait – et ils
étaient échauffés par ce gros rouge avalé à

jeun. Bouffe-les ! disait Brêle à Prince. Et
Rousseau, Arteguy, Joseph, chacun donnait
son mot. Tu les auras ! On compte sur toi !
Tu vaux dix Boches ! Allez, le chien ! Dans le
tourbillon d'encouragements, Prince s'était
mis à aboyer en agitant fébrilement son fouet,
tournant sur lui-même au milieu des hommes. Il était ivre de cris, de visages, de regards
sur lui. Qu'est-ce que c'est que ce raffut ? dit
le lieutenant. Etes-vous tous devenus fous ?
Croyez-vous que les Boches ont du coton
dans les oreilles ? Joseph, ragaillardi par la
gaieté de cette pagaille, lança : Si on les voyait
plus souvent les Boches, on les oublierait
pas comme ça ! Parce que tu les oublies, toi !
s'exclama Arteguy. Silence, couché ! dit Jules.
Il parlait à son chien mais toute la bande se
tut. Qu'est-ce qu'on obéit bien ! rigola Brêle.
Aussitôt dit, aussitôt fait. Pas vrai ? dit-il à
Prince. Et le chien hocha la tête en signe
d'approbation. Aahh ! fit Brêle, on est trop
enthousiastes, mais y a de quoi l'être : il comprend tout ce cabot ! Tout !

Prince partit, dansotant dans la lumière
grise comme si la terre encore froide lui brû-
lait les pattes. Jules avait camouflé avec de
la boue les parties trop blanches de sa robe
zibeline, de sorte que le chien se confondait
avec l'automne des bois. Il faudra refaire
l'exercice à la brune, dit Arteguy. Attends
déjà qu'il revienne de là, dit Joseph qui était
anxieux. T'as jamais tremblé comme ça pour
moi ! C'est qu'un clébard ! lui disait Brêle
pour l'enrager. En guise de réponse le géant

reçut un coup de poing dans le bras. Eh !
criait-il, mais c'est qu'il tape ce bougre-là !
Tu crois quand même pas que je pense ce
que j'ai dit ! C'était pour te faire bisquer ! Tu
sais pas comme je l'adore ce Prince ? Jamais
vu quelqu'un d'aussi bien prénommé !

5

L'ordre qu'ils attendaient, de se porter au-
devant des renforts frais, était arrivé. Prêts
dans quinze minutes ! Sac au dos en colonne de marche ! Par deux ! Ils firent leurs
paquets dans une harmonie sonore remarquable, tintements de quarts, bouclages des
ceinturons, jurons et rouspétances, toux et
reniflements, finalement la compagnie se
mit en route. Avec son barda Brêle semblait
aussi épais que haut. T'avais pas maigri ? lui
disait Arteguy. Des oreilles ! répondait Brêle.
Il traînait ses kilos comme son malheur,
n'avait-il pas pris du poids quand il avait découvert que sa femme le trompait ? Ils mar-
chèrent dix kilomètres, la main droite près
de l'épaule, serrée sur la bretelle du fusil.
Quelle vie de chien ! répétait Brêle. Je répète ! Quelle vie de chien ! Du moment que
c'est la vie, ça me contente, disait Joseph. On
est plutôt des mulets, remarqua Jules, avec ce
qu'on se transporte sur le dos ! Lieutenant !
appelait-il. On n'en peut plus nous ! gémissait

Brêle en exagérant l'exténuation de son souffle. Et Jean Bourgeois riait au-dedans. Comme les hommes sont comédiens ! pensait-il. Et malgré cette certitude il concédait un arrêt. Pause ! Trois minutes ! L'ordre se répercutait le long de la colonne qui se dispersait dans des éclats de voix. Pas trop tôt ! disait Brêle. Dis plutôt merci au lieu de râler, lui répondait Arteguy.

Puis ils repartirent dans les mêmes tintements d'alu bosselé, les rires, des toux de bronchite pas soignées, le râle de leur vie. Ils cantonneraient dans un village dont l'école et l'église avaient été détruites. Le cœur était touché, l'éducation et la vie spirituelle, l'enfance et l'esprit des hommes... Quelle désolation ! pensait Jules qui avait un grand respect pour l'école. Cette idée de la vie ravagée lui devenait de plus en plus insupportable. La guerre n'épargnait rien ni personne. La guerre... Il n'en sentait pas venir l'issue. Le dressage de Prince, désormais bien engagé dans la vie militaire, donnait à Jules l'impression d'ailleurs exacte que la situation, loin de se résoudre, se pérennisait. Les rumeurs parlaient d'offensive. Brêle disait que la compagnie serait au centre chaud des affrontements. La veille, ils avaient cru voir des cercueils. Tu vois comment ça tourne bien la machine ! disait Arteguy. Ils nous envoient le renfort et les boîtes dans la même semaine. Les cercueils en premier pour pas effaroucher les recrues ! Te plains pas ! disait Brêle, c'est pas plus mal de savoir qu'on sera

enfermés au lieu d'être dépiautés par les corbeaux. Je peux pas me faire à l'idée, murmurait Arteguy. Quelle idée ? gueulait Brêle.
Celui qui abattra Brêle, il est pas né, ou alors
il tète encore sa mère ! Je suis intuable, c'est
moi qui vous le dis !

Leurs pieds marchaient sans qu'ils y pensent. Ils attendaient de voir apparaître le chien
Prince portant dans sa gueule la bande molletière. Ils scrutaient la campagne, de sorte
qu'ils ne sentaient pas la fatigue. Le grondement d'un marmitage était perceptible, vers
lequel ils marchaient. Oui, pensait le petit
Rousseau, c'est là que nous allons, au feu, et
c'est là justement que l'on meurt aujourd'hui.
Pourquoi est-ce moi qui avance ici ? Quelques regards cherchaient Jules, interrogeant
son visage. Le sourire du Landais les apaisait.
Vois-tu comme il est sûr de son chien ! disait
Brêle à Arteguy. Moi, ajoutait-il, c'est ça qui
m'a manqué toute l'enfance : quelqu'un
qui aurait cru en moi. On n'a pas toutes les
chances. J'étais déjà beau gosse et les institu-
trices chouchoutent les beaux ! Elles n'y croient
pas quand on le leur dit, elles ne veulent
pas se l'avouer, mais c'est la vérité vraie !
J'en ai assez profité pour le savoir. Il riait de
toutes ses dents qu'il avait petites et pointues. Dire que c'est un chien qui nous met
en joie, dit-il, jamais j'aurais pu croire un
truc pareil. J'ai pas eu de chien dans ma vie,
expliqua-t-il en se tournant de nouveau vers
Arteguy. Mais enfin j'en voyais beaucoup.
Tous les corniauds du quartier venaient le

soir aux portes des cuisines pour se taper
les restes. Et tu parles qu'ils se léchaient les
babines ! Brêle était plongeur aux Délices-
de-l'Adour, un bon restaurant de spécialités
landaises. Et toi, demanda-t-il, tu connais
bien les chiens ? On ne peut pas dire ça, dit
Arteguy. Au royaume du golf, les chiens ne
sont pas rois ! dit-il. Au royaume du quoi ?
Brêle n'avait pas plus que les autres entendu
parler de ce sport anglais, chic et snob, réservé aux riches, ainsi que le disait Arteguy.
Et comment tu peux jouer alors, toi ? demanda Rousseau. T'es riche ? Et Arteguy expliqua qu'il faisait cadet pour les joueurs,
c'est-à-dire comment il était payé pour porter
leur sac tout le long du parcours. Six ou sept
kilomètres. Voilà pourquoi il marche si vail-
lamment ce salopard ! s'exclama Brêle. Le
jeune Rousseau quant à lui était étonné :
Arteguy, qu'il jugeait assez distingué, n'était
finalement qu'un larbin ! Mais il ne put rien
livrer de cette pensée mesquine, car ils
étaient arrivés au point de ralliement et la
colonne de renforts attendait, plus vraiment
en colonne, dispersée dans ce carrefour de
routes, certains assis sur les talus, d'autres
allongés à même la route et quelques-uns
debout et inquiets. Un petit groupe bavardait
devant une cabane de cantonnier, décon-
tractés et gais, comme au nez et à la barbe
de la guerre. Ils s'en font pas pour des nouveaux ! dit Joseph. Attends un peu qu'il vienne
une marmite, dit Brêle, et on saura à qui on
a affaire ! Il était sérieux pour dire cela. Car

ceux qui vous accompagnent à la guerre,
pensait Brêle, il vaut mieux pas qu'ils soient
couillons.

Quand les renforts furent répartis dans leurs
escouades, Brêle découvrit les visages de
ceux qu'il allait côtoyer. Escouade du caporal Toulia ! avait crié une grosse voix. Les
nouveaux s'appelaient Mignon Paul, Sourisseau Honoré, Bœuf Dieuleveut. Une vraie
ménagerie qui nous arrive ! disait Brêle. Tout
était bon pour rire. On rirait encore plus
d'apprendre que Dieuleveut était prêtre (la
petite croix qu'il portait au col, à côté du
numéro de leur régiment, avait été remarquée aussitôt). Ceux-là aussi étaient donc
mobilisables ? Et le bon Dieu qu'est-ce qu'il
te dit de tout ça ? demandait Brêle. Un prénom qui t'a prédestiné, remarqua Arteguy
que cette conjonction d'un prénom et d'une
vocation émouvait. Ces trois-là rejoignaient
la section de Jules. Ils avaient déposé leur
barda et reçu un quart de vin. Ils arrivaient
d'un camp d'entraînement. Leurs havresacs
étaient neufs. Ils portaient sous leur casquette une calotte de fer. Découvrant cette
nouveauté dont il était encore privé, Brêle
levait les bras au ciel, répétant : Et nous
alors ? La tête des vieux soldats ne vaut donc
rien ! On en sait trop, allez ! Faudra qu'on
meure ! Puis, se tournant vers les recrues, il
souffla : Toute cette invention, ça protège
pas de ce qui vient par-dedans. Et il murmura
tout bas en faisant une grimace : Le désespoir ! Puis, éclatant de rire : On vous l'avait

pas dit que ça vous rend un homme fou,
la guerre ? Rousseau, Arteguy et Joseph le
firent taire. Ta gueule, Brêle ! disait Arteguy.
Ferme-la, tu nous bassines avec tes plaisanteries diaboliques. Ils étaient plus intéressés
par les gâteries que les femmes avaient pu
mettre dans les sacs. Paul Mignon avait
de la confiture et des abricots secs. Ils lui
firent des grâces. T'as donc une bath petite
épouse ! disait Brêle, remâchant le souci
que lui valait la sienne. Ils lui tournaient
autour comme des mouches. C'était une
danse gagnée d'avance : quelle recrue, voulant se faire accepter, ne partage pas son
butin ?

Une heure plus tard arrivèrent Louis Payant
et Camille Moulin qui s'étaient d'abord tromp-
és de compagnie. On les regarda d'un air
goguenard. Qu'est-ce qu'ils avaient foutu
pour être en retard ? Etaient-ils empotés ou
tire-au-flanc ? Ces questions ne devaient
qu'à Prince d'être laissées de côté. Car c'était
lui qu'on attendait bien plus que les recrues
fraîches.

Les nouveaux ignoraient qu'ils allaient rencontrer la vedette de la compagnie, assister
au retour du chien aux grands pouvoirs. Ils
observeraient combien les hommes, qui ont
parfois du mal à s'occuper les uns des autres,
sont transformés par un animal. Alors on le
leur expliqua, avec enthousiasme et un peu
de vantardise, car peu de compagnies pouvaient s'enorgueillir de posséder un tel phénomène. Ne vous demandez pas ce qu'on a

tous à guetter au lieu de bavarder, commença
Brêle. Nous attendons le chien Prince, dit
Joseph. Et comme les autres restaient silencieux, perplexes, Brêle expliqua fièrement :
Nous dressons un animal soldat à toutes les
activités de la guerre. C'est un berger d'Ecosse
qui appartient au soldat que vous pouvez
voir debout là-bas (son bras désigna Jules
posté). C'est le prince des chiens. D'ailleurs,
murmura Brêle, comme s'il se parlait à lui-
même, c'est son nom, Prince. Et puisque les
nouveaux ne s'extasiaient pas, Brêle acheva
brutalement : Quand il saura vous dénicher
sous un tas de cadavres, ne le croyez pas si
vous voulez, mais vous serez bien contents !
    Il faisait presque nuit lorsque Prince re-
trouva sa section cantonnée sous le préau
de l'école éventrée. Le fourrier était arrivé le
dernier, toutes les places à couvert étaient
prises. Brêle râlait. C'est fini les nuits d'été
au cas où tu t'en serais pas aperçu ! On va
claquer des dents en dormant. Y a pas plus
nul que toi comme fourrier ! C'est confirmé !
Rousseau quant à lui était heureux, il respirait : pour une fois ils ne dormiraient pas
dans un air saturé. Regardant le bâtiment
détruit, Paul Mignon disait : Statistiquement
ça ne tombe jamais deux fois au même endroit. C'est ça que t'apprendras à tes élèves
en rentrant ? rigola Brêle. Tu espères rentrer
toi ? répliqua l'instituteur. Puis il ajouta :
Excuse-moi, je ne me sens pas le cœur à
sourire, et je n'ai jamais été bon en plaisan-
terie. Brêle hocha la tête. Comment j'aurais

pu vivre tout ce que j'ai vécu si j'avais pas su
rigoler ? dit-il. Et cette question ramenait sa
pensée vers son épouse. Celle-là lui en avait
fait baver des ronds de chapeau et ça n'était
même pas fini ! Une femme comme elle, ça
n'avait pas la fidélité d'une bête, ni même la
reconnaissance du ventre ! Tandis que Brêle
pestait, Jules aperçut son chien escalader un
affaissement de pierres. Prince marchait sur
trois pattes, ce qui le faisait danser encore
plus que d'habitude. Dieu merci te voilà ! dit
Jules en lui caressant le flanc. Tu t'es blessé ?
Voyons cette patte. Le chien gémissait doucement. Qu'est-ce qu'il a ? Qu'est-ce qu'il a ?
répétait Joseph. Ce n'est rien, disait Jules,
qui parlait à la fois à son chien et à son ami.
Il est blessé ! s'exclama Brêle qui avait entendu Joseph. Et tous s'attroupèrent autour
du chien en l'encourageant. Tu verras, ça ne
sera rien du tout, disait Arteguy. On va te
dorloter, disait Brêle. Pauvre bête, disait Rousseau. Et Joseph répétait : Ce n'est rien, ce
n'est rien. Comme avait dit Jules.

Le chien Prince souffrait à la patte d'une
entaille profonde mais nette. Sous les longs
poils du jabot, Jules en découvrit une autre
un peu plus grande. Ces blessures projetaient
des images : Prince sautant sur le jeune Allemand. L'ange blond sortant un couteau. Le
chien jetant ses crocs dans ce corps à corps.
Que s'était-il passé ? se demandait Jules. Prince
une fois encore ne pourrait pas le raconter.
Une chose était sûre : l'animal s'était battu
et il était revenu. Dans sa gueule, il tenait la

bande molletière. Ce que ça pue ce truc ! répétait le petit Rousseau. Ce que tu nous les
brises avec ton odorat de bourgeoise ! disaient
les autres.

Nous avons créé un nouveau héros, dit
Jean Bourgeois ce soir-là à toute sa section,
un guerrier pacifique et silencieux, efficace
et bienfaisant. Un héros inhumain ! ironisa
Brêle pour lui-même. Et Jules songeait que
l'on ne pouvait mieux dire. Qui avait plus
que l'homme déçu les attentes dont il était
l'objet ? Qui d'autre, ayant reçu le langage
en cadeau, avait toujours à la fin choisi les
armes plutôt que les mots ?

6

Chère femme, ma Félicité, chérie, j'ai reçu ton
colis hier mais je ne peux t'en remercier qu'au-
jourd'hui. Je ne sais pas suffisamment te le dire :
tu es la meilleure épouse qu'on peut avoir.
Jules léchait son crayon avant d'écrire. Chaque
phrase lui réclamait un long moment de
réflexion : il voulait ne pas être maladroit, ne
pas mentir outrancièrement pour autant, mais
ne pas effrayer non plus. Toute cette envie
d'une franchise inoffensive était compliquée.
Comment deviner ce que peut s'imaginer une
femme, ce qu'elle comprend, ce qu'elle voudrait savoir ou ignorer… Une femme enceinte
par-dessus le marché ! Elles devenaient plus

imprévisibles pendant leur grossesse, se rappelait Jules. Brêle qui passait se moqua gentiment : C'est bien de toi ! Tu crois qu'avec la salive ça marche mieux ! Jules sourit sans lever la tête. Sa bouche se serra autour du crayon :

Tu me rends heureux et maintenant que la guerre nous a séparés, je ne veux pas te créer du souci. C'est en pensant à toi que je prends garde à moi. Vois-tu mon aimée, tu ne dois plus t'inquiéter maintenant que Prince m'accompagne. Je te l'ai déjà dit, mais je le répète encore, tant pis, tu me pardonneras de radoter à mon âge, mais d'ailleurs je n'ai plus d'âge : dans ton état, il faudrait que tu sois sereine. Sinon le petit attrapera l'angoisse comme une maladie. Sois calme et tranquille pour me faire un bébé calme et tranquille. Le pourras-tu ma chérie ? Pense à notre enfant ! Pense aussi qu'il y a Antoine. Il te voit. Sois sûre qu'il comprend tout et qu'il devine ce que tu as dans la tête. Prince me protège, il faut le dire à Antoine, notre fils est assez grand pour le savoir. Je te dis tout cela parce que je suis loin et seul et que vous me manquez. Moi aussi je m'inquiète pour vous. Mais je ne doute pas de toi, tu es une merveilleuse maman.

Je dois aussi te parler de Prince qui fait ma joie. Si tu pouvais le voir ! Il faut que tu saches que ce sacré animal a fait ses classes brillamment. Sentinelle et patrouilleur, il l'est naturellement. Tu te souviens comme il entend et flaire tout ! Au premier commandement il cesse d'aboyer et se tient parfaitement

*silencieux au moindre bruit qu'il entend.
Il a appris à reconnaître l'ennemi. Puis à
geindre doucement quand il le sent proche.
C'est extraordinaire comme tout cela s'est fait
vite. On dirait que ce chien a compris l'esprit
de la guerre. Voir sans être vu, tuer sans être
tué, dit notre lieutenant (le jeune officier dont
je t'ai parlé). Notre Prince sait cela. Lorsque
l'avancée est sans danger, il agite gaiement
la queue et marche à côté des soldats qu'il
accompagne. Ils peuvent alors être sûrs qu'ils
ne sont pas observés et se sentent en paix.
D'ailleurs ils l'adorent ! A leurs yeux Prince
est une sorte d'extralucide, un voyant, un
être plein de savoirs mystérieux dont nul ne
saurait déjouer les perceptions puisque ne lui
échappent ni l'invisible, ni le faux silence.
Vois-tu ma chérie, une sentinelle et un chien
en valent deux. Un patrouilleur avec Prince
se sait en sécurité. La confiance des hommes
naît dans le silence du chien. Cette sérénité
momentanée est précieuse : on ne peut pas
toujours trembler pour sa vie. Il faut reposer
sa peur. On ne gagne pas une guerre si on ne
fait que la craindre.
Nous lui avons fabriqué un bât spécial
grâce auquel il peut alimenter en munitions
une équipe occupant seule une ligne avancée.
C'est une autre de ses activités d'animal soldat.
Il se faufile dans des sous-bois où les chevaux ne pénétreraient pas et où les hommes
avancent très lentement. Tu imagines qu'il est
très utile de cette façon. Parfois j'ai le cœur
serré de le voir risquer sa vie sans vraiment*

le savoir. A-t-il conscience qu'il peut être tiré comme un lapin ? Après tout il sait qu'il n'est pas un lapin ! Tu vois bien comme le bon sens rencontre sa limite à la guerre : qui pourrait croire qu'il devient légal et recommandé de tirer et de tuer ?

Le service d'estafette est son exercice préféré. Son ingéniosité et sa rapidité à percevoir une situation se trouvent mises à contribution. A son retour de mission, il peut lire la surprise et le plaisir sur mon visage tant il m'émerveille. Tu sais combien il est heureux quand son maître le complimente. Et Dieu sait que je le félicite, je ne m'arrête jamais de le faire ! Croiras-tu qu'il est capable de porter un message à une patrouille mobile puis de retrouver sa section qui s'est entre-temps déplacée ? Les liaisons, qui sont l'un des grands écueils dans cette guerre, se trouvent grâce à lui grandement améliorées. Tu te rappelles la longue foulée qu'il a : ses temps de parcours font des records inaccessibles aux hommes. Il peut couvrir trois à cinq kilomètres en moins de dix minutes, à travers buissons et taillis, traversant parfois des ravins, des rivières et des bois. Aucune rencontre ne le distrait de sa mission : ni des soldats en mouvement, ni le gibier ne le détournent de son but. Je sais depuis longtemps son intelligence, mais il m'étonne pourtant. Est-il encore un chien ? Tu vas me prendre pour un fou ou un bêtasson. Mais je t'assure, avant même d'être animal, il est un soldat digne de défendre la France. Bien des hommes peuvent envier ses qualités,

car tous ne les possèdent pas. Je suis bien accom-
pagné. Es-tu rassurée maintenant ma chérie ?
Il le faut !

    Bon, je vais t'abandonner. Pardonne-moi
de finir comme ça, les camarades me réclam-
ent pour une corvée. Je veux te dire : Je
t'aime, je t'aime, je t'aime ! et je vous embrasse
tous les trois, Antoine et toi, et le miracle du
bon Dieu.

JULES

    Jules essuya une larme blottie au coin de
son œil droit. A chacune de ses lettres, il se
cognait à son amour. Un violent désir de tenir
Félicité dans ses bras le blessait. Tu pleures ?
demanda Brêle à voix basse. Il passa sa main
sur le dos courbé de Jules, le frotta pour faire
passer la peine. Ma femme me manque, murmura Jules, c'est terrible comme j'ai envie de
la voir ! L'amour, dit Brêle, c'est du poison,
faudrait pas y penser du moment qu'on est
là. Je ne peux tout de même pas arrêter de
lui écrire ! dit Jules. Brêle faisait une moue
méditative. L'amour, c'est sans solution !
conclut-il. Puis, changeant de sujet : Que lui
as-tu raconté à ton amour ? Je lui ai écrit tout
ce que faisait notre Prince ! dit Jules. Elle en
croira pas ses yeux ! dit Brêle.

7

Jules et Brêle ne mentaient pas. Un mois d'exercices menés au cœur de la guerre avait fait de Prince un soldat d'élite. Tout ce qu'un chien militaire est capable de réaliser, Prince en avait acquis la parfaite maîtrise. Son enfance dans les mots de Jules lui facilitait chaque jour la tâche : il savait écouter, il aimait apprendre, la vie auprès des hommes faisait son bonheur. Jean Bourgeois n'avait pas dressé un animal brut ou sauvage, il avait nourri une intelligence déjà éveillée. Et plus l'apprentissage avançait, plus cette intelligence sautait aux yeux de ceux qui auraient osé encore en douter.

Prince connaissait toutes les règles fondamentales de la vie civilisée. Il comprenait de nombreux mots. On pouvait compter qu'il obéissait à plus de cinquante ordres. Il savait bien sûr prendre une piste même si elle n'était plus fraîche. Il effectuait des courses rapides. Il n'attaquait que si on le lui demandait. Il était silencieux. Et surtout, disait Jules en caressant son chien derrière les oreilles, il se comportait toujours comme le meilleur des compagnons. Prince avait été dressé pour un monde où certains sujets se veulent malfaisants : Jules l'avait autrefois habitué à ne pas accepter de nourriture d'un autre que son maître. Il fut aisé à Jean Bourgeois de remettre en place cette éducation transgressée pendant le long voyage de Prince jusqu'au front.

La plupart des chiens militaires formés dans les chenils étaient spécialisés selon leur qualité, Prince quant à lui avait appris tour à tour chacun des métiers de la guerre. Chien sentinelle ou patrouilleur, chien porteur ou télégraphiste, chien estafette et chien sanitaire, tels étaient les emplois dans lesquels pouvaient s'illustrer ceux de sa race.

Jules était si heureux que sa pensée s'égarait dans ses exaltations. Les Allemands avaient reculé partout, ils devaient être épuisés par l'incroyable volte-face qu'ils avaient réussie, c'était peut-être une chance offerte aux Français de clore l'outrage. Est-ce que ces grandes brutes ne pourraient pas capituler ? disait Louis Payant. Ne me dis pas qu'ils n'ont pas envie de rentrer chez eux ces gars-là ! Pour retrouver les belles Allemandes ! riait Brêle. Puis il disait : Tu crois peut-être qu'ils décident plus que nous du sort qui leur tombe ? Je te dis qu'ils vont capituler, je le sens ! répétait Louis Payant. Et Brêle finissait avec ses jeux de mots à la noix : T'as payé pour le savoir ?

En attendant, des hommes mouraient sans avoir revu leurs femmes. Prince découvrit le travail des sauveteurs, qui venaient marcher sur les champs de bataille comme s'ils n'étaient pas surtout des cimetières : en gardant l'espoir. Prince devint celui à qui tout soldat pouvait un jour devoir la vie. Des tâches utiles et ardues que son chien pouvait remplir, celle qui tenait le plus au cœur de Jules était la recherche des blessés. Il voulait faire de

Prince un bon chien sanitaire. Ainsi aurait-il
le sentiment de le placer du côté de la vie.
Jules et Prince se joignirent aux brancardiers
de la compagnie, qui de cette manière appren-
draient à comprendre l'animal en même temps
qu'ils l'entraîneraient. Il y avait là un dénommé Barberin, prénom Auguste (disait-il pour
se présenter), Béarnais de plus de cinquante
ans, père de quatre enfants, volontaire pour
le front. Géant par la taille et la corpulence,
il fit forte impression au chien qui le suivait
partout.

Auprès de ces hommes qui risquaient le
feu sans arme, Prince connut le vrai visage
de la guerre : l'odeur du sang des hommes
quand il coagule dans les étoffes, le visage
qu'ils ont quand ils souffrent, et celui qu'ils
prennent lorsqu'ils ont pour toujours fini de
bouger leur corps et leurs lèvres. A la faveur
de la nuit, Prince suivait le brancardier Barberin, pour retrouver ceux des leurs qui
étaient blessés, hors d'état d'appeler, immo-
bilisés, parfois sans connaissance. Comment
différencier ces survivants de tous les morts
au milieu desquels ils reposaient ? Ils étaient
presque semblables à eux, et pourtant radi-
calement différents, car encore de ce monde,
encore respirant, souffrant, encore aimants,
chauds, tendres et pleins de désir. Prince
courait sur les champs de corps avec une
légèreté de fillette. Jamais il ne marchait sur
un cadavre. Il semblait respectueux, il contour-
nait ces vies perdues. Personne ne lui avait
appris cela. Son flair reconnaissait ce qui

vivait. Il pouvait fouiller avec agilité les exca-
vations ou les cachettes susceptibles de dissimuler un blessé. Lorsqu'il trouvait ce qu'il
cherchait, il rapportait un effet personnel du
soldat et conduisait les brancardiers. Jules et
Prince pourraient dès qu'ils le voudraient rejoindre l'équipe sanitaire.

Ce chien, pensait Jules dans sa fierté, faisait bien plus que ce qu'il croyait : il tendait
aux hommes un miroir, il leur interdisait de
se croire supérieurs ou primordiaux. Il montrait que les bêtes ont une noblesse, une
mémoire, une capacité d'inventer, un humour,
une morale même, et qu'elles sont capables
de faire l'offrande de leur vie. Est-ce que tout
l'enseignement du Christ n'était pas naturellement à l'œuvre dans la vie animale ? Voilà
quel grand débat s'était mis à occuper Jules
et Jean. Les animaux étaient peut-être un
exemple que Dieu aurait mis sous les yeux
de l'humanité, disait Jules. Jean contestait :
hélas ! les hommes faisaient faire aux bêtes
tout le mal qu'ils voulaient. Oh là là ! protestait Brêle, qu'allez-vous donc chercher de
ces questions si compliquées ! Contentez-
vous de l'aimer ! disait-il à la cantonade.
Toute la tendresse qu'il recélait s'exprimait
dans sa voix. Et Jules faisait l'imbécile : Qui
ça ? Dieu ou Prince ?! Il fallait rire. Il fallait
rire, puisque c'en était fini de s'entraîner. Il
fallait rire et donner le meilleur de soi-même.

Ils donnaient tous le meilleur d'eux-mêmes,
pensait Jean Bourgeois. Quand il regardait
sa section au complet, sa poitrine se serrait.

Quels personnages il y avait là ! Qui aurait prédit qu'ils posséderaient cette vaillance ? Un sentiment de fraternité empoignait le jeune lieutenant. Il regardait Prince. Celui-là n'était pas un frère, mais un compagnon. Et une sorte de miracle vivant. Un cadeau de Dieu pour tous ces soldats. Quand le dressage fut accompli, Jean Bourgeois sut qu'il possédait un trésor.

8

Félicité posa devant elle, sur la table de la cuisine, les pommes, le beurre, le sucre, la farine, le pot d'eau, et s'en alla chercher une jatte dans le bas du grand vaisselier. Depuis que les temps étaient occupés par la guerre, elle éprouvait à la fois le plaisir de la mélancolie et celui de la vie : le premier exacerbait le second. La vie était sacrée, face au danger de mort qui menaçait son époux elle en avait pris la mesure, et elle se réjouissait d'en faire les plus simples gestes. Toutes les choses qui n'avaient pas autrefois tant attiré son attention, ce qui lui semblait normal et peu captivant, lui étaient désormais fête et célébration. Elle s'en voulait presque d'avoir été si bête. Fallait-il donc perdre son bonheur pour apprendre à le connaître ? Elle avait été gaie bien sûr, heureuse, mais sans avoir conscience de l'être, sans avoir songé à se

regarder dans sa joie. Tandis que maintenant,
ayant perdu Jules, elle goûtait mieux ce qui
lui restait : elle savait prendre Antoine dans
ses bras, embrasser ses boucles brunes, se
répéter quelle merveille c'était de l'avoir. Elle
vivait sa grossesse sans se plaindre des tracas coutumiers de cet état. Elle pouvait même
éprouver la chance de maîtriser un corps entier, non seulement d'être jolie, mais de n'être
ni blessée, ni éclopée comme l'étaient déjà
de jeunes soldats réformés du front. Tout le
bon de la vie, la santé, la vaillance, et l'amour,
il ne fallait pas le gâcher avec de l'inatten-
tion. Apprends cela, mon Antoine ! disait Félicité à son fils, qui était à la fois trop petit
pour une pareille sagesse, ou assez pour l'appliquer naturellement. Mais lui faire passer
le message apaisait Félicité. Elle avait alors
l'impression d'être une bonne mère. Sois
joyeux de ta joie ! disait-elle. Le petit garçon
ne la comprenait vraiment pas, il voyait bien
comme le visage de sa mère, parfois, s'as-
sombrissait. Alors, pensait-il, où était la joie ?
De quelle joie fallait-il être joyeux ?

Félicité renversa la farine dans la jatte,
ajouta les carrés de beurre, un peu d'eau. Ses
mains malaxaient avec habileté et au bout
de cinq minutes une boule de pâte reposa
sous un linge blanc. Félicité sortit étendre
un drap dans le pré derrière le verger. Un
peu plus tard, elle pela les pommes. Elle
retirait, d'un coup de couteau précis, les parties abîmées, coupait des lamelles, les disposait sur le fond de pâte. Elle se baissa pour

ramasser une épluchure. En se relevant, elle
porta sa main dans le creux de ses reins
comme si elle souffrait. La vieille Julia était
assise à sa place, devant la fenêtre, mais pour
cette fois elle ne regardait pas dehors, elle
contemplait Félicité. As-tu mal au dos ?
demanda-t-elle aussitôt. Et comme Félicité
ne répondait pas, Julia poursuivit toute seule.
Elle faisait de gentils reproches à sa belle-
fille : Je vois que tu portes trop souvent
Antoine. Il est lourd et tu dois le laisser marcher. Et puis tu as grossi, ma fille. A ces mots
la vieille s'arrêta. Il sembla qu'elle avait pris
connaissance de ce fait en même temps qu'elle
en parlait. Pourquoi rougis-tu ? demanda
Julia, et dans le temps qu'il faut pour la poser,
cette question fournit elle-même sa propre
réponse : Félicité attendait un enfant et elle
ne le disait pas.

Le silence s'installa dans la cuisine, entre-
coupé des bruits familiers de la vaisselle,
clapotis d'eau dans la bassine, chocs métal-
liques ou mats des objets entre eux. Pourquoi ne le dit-elle pas ? se demandait Julia
en regardant travailler sa belle-fille. La vieille
avait oublié le plaisir d'un tel secret, celui de
la pudeur et de l'attente. Elle ne songeait
pas davantage que Félicité, n'ayant pu parler à Jules, n'avait pas envie de livrer son
plaisir à quelqu'un d'autre. Pourquoi ne le
dit-elle pas ? La vieille cherchait une explication. Et c'était avec sa malveillance qu'elle
cherchait. Puisque Félicité n'était pas très
grosse, la vieille en déduisit que l'enfant

n'était pas de Jules. Comment pourrait-il l'être quand le pauvre homme était parti le 2 août ? pensa Julia en comptant les semaines. Elle eut bientôt fini de se convaincre. Alors quelque chose changea dans son silence. Son silence se fit colère et réprobation. Et il se fit vociféra-tion. Et Félicité leva les yeux de sa vaisselle. Que disiez-vous, ma mère ? murmura-t-elle, apeurée, parce qu'elle avait tout entendu de ce qui avait été dit autant que de ce qui avait été tu. Je ne dis rien, marmotta la vieille Landaise, je comptais le temps depuis que le Jules n'est plus là. Ça n'est pas si long qu'on croit. Le temps de malheur, ça traîne, ça traîne… Et sur ces mots, elle quitta la cuisine.

Quand elle fut certaine que sa belle-fille était enceinte, Julia entreprit de découvrir qui était le père de cet enfant. Félicité n'avait pas l'air de courir et aucun homme ne met-tait jamais le nez par ici, s'étonnait Julia. Elle était presque aux aguets, remise en forme par cette curiosité. Mais j'en ai un sous les yeux ! pensa-t-elle un jour avec effroi en aper-cevant Petit-Louis. Il ne cessait pas d'obser-ver sa belle-sœur à la dérobée, captif de sa fraîcheur. Il n'en fallait pas moins à une vieille tout occupée à se créer des tourments. Julia se fit ses conclusions.

A dater de ce jour, Julia n'eut de cesse qu'elle n'envoie Petit-Louis loin de sa belle-sœur. Il voulait aller à la guerre, il irait : il fallait que ce garçon passât le conseil de révi-sion. Julia en martelait sa rage. Ce départ lui brisait le cœur mais elle croyait que c'était moins que son honneur. C'en était fini d'aller s'amuser sous les jupes des femelles, c'était sous le feu qu'il irait se coucher ! Déterminée, Julia Chabredoux s'en alla bavarder l'affaire avec son vieil ami le maire. Tout s'arrangerait entre gens du pays. C'est comme ça que ça se passe ici chez nous, disait-elle à son fils, tu vas voir que les vieux savent y faire, ils obtiennent toujours ce qu'ils veulent. Petit-Louis souriait. Le pauvre était heureux. Partir ! Combattre ! Connaître la gloire ! Etre accueilli dans ce grand sacrifice viril ! Félicité haussait les épaules. Passait encore pour Petit-Louis, il était stupide comme un homme ! C'était la vieille qui la faisait le plus enrager : être à ce point l'artisan de son malheur, c'était à ne pas le croire. L'imbécile ! pensait Félicité. Quand son garçon sera tué, aura-t-elle ce qu'elle veut ? Voilà une femme qui avait perdu deux fillettes et qui maintenant voulait donner ses deux fils à la guerre. Ah Dieu ! pensait la jeune femme, ce temps à traverser ! Les chagrins vous guettent à tous les coins de la vie. Pourquoi donc fait-on des enfants si on fait la guerre ? Pourquoi fait-on la guerre si on fait des enfants ?

V

LE FEU

1

ON POUVAIT refuser de s'en apercevoir, mais la routine s'était installée, bel et bien une routine de guerre : l'intendance, le courrier, les cantonnements, les avant-postes, les secours mobiles et fixes, les relèves, les liaisons, tout ce qui est nécessaire à deux armées en campagne pour vivre et se battre, mourir et survivre aux blessures, ne jamais cesser de se battre, était en place. Afin qu'il fût admis que le conflit éclair s'était mué en affrontement durable, ne manquaient que les permissions. Les tours commençaient à s'organiser dans tous les régiments, disait le capitaine Dorette. Il n'était qu'à demi entendu. Ecoute-t-on une promesse qui contredit son rêve ? Faut en finir tout de suite ! répétait Brêle. Maints soldats parmi les combattants français espéraient en être bientôt quittes pour rentrer chez eux. N'avaient-ils pas fait ce qu'il fallait pour cela ?

Ils avaient jeté dans des fosses des centaines de grands cadavres bottés, habillés en
feldgrau. Et voilà qu'ils voulaient donner le
dernier coup de collier : ils poursuivaient l'envahisseur sans flancher, revenant risquer leur
vie là où elle avait été épargnée, dans des
attaques régulières. Ils n'avaient pas cédé un
pouce de terrain depuis le 6 septembre. Pas
des permissions, la fin de la guerre, voilà ce
qu'ils allaient gagner ! Comment auraient-ils
imaginé le tour figé qu'allait prendre ce face-
à-face ? Comment penser que ceux qui avaient
sans droit foulé le sol de France le creuseraient
comme des taupes indélogeables ?

Les allers-retours de l'arrière vers les tranchées de réserve ou les premières lignes auraient pu alerter Jules et ses compagnons :
l'avance française était maintenant poussive,
l'ennemi avait jeté une ancre, une nouvelle
étape du conflit commençait. Ces mouvements réduits, par les petits conforts qu'ils
permettaient, valaient pourtant mieux au
moral que la retraite désordonnée de l'été. De
la vie de château à la mort de près, disait
Brêle, c'est toujours mieux que la débâcle
générale ! Pour chaque soldat, le territoire de
la guerre s'était rétréci à des dimensions con-
cevables. Et puisque nous avons besoin de
comprendre, les hommes étaient plus heureux. Jules prenait soin de graisser le cuir
brun de ses brodequins, mais il n'en usait
plus les clous. Il ne marchait que de courtes
distances, et rarement sur des routes. Les
sections se dispersaient à leur tour dans l'espace qui séparait la ligne de feu des bivouacs

à couvert que les fourriers trouvaient dans les villages. Il arrivait que le lieutenant Bourgeois dormît dans un vrai lit. Quel jour on est ? demandait Joseph. Le 14, répondait Jules. Ce soir on nous relève, disait Joseph. Son visage entier souriait à cette idée. Tout était dit. Un espace habitable s'était aménagé dans la guerre.

Y a de bons jours tout de même ! disait Brêle en regardant Jules déballer un colis de victuailles. Confit de canard ! Saucisson ! Et une bouteille de côtes-de-Chalosse. Elle est bien gentille la petite Félicité ! Jules acquiesçait. Son visage était reposé et frais. Cinq jours de cantonnement avaient frotté la couche de fatigue pour faire resurgir cet éclat oublié. Dans ces moments de répit, une percée de tranquillité s'ouvrait, l'ombre où jouait leur esprit s'estompait devant la bouffée de lumière. Les enthousiasmes de Brêle se remettaient à faire du bruit. La puissance d'oubli des hommes n'avait donc pas de limite, jamais elle ne se brisait tout à fait, elle renaissait de rien, une fleur dans la terre retournée, un parfum de rosée, un bruit d'antan. Ecoutez ! faisait Brêle chaque fois que sonnaient les cloches. Prince se dressait aux aguets. Ecoutez ! Mais les autres riaient plus qu'ils ne répondaient à son entrain. Oui, les cloches sonnaient, eh bien ? Eh bien, c'était pour Brêle un émerveillement, le symbole de sa résistance, la preuve que toute sa peine n'était pas pour rien. Il aurait pu en pleurer, et devenir tout rouge à la seule idée de la terre de France, violée et sauvée. Mais les

camarades se moquaient. Vous n'êtes pas
sensibles ! leur reprochait Brêle. Chaque fois
que sonnaient ces cloches, tous les visages
se tournaient vers lui. Il entendait là quelque
chose que les autres manquaient. N'était-ce
pas une magie de Dieu que le clocher n'eût
pas été détruit et que l'on sonnât encore ?
pensait Brêle. Il se mettait à la place de l'occupant. Ça doit bien les énerver les Boches
d'entendre ce carillon ! répétait-il. C'est notre
cœur qui bat et qui a des ailes ! Moi à leur
place ça me foutrait par terre ! disait-il avec
conviction. Et que ferais-tu par terre ? demandait Paul Mignon, pragmatique. Je ren-
trerais entendre les cloches de mon village,
dit Brêle. Qui resterait s'il avait le choix de
quitter ? dit Paul Mignon. Pas plus les Allemands que nous. Le caporal Toulia était assis
et ne soufflait mot. Il tournait dans ses mains
les éclats d'obus qu'il collectionnait. Qu'en
dites-vous, caporal ? demanda Brêle. C'est le
troisième mois d'une guerre qui devait durer
six semaines : chacun ici aimerait que sa vie
redevienne sa vie, marmonna Toulia.

Les répits n'occupaient ni tout le temps ni
tout l'espace. Un jour entier pouvait se couvrir de sang, en moins de temps qu'il n'en
faut pour se sauver, au cœur d'un lieu que
l'on croyait protégé ou tranquille. Quelque
chose d'énorme par exemple arrivait. Un
obus chanceux faisait vraiment bien son
massacre. Une patrouille était décimée. Une
tranchée française, attaquée par surprise,
était prise. Une artère carotide en quelques

minutes dégouttait le sang d'un blessé sous
les yeux de ses amis. Ecrasés au sol, épaules
et tête sous le sac, les hommes faisaient la
tortue. Quelle frayeur alors les tenait ! On
pouvait se durcir, s'accoutumer à voir mourir
les autres, mais cette funeste habitude n'enlevait rien à l'effroi de mourir soi-même.
Apercevoir une tombe et une croix, revenir
à un croisement de routes, se remémorer le
passé proche et lointain parce qu'il a fait de
vous un autre, n'importe quoi rappelait jusqu'à quel point la guerre pillait la vie. Il suffisait d'un de ces riens et tout à coup la pensée
de la mort, proche et probable, enveloppait
l'esprit des soldats, comme un fichu la tête,
et bien noué sous le menton. Les pommes
d'Adam allaient et venaient sous le nœud,
petit animal en boule qui monte et descend
enfermé sous la peau. Alors Brêle disait : C'est
pas vrai !

Je vais mourir ! Nous allons tous y passer !
La mort elle-même venait tuer cette pensée.
Tac tac tac ! En voilà un qui ne l'aurait plus !
L'autre alors, resté seul à côté du nouveau
cadavre, la retrouvait de plus belle. C'est
ainsi qu'on meurt, se disait-il avec justesse,
en un éclair, n'importe quand, au milieu
d'une partie de cartes, en marchant, en riant,
tout juste après avoir serré le bras d'un camarade. Même en pissant ! disait Brêle depuis
que les feuillées avaient été marmitées.
Aurait-on la tête emportée ou le bras arraché ? le ventre crevé ou le genou éclaté, ou
bien tout cela ensemble ? ou le corps coupé

en deux, et les bras dans un arbre ? A quoi servirait le paquet de pansements quand on verrait ses entrailles ? Que pourraient les brancardiers quand les tireurs d'en face ne feraient pas de pause ?

Des théories de blessés, couverts de sang, se soutenant les uns les autres, tournaient le dos à la bataille que rejoignaient les renforts. Jules les regardait, avançant vers le sang qu'ils laissaient ; quelque chose en lui mourait, c'était son avenir qui le quittait. Il ne pouvait soustraire son regard de cette horde d'hommes cassés. Leurs visages, déjà recomposés par la souffrance, avec leurs yeux hallucinés, lui disaient : Où allez-vous, amis ? N'y allez pas ! Sauvez-vous ! C'est une boucherie horrible. Le sang jaillit des corps comme l'eau d'une fontaine. Et voyez comme nous sommes détruits ! Un grand silence se faisait chez les soldats en marche vers l'orage qui était venu à bout des autres. Ils continuaient pourtant d'avancer. Etait-ce déjà le moment de mourir ? Voilà donc comment allait finir la vie. Je serai peut-être comme ceux-là, ensanglanté ou couché par terre. Ils avaient ces pensées-là, qui devenaient ordinaires. Jules Chabredoux les avait. Personne ne sait d'avance de quelle manière la mort le prendra, pensait-il, ni même auquel des âges de la vie il partira. Et voilà ce que change la guerre : elle approche l'issue tout près de moi et elle me murmure : Prépare-toi… Et Jules se préparait. Sainte Marie, mère de Dieu, priez pour nous pauvres pécheurs. Vous êtes bénie entre toutes les femmes et Jésus le fruit de vos entrailles est béni… A ces mots son cœur l'étouffait. Félicité et son enfant inconnu harcelaient sa souffrance. Sainte Marie, mère de Dieu… Il fallait recommencer, se saouler de prières. Il n'était pas seul dans cette ivresse. On entendait ces mots dans l'air. Sainte Marie, mère des combattants. Certains pouvaient les répéter vingt fois. C'est pas le chœur des vierges, mais presque ! plaisantait Brêle. Il n'interrompait personne. Etre accueilli au grand royaume pouvait être une espérance. Quelle consolation trouver quand on avançait vers une fusillade ?

Les premiers corps allongés dans un désordre indécryptable les entouraient comme des prédictions en image. Comment croire encore en ce que pourrait être l'homme ? C'était malgré eux et malgré ce désespoir que les entraînait le lieutenant Bourgeois. Il se sentait presque coupable. Ce n'est pas vous qu'ils suivent, disait Jules, c'est le courage, celui qu'ils voient en vous et celui qu'ils cherchent en eux. C'est un miracle. Qui ne voudrait pas fuir ? murmurait Jules. A ce moment la peur atteignait son comble. Bien avant le crépitement entier de la bataille, le piaulement des balles égarées résonnait sous les futaies. Ça chauffe ! commentait le petit Rousseau. Tu peux pas la fermer ! lui disait Arteguy qui espérait passer inaperçu. Qu'est-ce qui se passe ? demandait sempiternellement Joseph à Jules. Ça tire derrière la crête, répondait Jules. Sa patience était devenue légendaire.

Tu peux mourir, lui disait Brêle, t'as déjà
gagné ton paradis ! Et Jules lui faisait les gros
yeux, montrant Joseph du menton, de peur
que le jeune homme comprît et prît ombrage. Brêle observait Jules. Quel homme ! se
disait-il. Lequel d'entre eux penserait à ne pas
froisser son ami quand des barbares s'occupaient à tuer le plus de monde possible ? Ici,
pensait Brêle, on pouvait savoir avec certitude la qualité d'une âme. De cela au moins
il se félicitait. Même Arteguy le golfeur, qui
n'aimait pas plaisanter avec la guerre, en
avait dans le ventre. Chacun son style du
moment qu'on n'est pas des mauviettes, disait
Brêle quand il voulait s'excuser d'être une
grande gueule. A quoi penses-tu ? demandait
Joseph à Jules. Je pense à toutes les prières
que je dirai si Dieu me prête vie, répondait
Jules. Je pense à Dieu et à ma femme. On pouvait voir que c'était vrai. Brêle regardait Prince.
Celui-là n'avait pas de dieu. Et si les dieux
n'étaient qu'une utile invention ? disait-il à
Arteguy. C'est pas le pari de Pascal justement ?
disait le Basque. Pff ! faisait Brêle qui ne connaissait pas ce type-là. Tu m'en demandes
trop !

2

Les y voici, déployés en tirailleurs, en demi-
section, progressant par bonds à l'appel du

lieutenant Bourgeois qui lève et abaisse sa main droite. Depuis plusieurs jours ils attendaient ce moment, non par impatience de le vivre mais par crainte d'y mourir. Si on n'est pas mort la fois d'avant, ça sera pour la fois d'après ! Toujours il fallait remettre sa vie sur le métier, se disait Joseph. Il pensait à sa mère parce qu'il lui mentait dans chacune de ses lettres. C'était son courage à lui. Car il aurait mieux voulu se faire consoler. Mais il mentait : Je vais très bien. Nous mangeons correctement. C'est un secteur tranquille par ici. Petite maman, ne te fais aucun souci, ton fils est comme un coq en pâte. Etc. Je fais bien de ne rien lui dire, pensait le jeune soldat. De son côté Jules s'interrogeait : Ah Julia ! pensait-il, que dirais-tu si tu voyais ton fils maintenant ? Il avait dans sa poche une affreuse lettre de Julia, un ramassis de suspicion et de mauvaises pensées. Elle ne devinait pas à quel point il aurait eu besoin de douceur et de paix au lieu de haine et de bagarre. Aucune femme, qu'elle eût été favorable ou opposée à cette guerre, ne pouvait concevoir ce qu'il leur était donné de vivre. Sa mère ni plus ni moins qu'une autre. Il en était plus que soulagé : heureux.

Ils étaient au centre d'un affrontement entêté, violent et promis à persister. Le déroulement passé des combats, la stratégie d'ensemble, la forme du terrain, la rivière proche, dans un moment où le front allait se fixer, les plaçaient au cœur du dispositif féroce mis en place par les deux camps. On ne leur

avait rien expliqué mais ils avaient deviné, en
regardant la carte du front. Routes, chemins
de fer, canaux, reliefs, tout était là pour comprendre. Simple question de géographie, disait Jules. On va s'écharper pour tenir ce
bled, disait Brêle. Il suffisait de réfléchir un
peu. Les généraux y arrivent bien, disait Brêle,
on n'est pas moins cons qu'eux ! C'est sûr,
concluait-il, ça va barder, les gars, c'est moi
qui vous l'dis ! Le petit Rousseau tremblait.
Paul Mignon faisait dévier la conversation...
A quoi ça sert de parler ? protestait-il. On verra
bien assez tôt.

Ils avaient mesuré peu à peu la justesse
de leurs prévisions. La rumeur d'offensive
s'était précisée. Qu'est-ce que tu nous caches ?
demandait chaque soir Brêle au cuistot. Foui-
neur, débrouillard, celui-là en savait plus
long qu'eux sur le sort qui les attendait. Vous
attaquez cette semaine, disait-il. Joue pas
avec mes nerfs, l'aubergiste ! menaçait Brêle.
C'est la vraie vérité, disait le cuisinier. Puis le
lendemain : Vous attaquez dans trois jours.
Ou encore : Paraîtrait que vous attaquez
plus. Le diable sait, finit par dire Jules qui ne
voulait plus y croire. Où est la viande dans
ce ragoût, s'énervait Brêle, qu'est-ce que
c'est ton fricot ? C'est bon pour les cochons !
Le cuistot était vexé. Bientôt t'auras plus
besoin de bouffer ! grommela-t-il entre ses
dents. Qu'est-ce que tu jactes ? hurla Brêle
qui avait très bien entendu. Vous attaquez
demain, dit l'autre. Que le silence alors pesait
lourd !

Et maintenant le silence s'était envolé, le merveilleux silence ! Une mitrailleuse tapait, enragée. La main de Jean Bourgeois s'était abaissée. Ils étaient tous couchés côte à côte dans les chaumes de l'avoine que des nuées d'oiseaux avaient moissonnée à la place des paysans. Pauvres hommes, pensait Jules, dépouillés de tous les côtés simplement d'avoir perdu la paix ! Il jetait un coup d'œil vers Joseph en même temps que sa main droite maintenait à l'abri la tête de Prince qui se montrait curieux. Personne ne bougeait. On entendait les souffles haletants quitter les poitrines. On entendait les innombrables chants des balles. Les projectiles savaient miauler, ronfler, siffler, murmurer, piauler, taper, cingler, selon leur vitesse, leur proximité, leur nature. N'était-ce pas extravagant comme ces armes de mort devenaient des instruments de musique ? Quand leur bruit disait avec trop de brutalité l'intention qui les portait, les hommes rentraient leur tête dans leurs épaules. Leurs corps se contractaient. Quelle sensation de savoir qu'on peut être touché à tout instant, et finir sa vie là quand on avait tant de tâches à mener ! Brêle se sentait tout à coup seul au milieu des autres, il se rappelait comment les choses se passent, il savait bien qu'une blessure ne se partage pas, il était assailli d'une terreur radicale qui éclipsait tout ce qui n'était pas elle. Il ne bougeait pas plus qu'une tortue. Etait-ce normal, était-ce honteux, d'éprouver pareille amertume ? pensait-il sans oser le

demander à quiconque. Un bon soldat a toujours peur dans une situation comme celle-ci,
répétait Jean Bourgeois à ses compagnons
d'armes. Dans sa compagnie, il ne voulait pas
d'hommes inconscients, honteux, ou fanfarons. Il voulait le moins de tués possible. Ils
avaient tous une peur immense. Etre courageux c'est être là et y rester, disait le lieutenant, ce n'était sûrement pas se croire obligé
de s'en réjouir, ni en rire, ni même être stupi-
dement brave. Jules sentait frémir son corps
intact. Le sang battait à ses tempes, dans son
cou, jusqu'au bout de ses doigts. Quelle force
en lui ! La mitrailleuse s'emportait encore à
une méchante cadence. Elle est pas loin cette
saloperie, répétait Brêle. Le vacarme assour-
dissant dévorait ses mots. Là-bas ! montra le
petit Rousseau. Avec la fougue de celui qui
découvre, il désignait une fumée bleue qui
montait derrière un taillis. Et aussitôt il poussa
un glapissement : sa main venait d'être hachée
par une rafale. On est bien vus maintenant, dit
Brêle. Toi qu'as de bons yeux, dit-il au petit
Rousseau qui pleurait, combien de servants ?
Deux, dit le gamin entre ses sanglots, ils sont
deux, ces salauds. Puis il redevint un petit
garçon qui a mal : Ma main ! Regardez ma
main ! J'ai plus de doigts ! Tu as des jambes ?
demanda Brêle. Alors tu vas t'évacuer tout
seul, mon grand. Aïe ! aïe ! pleurnichait le jeune
soldat. Le poste de secours est tout proche,
lui disait Jules, rassurant. Une brise tiède, por-
teuse de senteurs complexes, caressait son
visage et il voyait qu'il n'était pas entendu.

Paul Mignon, Brêle et Jules rampaient, tournant le flanc des deux demi-sections couchées, et Prince rampait à leurs côtés, vers l'affût de la mitrailleuse. Il devenait capable de faire d'un homme une proie s'il sentait un danger que courait son maître. Jules l'en prévenait à voix basse : Combat ! Prêt ! Ces encouragements à devenir une bête à tuer semblaient agir non pas sur Prince mais sur Brêle. Ces chourineurs, murmurait-il, ils vont voir si on sait pas tailler dans la bidoche nous aussi. Ne dis pas de sottises ! soufflait Paul. Lui qui était instituteur dans la vie éprouvait quel dilemme c'était de savoir jusqu'à quoi l'on pouvait s'abaisser pour vaincre l'infamie. Jean Bourgeois suivait à la jumelle l'avancée du trio. Quand il put voir l'éclair brillant d'une bande de mitrailleuse voler dans les airs, il sut que Brêle était arrivé. Et quand Prince eut bondi dans le cercle optique, le jeune lieutenant se dressa. En avant !

L'ardeur d'un vrai combat portait le lieutenant Bourgeois. Ce jour-là. Pourquoi donc ? Il l'ignorait. Mais cette bataille devait demeurer pour lui un de ses souvenirs de guerre où la guerre se ressemblait. Regardez cette ligne qui avance ! Voilà un mouvement qui était digne des champs de manœuvre, pensait-il. Enfin ! Tout se passait comme prévu. C'était si rare ! Il avait la fierté de ses soldats. Ces types étaient intelligents, courageux et modestes, dévoués à cette guerre qui les tuait, alors qu'ils avaient des maisons, des femmes, des enfants. Qui mesurait leur sacrifice ? Ils

n'étaient pas des militaires de carrière, et
pourtant quel entrain ! Des hommes de toutes
les tailles, de toutes les carrures, de tous les
tempéraments, ils étaient parfaits ! Des souvenirs, des craintes, des pressentiments, des
espérances en faisceau se trouvaient balayés
dans l'oubli d'eux-mêmes. Ils bondissaient
vers l'avant, le cœur dans les jambes ! Des
esprits qui attendaient, qui réfléchissaient,
qui s'interdisaient de réfléchir, et qui se fon-
daient maintenant dans l'action où ils pouvaient perdre leur vie. Des croyants qui
priaient. Il y en avait de plus en plus. Hier
dimanche, avant l'offensive, toute la compagnie était à l'office. Jean Bourgeois en silence
implorait : qu'il en ramenât le plus possible !
Quand vous enjamberez le parapet, avait dit
l'officiant (c'était désormais Dieuleveut Bœuf
qui disait la messe), vous aurez un ami :
Dieu. Et Brêle avait ajouté : Et ceci (en montrant son lebel qui ne le quittait pas) ! Tant
d'hommes rassemblés ! Tout le futur de la
nation, pensait Jean Bourgeois en les regardant. Et comme ils avaient vieilli en quelques
semaines ! Certains parvenaient encore à
sourire, d'autres ne le pouvaient plus, ils
avaient au visage cette expression aussi grave
que le jeu auquel ils jouaient. Mais tous ils
couraient en avant dans cette splendide avancée. Et cette nuit ils creuseraient pour garder
le terrain conquis, et ensuite ils attendraient
dans leurs trous, appuyés aux parois verticales, les doigts effleurant la terre, comprenant
à cela ce qu'ils enduraient, parce que les

hommes d'ordinaire ne vivent pas si près de
la terre, sous la pluie fine venue mouiller leurs
capotes, saisis par le froid et l'ombre, le lieu
et la saison sinistres comme le tombeau et le
linceul, abandonnés, un vrai coupe-gorge cette
nouvelle position, et regardant leur montre,
onze heures trente, ne devait-on pas être re-
levés cette nuit ? Sacré froid ! Putain de flotte !
Ça s'arrête donc jamais de pleuvoir dans ce
pays ?! Minuit quarante, allons-nous enfin
dormir ?…

3

Depuis six jours, la compagnie de Jules occupait le village repris aux Allemands. Les officiers français attendaient la contre-attaque.
Cantonnement d'alerte, répéta trois soirs de
suite le caporal Toulia. Et alors ! grognait
Brêle, quand c'est que j'retire mes grolles ?
Arrête de râler comme un bourgeois ! lui
répondait Arteguy. Ça me démange ! rigolait
Brêle. On va le regretter le p'tit Rousseau si
tu te laisses aller comme ça maintenant qu'il
est plus là, dit Paul Mignon. Oh oui que je
me laisse aller ! disait Brêle, hilare. J'ai des
champignons plein les orteils ! détaillait-il.
Pire qu'un macchabée ! Il donnait les orteils
en question à lécher au chien Prince. C'est
qu'il se régale ! disait Brêle. Sapristi le chien !
disait Arteguy, t'es un sacré cochon ! Jules

riait. Lui qui avait déjà senti trembler le cœur
de Brêle pouvait admirer cette rage d'être gai
en faisant des pieds de nez à l'horreur. Joseph
souriait de voir rire Jules. Cette chaîne de
rire était le miracle de l'amitié. Qu'est-ce que
vous feriez sans moi ? concluait Brêle. Il remettait ses chaussures. Prince se léchait les
babines. C'était bon, hein ? lui disait Brêle.
Et il ajoutait : Pour moi aussi ! Alors Jules
éprouvait une bouffée de fraternité. Celui-là
ne peut pas mourir, pensait-il. Mon ami, tu
es intuable ! répétait-il. Et Brêle acquiesçait :
Intuable ! Je t'l'ai dit cent fois ! Ceux qu'on
aime, comment imaginer leur mort ? Brêle le
savait, qui disait à Jules : La baraka, c'est nous
qui l'avons ! Il y a ainsi des personnes qui
savent rendre la terre habitable.

Ils partirent pour les avant-postes en contournant le village par la lisière d'un beau
bois de hêtres. Comme des tuyaux métalli-
ques, les longs fûts des arbres reflétaient la
lumière. Jules respirait à pleins poumons
l'odeur de terre et d'arbres. Il était heureux
sans y être pour rien. C'était peut-être la
dernière marche d'approche mais ça ne l'empêchait pas d'être un bonheur. Regarde ce
spectacle ! disait Jules à Joseph. Et le regard
franc du jeune garçon se tournait vers la
forêt. Mais la forêt devenait plus sournoise
que belle. Qu'est-ce qui nous attend là-
dedans ? demanda-t-il au lieu de se réjouir.
J'le sens pas ce coup-là, je sais pas pourquoi.
Qu'est-ce que tu veux qu'il t'arrive ? murmurait Jules, sur le même ton qu'il aurait eu

près d'un enfant effrayé par le noir d'une chambre.

Le commandement était précis : interdiction formelle de reculer. On se battrait sans fin ni cesse pour un poste d'observation qui contrôlait toute la campagne alentour. L'œil de l'armée française ne devait pas devenir celui de l'ennemi. Les positions conquises doivent être conservées à tout prix. Coûte que coûte qu'ils tiennent ! exhortait de loin le colonel. Et l'injonction descendait jusqu'aux soldats : Les ordres sont les ordres, disait Jean Bourgeois à sa section, on doit tenir, et pas de relève aujourd'hui. Il avait un air mélancolique pour entonner ce refrain d'officier, comme s'il était déjà las des consignes (mais il ne l'était pas et c'était Jules qui se faisait des idées). Savait-il ce qui se préparait ? Avait-il, sans en être informé, deviné que cet ordre cachait la promesse d'un orage ? C'est toujours les mêmes qui trinquent ! disait Louis Payant qui répétait cette phrase qu'il avait entendue, comme une rengaine qu'on aime à chanter parce qu'elle a sa vérité. Qu'est-ce que t'as trinqué, l'nouveau ? lui demandait Brêle. Il se tournait, résolu, vers son lieutenant. On tiendra, mon lieutenant, disait-il. Rien que pour pouvoir encore leur sonner les cloches ! Brêle, vous êtes mon soleil ! riait Jean Bourgeois. Prince se mettait à aboyer. Mais c'est qu'il est jaloux ! s'écriait le lieutenant. Et il venait caresser le beau colley en lui disant : Tu es le seul prince ici !

4

Prince n'avait jamais fréquenté d'aussi près,
et de façon aussi prolongée, un grand nombre
d'hommes rassemblés. Il ne cessait pas de
les observer. Quand il dormait ce n'était que
d'un œil et ce qu'il voyait de l'autre entrait
chaque jour plus loin dans son cœur. Les
êtres humains se ressemblaient. Voilà ce que
pensait le chien Prince. Chacun était la forme
spécifique et singulière d'une même nature,
comme chaque vague, qui écrête l'océan à
sa manière, lui appartient et y retourne. Prince
ne voyait que l'océan de leur nature : les pas-
sions fortes qui les tenaient, les sentiments
qui les bouleversaient étaient semblables.
Par exemple, les mots que dans la guerre ils
disaient pouvaient différer, mais la même
terreur les habitait. Comme ils avaient peur !
N'importe quel animal pouvait le respirer.
Leurs corps exhalaient l'odeur mouillée de
leurs craintes, ensemble, et souvent au même
moment. Ils redoutaient sûrement la même
chose. Mais quoi ? Le chien Prince ne se posait pas la question. Il humait un sentiment
reconnu et identifié sans forcément en comprendre la cause. Jules et Jean ne l'ignoraient
pas. Quand nous attaquons, je suis sûr qu'il
renifle notre pétoche, disait Jules. Pas un de
nous qui ne tremble de mourir sur-le-champ.
Mais cela, un chien pouvait-il le comprendre ?
Mourir ! Savait-il même ce que c'était ? Prince
semblait sourire. Mourir ! Jules le lui expliqua.

La section écoutait, impassible. Cet animal courageux et fidèle était une énigme. Pouvaient-ils la résoudre en lui parlant ? Ils éprouvaient de l'amour pour leurs animaux domestiques, les bêtes sauvages pouvaient les emplir d'effroi, aux premières ils parlaient, devant les secondes ils se sauvaient. Pour cette fois ils écoutaient le fermier landais. Si je meurs, disait Jules à son chien, je ne sais pas où je suis, mais je ne suis plus là. Brêle éclata d'un grand rire franc : Ça c'est bien dit ! Jules continua sans se troubler, tenant le chien dans son regard : Si je meurs, tu auras le souvenir de moi, mais tu ne pourras plus me voir ni me toucher. Je ne te donnerai plus à manger. Je ne te caresserai plus. Si je meurs, tu resteras seul. Le chien, qui avait d'abord agité la queue, content que le maître lui parlât, se mit à aboyer. Mourir, dit Brêle, c'est partir sans savoir où. Et Joseph acheva : Personne n'a envie de partir sans savoir où il va. Même pas les chiens, dit Brêle. Songeant que les chiens sont heureux partout où leur maître les accompagne, il dit : Mourir, ça se passe en solitaire, chacun pour soi. Les chiens meurent aussi, sans personne pour le faire avec eux. Et comme le chien poussait un gémissement, Brêle murmura : Te fais donc pas de souci. Mourir, c'est abandonner là sa carcasse et continuer dans la légèreté.

Le chien Prince s'était assis sur son derrière. Son museau était levé et il semblait rêver, les yeux au ciel. Que comprend-il ? finit par dire

Arteguy, découragé. Il ne fait pas de doute que
les animaux reconnaissent leur mort quand
elle arrive, dit Jules. Ils ont une sorte d'écoute
intérieure, et le moment venu, ils se prépa-
rent au dernier départ. Et Brêle fit remarquer :
Cette bête fait mieux que nous la différence
entre un cadavre et un blessé inconscient couché au milieu des morts ! A ces mots il avait
attrapé le museau du chien dans sa main
semée de poils noirs : T'es formidable ! disait-
il à Prince. Formidable ! C'est moi qui te l'dis !
Je voudrais croire qu'il comprend, mais je
suis sûr qu'il pige pas un mot, dit Arteguy. Et
nous qu'est-ce qu'on pige ? s'exclama Brêle.
On est là, on n'est plus là, sais-tu comment ?
Sais-tu pourquoi ? demanda-t-il à Arteguy.
Et puis tout à coup : Tu es croyant ? Mais
Arteguy pensait à autre chose : Est-ce que ta
femme parle de la mort à tes gosses ? dit-il.
J'ai pas de gosses, dit Brêle. Il avait regardé
le bout de ses godillots pour dire cela. Après
un moment, il ajouta : J'aurais jamais cru
qu'un jour je serais heureux de pas en avoir,
et voilà que ce jour est là. Mais Arteguy poursuivait son idée. Crois-tu que les gosses pigent
mieux que les chiens ? demanda-t-il. Ah ! je
vous jure, dit Brêle, fallait que je connaisse
la guerre pour entendre ça ! Puisque j't'e dis
que j'ai pas de gosse, dit-il, comment veux-tu
que je sache ce qu'ils comprennent !

Si l'on ignorait jusqu'où allait son entende-
ment, le chien Prince pouvait du moins écouter. Son ouïe, sa vigilance et son intérêt pour
les humains étaient si développés qu'aucun

mot ne lui échappait. Les mots jaillissaient des hommes comme l'eau des sources : Qui se fout de not' gueule comme ça ? Je suis moulu ! Bouge ton cul, ballot ! A la bonne vôtre ! Je suis en train de perdre tout mon sang ! Creuse, esclave ! Pourquoi donc il vient me chercher noise celui-là ? Ah capitaine c'est vous ! Oui, mon capitaine, immédiatement ! Sainte Marie, mère de Dieu, priez pour nous pauvres pécheurs. C'est bien pépère par là… Tu t'arrêtes donc jamais de causer ? Non, ils ne s'arrêtaient jamais. La guerre parlait en eux. Prince entendait leurs cœurs s'en délivrer. La haine du Boche est un devoir national. Ces salauds ! On les aura ! Avaient-ils été conçus pour le crime ? Et nous autres ! Parlons-en, disait Brêle, posons les bonnes questions ! Qui nous tue ? Qui tuons-nous ? N'était-ce pas trop simple cette mort anonyme ? Et à l'arrière que font-ils ? Les mots fusaient comme des obus. Il fallait exorciser la souffrance de s'entre-tuer sur ordre. Le grand colley entendait une longue plainte rageuse. Ça finira donc point ? Aïe ! Que j'ai mal ! Putain de jambe ! Vous allez pas me la couper, major ? La plainte et la rage étaient ce mélange de vitalité et de souffrance qui, par une pulsation magique de l'être, tenaient debout les combattants.

Ma mère n'a que moi au monde, disait Joseph, pour quelle raison devrait-elle me perdre ? C'est trop injuste et trop bête. Je ne veux pas que le monde soit bête ! Je veux que les hommes soient bons !

Je suis jeune, disait le petit Rousseau (il n'avait pas encore été blessé). Est-il possible de mourir si jeune ? Et puisqu'il savait bien que ça l'était, il avait un sanglot. Pourquoi laissent-ils faire une chose pareille ? demandait-il au chien. Je les crèverai tous !

Brêle essayait toujours de rire. Pourquoi le sang n'a-t-il pas d'intelligence ? protestait-il. Pourquoi il se tient pas à carreau, dans les veines et pas ailleurs ? Sage le sang ! criait-il en se tapant la cuisse.

Mes gosses, disait Arteguy, ils sont si beaux que quelquefois je me demande comment j'ai réussi ça !

Quand donc rentrerons-nous dans nos maisons ? demandait Louis Payant. Se peut-il qu'il n'y ait pas de merci ? Pas de fin ?

Le caporal Toulia prenait des résolutions : On ne pense jamais assez que la vie se finit vite. Si je reviens, je dirai à mes amis : Sais-tu bien que tu vas mourir ? Et maintenant que tu le sais, réponds à une seule question : Es-tu content de ta vie aujourd'hui ? Veux-tu y changer quelque chose ? Oui ?! Alors change-le ! Va ! N'attends pas ! Et il finissait sur une sentence : Ne vis pas autre chose que ce que tu voudrais vivre avant ta mort ! Hé l'Aristôte ! lui criait Brêle. Il disait ô comme on dit "rôti". Et cela faisait bien rire Jean Bourgeois chez qui chaque soir on faisait la lecture à voix haute. Vous ne dites rien ? disait-il à Jules. Je suis avec ma famille, murmurait Jules. Son visage était lisse de quelque chose qu'il voyait au-dedans. Sa femme le

transportait dans une autre vie. Je vous laisse,
répondait tout bas le jeune lieutenant. Et il
s'en allait lui aussi penser à sa mère, à ses
frères, à son défunt père qui avait en mourant planté dans ce foyer la graine du chagrin. Mourir nous inquiète tant ! pensait-il.
Pourquoi ? Vivre en survivant aux autres, porter en soi le creux de leur absence est douloureux aussi. La mort des autres fait notre
crainte, et notre vie fait notre souffrance : la
vie nous emprisonne par ses deux bouts.
Que Dieu garde les miens et vous ma mère,
priait Jean Bourgeois. Et Brêle, qui observait
Jules et Jean, pensait : Il faut une fée dans la
vie d'un homme. Pourquoi je n'ai pas de fée ?
Et il criait : Oh ! Arteguy ! viens par là ! Le
cadet basque approchait. Hé ! faisait Brêle,
tu veux pas faire ma fée ? Quoi ? bredouillait
Arteguy qui ne pouvait comprendre. Et Brêle
se tapait les cuisses de rire. Ah, je me marre
tout seul ! T'en plains pas, disait Louis Payant,
t'as de la chance ! Tu payerais pour ça ! disait
Brêle. Et à nouveau il frappait sa cuisse avec
son rire.

5

Jules connaissait des accès de mélancolie
dès qu'il pensait trop longuement à sa femme.
Dès qu'une conversation évoquait la vie
d'avant la guerre, c'était le visage de Félicité

qui apparaissait à Jules. Ah Seigneur ! pensait-il, dites-moi pour quelle histoire je suis privé de ma famille ! Quel père aura donc mon petit garçon ? Si près de pleurer, le soldat Chabredoux ne versait pas la moindre larme. Non, il contemplait son malheur avec des yeux ouverts et secs. La grossesse en cours dans sa maison lui rappelait à quel point cette guerre le dépossédait du meilleur de sa vie. Il ruminait sa certitude de ne pas être reconnu par son fils quand il allait rentrer. Te souviens-tu de Félicité ? demandait-il à son chien. Et le petit Antoine, tu ne l'as pas oublié ? Au lieu d'aboyer en remuant la queue, comme il le faisait lorsqu'il comprenait une chose plaisante, le chien Prince regardait son maître dans les yeux sans bouger. La tristesse entre eux semblait se partager. Jules caressait Prince. Toute cette perte, sans retour, le désespérait. Son moral ne tenait qu'à l'idée d'une permission pour Noël. Il voulait revoir Félicité au moins pour lui avoir dit, une bonne fois pour toutes, ce que maintenant il lui dirait si elle était près de lui. Il lui écrivait chaque jour une lettre comme si elle était la dernière. Combien ça fait de dernières lettres ? s'émerveillait Brêle. Il y avait quelque chose de fascinant à côtoyer la mort en l'esquivant toujours. On devenait superstitieux. On se prenait tantôt à douter, tantôt à se voiler les yeux, et de nouveau à voir clair : on la rencontrerait, c'était une certitude arithmétique.

Jules avait écrit quotidiennement dès l'arrivée de Prince. *Chère Félicité, tu seras soulagée*

de savoir que Prince est avec moi. Et puis
plus tard : *C'est un soldat désormais.* Félicité
aurait sûrement du mal à s'imaginer en quoi
un chien pouvait aider à la guerre. Jules
avait expliqué le dressage et les missions.
J'ai tout raconté à ma femme, disait-il à Jean
Bourgeois. C'est étrange comme personne
ne songe spontanément à l'usage que font
les armées des animaux. En effet, c'est
étrange, confirmait le lieutenant, et regrettable aussi. Mais nous avons notre Prince !
disait-il en souriant. Parlez-moi de votre petit
garçon, quel âge a-t-il ? Deux ans, répondait
Jules avec mélancolie, deux ans passés, et je
ne sais pas si je le reconnaîtrais encore…
Il évoquait l'enfant aux boucles noires, le
petit visage, ce dernier souvenir des pieds
potelés en travers des barreaux, cette chair
pleine et soyeuse gorgée de vie, et qui poussait, qui poussait… Ah ! faisait-il, ma mémoire ne retrouvera plus rien ! Il murmurait
l'éloge de Félicité, belle, et avec cela pas
paresseuse, qui s'était habituée comme un
rien au monde de la ferme, et qui entrepre-
nait, il avait évoqué les fleurs, et les canards,
avec une fierté généreuse. Sans compter le
travail de la maison ! Oh oui ! sa femme méritait qu'on la vantât ! Le jeune Parisien écoutait, s'intéressait, voyageait par l'esprit dans
ces régions intactes. On dit que c'est très beau
par là-bas, disait-il. Ah ! répondait Jules, c'est
plus que beau, c'est somptueux ! C'est un pays
qu'on ne peut jamais quitter. Ma mère vous
dirait qu'elle ne connaît pas un Landais qui

soit parti. Ou alors c'était pour mourir ! Et
puis on se régale par là-bas ! disait Jean. Les
palombes, les ortolans… Jules riait à l'idée
de ces mets rares et des chasses mémorables
qui avaient marqué les métairies. Comment
fait-on le foie gras ? demandait Jean Bourgeois. Il faut surtout bien saigner le canard,
sans quoi voyez-vous le foie garde un goût,
expliquait le Landais. Vous viendrez ! disait-il
pour finir. Avec votre frère ! Je vous le promets, disait le lieutenant. Dormons un peu,
proposait-il.

   Il fallait que les hommes fussent reposés.
On doit être endurant à la souffrance certes,
mais on ne fait pas la guerre avec de la
fatigue. Le souci de ceux qu'il appelait "ses
morts" tourmentait Jean Bourgeois. Il avait
dans une poche un petit carnet, où étaient
inscrits les noms des tués de sa compagnie.
Au-dessous de chaque nom, quelques lignes
de sa main y faisaient de bienveillants aide-
mémoire. Oublier un soldat tombé à ses
côtés, quelle honte cela serait ! Un homme
disparu, il en sentait encore en lui le vide et
l'effroi. Le lieutenant Bourgeois aurait voulu
mener sa guerre sans perdre un seul des
combattants qui lui avaient donné sa confiance. Nous sommes les œufs de votre ome-
lette, mon lieutenant, lui disait Brêle, et vous
savez comment on s'y prend avec les œufs…
Ne pas gagner sa gloire avec la vie des
autres, la gagner par leur survie ou ne pas la
vouloir du tout. Le lieutenant restait au bord
du sommeil, portant ce vœu en lui, autant

que la réalité difficile de son rôle. Autour
de lui des yeux se fermaient au monde.
Ah ! comme j'aime dormir ! soupirait Dieuleveut. Il en demandait pardon à Dieu. Dormir : quitter le grand carnage de la terre
ensanglantée, pensait Arteguy. Un peu plus
tard une détonation formidable les éveillait
en sursaut. Qu'est-ce que c'est ? demandait
Joseph. Canon de 120 court ? disait Jules
interrogatif. Jean Bourgeois confirmait d'un
mouvement du menton. Des projecteurs allu-
maient la nuit. Dans la cave, dans la grange,
dans l'école où on les avait entassés, les hommes se redressaient les uns après les autres,
assis sur leur séant, du foin dans les cheveux,
barbus ou mal rasés, bouffis de mauvais sommeil. Qu'est-ce qui roucoule comme ça ? demandait Camille Moulin. Vous avez entendu ?
criait Brêle. On t'a entendu ! répondait Arteguy. Jules riait. Ces deux-là étaient im-
payables, qui ne cessaient de se donner la
réplique. Il regardait le cadet basque. Comment pouvait-il dormir celui-là ?
    Les scènes se rejouaient. Ne s'en lasserait-
on pas là où l'on décidait ? Dix fois, cent fois,
combien de fois ! Il pleuvait des obus. Un
homme mourait. Un autre était blessé. Un
autre indemne, miraculé, ébahi tel Lazare
après sa résurrection. D'autres dans un trou
proche découvraient la solitude de leur agonie. L'aboiement des canons ne finissait pas
d'en augmenter le nombre. La chair saignait,
les yeux vivants pouvaient voir s'enfuir ce
sang, les bouches brisées appelaient en vain

des bras mobilisés pour combattre. Allemands,
Français, des compagnies entières postées
subissaient leurs cris mêlés. *Hilfe ! Hilfe !* Au
secours ! Les brancardiers ! Pitié ! Dieu que
font-ils ? *Kamerad !* Ces voix s'amuïssaient
au fur et à mesure que l'on reculait vers les
tranchées de réserve, jusque vers les patelins
abrités, jusqu'à l'arrière où d'autres plaintes
alors se levaient. Le malheur réveillait un
écho. Un vieux père se laissait mourir. Une
jeune fille attendait un fiancé disparu. Dans
chaque maison des femmes pleuraient, des
enfants écoutaient. Les vieilles mères rete-
naient leurs garçons loin de la mortelle communion des hommes, les jeunes accouchées
langeaient des orphelins. Mille détonations
formidables couvraient ce vacarme de souffrance humaine. Du mouvement et du sang
à l'avant, de l'attente, des larmes et des prières
à l'arrière, c'était le résultat de la guerre toujours totale. C'est la guerre ! avait dit Paul Mignon en se réveillant un matin, stupéfait. Il
avait rêvé sa vie normale.

6

L'attaque de l'infanterie allemande se dé-
clencha peu avant onze heures. Une énorme
préparation d'artillerie la précédait. Plusieurs
dizaines de bouches à feu éructaient leur
colère. Combien ? Où ? se demandait Jules.

Cloué au sol par cet arrosage frénétique, la
consigne le rivant à son poste, il pensait :
A l'est, derrière la forêt, une batterie. Les obus
éclataient sur les toits des maisons, dans les
fenêtres, contre le bois des portes. Des giclées
de poussière noir et blanc offraient à ras du
sol un feu d'artifice sans couleurs. Des tirs
de shrapnells faisaient miauler l'air, explosaient violemment tandis que sifflait avec
légèreté l'essaim des balles libérées. Où qu'il
se déplaçât, le chien Prince rampait comme
s'il avait fait une bêtise. Une explosion de
fusant lui avait caressé le poil, réveillant la
peur en lui. Eh ! commentait Brêle, même
toi tu chahutes plus ! Parfois Jules avait l'impression que les points d'impact se rappro-
chaient d'eux, sa main gauche se mettait à
trembler sans qu'il pût la contrôler, il la glissait sous sa vareuse, comme Napoléon. On
n'entendait plus que le feu roulant ennemi.
Ecoutez le chant de la guerre ! pensait Brêle.
C'était ce qu'ils faisaient tous. La violence
des percussions qui martelaient les oreilles
muselait les langues : les soldats se taisaient,
écoutant dans un recueillement religieux.
Qu'une pareille chose existât ! Qu'elle eût
cette forme et cette intensité ! Chacun devait
s'en étonner, nul ne l'aurait imaginé, c'était
plus que tout ce qu'ils avaient su concevoir
par l'esprit dans l'ivresse d'aller combattre.
Un déluge de poudre et d'acier, la mort
tombant du ciel, la chair en lambeaux sanglants ! Seul Brêle était capable de commenter. Et que ça dégringole ! Et encore !

Remettez ça ! Sur un chemin déjà disloqué
les cailloux explosaient en miettes, les plus
petits même n'étaient pas à l'abri de la désin-
tégration. Rien ni personne n'était à l'abri,
tout ce qui était d'un bloc, entier dans la vie,
pouvait à chaque seconde éclater en débris.
Brêle le savait bien ; tout à coup moins ironique, il criait : Pauvres de nous ! Est-ce que
ça n'est pas la fin du monde civilisé ? Ça fait
donc pas encore le compte ? Jules voyait
bouger les lèvres de son ami sans percevoir
un seul mot de ce qu'elles disaient. Il aurait
fallu hurler à perdre sa voix pour être entendu. Et qu'avait-on à dire ? Connerie !
Connerie ! tempêtait Brêle. Pilonner la terre
comme ça ! La poussière le faisait tousser.
Connerie allemande ! hurla-t-il. Des ruines !
Voilà ce qu'il restera pour tous ! Sa clairvoyance reprenait avec son souffle : Qu'est-
ce qu'on fout ? Y a rien à faire ! Interdiction
de reculer mon cul ! Ils ont trop d'atouts !
Hélas ! se disait le lieutenant Bourgeois, le
soldat Brêle avait raison : l'armée allemande
disposait de tireurs d'élite équipés de jumelles,
elle avait aussi des obusiers lourds capables
de tirer à des kilomètres hors de la portée de
notre propre artillerie. Les fantassins n'avaient
qu'à en faire les frais, pensait le jeune homme,
qui tâchait d'oublier les militaires vantards
sans imagination de l'Ecole polytechnique.
Il arrive qu'avec retard la vie donne raison
à vos avis, mais il est trop cruel aux témoins
de le faire remarquer. Pour gagner la guerre
contre les Boches, ironisait parfois Jean

Bourgeois, il suffirait de créer Polytechnique en Allemagne ! C'était un propos que l'on prêterait plus tard à Clemenceau, mais à ce moment l'idée pouvait mourir avec le jeune lieutenant.

Quand cessa le déluge de poudre et d'acier, comme par miracle une délicieuse impression de silence s'infiltrant dans l'esprit des soldats, une poussière grise, en boule aux contours flous, stagnante un moment, s'élevait au-dessus du village. Les maisons éventrées dressaient des pans de mur dentelés au milieu des gravats, la route était crevée, soulevée, lacérée. Qui eût dit que c'était l'œuvre de cette poignée d'hommes enfournant les obus, torse nu, suant et riant dans la folie meurtrière dont ils ne voyaient pas le résultat ? Des agents de liaison telles des fourmis travailleuses circulaient dans une longue cicatrice qui sinuait du nord au sud à travers le village. Ce boyau était l'unique moyen de rejoindre les bois du nord jusqu'aux tranchées de réserve.

L'escouade du caporal Toulia occupait une tranchée de lisière, baptisée tranchée du Bois sans ciel. Jules et Prince, Joseph, Brêle, Arteguy, Louis Payant et Camille Moulin, Paul Mignon, sans oublier William Labat et Alfred Hirigoyen, deux garçons bouchers arrivés de Tarbes au dernier renfort et qui faisaient encore bande à part, la douzaine de corps s'alignait dans le sillon boueux, rentrant la tête dans les épaules à chaque départ d'obus. Les deux derniers grimaçaient plus que les

autres, décryptant encore mal le fredonnement
des projectiles, vexés d'avoir dû écouter les
consignes du caporal : Le principe de la ligne
repose sur l'endurance courageuse de tous
les hommes, avait répété deux fois le sous-
officier. Les sections doivent rester bien liées
entre elles. Sans quoi la ligne est percée et
la compagnie prise à revers ! Messieurs, avait
dit Toulia pour finir, nos sorts sont liés.
C'est peu de le dire ! ajouta Brêle. Ta gueule
Brêle, on t'a rien demandé ! lui répondit le
caporal.

   Dans leur dos, ce qui restait des premières
maisons offrait un incertain rempart. A leur
droite, la route livrait un espace vierge aux
balles perdues d'une mitrailleuse française.
En face, l'orée du grand bois de hêtres s'en
allait jusqu'aux combes et à la rivière. Ils
couvraient ainsi le flanc d'une tranchée qui,
d'est en ouest, défendait l'entrée sud du village. Appuyé contre le parados, le caporal
Toulia fumait une cigarette. Ne pas sous-
estimer l'ennemi, pensait-il, l'erreur avait
coûté assez cher à l'armée. Vu le paquet qui
vient de passer, c'est à prévoir qu'on va dé-
guster, commenta-t-il. Va falloir déglinguer
du Boche ! Même dans cette tranchée profonde, dite pour tirailleurs debout, Joseph ne
se sentait pas à l'abri. Dans un début de frénésie, il creusait devant lui, dans la paroi,
un terrier pour s'enfoncer. Le voyant ainsi
faire, Jules pensait : l'homme qui souffrait
laissait renaître la bête en lui. La bête qui
souffrait faisait-elle naître un homme ? Où

nous rencontrons-nous ? demanda-t-il à son chien en lui grattant le poitrail. Prince tendait son museau vers le maître, comme s'il voulait un baiser. On eût dit sa réponse coincée dans son gosier. Combattants de l'avant, courage ! répétait Brêle pour galvaniser sa résistance. Il jetait un coup d'œil à Prince. T'es bath comme chien ! lui disait-il. Le chien battait du fouet par terre. Arrête le mouvement, disait Brêle, tu me fatigues !

A onze heures le vacarme changea de place et de nature. Il n'était plus au-dessus mais autour. Les détonations d'obus devenaient moins nombreuses, un crépitement de fusils les remplaçait. Prince devint nerveux, agité, allant et venant la queue basse entre Jules et Brêle, tournant dans un piège. Pouvait-il sentir la masse d'hommes qui progressaient vers lui ? Entendait-il, aux limites de son ouïe, trembler la terre sous les bottes ? Jules en était certain. Il calmait son chien pour s'apaiser lui-même. Couché ! Tout va bien ! disait-il. Nous attendons. Il est singulier que l'homme soit capable de dire parfois l'exact contraire de ce qu'il pense ou ressent. Cette attente était terrible, sacrificielle comme l'holocauste imminent qui allait souiller ces forêts. Sans bouger ! Couché ! répéta Jules. La fusillade entourait le village avec une alarmante précision. Son cercle sonore se resserrait inexorablement. Au bruit dense qu'elle faisait, Jules reconnut que l'attaque mobilisait des effectifs importants. Son visage crispait une attention, si blême qu'on l'eût dit minéral. Ça

tirait à l'entrée du village, et plus loin dans les
hauts bois, et là-bas dans la dizaine de ravins
qui longeaient la rivière. Les Allemands
espéraient tenir toute la crête, village, bois
et combes. Couché sur le caillebotis, à côté
de son maître, Prince était maintenant immobile. Ses oreilles mettaient à écouter la
même vivacité que son esprit à interpréter
les bruits. Qu'est-ce qui se passe ? recommençait Joseph. Tiens-toi prêt, disait Jules. Il
apercevait quelques hommes qui, postés en
avant derrière des arbres, tiraient avec calme.
Où se trouvaient les cibles ? se demandait
Jules. Il ne voyait rien. Il ne savait rien. Que
foutent les liaisons ? jurait Brêle. Qu'est-ce
qui se passe ? répétait Joseph chaque fois
qu'il discernait une pointe de mécontentement
chez un camarade. Comme si tout n'avait
été là que normal et qu'il craignît le contraire.
On est prêt à tirer au commandement, lui
répondait Arteguy, comme une leçon qu'on
serine. Pourquoi le lieutenant n'est-il pas encore revenu ? se demandait Jules. Tout allait
de travers ! Y a des jours comme ça, disait
Brêle.

Alors les cibles apparurent dans le bois :
des hommes en mouvement, déployés dans
un espace large d'une quarantaine de mètres.
Des silhouettes vert-gris, casquées, sautant
d'un arbre à l'autre. L'effet de surprise était
sidérant. Dire qu'on les attendait ! pensa Jules.
Et c'était pourtant la terreur soudaine d'être
une proie qui vous empoignait. Les v'là !
s'était écrié Joseph. Prince aboyait. Couché !

lui répondait Jules en hurlant. La fusillade
résonnait sous les futaies, assourdissante.
Les balles claquaient sur les troncs comme
des gifles nettes. Leurs ricochets promet-
taient toutes les surprises. Plus jamais je
pourrai me balader dans une forêt, pensait
Brêle, tu peux tuer un mec sans l'avoir visé !
Des feuilles jaunes et rousses volaient sous
la frondaison des arbres. Jules sentit sa poitrine se contracter autour d'un cœur qui battait vite. Le caporal Toulia commandait un
feu contrôlé. Tir à vue ! criait-il avant de
viser lui-même. Il était calme et lucide devant
cette orée claire. Vaguement inquiet d'un
manque possible de cartouches, il répétait
de temps en temps, le fusil calé à l'épaule,
calmant son monde : On les attend ! Ne tirez
pas pour rien ! Ménagez vos cartouches !
Restez à l'abri ! La tranchée ne tirait pas, des
balles allemandes sifflaient très haut au-
dessus d'eux et claquaient sur des arbres
plus lointains. Ils visent comme des cloches,
rigolait Brêle, j'le crois pas ! Cette fois on
y est ! disait Arteguy joyeux à Joseph toujours inquiet. Un entrain nouveau libérait sa
voix, comme si attendre le combat avait été
pour lui pire que le connaître. Un crépitement
similaire venait du sud. Toutes les tranchées
devaient être attaquées en même temps, pensait Jules. Et Brêle disait : De Boche à cloche,
y a que deux lettres !

7

Par précaution, ils lâchèrent Prince pour établir une liaison avec le nord et approvisionner la section en cartouches. Double mission. Le message du caporal Toulia au capitaine Dorette était clair. *Rude échauffourée. Les Boches déferlent. Impossible de dire combien. Si ça n'arrête pas, la ligne ne tiendra pas.* Je noircis à peine le tableau, dit-il à Jules. Jules serrait les sangles du bât tout en tapotant le flanc de son chien. Joseph appelait. Qu'est-ce qui se passe ? demandait-il comme un enfant apeuré. Tout va bien ! lui murmura Jules. Il était pourtant dans sa peur. Chaque fois que Prince partait seul, le ventre de Jules se nouait. Comme une mère avec son petit ! pensait-il. L'inquiétude le tenait. Jusqu'au retour de l'animal, il aurait en plein abdomen une boule horripilante. Mais Prince était désormais un soldat. C'était à ce prix qu'il était là. Va ! dit Jules au chien qui s'élança d'un bond.

Prince sauta lestement et s'engagea dans le boyau de communication avec agilité. Le voyant ainsi faire, on devait admettre que ces serpentements enterrés étaient plus adaptés aux animaux qu'aux hommes. Un chien circulait entre les parois verticales sans qu'aucune partie de son corps ne dépassât, il était invisible et protégé. Il n'en avait pas été de même pour les soldats. Faute de temps ou d'idée, ni le boyau ni les tranchées n'avaient été

couverts, les fusants et les shrapnells avaient
saccagé les têtes. Il faudrait cette comptabi-
lité funeste pour que le casque Adrien rem-
place le képi de toile bleue modèle 1884.
Ces hommes-là n'avaient pas eu le temps de
penser leur mort. Prince traversa tout le village, dans le zigzag du boyau, sans rencontrer un seul soldat vivant. A la sortie nord, le
boyau s'interrompait : c'était l'emplacement
de l'ancienne seconde ligne, qu'on avait plus
tard reculée dans les bois pour l'abriter. Ces
travaux, fortifiés puis abandonnés, se défai-
saient au rythme de la terre dont ils étaient
faits : les sacs de sable d'une niche de guet-
teur étaient tombés, quelques corneilles les
picoraient comme d'éventuels sacs de grains,
de hautes herbes poussaient dans l'entrelacs
de fils barbelés auquel restaient accrochées
des boîtes de singe. Prince entra dans la forêt. D'un coup d'œil il pouvait reconnaître la
position. Il suivit la bordure d'un layon. Les
teintes d'automne du taillis le camouflaient.
Seul sous l'ombrage des grands arbres, il
voyait dansoter des paillettes de lumière. Sa
vitalité le propulsait par bonds. La souplesse
de mouvements très coordonnés maintenait
son impétuosité dans les limites de l'harmonie. Rapidité, légèreté, fluidité. La grâce de la
nature venait jusque dans la guerre. Son
poitrail faisait une étrave dans l'air. Ce n'était
plus en lui que le plaisir de courir, se plier,
se tendre, laisser la vie s'emparer de chaque
muscle, sentir l'air le long de ses flancs, et
obéir au maître. Les coussinets de ses pattes

frôlaient sans bruit le mince tapis de feuilles
tombées. Au combat il devenait aussi silencieux qu'un chat. Quelques mètres à travers
des rejets jaillissant vers le ciel, et il sauta
dans la tranchée dissimulée derrière une ligne
de ronces.

Brave chien ! Dieu te le rendra ! Les soldats sortaient de son tube le message destiné à leur capitaine. De toute évidence le
lieutenant Bourgeois attendait Prince qui lui
léchait les mains avec passion. La confiance
des hommes était le ferment d'une volonté
d'obéissance absolue. Pendant qu'on char-
geait de cartouches les sacoches du bât, le
colley but longuement dans le quart de
Dieuleveut. Régale-toi ! lui disait le prêtre
qui passait sa main sur les longs poils blancs
de l'échine. Prince recevait les caresses en
allongeant le cou et en fermant les yeux. Il
avait parcouru deux mille six cents mètres
en sept minutes. Tu as bien couru ! compli-
menta Jean Bourgeois quand il lut l'heure
de départ. Mon lieutenant ! appela un vieux
caporal du nom de Vaquier, on vous fait
passer le message, le capitaine Dorette est
introuvable.

"Si ça n'arrête pas, la ligne ne tiendra pas."
Le lieutenant Bourgeois était perplexe. En
l'absence d'ordres explicites, qu'allait-il déci-
der ? Se porter en renfort ? Ordonner le repli ?
S'il voulait économiser les hommes, cette
seconde option était la meilleure. Mais le commandement ne raisonnait pas de cette manière.
Jean Bourgeois voulait aussi être de ceux

qui font gagner la guerre. Il croyait voir qu'il
fallait abandonner la position. *Et celui qui
néglige le possible en cherchant l'impossible
est un insensé.* Dans le souvenir de cette lecture, le lieutenant s'occupa de faire son possible : il renvoya Prince avec ses sacoches
remplies de cartouches. Va porter ! C'était
parer au pire et se donner un peu de temps.
Où est le capitaine ? ressassait sa pensée.
Seigneur ! soupira Jean Bourgeois en regardant partir le chien, les flancs alourdis par la
ferraille meurtrière. Laissez votre Seigneur
tranquille, mon lieutenant, il a pas à voir là-
dedans ! C'est pas humain de faire faire ça à
une bête ! commenta Auguste Barberin. A la
grâce de Dieu, murmurait Dieuleveut, accom-
pagnant Prince des yeux et songeant à ce
que disait Barberin le jardinier. Les hommes
pouvaient-ils donc s'abaisser ou s'exhausser
selon ce qu'ils imposaient à l'animal ? Il n'en
savait fichtre rien !

Feu à volonté ! A l'autre bout du village,
le caporal Toulia criait. Feu ! Feu ! Feu ! Il hurlait comme un forcené. Plusieurs attaquants
tombèrent étendus. Ceux qui étaient tués sur
le coup s'écrasaient contre la terre au point
de sembler plats comme des uniformes vides.
D'autres venaient par-dessus. Par vagues,
toutes les compagnies allemandes en réserve
dans les secondes lignes avaient reçu l'ordre
de suivre à l'attaque. Pourquoi nous on n'a pas
de renforts ? disait Joseph sans obtenir de
réponse. Jules regardait à vingt mètres de lui
une tête dont le casque avait basculé sur les

yeux, cachant le regard et le nez, et qui dode-
linait comme une marionnette au bout du
corps couché sur le ventre. A droite, à gauche.
Elle balançait comme si elle entendait une
dernière musique. Quelle musique ? Tout à
coup, elle tomba en avant, envoyant rouler le
casque. Une chevelure d'un blond cuivré
flamboyait, plante insolite dans ce sol retourné, et Jules eut l'exacte impression d'avoir
tué un homme. Cette fois on est cuits, dit Arteguy. On va tous y rester, murmurait-il pour
lui seul. On va tous y rester. On va tous y
rester. On eût dit que ces guerriers s'étaient
donné le mot, convergeant de toutes parts
vers ce point du monde où d'autres tiraient
dans un trou. Feu à volonté ! avait répété le
caporal Toulia. Ah ! venait de crier Arteguy
avant de se replier comme une fleur autour
de son visage blessé, les deux mains cueillant
son sang. Jules rêvait à des canons cachés
dans l'épaisseur des fourrés, sous le couvert
des bois, invisibles, et qui maintenant les
sauveraient. A ce moment un coureur tomba
dans la tranchée. Un coureur ? Et pourquoi
pas Prince ? Où était donc passé ce chien ?
pensa Jules d'un seul coup. C'était comme si
une balle l'avait touché.

L'ordre de regrouper les sections au nord
du village annonçait un tir d'artillerie alliée.
Faut pas traîner ici ! disait Brêle. Un percu-
tant venait d'ouvrir en deux un arbre. Le
pilonnage commençait. Ils sont fous ! criait
Joseph. Dis Jules ! C'est les nôtres qui nous
tirent dessus ! Tout ça pour nous ! s'émerveillait

Brêle. Tout ça pour ce foutu patelin ! corrigea
le caporal Toulia. Paraphrasant les officiers :
Les yeux de l'armée française ! professa-t-il.
Les sifflements des projectiles traçaient dans
le ciel des courbes sonores bien dessinées
que l'on pouvait suivre jusqu'à l'explosion
finale. J'suis content de reculer, disait Brêle,
mais j'aurais préféré pas avancer ! Ses yeux
parcoururent le bois. Deux silhouettes ennemies avaient sauté jusqu'à l'arbre le plus
proche. Quelques mètres à franchir et ce
serait le combat corps à corps, la certitude
de tuer ou d'être tué. Brêle sentit un tremblement le prendre et le secouer comme un
peuplier dans le vent : son feuillage intérieur frémissait et son enveloppe extérieure
était enracinée, paralysée. Il entendit deux
coups de feu. Jules et le caporal venaient
de tirer. Ils rechargeaient, épaulaient et vi-
saient.

Et Prince ? disait maintenant Jules avec
une vivacité proche de l'affolement. Je ne
l'abandonne pas ! C'était la première fois
que Brêle le voyait perdre un peu le contrôle de lui-même. Si tu te fais tuer ici, c'est
bien comme ça que tu l'abandonneras !
répliqua le caporal. Jules voulait attendre
son chien. C'est une folie ! poursuivait Toulia. La tranchée était perdue. Rester, c'était
se livrer dans un délai très bref à la mort ou
à l'ennemi. Prince savait retrouver une section
mobile, Prince ne s'égarerait pas, on lui demandait moins que le grand voyage entrepris pour rejoindre Jules. Il fallait rester en

vie pour lui. Mon vieux ! finit le sous-officier,
tu n'as plus confiance dans ce chien ?

Les coups de feu redoublaient, au milieu
des cris des hommes. Un mouvement de
panique naissait. Derrière moi ! On plie ba-
gage ! Le caporal Toulia entraîna sa demi-
section. L'attaque allemande était un succès.
Demain les Français remettraient ça, pensait
le soldat, ceux qui n'avaient pas donné leur
vie aujourd'hui auraient leur chance de mourir demain.

8

La compagnie avait perdu du monde, toutes
les sections se retrouvaient réduites à presque
rien. Ils le disaient, ils se le racontaient, ils
passaient des mots sur leur plaie. C'était un
rude moment de guerre ! Une apocalypse !
Les marmites avaient fait rugir le ciel. Chaque
obus tuait. Où qu'il tombât. Puis l'essaim
des Boches avait déboulé pour un assaut
sauvage, comme s'ils avaient décidé de ne
pas compter leurs morts ! La terre s'était en-
duite d'une croûte d'hommes. Sous le couvert
forestier le bruit de la fusillade était décuplé.
On racontait aussi que les hommes, saisis de
panique, avaient pris leurs jambes à leur cou
et que le caporal Toulia s'était mis en travers
de leur route. C'était une exagération qui
faisait une belle balade dans le régiment.

Rien de tout cela n'est vrai ! protestait le
caporal Toulia. Pourquoi certains hommes
avaient-ils ce désir de changer les choses ?
se demandait-il. Au moins toi, disait-il à Prince,
tu ne racontes pas de salades ! A l'entrée sud,
la tranchée du Bois sans ciel avait été prise.
Plusieurs hommes étaient portés disparus.

Jules enregistrait les nouvelles à toute vitesse. Chacun de ceux qui restaient venait
livrer ce qu'il avait vu. Il devenait impossible
de ne pas savoir. Arteguy est tué, dit Brêle
dont le visage sous la fine couche de boue
était si livide qu'il semblait bleuté. Arteguy,
répéta Jules. Il avait trop peur ! dit Brêle. Ça
lui aura porté la poisse. Barberin a été blessé
à la jambe. Sur son brancard il gueulait qu'il
reviendrait bientôt ! dit Dieuleveut, comme
s'il savait déjà que le colosse n'avait rien.
Louis Payant a reçu une balle dans le bras,
bien touché, dit Jules. Le lieutenant Bourgeois,
blessé à l'oreille, sans gravité. Il a refusé de
quitter son poste. Et la liste n'en finissait pas,
Gerber une balle dans la tête, Sourisseau un
éclat à la nuque, léger. Le capitaine Dorette
est porté disparu. Ah ! les vaches ! répétait
Brêle. On dit que le colonel est très affecté,
dit Hirigoyen. Du recul ou des pertes ? demanda Brêle, ironique.

Sur cinquante hommes, dix-huit tués ou
blessés. N'y pensons plus, disait Joseph à
Jules. N'y pensons plus ! C'était ce qu'il
aurait voulu faire. Mais il avait dans les yeux,
comme si c'était pour toujours l'image du
monde en lui, le visage d'Arteguy : un regard

agrandi par l'étonnement, un trou sanglant
à la place du nez, le bout de sa langue par
petits mouvements répétés léchant les ruis-
seaux rouges qui chevauchaient ses lèvres
pour dégoutter dans ses mains. La section
du lieutenant Bourgeois était pourtant la
moins éprouvée. La conscience du caporal
Toulia ne le tourmentait pas au-delà de ce
qui lui était habituel. Chaque homme blessé
m'émeut, disait-il à Jules. Jules se rappelait le
moment où Louis Payant, à côté de lui, avait
reçu une balle dans le bras. Aussitôt son
corps entier s'était contracté, son visage avait
pâli. Est-ce que je suis tué? demandait-il. C'est
pas bizarre que j'aie pas mal du tout? Si je
meurs…, commençait-il, mais sa parole s'engloutissait dans son sanglot. Tu ne mourras
pas, disait Jules. Tu seras évacué au poste de
secours, les brancardiers vont venir. Ne parle
pas. Avec un nom pareil, pensait Brêle, fallait
bien qu'il paye, c'est bête à dire. Et d'ailleurs
pour cette fois, comme pour se donner raison, Brêle gardait sa blague pour lui. C'est
fou, disait-il à Jules, quand Louis a été blessé,
j'ai senti comme je ne pouvais rien pour lui.
C'était lui, c'était pas moi, conclut-il en hochant la tête. Et il pensait : Demain si c'est
moi ça sera pas un autre. Son regard à cette
idée s'éteignait. Il se sentait vidé de toute
son espérance. Alors, pour se contredire, il
murmurait : On devient trop superstitieux à
la guerre. Et il venait se coller à Jules, buvant
le jus froid, assis cuisse contre cuisse, parce
que Jules avait l'air solide dans sa tête.

C'était en homme habité par une grande force de vie que Jules avait vécu ces derniers jours. Sous sa capote de drap rêche dont le bleu s'était délavé, il était plein de vigueur. Trois mois de guerre venus se poser sur une santé landaise avaient fait de lui un soldat résistant aux intempéries et aux rigueurs de la vie d'armes. Cette robustesse physique aidait son esprit subtil à surmonter l'impression de sauvagerie et la mort barbare. Se battre résolument contre le vague à l'âme l'endurcissait. Sa mélancolie se cristallisait en force d'action. Sa poétique relation au monde s'atténuait pour devenir pragmatique. Je me perds moi-même, pensait-il. Mais il sentait à quel point cette mue était nécessaire. On ne saurait être un soldat tendre et nostalgique ? Les événements ne passaient pas sur lui sans l'émouvoir, la mort des autres le laissait seul, par éclairs la tristesse le cueillait, mais son esprit s'était aguerri, la pitié qui pouvait l'empoigner ne le ruinait pas pour agir et réfléchir. Plus jamais il ne lui était arrivé de pleurer en enterrant les morts. Un signe de croix, une prière, et il était capable de retourner vers l'action. Prince pouvait sentir chez son maître cette force d'âme qui se manifestait par la rapidité d'exécution et la certitude du choix, il le suivait partout. Chacun des deux protégeait et rassurait l'autre. Jules avait été épargné, la conscience de sa chance l'amenait chaque jour à remercier Dieu puis à écrire à sa femme. En même temps qu'elle soulignait la dureté du présent, la pureté simple de sa

vie passée était le socle pour la surmonter.
Tout le bonheur qu'on a connu, pensait Jules,
quand il se perd, vous hante et vous attriste,
mais il vous fortifie pour lutter dans l'adversité. *On a tort de croire qu'on se prépare à la
dureté par la dureté*, écrivit-il à Félicité.
*C'est par la douceur qu'on se prémunit contre
le malheur. N'hésite pas à gâter notre fils,
protège-le de la tristesse, offre-lui des plaisirs,
goûte-les avec lui, montre-toi joyeuse. Le bonheur de l'enfance illumine toutes les ombres
de la vie. Dans la joie de celui qui grandit
pousse la force d'un homme. C'est maintenant qu'Antoine doit être heureux. Si je
garde l'espoir aujourd'hui, c'est parce que
j'ai été libre et aimé sur une terre paisible et
admirable. Aujourd'hui, je te chéris dans
les traces de cette paix. A demain, ma jolie
chérie.*

9

Le capitaine Dorette était resté introuvable
depuis le déclenchement de l'attaque. Personne ne se rappelait l'avoir vu. A la fin de la
journée, après le regroupement des compagnies au nord et le tir de l'artillerie française,
il fut porté disparu. Le lieutenant Bourgeois
avait pris sur lui l'ordre de repli de ses hommes. Le chien Prince quant à lui n'était jamais
arrivé avec son bât plein de cartouches à la

tranchée du Bois sans ciel. Il avait désobéi à l'ordre du lieutenant.

C'était la première faute de Prince depuis qu'il était soldat. Il avait failli à sa mission, en laissant la section qui l'attendait, au feu, sans munitions. Une chose grave avait dû advenir, pensait Jules, un événement assez sérieux du moins pour détourner l'animal d'une priorité. Quand il vit revenir son chien portant dans la gueule la cravate militaire prélevée sur le capitaine, Jules devina ce qui s'était passé. Il pouvait comprendre la faveur donnée à un blessé. Pourtant il fallait considérer que Prince avait mal jugé la situation : sauver un homme ne valait pas de mettre en danger la vie de plusieurs autres. Mais puisque ces autres étaient vivants, que le blessé retrouvé était un gradé et le soldat un chien, le soldat Prince fut un héros.

Etait-ce une faute, était-ce un exploit ? Prince en tout cas avait choisi délibérément de sauver le capitaine Dorette plutôt que de porter les munitions à la section de Jules.

Après avoir quitté le lieutenant Bourgeois sous les yeux fervents de Dieuleveut, Prince n'avait pas emprunté le boyau d'accès aux tranchées de combat. Les sacoches de son bât, lourdes et volumineuses, frappaient ses flancs à chaque foulée et rendaient malaisée une course entre deux parois étroites. Prince avait couru librement, faisant la guerre buissonnière entre des positions qu'il pouvait reconnaître. C'est ainsi qu'il avait traversé le champ de luzerne où le corps de l'officier

inconscient ne différait pas des cadavres qui
l'étouffaient. Ici les obus allemands avaient
désarticulé une dizaine de corps. La mort
était couchée par terre et le silence d'après
la mort pesait alentour d'elle. L'éternel silence
des bouches qui ne sont plus à nourrir, qui
n'ont plus rien à dire. Ici tout était dit. Pourtant
l'animal s'arrêta net, aux aguets. Un infime
soupir, le dernier appel d'une vie avait suffi.
Un murmure humain inaudible aux hommes atteignait ses oreilles animales. D'où
venait ce frisson ? Le regard du chien pouvait
voir les dépouilles dispersées autour d'un
entonnoir frais. Aaah ! Encore le même murmure. Où était celui qui appelait ? Levant le
museau, le chien Prince cherchait une odeur
plus mouvante que stagnante, une odeur vivante. Inspiré par une force invisible, il marcha vers un amas d'uniformes déchiquetés,
enchevêtrés les uns dans les autres. Au fur
et à mesure que le chien déplaçait les lambeaux d'hommes, muet et fiévreux, se hâtant,
un torse démembré, une chaussure emplie
du pied et de sa demi-jambe, un cadavre
entier qu'il traîna, tous ces morceaux pris à
pleine gueule, tirés au-delà du cercle fatal,
le murmure s'amplifiait. Prince aboya. C'était
bien là ! Prince devait le penser. Comme il
pouvait vouloir dire : Je suis là ! Je t'ai entendu ! Un bras se soulevait à peine dans
l'air. Là ! disait la main, au bout du bras, grise
de terre. Là il y avait un être entier accroché
à la main, et sous la mort des autres un
homme sauf respirait avec peine. C'était le

capitaine Dorette. Il n'avait la force de rien, mais le chien Prince tira sur la cravate, tandis que le militaire pensait : Mon élégance me sert, apercevant le bleu marin taché de sang, portant les doigts à sa nuque sans trouver de blessure, fermant les yeux et disant : Va porter ! Ramène ton maître !

Après l'ordre de repli donné au caporal Toulia, Jules avait quitté la tranchée du Bois sans ciel et courait dans le boyau, s'enfilant hardiment dans le zigzag qui protégeait des tirs en enfilade. Quand il distingua l'aboiement de son chien approchant de la file des soldats en retraite, il stoppa si net que Brêle s'écrasa contre son sac. Eh ! poteau ! préviens quand tu t'arrêtes ! Tu entends ? lui répondit Jules. Est-ce que tu entends la même chose que moi ? Et Brêle dit : Il est devenu fou d'aboyer comme ça.

On ne doit pas décorer Prince pour ce qu'il vient de faire, expliquait le lieutenant Bourgeois, assis à l'entrée d'une guitoune, tirant sur une pipe qu'il s'était taillée lui-même. Et pourquoi donc ne le ferions-nous pas ? demandait le colonel étonné. Parce qu'il m'a désobéi, répondit le lieutenant, et qu'il le sait. Vraiment ? demanda le colonel. Certainement, répondit le lieutenant. Alors dans ce cas, dit le colonel, pourquoi ne pas lui prêter encore plus de clairvoyance ? Ne sait-il pas aussi qu'il a sauvé un officier ? Il le sait aussi, dit Jean Bourgeois. Le colonel parut encore plus étonné. Le lieutenant éprouvait un sentiment de triomphe intérieur. Mais oui,

dit-il, croyez-vous que les chiens militaires
soient assez sots ou mal dressés qu'ils ne
sachent distinguer les Allemands des Français
ou les officiers des simples soldats ? Rassu-
rez-vous, je ne crois rien, sourit le colonel, je
ne fais que vous écouter. Le lieutenant poursuivit : Ce qui prime dans tout cela, c'est qu'il
a laissé de côté mon ordre. Les règles qui valent pour un soldat valent plus encore pour
un chien. Voulez-vous que le déroulement
des combats et les missions de liaison ou de
ravitaillement soient laissés au jugement d'un
chien ? ironisa le lieutenant. Je comprends,
dit le colonel. Et il conclut : Nous attendrons
donc une autre fois pour récompenser cet
animal de ses bons services. Je vous remercie,
mon colonel, disait Jean Bourgeois. Et le soldat Brêle, qui avait entendu la conversation,
courait déjà voir Prince. Bientôt tu seras décoré ! disait Brêle au chien.

10

On ne décora pas le chien Prince mais on
accorda à son maître une permission. Si le
temps leur manquait pour voyager jusque
chez eux, la plupart des soldats pendant ces
quelques jours choisissaient de se rendre à
Paris. Ils en revenaient stupéfaits de découvrir à l'arrière une forme d'indifférence qu'ils
n'avaient pas imaginée. On croyait les yeux

du monde braqués sur nous, avait dit Brêle,
tu parles ! Jules quant à lui se moquait bien
de cette capitale égoïste. Ce n'était pas Paris
qu'il voulait voir, c'était sa femme ! Y a pas
qu'elle au monde ! lui disaient les autres. Il
n'y a rien d'autre ! répondait le Landais avec
sérieux. Jules Chabredoux avait choisi dans
la vie le rôle du pur, et ce qui troublait les
coquins, c'était qu'il était heureux.

Il monta dans le premier des trains en
direction du Sud-Ouest. Il n'en manquait pas :
à l'est de Bordeaux, le camp d'instruction et
d'entraînement de Souges accroissait le tra-
fic vers les Landes. Jules devait compter une
longue journée de transport si le train ne
s'arrêtait pas en route. De combien de temps
auprès de sa famille disposerait-il ? Il n'y
pensait pas. Un quart d'heure avec Félicité
et Antoine valait n'importe lequel des voya-
ges. Les regarder, les embrasser, manger leur
image, cogner sa tête contre la terre natale
jusqu'à la vider de ses récents souvenirs,
s'emplir de beauté, parler à Julia et Petit-Louis,
apaiser leur colère, retrouver leur tendresse.
C'était mieux que la tour Eiffel ! pensait Jules, se remémorant le numéro de ses compagnons d'armes. De contentement, il tapotait
le flanc du chien Prince en disant : On rentre
au pays !

Quand les silhouettes des premiers pins
se découpèrent sur le ciel nuageux, quelque
chose en lui s'ébroua. Une force de joie coulait dans son sang comme s'il avait été un
de ces arbres ensablés de la forêt à qui l'on

rendait ses racines. Il ignorait à quel point il était en cela semblable à sa mère. Pareille ressemblance aurait pu l'effrayer. Mais il ne sentait que le bonheur de la terre monter en lui. Ce monde était intact. D'ailleurs il se mit à pleuvoir, novembre était ce mois qui mouillait la terre. Le pays était là, semblable à lui-même, stoïque sous l'averse. Mais lui, Jules ? L'écorce de souffrance n'avait-elle pas durci son cœur ? Son visage avait-il changé ? Il s'en alla au bout du wagon, jusqu'au cabinet de toilette, pour trouver un miroir. Son regard était-il le même ? Il ne voulait donner à voir aucune cicatrice : ni la peur, ni la tristesse, ni la colère ou l'amertume du soldat ne devaient se lire sur le mari et le père qu'il voulait être. Il ne souffrirait pas d'effrayer son fils ou de surprendre son épouse. A l'idée de retrouver Antoine et Félicité, son cœur se mettait à battre follement. Eh quoi ! pensait-il. Se préparer à rencontrer l'amour lui faisait le même effet qu'une bataille ! Le train s'arrêtait souvent. Les haltes semblaient interminables à celui qui espérait son logis. Mais il se distrayait au spectacle des retrouvailles. Des femmes chapeautées attendaient sur les quais. Des conversations patoises, des appels, des rires montaient aux oreilles de Jules. Il n'écoutait pas, mais il recevait comme une douche la gaieté de ces embrassades. Dans quelques jours, les mêmes visages s'effondreraient dans le reflux des soldats vers le front.

Il pria longuement. Puis il dormit. Le train venait de dépasser Dax. Jules s'approchait

dans l'ombre du lit où dormait son garçonnet et d'un geste rapide lui tranchait l'index.
Le sang jaillissait sur les draps blancs, le cri
de l'enfant déchirait le silence de la chambre,
Félicité accourait, découvrait son fils mutilé,
poussait un cri virant au sanglot avant de
s'effondrer. Julia venait à son tour, calme,
qui enveloppait la petite main ensanglantée… Pourquoi ? criait Félicité. Elle était tombée à genoux, ses poings frappaient le
plancher. Jules essayait de relever sa femme.
Ne me touche pas ! hurlait-elle. Il justifiait
son geste. La guerre rendait les hommes fous.
L'infirmité était préférable à la folie. Ce petit
désormais n'irait pas à la guerre. Jamais il ne
tirerait un coup de fusil ! Jules murmurait ce
confus bredouillement. Qu'as-tu fait ? Qu'as-
tu fait ? répétait la mère. Elle s'était assise sur
le lit de son fils et l'enfant pleurait blotti
dans ses bras. Ses yeux, son visage, sa petite
bouche rouge se plissaient d'effroi dès que
son père tendait la main vers lui. Jules s'éveilla
en criant au moment où Félicité le frappait,
hystérique, sous le regard méprisant de Julia.
Quel affreux cauchemar ! s'effraya-t-il. Comment son esprit imaginait-il de pareilles choses ? Ce n'était pas difficile à comprendre.
Quel soldat supporterait l'idée de son fils à
la guerre ?

Sur le quai de la gare, immobile, son sac
à l'épaule, Jules salua son ciel. Personne
n'était prévenu de son arrivée. C'était ce qui
lui faisait cet air tranquille et serein. Il goûtait
la solitude de ces retrouvailles. Il n'aurait pas

aimé, dès la descente du train, être obligé de
parler, raconter, répondre, et sourire… Il voulait respirer l'odeur des arbres, aller caresser
le tronc des vergnes, marcher sur le sable avec
son chien, reconnaître les lieux aimés, recomposer son visage dans ce retour, puis s'approcher de sa vie, apercevoir de loin sa maison,
surveiller du haut du chemin le tournicotis fa-
milier des êtres. Peut-être même se cacherait-
il pour voir sans être vu. D'accord le chien !
on va les épier comme deux chasseurs de
trésors ! proposait Jules.

Les choses étaient à leur place. C'était pour
Jules un émerveillement. La guerre était loin !
Dans un autre monde où tout était différent.
Il vit Félicité, ronde et rose, traverser plusieurs
fois la cour, entrer dans l'étable et en res-
sortir, revenir dans la cuisine, sortir étendre
du linge, retourner à la cuisine. Antoine sautillait autour d'elle, grandi et joyeux. Comme
les femmes travaillaient ! Comme la maison
était paisible ! Jules ne voyait ni Julia ni Petit-
Louis, mais déjà il se sentait reprendre pos-
session de son bonheur.

Il allait jouer avec son fils, l'emmener se
promener, lui dire le nom des arbres et celui
des oiseaux, lui apprendre à commander
Prince. Il allait déshabiller sa femme, la caresser, la contempler, l'embrasser. Elle habite-
rait dans ses bras et il ne bougerait plus. Il
allait se coucher sur son lit, regarder par la
fenêtre, inscrire dans ses yeux la vue qu'on
avait de là. Il allait abattre le plus de travail
possible.

Il fit tout cela. Mais ce fut dans les larmes de Félicité qu'il le fit. Car du moment où elle aperçut son mari à celui où elle se sauva pour ne pas lui dire au revoir, Félicité pleura pour un oui ou pour un non.

VI

DIALOGUES DES BÊTES

1

EN DÉCEMBRE, la guerre fut mûre pour devenir la Grande Guerre. Celle qui devait être courte durerait de 1914 à 1918. Toutes les entreprises qui auraient pu y mettre fin, par la victoire de l'un ou l'autre camp, avaient échoué : l'invasion éclair avait été stoppée, deux périlleuses retraites d'armée avaient réussi, aucune des offensives engagées n'avait été décisive. Ni l'une ni l'autre des deux armées n'était assez performante pour vaincre, aucune ne fut assez affaiblie pour être vaincue. Cela semblait si absurde tout de même ! pensait Jules. Les renforts venaient remplacer les tués, ronde infernale des divisions et des hommes en armes qui, ayant quitté leur vie, venaient découvrir l'apothéose du courage dans l'attente et l'assaut, et la mort à quelques pas devant soi. Ceux qui restaient des premières offensives d'août n'étaient plus si nombreux que Prince ne pût les connaître

et presque par leur nom. Brêle, Joseph, Jules,
le lieutenant Bourgeois, le caporal Toulia,
Paul Mignon, le petit Rousseau (qui avait été
renvoyé au front comme un tire-au-flanc, sa
main à peine soignée, geignant cette fois à
juste titre), le capitaine Dorette, tous ceux-là
faisaient frétiller la queue du chien Prince
dès qu'il les apercevait. Son cœur était plein
de leurs sourires, son bonheur semblait complet, comme si aux animaux il fallait beaucoup moins qu'aux hommes et qu'une simple
convivialité sincère leur suffît. Les nouveaux
essayaient de gagner cet esprit simple en
même temps que l'estime des anciens : Pierre-
Louis Porquet, mince comme une trique,
nerveux mais aimable, toujours portant sa
fièvre aux autres (dangereux, disait Brêle, à
ne pas fréquenter la veille d'une attaque !),
s'apaisait en caressant longuement le dos du
grand colley. Maurice Eugène, trente ans,
libraire à Dax, quatre enfants, qui donnait
sans cesse à manger à Prince, de cette manière
se l'était collé aux talons dès que la compagnie était au repos. Pas de privations pour
les animaux, disait-il. Pendant que Prince se
léchait les babines, le soldat se lamentait :
Mais que veulent-ils donc ? Que peuvent-ils
encore espérer ? Qu'y a-t-il dans la tête de
ceux qui nous commandent, là-bas au bout
du téléphone ? Va donc le leur demander !
lui disait Brêle. Alors le libraire changeait
de sujet et d'interlocuteur, se tournant vers
le chien : Celui des deux qui à l'heure ultime
remplira la dernière tranchée avec des hommes

vivants, celui-là aura gagné la guerre, et pour
cela il faut manger ! Et d'ici là, ajoutait Brêle,
que tombent les hommes ! Le colonel Pierre
de Saint-Martin voulait faire décorer Prince.
Le vétérinaire Augustin Tirelire félicitait l'animal qu'il avait enfin immatriculé : Te voilà
un soldat à part entière ! Prince sautait et
tournait sur lui-même pour mordre le vent
qui le tourmentait. Je te le répète, disait Brêle
à Jules, il n'y aura ni vainqueur, ni vaincu,
tout juste deux pays ratatinés... Et Jules ne
répondait rien, parce qu'il était sûr que c'était
vrai.

S'il n'y avait ni vainqueur ni vaincu, la
guerre interminable pouvait commencer. Jean
Bourgeois l'écrivait à sa mère. *Chère mère,
je crains que cette guerre ne dure désormais
fort longtemps. Qu'en pense Louis ? Je serais
heureux de connaître son avis sur ce point
encore démenti. Avez-vous de bonnes nouvelles de lui ?* Valentine Bourgeois n'avait pas
voulu prévenir Jean que son frère jumeau
était porté disparu. Elle-même fut longue,
près d'une année entière passant, à métamor-
phoser son fils vivant en fils défunt, à troquer,
dans son esprit comme dans ses paroles,
porté disparu contre *mort pour la France.*
On eût dit qu'elle voulait entrer à pas très
lents dans le deuil, avec courage mais cir-
conspection, avec effroi, comme on s'aventure dans l'ombre d'une forêt qu'il faut
traverser, par un sentier inconnu où d'autres
ont vu des brigands et des bêtes sauvages.
En se serrant contre leur peur, en retenant

un cri, en appelant les autres, en avançant puisqu'il n'y a pas d'autre chemin, les familles entraient, semaine après semaine, dans un deuil qui serait national.

Tout ce noir qui tombait même sur la jeunesse, comment retenir ses larmes en le voyant dévorer silhouettes et visages ? L'arrière pleurait. Non que les femmes ne fussent que des femmes, fragiles ou larmoyantes, mais parce que la mort entrait dans leur maison comme un secret indécent : sans défunt, sans circonstances, sans explication, sans cercueil. Du côté de la bataille, les soldats pouvaient se jeter dans l'action, venger leurs camarades et panser leurs blessés. Qu'il l'eût voulu ou non, chaque homme s'était aguerri dans l'obligation d'agir. Des montées de pitié pouvaient bien serrer le cœur des combattants, ils pensaient à tenir la ligne, à mettre en joue, à ne tirer qu'à vue, à se replier, à se déployer, à s'abriter, à dormir, à faire le guet... A quoi pouvaient penser les femmes ? Chez elles, du côté de la vie, l'action vengeresse était bannie. Le deuil était une absence à subir, une source de lettres qui se tarit, un retour à ne plus attendre, une robe noire, une question anxieuse d'un enfant, les yeux pleins de larmes d'une grand-mère...

La mort empoisonnait le silence des chambres et l'ombre des nuits. Elle faisait se tourner et retourner des têtes sur des oreillers, et couler des larmes dans des cheveux bouclés, et imaginer des choses qui n'avaient pas de nom, des moments qui n'avaient pas

de réalité, un sang plus rouge que celui qui
était versé. La souffrance des guerriers était
glorieuse, celle de leurs épouses, que fut-elle ?
Valentine Bourgeois pensait qu'elle était patriotique, la seule dignité possible des femmes en ces temps tourmentés, un fardeau que
Dieu envoyait, une crucifixion cependant.
Félicité ne pensait plus rien, dans ce mélange
unique d'épanouissement et d'appréhension
qu'était sa grossesse. Elle ne voulait imaginer que le retour de Jules et attendait une
prochaine permission. Tu n'as fait que pleurnicher comme une sotte ! lui disait sa belle-
mère. Mais la jeune femme ne se laissait plus
démonter. Si elle pleurait, cela ne regardait
qu'elle. Même si on souffrait de se séparer,
on était heureux d'être réunis. Souffrance !
Souffrance ! En voyez-vous des petites dindes
qui n'ont que ce mot-là à la bouche ! disait
Julia. Quand on a le cœur arraché, on a la
bouche fermée : on sait bien qu'il n'y a pas
de mots pour se dire. Les jeunes, vous n'avez
pas de pudeur, disait Julia. Mais nous avons
du cœur, répliquait Félicité. Si tu en as, ne
répète pas que tu es malheureuse devant
cet enfant qui te regarde ! disait alors Julia,
le doigt et le regard pointés sur son petit-fils.
Tais-toi au moins pour Antoine ! Le garçonnet
observait l'affrontement des deux femmes,
les yeux écarquillés.

  Les enfants savaient. Les enfants écoutaient
tout ce que disaient les adultes. Ils devinaient
qu'on leur dissimulait quelque chose et se
mettaient à l'affût pour le découvrir. On ne

pouvait rapporter les nouvelles du front sans craindre de les effrayer. Ce n'était pas la peur pourtant qui les tenait, c'était la fascination pour l'inconnu, l'exceptionnel, le dramatique moment. Les mères se cachaient pour pleurer, leurs enfants se cachaient pour les espionner. Elles s'effondraient le soir dans leur lit et tout le jour se tenaient très droites. Héroïnes en noir, suspendues dans l'attente, suspendues dans la vie, promises au deuil, livrées à l'intendance des innocents, tout au plus marraines de guerre, infirmières ou, pire, munitionnettes… *J'ai posté ce matin un colis à Jean en pensant à Louis*, écrivait Valentine Bourgeois dans son journal. Au début de la guerre, elle eût fait le même colis en double. Cela, elle ne le notait pas. Mais son être avait un tressaillement. Elle calligraphiait deux ou trois fois "Louis", avec un beau L majuscule, simplement pour écrire encore le prénom de son fils défunt, puisqu'il était là dans son cœur. Ecris ! pouvait lire Jean à la fin des lettres de sa mère. Valentine Bourgeois pensait qu'un officier doit laisser la trace de son expérience. Elle fournissait à Jean de beaux carnets de moleskine noire. Sinon, pensait-elle, qui se fera le scribe fidèle bien qu'épouvanté de ces moments de fin de l'homme ?

La course à la mer et les derniers espoirs d'anéantir l'ennemi en le contournant par le nord-ouest avaient cessé de solliciter l'esprit du général Joffre. Des Vosges à la côte, le front s'était stabilisé. Comme le raconterait un soldat très chanceux devenu écrivain, la folie du béton s'était emparée des Allemands. Des ouvrages défensifs dessinaient leurs dédales dans les sols de l'Oise, de l'Artois, de la Champagne et de l'Argonne. Ils deviendraient tout ensemble des havres, des prisons et des tombeaux. Deux millions d'hommes se surveillaient, dans ces retranchements pour certains inexpugnables. Le moindre déplacement visible d'un corps humain émergeant à l'air libre réveillait les mitrailleuses méthodiquement postées : il fallait vivre enterré. La guerre de mouvement avait presque fini son temps. Vint la guerre de positions. Usure, patient massacre, épopée innovante qui mêlerait la technologie de pointe aux calamités éternelles et aux plus simples ennuis. Brêle faisait la liste, docte, très "pince-moi" disait-il, donnant sa leçon, comme s'il faisait visiter le front à quelque planqué : les obus à gaz, les lance-flammes, les poux et les rats, la pluie et la boue, ce que l'on n'imaginait pas, ce que l'on sous-estimait, tout cela qui faisait aux hommes une vie horrible, de jour comme de nuit. Impossible de se tirer bien sûr, finissait le soldat Brêle. On est là pour y crever ! Et pourtant, se répétait Paul Mignon, aucun des hommes qui étaient ici n'avait autant tenu à sa vie qu'à ce moment. Quelle force était enfouie au plus profond, quelle secrète flamme ? pensait-il. Et peu à peu la seule réponse convaincante s'imposait à lui, celle qu'il avait toujours cherchée sans la trouver : Dieu en

chacun de ces hommes diffusait la puissance
de la vie. Depuis qu'il avait fait seul cette
découverte, Mignon parlait avec Dieuleveut.
Le jeune prêtre répondait volontiers aux questions de l'instituteur laïque. Et souvent il finissait dans une illumination intérieure, comme
si son corps avait pu s'embraser : L'amour !
l'amour du prochain ! Croire, c'est aimer !
Voilà ce que tu dois retenir et porter en toi.
C'est le message des chrétiens. Et Dieuleveut
Bœuf souriait aux anges comme font les
nouveau-nés. Ce mot "amour" et ce sourire
semblaient, en ces lieux et moments, aussi
incongrus que désirables. N'as-tu pas honte ?
l'interpellait Louis Payant le charpentier. Les
hommes s'agglutinaient autour du prêtre. Et
comment tu comprends qu'on s'entre-tue
sans pitié si nous sommes pleins d'amour ?
protestait Brêle. Sa franchise et sa drôlerie,
une évidente perspicacité et sa tendresse
pour Prince, à qui il confiait la plupart de ses
pensées, étaient en train de faire du soldat
Brêle une figure adorée de la compagnie :
une étoile. Ouais ! fit-il à Dieuleveut, comment t'expliques cette merde avec ton bon
Dieu ? Nous sommes libres ! dit Dieuleveut
sans se troubler. Libres de choisir la haine…
Mais Brêle pensait déjà à autre chose. Toi,
un prêtre, tu tireras quand il te faudra tuer un
homme ou mourir ? demanda-t-il au prêtre.
Et toi ? dit simplement Dieuleveut. Mais moi !
moi ! j'ai déjà tiré ! s'emporta Brêle dans un
rire de géant. Que crois-tu donc qu'on a fait
ici quand t'étais pas là ? J'ai tiré ! Bien sûr

que je l'ai fait ! Et à ces mots Brêle se mit à pleurer comme un enfant. On pouvait voir trembler sa mâchoire ouverte et ses petites dents pointues. Peut-être n'as-tu jamais tué personne, dit Dieuleveut. Ouais ! fit le caporal Toulia, tu vises comme une fesse ! Mais Brêle savait que c'était faux et il continuait de cacher ses yeux dans ses mains. Quand il se redressa, il dit : La seule chose qui sauve, c'est qu'on ne sait pas qui on tue. On croit tuer des types qui veulent nous tuer et méritent de mourir. Mais, dit-il, ne pouvant s'empêcher de poursuivre vers ce qui le faisait souffrir, moi je sais qu'ils sont comme nous les Boches : ils voudraient être chez eux. Un silence se fit. Cette symétrie de soi et de l'ennemi troublait. Ils pensaient à ceux d'en face. Fraternisons ! dit Paul Mignon. Tais-toi, dit Brêle, j'ai pas envie d'avoir à te regarder tomber mort le long d'un poteau. Ainsi commencèrent la conversion de l'instituteur républicain et son baptême qui aurait lieu à Pâques de 1915.

Il fallait sûrement une foi ou un désir pour tenir, s'accrocher au terrain, comme le répétaient les consignes, et défendre sa vie, ce qui voulait dire à la fois ne pas la perdre et ne pas se perdre. La ligne de front attendait que l'économie de guerre fût mise en place à l'arrière. L'armée française, à court de munitions, était soumise aux bombardements allemands. Les fusées rouges qui appelaient les artilleurs au moment des attaques ennemies restaient lettre morte. On n'est même

pas défendus…, disait Brêle. L'artillerie paralysée, l'infanterie l'était aussi : on avait assez
sacrifié aux attaques sans préparation. Du
moins les pertes d'août avaient-elles porté
leur leçon, se félicitait Jean Bourgeois.
Comme août était loin ! On ne souffrait plus
de l'accablante chaleur des provinces continentales, mais l'intendance ne semblait pas
y songer. Les tourments du vent, les grandes
pluies d'automne, les premières gelées trouvaient les soldats sans l'équipement qui
convenait. On croit toujours que le pire est
là, mais non ! il y a pire encore, disait Jules.
Il y a la boue de l'Yser, murmura Jean Bourgeois. Les nouvelles des armées le rendaient
soucieux et songeur, comme s'il avait voulu
un autre monde, comme s'il n'avait pas cru
que celui-là irait aussi loin, n'en finirait pas
d'explorer les pistes de la destruction. On se
bat dans les Flandres, tout près d'Ypres, dit
Jean Bourgeois. Un front continu de l'Alsace
à la mer ! murmura Jules. Voilà une chose
jamais vue, dit Jean Bourgeois. Son intonation avait insisté sur le *jamais*. C'est une nouvelle guerre. Je crois vraiment que c'est une
nouvelle guerre, répéta-t-il. Il parlait pour
lui-même. Il avait renoncé à se faire entendre
dans l'armée, mais il avait en Jules trouvé un
élève. L'attention que lui portait Jules l'incitait
à poursuivre. Il y a cent ans de cela, Napoléon
est arrivé jusqu'à Moscou avec cent mille
hommes, dit le lieutenant, et c'était précisément en militaire qu'il parlait. Savez-vous
cela ? Jules hocha la tête. Un million de soldats

allemands combattent aujourd'hui. Est-ce que
ça peut être la même guerre ? disait Jean
Bourgeois. Et Jules savait bien comprendre
que ça ne l'était pas.

La guerre avait perdu le brio qui faisait sa
renommée. Les charges héroïques n'étaient
plus que des souvenirs de boucheries. Avec
la consigne d'économiser les munitions et
l'obligation de creuser qui rythmèrent le mois
de novembre, les hommes découvrirent qu'ils
pouvaient s'ennuyer. On peut même être
déçu, disait Camille Moulin. Comme si décidément ce qu'il vivait ne ressemblait pas
à ce qu'il avait cru vivre : comme si la grandeur manquait. Toute la compagnie marchait pour rejoindre une corvée. La guerre,
dit Brêle, on fait croire aux gosses que c'est
Napoléon sur un cheval, et c'est Brêle dans
ses bandes molletières ! Comment tu veux
qu'ils soient pas déçus les mômes ! Joseph
riait de bon cœur. Jules mesurait à quel
point il était remarquable qu'à la fois le soldat Brêle et le lieutenant Bourgeois, tombés
si loin l'un de l'autre sur la carte sociale, vins-
sent tous deux à parler du même empereur
conquérant. Napoléon ! Napoléon était la
guerre à lui tout seul ! Il était la victoire et la
noblesse que l'histoire, dépouillant la réalité
de sa souffrance, a su conférer à quelques
mots : guerroyer, combattre, charger, batailler.
Jules frissonnait. Sa barbe le démangeait. Son
pantalon alternativement trempé et séché
faisait sur ses cuisses une croûte qui entravait
sa marche. Jamais il n'aurait imaginé qu'il pût

être si sale un jour dans sa vie. Comme notre
imagination est limitée par ce qu'elle connaît ! pensait Jules. Nous croyons tellement
à ce que nous voyons que nous ne pouvons
imaginer les choses autrement, nous ne savons
rien prévoir, rien deviner. On ne connaît pas
la vie, on ne sait pas tout de l'homme, on ne
saurait dire ce que nous réservent l'une et
l'autre. Il aurait fallu s'attendre à toutes les
surprises. Il le saurait dorénavant, il ne se
ferait plus d'illusions. Apprendrait-il cela à
son fils, s'il lui apprenait un jour quelque
chose ? N'être surpris par rien ? Qui avait
prévu ce face-à-face de rats ? "Rat" était le
mot ! Il se sentait si déshumanisé ! La réalité
qui le tenait était dépourvue de cette fameuse
noblesse victorieuse. La réalité, c'est nous !
disait Brêle. Il voulait dire que c'était leur
vaillance, traînée d'ailleurs sous la pluie,
souillée dans la boue des terrains affaissés,
dans les boyaux noyés. Dans tout ce à quoi
on n'avait jamais pensé, disait Paul Mignon,
tout ce qui faisait de vous moins que l'homme
que vous aviez réussi à être, lequel n'était
rien à côté de celui que vous vouliez être,
ce qui faisait que vous vous retrouviez à des
années-lumière de vos rêves, et qu'alors, dans
cette misère, vous aviez besoin de parler à
quelqu'un. Brêle, qui continuait de faire le
drôle, hurlait d'ailleurs : Vite ! Vite ! A moi !
Quelqu'un pour m'écouter ! Dieu t'entend,
mon fils, répondait Dieuleveut, qui savait plaisanter. Mais c'était toujours vers Prince que
Brêle dirigeait sa requête et le prêtre hochait

la tête en souriant, puisque son Dieu, croyait-il, était présent dans toutes les créatures terrestres.

Le chien Prince en entendait plus que n'importe lequel des hommes. Il recevait en confidence ce qui d'ordinaire reste tu, ce que l'on ne peut avouer ou livrer à la douteuse discrétion d'un autre. Chance d'animal : la garantie de son silence délivrait les hommes des contraintes habituelles de leur communication. Commérages, mauvaises pensées, honteuses plaintes, secrets du passé, inavouables espérances pouvaient s'exprimer sans qu'ensuite celui qui avait beaucoup parlé en voulût tout à coup au confident d'un moment. Ainsi le chien Prince, qui avait été élevé dans les mots de Jules, découvrait l'intime univers mental des soldats : au milieu des formes de leur peur se disaient les nostalgies de la vie heureuse, la persistance de l'amour, le refus de donner son avenir. Prince écoutait en recevant les caresses. Quel homme était capable d'une telle attention ? pensait Brêle. Quel homme à part Jules ? Quand il discréditait cette race bavarde à laquelle il appartenait, Brêle mettait dans le même sac Jules et son chien. Jules était un sage. Jules ne répétait pas ce qu'il entendait, Jules ne parlait pas des autres. Jules accordait à chacun le droit de penser autrement que lui. Sa tolérance souriante était si loin de l'esprit guerrier qu'elle rendait l'espoir. Avec le dressage de Prince, Jules avait gagné une sérénité qui ne le quittait plus. Sa guerre se

menait désormais en compagnie d'un soldat
capable de donner sa vie pour lui. Il craignait davantage pour son chien que pour lui-
même. Et se voulait capable de sauver ses
amis. Il ne le disait jamais. Pourtant tous
devinaient qu'il en allait ainsi. Tous pouvaient
connaître sa bravoure généreuse sans qu'une
parole fût prononcée. Même les hommes
peuvent se passer des mots, songeait Jean
Bourgeois.

2

A six heures Félicité entra dans l'étable et le
troupeau se serra dans un coin en cancan-
nant. Ce cri rauque, disgracieux, poussé de
conserve par quarante canards, brisait rudement le silence de la nuit. Félicité installa
son tabouret, le seau de maïs cuit, l'entonnoir
à gavage, son grand torchon, tout cela avec
une lenteur qui était à la fois trace du sommeil et précaution veillant à ne pas accroître
l'agitation des bêtes. Alors tout fut prêt et le
manège commença. Comme elle était vive
maintenant ! Elle empoignait un canard par
le cou, revenait à son trépied, s'asseyait en
coinçant l'animal entre ses cuisses. Les pattes
s'agitaient dans l'ampleur des jupes. Elle
pouvait sentir le chaud du corps et le mouvement de la vie au-dessous d'elle. La tête et le
cou dépassaient des jambes serrées, Félicité

enfilait l'embout dans le bec. L'habitude lui donnait une forme de douceur de geste. Elle remplissait le réservoir et commençait à tourner doucement la manivelle qui fait descendre les grains dans le gosier. Le maïs lâchait une bonne odeur de graisse cuite. Le rata dont parlait Jules dans ses lettres ne valait pas ce qu'on donnait ici au gavage. Le troupeau tremblait comme une onde. Félicité avait pris l'habitude de lui parler. Savez-vous qu'il y a la guerre dans ce pays ! Les soldats ne mangent pas comme vous ! Elle se parlait aussi à elle-même. Est-ce que je ne deviens pas folle ? Sa main allait et venait sur le cou pour faire descendre la pâtée qui coinçait. Ses doigts experts tâtaient, glissaient, allaient et venaient sur la bête : quand le jabot était bien garni, Félicité relâchait le canard qui filait. Elle en attrapait un autre et recommençait toute l'opération. Quand les canards étaient plus vieux, il n'y avait plus besoin de leur courir après, ils ouvraient le bec et venaient réclamer le gavage.

Voilà ce qui prenait près de deux heures de temps. Maintenant les petites bêtes dormaient sur leur gras. Sept heures sonnaient à Saubrigues. Il faisait encore complètement nuit. A l'aurore, le plein ouest est loin du soleil levant. On pouvait encore oublier tout ce que le jour apportait. D'un moment à l'autre Julia allait venir montrer sa figure. Les deux femmes se croiseraient, et Félicité irait s'asseoir seule dans la cuisine devant le grand bol de café noir. Elle poserait sa main gauche

sur son ventre et penserait à cet enfant inconnu. Fille ou garçon ? Elle voulait une fille.
Parce que les filles ne partent pas à la guerre.

3

La nuit avait été glaciale, blanche et scin-
tillante, une nuit de neige et de lune. Après
l'astre argenté, un soleil pâle faisait briller la
couche de givre qui couvrait la terre. Jules
nourrissait les oiseaux en émiettant un morceau de biscuit et, de temps en temps, il
donnait une caresse au grand colley assis à
côté de lui. Il parlait d'une voix claire, jeune
et loyale, et c'était aux bêtes qu'il parlait sans
se cacher, puisqu'il était seul avec son chien
et ces oiseaux du Nord. Les plus affamés de
ses compagnons d'armes avaient d'abord
déploré qu'il gaspillât ainsi ses réserves, puis
ils s'étaient mis à aimer ce spectacle mieux
que les biscuits. Que lui disent-ils ? pensait
Joseph. C'est une communion avec l'âme de
la nature, disait-il volontiers à qui l'écoutait.
    Dire que parfois j'ai prié pour arrêter le
temps ! C'était le temps du bonheur ! Je le savais bien ! disait Jules. Et puisque aucune
remarque ne venait troubler le cours de sa
pensée, il poursuivait : J'espérais figer l'enchantement ! Je n'avais que ce souci de faire
durer la joie et le temps alors filait comme
l'eau entre les doigts. Le temps se fait toujours

invisible lorsque nous sommes heureux. Il se
sauve. On a eu son éclair de bonheur, quelques sourires, quelques soirs, quelques matins,
et c'est déjà fini, c'est le moment de mourir.
Comme le temps paraît compté ! Et pourtant
voilà que l'inverse arrive. Notre malheur
maintenant s'éternise. Je voudrais tant que
le sablier accélère. Que ce bruit de la guerre
passe sur nous comme un de ces avions de
papier ! Mais non ! Les jours sont longs. Je
sens chaque miette de vie passer sur nous.
Chaque instant pèse trop lourd. Il s'attarde,
il est la pluie interminable, les paquets de
boue, les nuits de corvées, la suite infinie
des pas qui mènent aux premières lignes, la
mort des autres, les amis couverts de sang.
On croirait que ça ne finira jamais. Oui je te
le dis, mon beau Prince : toute la sensation
que nous éprouvons de la vie est montée à
l'envers. Quand c'est agréable, ça passe.
Quand c'est douloureux, ça persiste. Comment pourrait-on résister ?

Le chien Prince regardait son maître dans
les yeux. On aurait dit qu'il comprenait. Peut-
être pensait-il, à la manière d'un ami : Tu es
triste, tu me parles, je t'écoute. Je suis heureux
d'entendre ta voix. Peut-être était-il perdu
dans le brouillard de mots étrangers. Car
aucun ordre n'était donné, les paroles de Jules
étaient inhabituelles. De fait le grand colley
ne comprenait que l'atmosphère générale. Il
écoutait son maître. Que veut-il ? Pourquoi me
parle-t-il avec des yeux tristes ? Il me caresse
mais il n'y a pas d'énergie dans sa main. Et

quand je la lèche, il la retire ! Et maintenant
il se cache et marmonne et ce n'est pas à moi
qu'il parle. Il est ailleurs. A qui parle-t-il ? se
demandait, et sans savoir qu'il se le demandait, le chien qui avait perdu le regard de
son maître.

Le visage dans les paumes, le soldat Jules
Chabredoux priait à voix basse. Souvenez-
vous, ô très miséricordieuse Vierge Marie,
qu'on n'a jamais entendu dire qu'aucun de
ceux qui ont eu recours à votre protection,
imploré votre assistance ou réclamé vos suffrages ait été abandonné...

Jules releva la tête et passa sa main sur
l'échine de Prince. Prier et caresser, dans le
profond silence de soi-même, qu'est-ce qu'on
peut faire de mieux ? demanda-t-il à son
chien comme s'il l'interrogeait vraiment. Il
y avait de la gaieté dans sa voix, car la prière
restaure l'amour de la vie et l'attention aux
autres. Hein ? fit Jules. Prier et caresser ! Le
meilleur de la vie en somme ! Viens là mon
Prince que je te brosse un peu !

Tant de souvenirs reviennent quand se
retrouvent les rituels et les gestes. Combien
de fois t'ai-je ainsi brossé ? murmurait Jules
au chien qui se laissait faire. Les souvenirs
heureux sont là dans mes mains et montent
dans mes yeux. Je me demande comment a
pu advenir un aussi sombre présent. D'autres
hommes ont dû être malheureux, ont emprunté de mauvais chemins, défendu de faux
trophées. Il faut beaucoup de sagesse pour
faire une vie merveilleuse. Il faut les trésors

que Dieu t'a donnés : le cœur pour aimer,
l'humilité pour rendre grâce, le goût de l'harmonie pour prolonger les paradis...

Jules passait ainsi une grande partie de
son temps libre à parler tout seul. C'était une
habitude intérieure. Qu'il s'adressât à son Dieu
ou à son chien, il n'obtenait pas de réponse.
Mais il ne cessait pas pour autant de parler.
Parler et converser sont deux choses différentes, disait Jules à Joseph. On n'a pas toujours besoin de réponses, on peut seulement
vouloir accoucher de soi-même, apporter
son âme au monde comme un cadeau. Si je
veux entendre une voix, je viens à toi. Si
je veux interpréter le silence, je parle à Prince,
je prie mon Dieu. Jules souriait, ses dents
très blanches brillaient, ses yeux bleus allu-
maient tout son visage. Un esprit invisible
et un animal, par la seule foi qu'un homme
avait en eux, faisaient couler une source de
vie.

4

Brêle aussi parlait à Prince plus souvent
qu'à ses compagnons. Lui au moins ne me
contredit pas et m'écoute ! disait-il du chien.
Et il se confiait à ce mutisme bienveillant.
Sans tricherie, sans jeu, les mots sortaient de
lui, et il sentait quel apaisement lui valaient
ce flux de vérité et le silence qui l'accueillait.

Veux-tu que je te dise un secret ? soufflait
Brêle à voix basse. (Il n'aimait pas qu'on
l'écoutât.) J'ai tellement peur que je prie
Dieu sans cesse de me donner le courage
de mourir. Mais la peur est en moi. Foutue
pétoche ! Elle me mouille tout le corps par le
dedans. N'as-tu donc jamais la trouille ? Est-ce
que ma peur peut faire venir la tienne ? Peux-
tu sentir que je tremble ? As-tu besoin de
moi pour reconnaître le danger ?

Je vais te dire une chose que je n'ai jamais
dite à personne, même pas à ma femme. Voilà,
c'est simple et tu vas comprendre : je voudrais que tu aies besoin de moi quelquefois.
Est-ce que tu as besoin de moi ? Et comme
le chien ne répondait pas, Brêle concluait :
En tout cas, je te remercie bien de rester là
à m'écouter. C'est pas des sornettes que je te
raconte au moins ? Il grattait le jabot de
Prince. Tu es beau ! disait-il à l'animal. Puis
il revenait à son idée : J'ai peur de moi quand
je mourrai. Est-ce que je serai à la hauteur ?
Qu'en penses-tu ? Je suis fou, pas vrai, de te
demander ça ! Tu n'as pas d'avis sur d'aussi
sottes questions !

Ah ! tout cela est stupide et vain ! Un vaste
gâchis. Pourquoi devrions-nous faire de si
jeunes charognes ? C'est moche, tu sais. Tout
ce que nous mettons devant tes beaux yeux
est moche. J'ai honte de nous. Crois-tu ! Je
me cache !

Les yeux de Prince regardaient le visage
de Brêle. Tu es merveilleux ! lui disait le soldat. Comme il était bon de poser les questions

qui n'ont pas de réponse à un qui n'essaierait pas d'y répondre ! Pourquoi les hommes
n'avaient-ils pas cette sagesse ? Se taire. Ecou-
ter. Toucher. Se taire encore. Brêle posait une
grosse main sur le dos de Prince. Ses doigts
portaient un petit toupet de poils sur la pha-
lange supérieure et il avait été longtemps
complexé par cette particularité. L'épaisse
toison de Prince camouflait toute la main. Je
suis moins poilu que toi ! rigolait Brêle. Mais
ce temps des problèmes que l'on a avec soi-
même lui semblait lointain depuis qu'il avait
des problèmes avec la guerre.

A la guerre, on fabrique des hommes morts
et, pour les camoufler, on les appelle des
héros, dit Brêle. Dis-moi donc toi pourquoi
ce serait si mal de fuir. Au vrai, je n'y comprends plus rien. Que dit-on d'habitude ?
On dit : Ne faites pas cela ! Si tout le monde
faisait comme vous ce serait la catastrophe.
Mais là justement c'est tout le contraire ! Tu
devines ce que je comprends : c'est mal de
fuir uniquement parce que tout le monde
ne fuit pas. Si tous les soldats prenaient
leurs jambes à leur cou pour rentrer chez
eux, la guerre serait finie et ce serait le plus
grand des biens. Pourquoi ne le font-ils pas ?
Tu le sais ? Parce qu'ils sont vaniteux. Aucun
ne veut montrer qu'il a la trouille. Parce qu'ils
obéissent à leur chef. Tu parles d'une obéissance ! Et puis parce que personne ne se
décide à dire merde à tout ça ! Moi je pourrais bien le faire un jour si j'étais pas certain
de me retrouver au poteau.

Quand Brêle avait fini, il attrapait le museau de Prince dans une main, le lui grattait
de l'autre, et disait : Merci mon vieux. J'aime
venir causer avec toi. Tu ne parles pas, mais
quand tu ne dis rien, tu es éloquent. C'est
bien mieux !

5

*Ma Félicité, voilà que j'ai laissé passer deux
jours sans écrire, et tu as dû être bien inquiète,
mais, tu vois, je suis là, je me demande ce
que tu es en train de faire, comment tu es
habillée, si tu as changé de coiffure... Il faut
savoir trouver les pensées qui nous apaisent.
Je voudrais tant que tu gardes confiance. Ta
dernière lettre m'a fait peur. N'écoute pas ce
que l'on raconte partout. Les gens répètent et
déforment, ne le sais-tu donc pas ? Ils noir-
cissent le tableau. Ma belle, ma doucette, tu
portes en toi le meilleur de moi, tu es tout ce
qui de moi n'est pas la guerre, tout ce que
j'ai été, et tout ce que j'ai aimé. Tu fais vivre
mon passé et tu prépares mon avenir.
Quand tu penses à moi, sois sereine, comme
je le suis lorsque je pense à toi. Ton anxiété
me porterait malheur. C'est ce qu'on croit
par ici.*

*Je t'aime. Chaque journée, chaque veille,
longuement, je pense à vous. Et lorsque je
prie Notre-Seigneur, je lui demande sa grâce*

autant pour vous que pour moi, puisque votre
souffrance m'atteint plus que la mienne.
   Nous avons passé la nuit à l'affût de la
nuit, écoutant le moindre de ses bruits innom-
brables, interprétant chaque souffle de vent,
les cris ou le silence des bêtes, jusqu'à l'épui-
sement. Prince est le plus précieux des com-
pagnons d'armes. Il vaut bien plus qu'un
homme. J'observe ses oreilles et je sais quand
tout est tranquille. C'est alors que je peux
rêver à toi. Ton mari t'aime plus que jamais,
bien mieux qu'autrefois, et vous embrasse
tendrement...

Félicité plia la lettre, embrassa le papier,
et le rangea méticuleusement dans son
enveloppe. Elle déposa le tout dans la boîte
en fer qui était posée près de son lit. Ses
mains jeunes et roses refermaient le couvercle
avec détermination mais ses yeux étaient
pleins de larmes. Lire une lettre ! C'était mieux
que le silence et le vide. Mais qu'était-ce à
côté d'une étreinte tendre, d'un baiser bien
réel, d'un regard même ? Ainsi les lettres
causaient joie et souffrance mêlées : Jules
était vivant, mais Jules n'était pas là. Ma fille !
disait Julia, on n'a jamais tout dans la vie, et
le bonheur n'a qu'un temps, pour nous ce
temps est révolu, fasse Dieu qu'il revienne
un jour. Pourquoi n'aurait-on pas tout ! pensait
Félicité.
   Ne me donneras-tu pas à lire aujourd'hui
les nouvelles de mon fils ? demandait maintenant Julia à sa belle-fille, sans réussir à

détendre les traits de son visage installé dans
la dureté. La vieille savait que Jules écrivait
tous les jours. Ce ne sont pas des nouvelles
pour cette fois, dit Félicité, c'est une lettre personnelle. Et il n'y a pas de nouvelles peut-
être dans une *lettre personnelle* ? dit Julia en
imitant méchamment une manière chichi-
teuse de parler. Il dit qu'il va bien, dit Félicité
pour toute réponse. Rien d'autre ? demanda
la vieille. Il me prétend que les gens noircis-
sent le tableau, murmura Félicité, doutant de
ce qu'elle répétait là. Elle entreprit de manger sa soupe. Mais la vieille Julia croisa ses
mains sous son menton et récita : Bénissez
Seigneur ces nourritures... Félicité bredouilla
ce bénédicité, confuse et rougissante de
l'avoir oublié. Les repas étaient son calvaire.
Se retrouver face à la vieille femme revêche,
savoir que l'on n'aura pas un sourire du dîner,
cela vous faisait tout à coup une chape sur
le cœur, une grande ombre noire sur la vie.

L'affrontement des deux femmes entrait
dans les mots. Si Félicité taisait la plupart du
temps ce qu'elle pensait, Julia s'était mise à
parler. Puis la jeune belle-fille avait commencé à répondre... Quand les yeux de
Félicité semblaient dire à sa belle-mère : Je
n'en peux plus, je n'ai plus envie de rien,
regardez-vous, c'est à mourir ! Julia semblait
l'entendre et lui disait, rompant le silence
glacial : Tu n'en mourras pas. Est-ce qu'on
pouvait imaginer un monstre pareil ! pensait
la jeune femme en regardant sa belle-mère.
Dieu fasse que je ne vous ressemble jamais !

répondit-elle un soir. Ce fut le début de leur
guerre. Je me demande ce que dirait mon fils
s'il entendait sa femme parler ainsi à sa mère,
dit Julia. Il me comprendrait parce qu'il
m'aime, dit Félicité. Ne m'aime-t-il pas ?
répliqua la vieille. Il vous aime comme une
mère, dit Félicité, pas comme une épouse
que l'on choisit. Vous n'avez pas porté ses
enfants, dit Félicité en attrapant son Antoine.
Le garçonnet se dégagea des bras de sa mère.
Quelles pensées lui donnes-tu à entendre !
s'exclama Julia. Tu n'es pas digne d'être sa
mère ! Mon petit-fils ! miaula-t-elle. Comme
vous l'appréciez tout à coup ! s'étonna Félicité. Puis, redevenant sérieuse : Je voudrais
ne pas me disputer avec vous devant Antoine.
Est-ce possible ? La vieille Julia ne disait rien.
Crois-tu qu'il a besoin de nous entendre pour
deviner ?

Le petit Antoine tournait autour de la table
au ras de laquelle arrivaient ses yeux. Le
garçonnet allait de sa mère à sa grand-mère,
quémandant à l'une, à l'autre, de l'eau, un
morceau de pain, une cuillère... Tu ne sais
pas tenir en place, lui disait Julia quand elle
perdait patience, va voir ta mère ! Et l'enfant
grimpait sur les genoux de Félicité. L'instant
d'après il en descendait, riait en courant vers
Julia, se cognait à la table, se mettait à pleurer, s'arrêtait quand on lui promettait le lit...
Quelle patience il fallait ! songeait Félicité.
Après une lourde journée, un enfant turbulent
était une fatigue insupportable. Il arrivait
qu'elle giflât Antoine, tout juste pour passer

ses nerfs. Et alors Julia désapprouvait. Mais
Julia désapprouvait toujours, que l'on embras-
sât ou que l'on complimentât. Les enfants
rassemblaient et séparaient, ils offraient le
prétexte qui manquait à une dispute, ils devinaient comme les animaux une mésentente,
une crainte ou une haine secrète... Je suis
trop seule pour l'élever, déplorait Félicité, et
parfois elle disait à son fils, avec une rudesse
étrange, comme si Jules n'aurait servi qu'à le
mater : Il te manque un père !

Antoine n'avait plus réclamé son père depuis ces jours d'août où il avait semblé
l'oublier. Ce trait bien naturel faisait dire à
Félicité que les enfants étaient plus durs
qu'on ne le croyait. Elle le disait à Julia, songeant alors qu'on avait raison de comparer
la vieillesse et l'enfance, pareillement mar-
quées par un égocentrisme nécessaire à la
survie, découvrant que la générosité et le
souci d'autrui sont l'apanage d'un âge de la
vie, ou de quelques êtres d'exception au nombre desquels elle ne comptait pas sa belle-
mère. Que faisait la guerre aux femmes ?
pensait Félicité quand elle était seule dans la
grange. La jeune femme remplissait les bacs
de grain. Ce lieu faisait revivre l'instant du
départ de Jules. Cette odeur était celle de la
rupture et de la séparation. La guerre est dé-
clarée ! Les hommes ralliaient les gares, les
casernes et la mort. Et les femmes ? Que leur
faisait la guerre ? Elle ne les tuait pas d'une
balle comme les hommes, elle les tuait à petit
feu. Leur monde devenait un gynécée dans

lequel l'attente n'assouvissait jamais l'amour
et que le deuil venait rendre éternel. Quel
cœur n'y perdrait pas sa flamme ? Dans ce
moment rétréci, il fallait savoir aimer une
absence, ne pas se lasser d'attendre, donner
corps à un souvenir... Il fallait une vie intérieure et le secours de l'imagination. Comment un jeune enfant pouvait-il réussir ce
que bien des femmes manquaient ? se disait Félicité, indulgente. Elle bordait Antoine
avec douceur. Veux-tu une histoire de papa ?
demandait-elle à son fils. Papa ! disait le garçonnet. Il ne faisait que répéter. Cela disait
qu'il voulait bien une histoire de la guerre.
Félicité inventait une aventure, en s'inspirant
des lettres de Jules. Elle commençait d'une
jolie voix que veloutait la mélancolie. La
pluie donnait un concert sur les feuilles des
arbres. Dans la forêt mouillée les soldats
avançaient en ligne. Il y avait parmi eux un
gars brun aux yeux bleus dont tous connaissaient le courage. Il s'appelait... Comment
s'appelait-il à ton avis ? demandait en riant
Félicité à son fils. Papa ! s'écriait l'enfant. Elle
riait, reprenant cette singulière histoire où
Jules figurait en héros, exorcisant l'attente et
le silence avant la nuit. Il s'appelait Jules
Chabredoux, murmurait-elle. Il était jeune et
généreux. Il possédait un grand chien écossais baptisé Prince... Les paupières du petit
garçon se fermaient et s'ouvraient, l'enfant
tombait de fatigue, sa mère amenuisait sa
voix jusqu'à ne souffler qu'une émotion au
bord de son oreille.

6

Où allons-nous ? demandait Jules. Personne
ne sait, répondit Paul Mignon. C'est pas des
questions à poser ! plaisanta Brêle. Marchez
et fermez-la ! dit-il, imitant les sous-officiers.
Ils marchaient sur une mince couche de
boue liquide qui sautillait jusqu'aux pans
des capotes. La route était une rivière limo-
neuse. Tout se mêlait, sable et terre, eau du
ciel et de la terre, chair des hommes vivants
et morts... C'est rudement silencieux par là,
dit Camille Moulin. On dirait que la guerre a
disparu, dit Auguste Barberin. Eh ! l'jardinier, dit Brêle, prends pas tes désirs pour
des réalités ! Celui que l'on n'entendait jamais,
le berger, leva les yeux de ses pieds. C'était
Honoré Sourisseau qui pensait à son bélier.
Il prit une longue inspiration, comme s'il
hésitait à dire ce qu'il allait dire, et parla à
Brêle. Pour rentrer, dit-il, il suffit d'être blessé.
Pas vrai ? Vrai ! dit Brêle. Quel morceau de
toi tu donnerais pour avoir fini ta guerre ?
demanda Sourisseau. Peut-être bien un pied,
dit Brêle. J'ai toujours fait la plonge en me
tenant sur un pied comme un héron. Ça
m'changerait pas ! Et ta femme ! Qu'est-ce
qu'elle dirait ? dit Sourisseau. Est-ce qu'elles
regardent nos pieds, les femmes ! Elles
s'en foutent ! Allez ! fit Brêle, va pour un
pied ! Camille Moulin dit : Une oreille... Tout
ce qui sert à entendre est à l'intérieur. Dehors, c'est comme un coquillage inutile. Je

donnerais le coquillage. Moi, dit Joseph, pour
avoir le droit de rentrer chez ma mère, je
donnerais toute une jambe. Ne dites donc
pas de sottises, protesta Jules. Vous rentrerez
chez vous entiers. Voulez-vous donc faire
peur à vos femmes ? Et vos enfants, voulez-
vous n'être plus bons à rien avec eux ? Je ne
donnerai rien à la guerre ! dit-il. Je me garde-
rai en entier. Je veux la vie et tout de la vie.
Nous danserons, nous courrons, nous saute-
rons, nous aurons nos jambes, nos bras, nos
mains pour travailler, et nos cœurs pour
aimer. En plus de notre intégrité, nous aurons gagné la sagesse de savoir comme
c'est une chance ! Ah toi ! fit Brêle, si tu
n'existais pas, je t'inventerais. Tu as raison,
la guerre ne doit pas finir pour quelques
estropiés, la guerre doit finir pour tous ! Et
Dieu sait que je ne veux pas faire peur aux
femmes !

Halte ! Deux minutes de pause ! criait le
lieutenant Bourgeois. Je n'aime que les pauses
moi, ça a toujours été mon problème ! rigola
Brêle. Moi, commenta Joseph, les marches
tranquilles me rendent heureux. Qu'est-ce
que tu préfères toi, demanda-t-il à Brêle, marcher ? Ah non ! grogna Brêle, pas marcher !
Joseph reprenait son idée là où l'autre l'avait
coupé : Marcher ? patrouiller ? attaquer ?
travailler ? Pas travailler ! rigola Brêle. Attaquer ? s'étonnait Joseph. Attaquer ! s'exclama
Brêle. T'es pas fou comme gosse ! Sûrement
pas attaquer, dit-il avec sérieux. C'est comme
si on me foutait à poil, tout nu pour m'offrir

à la mort. Patrouiller, c'est bath ! dit Brêle.
Tu suis ton chemin, t'es libre, tu zieutes,
si tu peux tu dézingues un Boche, et au
retour tout le monde est content. Ce que je
préfère, conclut Brêle, c'est patrouiller avec
Prince.

<h1 style="text-align:center">7</h1>

Ne te marie jamais, vieux ! disait Brêle au chien
Prince. C'est une belle connerie le mariage !
Le contrat le plus léonin que je connaisse.
Mais le lion n'est pas celui qu'on croit. Ma
femme par exemple, vois un peu ! Elle habite
dans ma maison, elle dort dans mon lit, Dieu
sait ce qu'elle y fricote, je veux mieux pas le
savoir, elle tape dans ma bourse, et elle est
même pas fichue de m'écrire trois mots gentils pour m'apaiser le cœur. C'est pas moche
une femme comme ça ? Hein, dis, c'est pas
indigne ? Je me demande comment j'ai fait
pour choisir une vache pareille ! Elle a dû se
donner bien du mal, me faire des chichis
mielleux que j'ai pris pour de l'or. Elles sont
fortes les femmes pour nous en faire accroire.
Les bobards, ça les connaît. C'est encore une
chose que j'apprécie avec toi : pas de mensonge chez les bêtes.

Elle a vite cessé de m'aimer ! Peut-être
même elle m'a jamais aimé. Pour changer si
vite, elle avait bien dû se tromper. Le plus

fou c'est que ça m'a bouleversé. J'ai pas l'air,
mais j'étais un romantique. Je croyais que je
ferais comme mes parents qui se donnaient
la main. Fallait pas parler de ça devant elle !
Jamais elle m'aurait donné la main pour
marcher. Tu te crois où ? Elle me disait ça
avec un air outragé, je comprenais rien à ce
qu'elle voulait me dire, je voyais qu'elle
n'était pas contente. Et je remettais ma main
dans la poche !

Est-ce que j'en ai pleuré de tout ça ? Même
pas !

Merci mon beau de m'écouter quand je
débloque ! Tu es bon avec moi. Sais-tu que
je t'entends ? Oui ! Vrai ! Parole de Brêle ! Je
t'entends m'aimer. C'est beau et doux comme
le silence après la fusillade. Ta voix est en-
fermée au-dedans, mais mon cœur peut la
capter.

Alors le soldat Brêle collait son oreille
contre le flanc du chien Prince. Qu'est-ce
qu'il fait ? s'inquiétaient les autres. Il tourne
maboul ! Une main de Brêle allait et venait
sur le dos du colley. Tu es beau ! murmurait
Brêle. Je vais te faire un aveu : si ça continue, je pourrai plus me passer de toi. Ça ne
t'ennuie pas au moins ? Ah ! je te remercie !
Je vous dis qu'il tourne maboul ! répétait
un camarade inquiet. Mais non ! disaient les
autres. Qu'est-ce que ça peut foutre qu'il cause
à un clébard ! Il a bien des oreilles ce chien,
disait Camille Moulin, c'est fait pour quoi les
oreilles ? Pour écouter parbleu ! Regardez
comme il écoute, ce Prince ! Brêle souriait.

Il se sentait si calme, si heureux. Les caresses
qu'il donnait l'exhaussaient. Oui, il s'enno-
blissait par la tendresse, et il avait l'étrange
sentiment d'apprendre son humanité dans
ce contact. Il faut se toucher ! pensait-il. Voilà
quel était le secret du monde, le secret de
l'amour. Et il reposait sa main dans les longs
poils du colley.

8

Qu'aurait dit le chien Prince s'il avait eu la
parole ? Quels mots aurait-il choisis pour
décrire son expérience de la guerre ? Que
savait-il vraiment ? Quelle connaissance la
forme de son être pouvait-elle lui donner du
monde ? Son univers était-il proche du nôtre ?
En quoi différait-il ? Ces énigmes ne cessaient pas de s'imposer à ceux qui aimaient
l'animal soldat.

    Crois-tu qu'il souffre de cette situation ?
demandait Brêle. Crois-tu qu'il espère comme
nous que ça va finir ? Jules ne jouait pas à
faire de son chien un homme. Il ne réfléchit
pas de cette manière, répondait-il à Brêle.
Jules croyait qu'un animal ne connaît pas le
temps. Qu'a-t-il dans la tête ? Peux-tu te l'imaginer ? insista Brêle. C'était un matin de pluie
où rien ne semblait pouvoir résister à l'eau.
Es-tu capable de te mettre à la place de celui
qui n'a pas de mots ? Non, je n'en suis pas

capable, dit Jules. Il se moquait de Brêle :
Pourquoi donc crois-tu qu'il a des idées ? lui
dit-il. Je ne fais pas que le croire, j'en suis
sûr ! dit Brêle. Il éprouve des sensations et
des émotions ! Brêle imaginait Jules au même
stade de découverte que lui. Il était très sérieux pour une fois et c'était Jules qui riait.
Pourquoi fais-tu l'andouille ? protesta Brêle.
Tu vois bien tout ce que Prince apporte à la
section. Et pas seulement le réconfort simple
d'une présence qui écoute. Bien plus que
cela ! Tu ne le sais pas ? demanda Brêle. Mais
si je le sais, gros bêtasson ! souffla Jules. Il le
savait depuis si longtemps que son plaisir
ne venait pas de l'apprendre par la bouche
de son ami, mais bel et bien de contempler
le soldat Brêle découvrant le monde animal,
la force de son existence et sa communion
spontanée avec les hommes. Brêle était un
type chaleureux qui était capable de réfléchir. Il faut parfois l'intervention d'un tiers
pour que deux hommes se reconnaissent.
C'était le chien Prince qui rapprochait Brêle
la grande gueule de Jules plein de silences.
    Brêle recommença : De quoi il causerait ce
chien-là s'il avait des mots ? Tu te le demandes quelquefois ? Jules souriait. Bien sûr qu'il
se le demandait ! Mais cette question était si
inhabituelle ! Autrefois, dans son enfance
pleine de bêtes, il avait été seul à se la poser :
que pensaient les palombes aux yeux cre-
vés qui servaient d'appeaux ? Et les petits
ortolans que l'on noyait dans le cognac ? Et le
cochon qu'on saignait pour Noël ? Que

pouvait se dire le chien qui voyait tous ces
crimes ? Comme il était singulier d'entendre
resurgir ces interrogations d'enfant ! Aujour-
d'hui, perdu dans l'attente, dans le bruit lointain des premières lignes, Jules trouvait un
homme qui avait envie d'écouter la réponse.
J'imagine souvent ce qu'il me dirait, répondit
Jules. Ou peut-être est-ce tout bonnement
que j'entends dans mon cœur ce que son cœur
me dit. Tu vois comme ses yeux parlent. Son
esprit est peut-être capable de m'envoyer des
images. Et qu'entends-tu ? demanda Brêle. Il
était à la fois curieux et grave.

Il me confie son amour, dit Jules. Il me
répète sa fidélité. Je comprends qu'il mourrait
de vouloir m'aimer encore dans ma mort. Il
est le seul ici-bas dont je doute qu'il me sur-
vivra. Il me dit : Maître, ma vie t'appartient.
Commande-moi ce que tu veux et je le ferai.
Connais-tu un homme qui parlerait de cette
façon ? demanda Jules. J'en connais un, dit
Brêle, et même que c'est toi ! fit-il en tapant
le ventre de Jules. Jules ne comprenait pas.
C'est ainsi que tu parles à ton Dieu, dit Brêle.
Prince te parle comme tu parles à ton Dieu.
Pourquoi dis-tu *ton* Dieu ? demanda Jules.
Parce qu'après ce que j'ai vu ici, il a fini d'être
le mien, dit Brêle.

S'il avait su que des mots vont avec les
choses, le chien Prince aurait dit de quelle
manière il était heureux. Et d'ailleurs il remuait
son fouet pour exprimer son contentement.
Il aurait dit que le soleil était bon quand il
chauffait. Il aurait dit que la terre humide

du matin l'assaillait d'odeurs délicieuses.
Que le bruit des canons l'effrayait moins
qu'au début de son voyage. Que les cris des
hommes ne cessaient pas de l'étonner. Oui,
il aurait dit qu'il y avait autour de lui beaucoup de choses nouvelles et surprenantes.
Et qu'il était excitant de les découvrir avec
le maître. Beaucoup de panique. Beaucoup
d'hommes couchés qui ont fini de bouger
leurs lèvres et leur corps. Peut-être aurait-il
demandé ce qu'ils faisaient là à rester immobiles.

Il aurait dit son bonheur d'être à côté du
maître, de vivre dans sa trace odorante, dans
sa chaleur et dans ses mots. C'était entre eux
un grand pacte d'amour. Et cette alliance
s'étendait aussi aux autres hommes. Il ressentait leur attachement quand ils venaient
parler près de lui et poser leurs mains sur
son dos. Les hommes le choyaient. Leurs
voix mêlées se succédaient à son chevet,
c'était le murmure vital, le chant de la terre.
Mais le maître était la présence réconfortante
qui transformait le monde. Le chien Prince
était fier de l'avertir du danger et de le protéger. Rien ne devait arriver au maître. Auprès
de lui, Prince ne connaissait pas la peur, car
sa seule peur était de le perdre.

Si le chien Prince était heureux, c'était aussi
qu'il aimait apprendre et se rendre utile. Il
était enivré de parcourir de grands espa-
ces. Quel bonheur d'être libre ! Jules pouvait
l'éprouver. Il eut même l'image mentale d'un
grand champ d'herbe haute. Il voyait le pré

qui dansait comme une mer sous le vent. Ses
yeux étaient au ras de l'herbe et il fendait
cette mer verte. Il pensa que Prince lui envoyait cette image et sut mieux qu'autrefois
attendre qu'adviennent en lui ces visions.

9

Le régiment fut au repos pendant quatre
jours dans un village où restaient de nombreux civils. La plupart étaient trop vieux
pour se déraciner. Y a pas de vie pour nous
ailleurs que dans cette maison, répétait la
logeuse de Jules. N'oubliez pas de retirer
vos godillots ! lui criait-elle ensuite. Promis,
madame Weltz ! disait Jules. Il était heureux
de retrouver la chaleur d'un intérieur bien
tenu, et même s'il songeait alors à son pays,
à tout ce qui manquait à son cœur. Moins
la vie nous gâte, plus nous sommes capables
de nous réjouir d'un rien, dit-il à Brêle. Un
rien ! protesta Brêle. C'est la vie de château
tu veux dire !
    Le bleuet le plus grossier de la compagnie,
un dénommé Prudent Delhomme, s'était ce
jour-là lancé dans une singulière expérience.
Y a vraiment que toi pour avoir des idées
pareilles ! lui disait Camille Moulin qui suivait la scène en se tordant de rire. Le jeune
soldat débitait toutes les injures qu'il connaissait. Et celui à qui il s'adressait avec ce

feint emportement n'était autre que le chien
Prince lui-même. Prince, placide, assis sur son
arrière-train, le fouet par instants balayant le
sol, plus impassible que lorsque Jules se mêlait de l'épouiller. Cul d'oignon ! criait Prudent. Tu dis jamais rien et t'as toujours l'air
de penser. Vas-y ! Cause un peu qu'on sache
ce que t'as dans la tête. Eh ! criait-il, tu veux
pas ! Peau de fesse ! Peut-être que t'as rien
dans la tête ? Cervelle de mésange ! Et comme
le chien restait assis à le regarder, il avait fini
par ce qui lui était la suprême injure : Trou
du cul sans fesses !

Je peux pas supporter de voir ça ! dit Brêle.
Insulter un bestiau qui t'a rien fait ! Au contraire ! dit Jules. Regarde ! Et prends-en de la
graine ! Est-ce que ça n'est pas instructif ?
N'est-il pas naturellement plein de sagesse ?
C'est bien ainsi qu'il faut recevoir les injures :
comme si on ne les entendait pas. Comme
si elles ne pouvaient vous atteindre. Comme
si l'on était au firmament de la vie, dans
l'amour inconditionnel, dans le pardon ins-
tantané... Et tandis qu'il disait ces mots, un
obus miaula qui s'approchait à grande vitesse.
Une seconde plus tard Prudent Delhomme,
qui avait su déplaire si vite à ses compagnons
d'armes, était en deux morceaux et le chien
Prince poussait des cris aigus, tremblant dans
sa robe de poils.

Chère femme, écrivit Jules, *je rêve à ta*
beauté, je rêve à ton ventre plein de notre
enfant. Je souffre d'être si loin de mon bon-
heur ! Quand tout cela finira-t-il ? On dirait

désormais que cette guerre ne s'achèvera
jamais car personne ne peut plus accepter la
défaite. L'avenir me fait souffrir, le présent
est cruel, le passé me tourmente ! Je voudrais
ressembler à Prince : vivre dans le présent.
Comme ce doit être simple ! Je pensais cela
hier. Mais ce matin j'ai su que je me trom-
pais grandement, m'éveillant dans la déman-
geaison des poux qui me dévorent. Prince
aussi est mangé par les poux. Je me disais
qu'il ne connaissait pas l'idée d'un demain,
mais que la sensation d'aujourd'hui suffisait
à causer une souffrance. Pardon de te racon-
ter cela mon aimée. Pardon. Tu me fais du
bien. Je t'aime. Jules.

10

A la mi-décembre, le petit Antoine gazouillait
des mots épars, parmi lesquels revenaient
souvent "Noël" et "bébé". Il y a un bébé dans
le ventre de maman, lui disait Félicité. Elle
prenait la petite main potelée de son fils et
la tenait posée contre son flanc. Elle s'était
bien arrondie et portait son enfant avec un
bonheur qui exaspérait sa belle-mère. Jamais
j'aurais cru vivre cette honte, disait Julia. Ni
moi non plus, répliquait Félicité. Leurs alter-
cations devenaient plus fréquentes au fur
et à mesure qu'était visible cette grossesse
suspecte.

Si vous n'étiez pas la mère de Jules...,
commença Félicité. Que ferais-tu ? dit Julia.
Tu serais pas plus avancée ! Et sa lèvre inférieure se retroussa de dégoût pour dire méchamment : Quand on a dans son ventre un
enfant qu'est pas de son mari, on n'est jamais
bien avancée ! Vous avez de la chance que je
n'aie plus ni ma mère ni mon père, murmura Félicité, sans quoi vous seriez seule ici
à regarder mourir votre ferme. A cette idée
de ses parents défunts, Félicité sentit les larmes lui venir aux yeux. Son visage avait
rougi d'émotion. Est-ce que je suis seule au
monde ? pensait-elle. Est-ce que je vais l'être ?
Si Jules était tué, plus rien ne la retiendrait
ici. Mais où irait-elle ? Je n'ai pas attendu une
petite insolente comme toi pour savoir ce
que c'est qu'être seule, dit Julia avec hauteur.
Quand mon homme est mort..., commença-
t-elle. Qui pourrait vivre à côté de votre
méchanceté ? pleurnicha Félicité. Je te souhaite,
ma fille, d'être une jeune veuve comme j'ai
été, répliqua Julia, une brave fille qui sait
plus quoi faire avec toute sa vie et sa beauté
Félicité eut un sourire. Oui sa beauté ! répéta
Julia. J'ai été une belle femme, bien plus belle
que tu l'es, si tu veux le savoir ! Tu n'as pas
bientôt fini de mener ta guerre ! dit Petit-
Louis à sa mère. Les larmes de sa belle-sœur
le bouleversaient. Comment me parles-tu
maintenant ? s'indigna Julia. Et pour la première fois Petit-Louis s'affermit dans la rébellion. Et toi, dit-il sans baisser les yeux
devant sa mère, comment parles-tu devant

moi ? Crois-tu que je suis fier ? Je parle à ma
mère comme elle le mérite, finit-il. Félicité
séchait ses yeux. Elle regarda le jeune homme.
Il avait tant changé depuis qu'il se préparait
à partir ! C'était au moins une bonne chose
qui venait de cette guerre !

Vous ne m'avez jamais acceptée dans votre
famille, dit Félicité. Du moment que je n'étais
ni une Beliatz, ni une Chabredoux, je n'étais
rien ! Pourquoi ne le dites-vous pas ? Je dirai
jamais une chose pareille, dit Julia. C'est pourtant la vérité. Je préférerais l'entendre dire à
voix haute plutôt que la vivre, dit Félicité.
A vos yeux jamais je n'ai été digne de votre
fils, continua-t-elle. C'était trop difficile pour
vous de le donner à une autre et vous étiez
assez bête pour imaginer que c'était ça le
mariage. La vieille ne disait mot et regardait
sa belle-fille derrière des petits yeux mi-clos.
Je sais bien que vous n'êtes pas assoupie,
dit Félicité. Je sais que vous m'entendez. Et
maintenant vous envoyez votre fils se faire
tuer par pure folie ! Oui, tuer ! fit-elle. Vous
ne le croyez pas, mais vous ne rendrez pas
vos fils éternels ! Ils souffriront autant que les
autres. Et qui sait comment ils vous reviendront, si jamais ils vous reviennent ! Car en
plus de la guerre, ils ont une mère qui les
démoralise ! dit Félicité. Elle regarda Julia
dans les yeux : Je sais quelle lettre vous avez
écrite à Jules ! Croyez-vous que ce soit malin ?
Julia se planta les deux poings dans les hanches : Si tu sais toujours tout, réponds toi-
même à tes questions. Ah ! Ah ! riait Julia,

réjouie par sa pauvre pirouette, et ennuyée
tout au fond d'elle-même, dans un recoin
qui lui restait encore inaccessible. Je n'ai pas
de question moi, figurez-vous, répliqua Félicité. Jules est le père de mon enfant, je n'aime
que lui et je suis une épouse heureuse !
S'il vous plaît de croire le contraire, qu'y
puis-je ?

Puisqu'elle croyait que la vie d'une personne vaut moins que son honneur, ou, ce
qui revient au même, que l'on ne saurait
vivre dans le déshonneur, Julia Chabredoux
avait écrit à son fils Jules les soupçons et les
preuves qu'elle retenait contre Petit-Louis et
Félicité. Découvrant la lettre de sa mère, Jules
avait prié pour qu'elle retrouvât toute sa raison. La guerre étendait la haine et le soupçon
jusqu'à l'arrière. La bonté, l'élan bienveillant
vers les autres s'acquièrent et se perdent,
pensait-il, c'était triste de voir ainsi une famille
se détruire comme le monde.

Il eut bien du mal à répondre à ce courrier inattendu. Mais puisqu'elle avait fait un
fils persévérant, la vieille Landaise ne tarda
pas à recevoir une lettre de son fils. Il y tenait
des propos qui la révoltaient, car les sacrifices
de la guerre n'avaient pas changé ses idées.
*Même si cet enfant n'est pas le mien, mais
permettez-moi de ne pas le croire, je l'aimerai,
écrivait Jules. N'importe quel enfant aujour-
d'hui me fait rêver. Quand on a connu le
front, la terre retournée et les morceaux de
viande humaine mélangée avec elle, plus rien
n'est grave. Plus rien ne saurait venir gâcher*

*la vie, du moment que c'est la vie. Je ne sais
quoi vous dire pour vous faire comprendre ce
que j'éprouve. Imaginez, mère, un abri bien
clos où se reposent des soldats, et un obus
d'acier rempli de poudre qui par un petit trou
trouve une entrée. Plus tard, quand on a
nettoyé tous ces corps explosés, il reste par-ci
par-là, roulés dans la terre, des caillots de
sang... Pensez cela, imaginez-le avec la plus
grande précision possible, puis songez à la
douceur de tenir un enfant dans les bras.
Oui, je vous le répète, mère : n'importe quel
enfant me conviendrait !*

Ah ! pensait Julia, on le lui avait bel et
bien changé, son fils ! Et quand elle le disait
à voix haute, Félicité lui répondait : Ne le
saviez-vous pas que la guerre détruit le cœur
des hommes ?

VII

EXPLOITS DE 1915

1

"**G**ROUPE des armées du centre. Con-
duite à tenir en cas d'attaque avec
gaz asphyxiants.

1. Ce qu'il faut faire :

Mettre son appareil individuel, rapidement
et correctement ; les lunettes doivent avoir
été graissées à l'avance à l'intérieur. Rester à
son poste et exécuter les ordres reçus. Allumer les feux et les entretenir. Tirer sur la vague
de gaz qui approche. Fermer les abris. Laisser
tranquillement passer la vague. Puis chasser
le gaz, avec les pulvérisateurs et par le feu.

2. Ce qu'il ne faut pas faire :

Il ne faut pas mouiller les compresses des
bâillons. Il ne faut ni courir, ni crier, ni s'agi-
ter. Il ne faut pas se sauver, car la vague de
gaz rattrape les fuyards et les tue. Il ne faut
pas se réfugier dans les abris ouverts aux gaz.
Il ne faut pas enlever son appareil trop vite
après le passage de la vague.

3. L'homme qui a son appareil toujours prêt et en bon état, et qui s'est bien exercé à l'avance à s'en servir, n'a rien à craindre des gaz que peut lancer l'ennemi."

Brêle était hors de lui. T'as tu ça, Jules ? Non mais t'as lu ça ! Les gaz rattrapent les fuyards et les tuent ! Elle est bien bonne celle-là ! J'le crois pas ! Ils nous prennent vraiment pour des cons. C'est ça qui me fout en boule. Qu'on nous fasse pas confiance, qu'on nous dise toujours quoi faire, mais jamais pourquoi. Ça serait pas mieux qu'on comprenne quelque chose à l'ensemble ? Taisez-vous, Brêle ! ordonna le lieutenant, et faites comme tout le monde : essayez votre masque. N'empêche, dit Joseph, ils ont compris qu'on n'a plus qu'une envie, foutre le camp d'ici… Compte pas trop là-dessus ! dit Pierre-Louis Porquet. On est planqués dans nos trous jusqu'à la saint-glinglin ! Celui-là, dit Brêle à Jules, on sait jamais s'il est lucide ou pessimiste. Tirer sur la vague de gaz qui approche, lisait Camille Moulin du ton le plus dubitatif. Qu'est-ce que ça peut lui faire ? Laisse tomber ! dit Brêle. Tu vois pas que le lieutenant est en pétard. Ils nous feront jamais tant rire qu'ils nous font chier !

La section masquée posait pour une photographie. Prince n'aboyait pas. Il s'était habitué à voir disparaître les visages derrière cet appareillage étrange et laid qui lui cachait l'essentiel des hommes, leur regard et l'expression mobile de leurs traits. Lui aussi possédait un masque. Et les chevaux en portaient également. Dorénavant la guerre se mène face cachée, disait Jules. Cette égalité des hommes et des animaux devant les gaz toxiques rappelait leur ressemblance, cette charpente physiologique qu'ils partageaient. Il avait fallu équiper les animaux. La guerre ne se passait plus d'eux. Les chevaux, les mulets, les chiens, ils étaient des soldats à part entière, enrôlés par millions eux aussi. Prince était un héros reconnu. Alors maintenant les hommes l'appelaient pour le cliché. Prince ! Ici ! Par ici le chien ! Assis ! Sage ! Il comprend tout ce bestiau !

Il serait au premier rang, au beau milieu, entouré, caressé par les hommes agenouillés. Prince ! Respire-moi ça ! Vas-y ! Tu me reconnais, pas vrai ? Tu sauras me retrouver, hein ? Si la vie voulait m'abandonner, toi tu ne m'abandonnerais pas ? Prince était courtisé, informé, monopolisé. Les soldats le comptaient dans leurs prières. Qui oserait croire aujourd'hui que ce chien n'a pas d'âme ? Ce chien un jour peut-être les sauverait d'une agonie solitaire, dans la boue d'un trou d'obus. Il percevrait de très loin la vie en eux, comme il l'avait fait déjà pour le capitaine Dorette, et il donnerait à ce dernier souffle une nouvelle chance.

2

Dans ces premiers mois de l'année 1915, l'enli-
sement général des armées n'épargna pas le
régiment de Jules. Tous les Landais de la
36e division menaient une vie enterrée, ponc-
tuée par les corvées et les relèves, entrecoupée
par quelques patrouilles et coups de main :
la patience présidait à leur tuerie hivernale.
Ce n'étaient plus les attaques d'une guerre
promise à finir, ce furent les attentes, les ruses,
les surprises, les tirs isolés, par lesquels les
soldats des tranchées devaient regagner
peu à peu la terre volée. Joffre appelait cette
stratégie "le grignotage". Toute modeste qu'elle
se prétendît, elle fit son lot de morts inutiles.
Pour quoi mourras-tu ? Pour quoi mourrai-je ?
demandait à Jules un Brêle devenu rêveur,
perplexe, révolté. Pour quelques mètres de
terrain ? Pour un bout de colline ? un champ ?
un petit bois ? un ravin herbu ? Son gros rire
jaillissait d'un coup. Jules regardait les petites
dents pointues que la mauvaise vie avait
gâtées. Ainsi Brêle tout à coup lui faisait peine.
Le grand bougre ne voyait rien, il parlait : Je
sais même plus dire ce que je voudrais ! Ah
si ! plaisantait-il, ce que je voudrais, c'est vivre !
Mais c'est trop demander à ces messieurs de
l'état-major. On doit pas réveiller le général
pendant sa sieste ! singeait Brêle en minau-
dant les gestes d'un ordonnance plein de com-
ponction. Puis reprenant sa grosse voix :
Faut qu'on meure pour la patrie ! Pas vrai le

chien ? Prince sautait autour du soldat. Puis il se mit debout, les deux pattes sur le ventre de Brêle, salissant la capote déjà boueuse. Un peu plus ou un peu moins, disait Brêle, pour mourir on n'a pas besoin d'être propre !

Ils mouraient concentrés sur quelques centaines de mètres, enchevêtrés les uns dans les autres : les blessés, les vivants et les morts ensemble. C'est dans cet emmêlement de souffrances inutiles que se forgea le rêve de la percée éclair. Il fut couvé pendant cette année 1915 où l'esprit offensif œuvrait en petit, avant de tuer en grand dans la Somme puis la Champagne. Ne fallait-il pas croire pouvoir mettre fin à la guerre pour être en mesure de la mener ? Les généraux le pensaient : il fallait que le culte de l'offensive illuminât encore l'impasse du face-à-face.

Mais en ce premier hiver de guerre, Jules, Joseph et Prince cherchaient leur endurance ou leur stoïcisme. Patience et longueur de temps…, murmurait Jean Bourgeois. Font autant de dégâts que force et que rage, finissait Paul Mignon. L'économie de guerre s'était mise en place à l'arrière. L'artillerie se remit donc à chanter et l'infanterie à danser. Au gouvernement, on commençait à tenir les comptes prévisionnels : obus nécessaires, pertes en hommes autorisées, recrues de la classe mobilisable. Arithmétique de la mort que l'on prenait soin de cacher aux soldats autant qu'aux familles. Le régiment landais entra dans la valse des fantassins, un pas en avant, un pas en arrière, un pied dans la

tombe, dans l'étourdissant pilonnage de deux
lignes se répondant. Paul Mignon écrivait à
sa femme qui l'avait remplacé comme institu-
trice à l'école. Il ne lui cachait rien, sa minu-
tie semblait cruauté. Il puisait sa force dans
ce souci de la vérité consignée. Conserve ces
lettres, conseillait-il. Elles témoigneront à ma
place si je n'en reviens pas. Il faut qu'un soldat dise comment coexistent dans la guerre
l'espérance, l'illusion et l'horreur, l'attente et
l'attaque, la vérité et la propagande, les vivants
et les morts. Ne répète rien aux enfants de
ce que tu peux lire. Je crois que l'on devrait
vider de tout son sens le mot "patrie", ce mot
est le pire des obus. Jules quant à lui disait
à Prince : Tu te rappelleras ça ? Tu le racon-
teras à tes petits ? Tu leur diras ce que nous
avons vécu, pour qu'ils sachent bien eux
aussi, les chiens de l'avenir, que ça a existé,
que c'est vrai, et que leur race a eu ses héros.

Paul Mignon avait écrit un poème. Comment tu l'appelles ta chanson ? demanda
Brêle. L'instituteur n'avait pas réfléchi longtemps pour répondre. *Devoir du soldat*,
avait-il dit. Voyons ça, dit Brêle. L'ancien plongeur dacquois lisait : Il faudrait s'élancer et
faire des cabrioles. *Il faudrait viser et voler. Il
faudrait tournoyer dans les airs et retomber
sur ses deux pieds. Il faudrait s'éclipser à
chaque départ d'obus. Il faudrait être invisible. Il faudrait être un assassin et un van-
dale, oublier cette désolation et ces dédales, ce
paroxysme sauvage, puis babiller gentiment
devant le colonel qui vient faire la revue des*

troupes. Mais on est tout emmenotté dans sa
chair, et médusé par la peur, on est lourd et
vulnérable, et finalement vautré dans la boue
où l'on voyait les autres ensevelis. Chut ! Pas
un bruit ! Les oreilles ennemies nous écoutent !
Pas un geste ! En avant ! Feu ! Aaaah !

Ce que disaient les consignes pour ce
jour était simple : Soyez braves ! L'heure est
au devoir ! Portez-vous à la rescousse pour
endiguer l'assaut allemand. Un cycliste seul
dans la nuit avait porté cette alerte à toutes
les compagnies cantonnées aux alentours de
la percée ennemie. Ils étaient partis. Marche
par deux. En silence. Brêle grognait comme
un sanglier. En silence on t'a dit ! lui disait
Porquet. Joseph avait la diarrhée. Des fois tu
t'arrêtes de gémir ? lui disait Brêle. Joseph
recommençait. Jules essayait de l'encourager. Ça va aller, disait-il, ça ne sera rien. Mais
pour cette fois il manquait de conviction. Aux
aguets, comme Prince qui le secondait, il sentait s'infiltrer dans sa vigueur une lassitude.
Tu entends ? demanda Joseph. Les spasmes
du marmitage allemand leur devenaient
perceptibles. Et avec eux l'agressivité incompréhensible dont ils seraient les victimes.
Il fallait avancer malgré cette sombre promesse. Monté sur un étalon noir, souriant
d'être revenu parmi ses hommes, le capitaine
Dorette prodiguait ses encouragements.

Quand le jour s'était levé, ils avaient pu voir
des morts partout. Qu'est-ce qui s'est passé
là ? demandait Joseph. Tenu en laisse par son
maître, le chien Prince se mit à pousser des

jappements aigus. Jules le détacha aussitôt.
Cherche ! dit-il. En passant à côté des corps,
Prince les reniflait. Quelquefois il léchait un
visage, fourrait son museau dans une chevelure. Jules le regardait faire sans rien dire.
Tous ces soldats étaient morts. J'ai rêvé, pensait Jules, il n'y a pas ici âme qui vive ! Il
s'essuya le front. La sauvagerie de ce spectacle le faisait transpirer. Des musettes, des
képis, des bidons étaient semés au milieu
des morceaux de cadavres. Tout ce fourniment
sans propriétaire semblait dire quel gâchis
faisait la guerre, ce ravage inutile dans la vie
des hommes et qui ne servirait à rien. Un
brodequin brun dont les clous argentés étaient
neufs contenait encore le pied qui aurait pu
les user. Jules sentit un frisson lui parcourir
l'échine. Dire qu'il s'était cru blindé à jamais !
Adossé à un arbre, un corps sans jambes semblait prendre racine dans la mare de son sang.
Des camarades avaient dû le traîner là pour
mourir, pensa Jules. Il n'était donc pas mort
sur le coup. Est-ce que c'était possible ? Il
avait eu le temps de se regarder sans jambes, dégouttant son sang, devenant peu à
peu comme une grande gourde vide... Ici !
appela Jules. Car Prince était parti lécher ce
marais sanglant. Quand même, commentait
Joseph, je ne comprends pas comment il peut
faire ça. C'est un animal, répliqua Jules. Et il
y avait dans sa voix un regret et un étonnement. Son chien faisait-il vraiment la guerre
sans chagrin, sans états d'âme ? L'absence
des mots expliquait-elle cette indifférence à

l'horreur ? Pouvait-il exister un homme capable de gambader au milieu de débris humains sans vomir ou désespérer ? Jules rappela son chien, l'enchaîna et lui tint la bride courte. Ah ! pensait le Landais. Etre semblable à lui ! Traverser l'hécatombe sans souffrir, parce que l'on ignorera la mort jusqu'à la sienne propre...

3

Le capitaine Dorette avait déployé ses quatre sections sur la ligne indiquée. Il leur fit creuser des trous de tirailleur qui ne se trouveraient reliés que si l'attaque allemande ne venait pas trop tôt. Ils appellent ça des abris ! marmonnait Brêle. Dites plutôt des égratignures ! Jules avait débouclé sa pelle portative et encourageait Joseph à faire de même. Notre front a été enfoncé, on nous appelle pour ce mauvais coup, expliquait Jean Bourgeois à Jules et Prince. Il ne parlait jamais qu'aux deux ensemble. Prince jappait et tournait autour de Jules. Silence ! ordonna Jules. Couché ! Il était sept heures quinze du matin. Il faisait frais mais l'aube promettait une belle journée. Une nappe jaune s'approchait dans cette clarté. Alerte gaz ! cria la ligne. L'industrie allemande mettait ses trouvailles au service de la guerre. Ah les vaches ! répétait Brêle. Faut-il être salaud pour inventer une saleté pareille ! Il avait l'impression que sa

grosse tête n'entrait plus dans son masque.
Bordel ! Bordel ! s'écriait-il. Attends voir ! lui
dit Jules qui avait déjà enfilé son masque à
Prince. Quel bastringue ! commentait Brêle en
se laissant faire. Puis se tournant vers Prince :
On n'est pas beaux comme ça ?

Depuis dix heures du matin ils attendaient
plantés dans leurs trous, continuant de creuser en guettant le ciel, étouffant sous leur
masque. A midi un sifflement trancha leur
monde, puis l'éclatement fit jaillir une étoile
de terre noire. Voilà l'orage qui se prépare,
dit Brêle. Le soleil semblait trembler et le
dégel faisait briller les champs. Des obus fusants éclataient très bas au-dessus de la ligne.
Tout de suite il y eut des morts. Camille Moulin parlait à Jules quand il reçut une giclée
dans la gorge. Jules sentit sa main droite entrer
dans son tremblement et la glissa dans le pelage de Prince. La boue avait commencé de
coller ensemble les longs poils du chien. Tu
auras bientôt une armure, murmura Jules. Le
chien gémissait doucement.

Dans l'attente, se taisant dès que sifflait
dans l'air une marmite, Jules parlait à Prince.
Le paysage autour d'eux n'était plus rien. La
terre a perdu sa couleur, nous avons em-
bourbé la palette de Dieu, disait Jules à son
chien. Tout le dedans s'est retourné sur le
dehors. Où sont passés le vert des champs et
la sève des arbres, et l'humus tendre des sous-
bois, où sont les sous-bois eux-mêmes ? Ces
paroles trouvaient le silence de Prince, ce
patient territoire d'écoute, ce don que nous

font les bêtes : l'ultime degré d'une discrétion impossible aux hommes. Nous avons
réussi ce chamboulement, disait Jules. Qui
eût cru qu'une poignée de poussière changée
en chair et en os aurait ce pouvoir de détruire ? Dieu, qu'en dis-tu ? Dieu, que fais-tu ?
Dieu, protège-nous de nous-mêmes. Dieu !
Je te parle ! Voilà donc cette guerre qui a fait
taire les cieux ! Tout s'est perdu. Il me semble
que mon esprit a même oublié la vie rêvée
d'autrefois. La maison, ma femme, mon garçon, et la mère, la terre et le travail, les longues marches, te rappelles-tu quelque chose
de ce pays, Prince ? Tout ce passé heureux
est-il encore en toi ? Et ton âme brave, qui a
le goût de la paix, comment fait-elle pour
accepter la guerre ?

Quand il dormait dans un vrai lit, Jules se
plaisait à interroger sa conscience. Le confort
civilise, disait-il à Brêle. Quel guerrier suis-je
donc ? se demandait-il. Il avait besoin de le
savoir. Suis-je courageux ? Suis-je audacieux ?
Suis-je cruel ? J'ai peur en tout cas. Oh oui !
Mais je n'ai jamais fui. J'ai craint d'imaginer
ma blessure : dans la seconde qui venait je
pouvais être touché. Je voyais, allongé dans
l'avenir, mon corps dans la souffrance et dans
la mort. Cette vision interdit d'habiter serei-
nement sa peau. Dans l'attente, j'éprouvais
un serrement de la gorge, un mal de ventre,
j'avais ce sentiment d'être non pas en vie
mais en sursis. Pourtant je n'ai ni ralenti ni
reculé. Comment même est-ce possible ? Il
y a donc un grand courage irraisonné dans

les hommes ! Au plus fort de la bataille, j'ai
dépassé largement ma peur : je l'ai oubliée.
Je me suis vécu immortel, intuable comme dit
Brêle. Je n'ai pensé qu'à vaincre, qu'à tuer celui
qui voulait nous tuer tous, moi et les autres.
J'ai pensé à mes camarades. Est-ce que je suis
fier maintenant ? Je ne le suis pas, mais j'aurais pu être honteux et je n'ai pas à l'être.
J'ai eu peur, je suis un homme sain, mais je
n'ai pas laissé la peur me prendre, je suis un
homme courageux. Oh ! mon Dieu ! Conti-
nuez à faire de moi l'instrument de votre destin. Je vous rends grâce.

On peut tout dire aux chiens, pas vrai ?
disait Brêle. On est sûr qu'ils n'iront rien répéter ! Est-on sûr qu'ils n'en souffrent pas ?
se demandait Jules. Etre le réceptacle de tant
de souffrance. Quand il écrivait à Félicité,
c'était l'effet de ses paroles, bien plus que la
crainte qu'elle ne les répétât, qui limitait ses
effusions. S'il vidait sur elle tout son malheur, comment saurait-elle garder un peu
de lumière pour l'enfant qu'elle portait ? Il
voulait qu'elle fût vivante et forte, et parfois
révoltée. Il ne voulait pas qu'elle fût ignorante
et niaise, ni qu'elle aimât la guerre comme
la vieille Julia qui s'était fourvoyée dans la
colère.

*On devrait mener ces messieurs du gou-
vernement, les députés, des troupes de civils,
les généraux des états-majors, devant ce champ
d'entonnoirs remplis de cadavres, et s'arrêter devant chaque corps en leur disant : Voici
Luc Deguy qui avait vingt-deux ans, travaillait*

comme serrurier et avait un petit garçon de un an. Voilà Louis Duval, né en 1890, qui avait deux enfants et qui était instituteur. Croyez-vous qu'ils avaient demandé à mourir pour la France ? Et André Leroy, vingt ans, fiancé le 29 juillet de l'été 1914, avait-il prévu d'aller se faire tuer ? Et leurs mères, et leurs pères, et leurs femmes, quelle sorte de vie ont-ils maintenant ? Croyez-vous qu'ils aient envie de se lever et de sourire quand l'aube vient sur leur chagrin ? Il n'y a pas de mesure possible pour le désespoir des familles. Il faudrait, quelques minutes par jour, redonner à chaque défunt l'importance qu'il a pour ceux qui l'aimaient. Les statistiques camouflent au cœur de chiffres glacés ce qui est perdu sans remède par des hommes qui n'avaient rien demandé : la vie précieuse, l'inestimable, l'irremplaçable. Les calculs sont une insulte à ceux qui meurent autant qu'à ceux qui restent. La veille au soir, dans une crise de colère impuissante, Jules avait osé écrire cela à sa femme. Maintenant il le regrettait. Qu'est-ce qu'il lui avait pris de se laisser aller comme ça ? Je suis fou et je suis stupide, se disait-il. Ou bien elle allait accoucher, et ça n'était pas un moment à traverser dans la tristesse. Ou bien l'enfant était déjà né, et il allait lui fabriquer une mère mélancolique ! Je suis fou et bête à la fois ! Ah ! comment faire pour concilier dans sa famille une guerre et la vie ? pensait Jules Chabredoux.

4

Jules se faisait du souci pour rien : les choses de la vie suivent leur cours. Car si les hommes déclenchent des cataclysmes, jamais ils n'interrompent jusqu'à l'arrière la dynamique de la chair qui pousse ou se flétrit, s'éveille puis dépérit, aussi inexorable que le flux et le reflux des grandes eaux sous la lune.

Quand la guerre eut huit mois, dans les premiers jours du printemps, Félicité donna naissance à une petite fille. Par une dernière étreinte, elle avait volé cet enfant au jour de la mobilisation, à la chaleur d'orage dont tremblait l'air, dans l'enivrement du désespoir qui faisait oublier l'odeur forte des canetons nouvellement nés, c'est dans le même coin de paille propre qu'advint sa délivrance. Les piaillements inquiets qui avaient accompagné deux corps se serrant enveloppaient maintenant deux corps se séparant. Il y a des lieux que le temps ne transforme pas, des choses qu'il effleure sans les changer, des êtres qu'il ensemence et récolte, d'autres qu'il lasse et décourage.

L'enfant naquit le dimanche 4 avril, dimanche de Pâques, dimanche de fête et dimanche de guerre, car tout cela peut aller ensemble. Bien que Brêle dît souvent : Il n'y a pas de dimanche à la guerre ! Félicité se rendit à l'office de onze heures en compagnie de sa belle-mère. Julia ne voulait pas déroger à cet usage des familles. Que nous soyons mauvaises amies, disait la vieille, ça ne regarde pas les autres ! Si tu es seule, on croira encore mieux que l'enfant n'est pas de Jules. Et tu sais comme vont les mauvaises langues ! Félicité ne disait mot. Elle coiffait Antoine d'un petit bonnet noué sous le menton et l'embrassait. Le garçonnet posait ses mains sur le ventre de sa mère. Bé-bé, disait-il. Oui, murmurait Félicité, bébé. Elle avait envie de sourire et de pleurer, et cela faisait à son visage un air gracieux et embarrassé, un sourire pincé et des yeux pleins de larmes retenues.

Ce fut un accouchement solitaire. Depuis que la guerre avait appelé ses majors et ses infirmiers, il ne restait pour le village et les environs qu'un vieux médecin remis au travail par cette tourmente. Il était accaparé au chevet de la souffrance des vieux. Ceux-là, qui ressassaient douleur et honte, voulaient mourir à la place de la jeunesse, et de fait ils passaient, car le deuil ou l'attente leur faisaient des maux inconnus. Félicité ne comptait pas sur lui. La sage-femme du bourg portait le deuil de son fiancé, on disait qu'elle perdait la tête, et même certaines médisances soufflaient qu'il ne fallait plus lui confier un petiot. Quant aux femmes qui pouvaient être là, Julia qui se voulait incontournable, la vieille Quitterie qui avait gardé Jules dans sa jeunesse, Félicité ne voulait pas en entendre parler. Vous ne serez pas la première à voir le visage de mon enfant, disait-elle à sa belle-mère. On doit bien payer un jour pour sa vilenie, pensait-elle pour se justifier. Il faudra

bien que tu veuilles de mon aide ! lui répétait
Julia pendant les derniers jours de la grossesse. Plutôt mourir ! répliquait la belle-fille
rebelle, désormais capable de laisser les mots
dépasser sa pensée. Elle était charpentée pour
mettre au monde une lignée et ne l'ignorait
pas. Sa détermination égalait le mépris dans
lequel elle tenait la mère de Jules. Dès les
premières douleurs, quand elle sentit son
ventre devenir dur comme une pierre, Félicité alla s'enfermer dans l'étable. C'était là
qu'elle retrouvait sa vie : la source de son
indépendance, la trace de son amour, la solitude de son attente, l'avenir. Je n'aurai ni plus
ni moins de bravoure que les soldats, se
disait-elle en guise d'encouragement. La pensée de Jules venait lui prendre le cœur, mais
très vite une crampe fulgurante la ramenait à
l'enfant. Une litière de paille fraîche attendait
la mère et le nourrisson, quelques linges propres, une bassine d'eau, un miroir et une
paire de ciseaux. Inquiète de sentir l'enfant
venir avant terme, elle avait préparé ce petit
attirail quelques jours avant, venant chaque
matin vérifier que tout s'y trouvait, bien rangé
et propre, roulé dans un drap, caché sous un
tas de bûchettes.
   Félicité avait gardé précis le souvenir de
son premier accouchement. Les naissances
sont des instants que le corps et l'esprit unis
scellent dans la mémoire. Elle se plia au
rituel : s'allongea, pensa à respirer paisible-
ment, commença d'écouter son corps comme
savent le faire les femmes, allant vers lui pour

le deviner, connaître son projet, le suivre
avec son âme. Elle se remit à lui tout entière,
comme on se remet à son cœur quand il
aime et qu'il n'y a plus rien à comprendre.
Elle attendit qu'advienne en elle – pour elle
et au-delà d'elle – une œuvre de la chair :
une vie supplémentaire venue emplir la
sienne, un pas à côté du sien, un souffle
d'enfant qui dort, une merveille. Combien il
fallait d'élancements pour délivrer ce joyau !
Tressaillements, pâmoisons, cabrioles, le
corps maternel était capable de tous les fris-
sons pour ouvrir sa porte à l'enfant, comme
si, fendu en deux, il savait trouver dans ce
dédoublement trompeur sa seule éternité.
Dans l'après-midi, les douleurs, plus fréquentes, devinrent aussi plus fortes. La chrysalide
utérine arrondissait son invisible orée. L'extase tumultueuse de l'enfantement chahutait
Félicité. Ses grands soupirs montaient dans
l'air tiède de la grange. Etait-ce cela la guerre
des femmes ? leur gloire et leur courage ?
leur souffrance et leur mort possible ? Que
faisait Jules à cet instant ? Pensait-il à elle ?
Tant de questions pour cette femme seule !
Elle pleura, d'avoir mal, de se sentir abandonnée, d'avoir peur tout à coup de cette solitude. Où en suis-je ? se demandait-elle. Et
de nouveau un long soupir gémissait en elle.

    Debout derrière le grand vantail, hypnoti-
sée, Julia écoutait sa belle-fille. Les moments
les plus intimes de notre nature sont bruyants
et spectaculaires : la vieille semblait pétrifiée.
Mais c'était d'être derrière la porte, comme

une indiscrète ! Jusqu'au dernier jour, Julia
n'avait pas cru que Félicité la tiendrait à l'écart.
Maintenant elle était inquiète. Tous ces soupirs ! Elle savait bien que c'était normal, mais
elle craignait quand même un accident. Et si
la mère venait à mourir ! Et si l'enfant ne
voyait jamais le jour ! Que dirait-on à Jules ?
Aarrh ! gémissait Félicité. Dieu ! pensait la
vieille, avait-elle donc le délire ? Julia frappa
violemment le bois du grand battant. Ne fais
donc pas la bête ! cria-t-elle à sa belle-fille.
Ouvre-moi ! Félicité ne souffla mot et se bour-
ra un chiffon dans la bouche pour étouffer
ses cris. Un caneton noir, fureteur et faraud,
s'était approché d'elle, tandis que la peu-
reuse colonie s'agglutinait loin du monstre
qu'elle figurait sans doute. Le petit œil noir
observait la grande bête couchée et malade.
De quoi ai-je l'air ? pensa Félicité qui comprenait cette épouvante. Sa main chercha le
miroir qu'elle avait apporté.
    Félicité regarda d'abord son visage. Au-
dessus de ses lèvres brillaient de fines gouttes
de sueur, des larmes avaient séché au coin de
ses yeux, une trace saline sinuait sur chaque
tempe. Elle aurait voulu tant de choses qu'elle
n'avait pas. Jules ! répétait son cœur. Elle
souleva sa robe, replia ses jambes et écarta
ses cuisses de telle sorte qu'elle pût glisser
le miroir devant son sexe. Son esprit tremblait jusque dans sa main à l'idée de voir
pour la première fois cette béance, ce secret
par où se faufile la vie, l'amour, et le résultat de leur conjonction. Il fallait bien qu'elle

sût où en étaient le travail et l'œuvre naturelle
qui se servait d'elle. Elle jeta ses yeux sur son
image comme on se jette à l'eau froide. Son
sexe lui fut méconnaissable, une rubescence
comme une blessure interne envenimée, une
part d'elle-même qui ne se ressemblait plus.
Sa douleur s'accrut de ce qu'elle vit. Déjà s'approchaient des cheveux noirs collés dans du
sang.

Longtemps après que l'enfant eut poussé
le cri du premier souffle, longtemps après
qu'il eut senti du dehors l'odeur de sa mère,
Félicité resta allongée, les yeux clos, la bouche embrassant le crâne de sa fille. Elle savait
comme il faut tenir le sang couché, donner
au corps incisé un repos. Le soir était venu,
l'obscurité enveloppait la ferme, les canetons
dormaient serrés les uns contre les autres
dans une encoignure, la montée de lait cha-
touillait les seins de Félicité qui installa sa
fille à téter, ce n'était pas encore le lait. Quel
calme ! Quelle douceur ! Un retour du bonheur ? Elle en avait oublié Jules, l'ombre per-
pétuelle de la mort qui menaçait leur grand
amour, et la guerre contre Julia. Elle pensa à
Antoine qui attendrait le baiser de sa mère.
Il trouverait deux vieilles à son chevet pour
lui dire de dormir. Cela fit à Félicité un bref
souci. Mais Antoine aimait bien la vieille
Quitterie qui racontait des histoires. Et Julia
pour un soir comme celui-là serait sûrement
gentille. Il fallait l'espérer. Julia ! Où était-elle,
cette vieille bique ? se demanda l'accouchée
avant de s'endormir.

La vieille bique était dans son lit. Dès qu'elle
avait entendu le vagissement du nouveau-
né, elle s'en était allée. Une émotion l'avait
assaillie, une joie intense. Un mélange singulier de soulagement, d'étonnement, d'émerveillement, d'orgueil l'avait traversée. C'était
fini ! La vie était la plus forte. La voir à l'œuvre
réconfortait. Comme Jules serait heureux !
Tout de suite Julia avait voulu partager cet
apaisement avec Félicité. Elle avait entendu
sa propre voix joyeuse qui criait : Fille ou
garçon ? Comme si elle n'avait pas été re-
poussée derrière la porte, comme si elle
avait choyé sa belle-fille et que l'harmonie
accueillît sa descendance. Aucune réponse
n'était venue couronner cette gaieté. Un enfant était né, mais sa mère n'en partageait
pas la grâce. Alors Julia s'était vue : courbée
contre le bois du grand vantail, seule devant
une serrure close. La vieille Landaise était
repartie vers sa maison. Elle avait traversé la
cour, la cuisine, monté l'escalier. Elle était
allée sans bruit dans la chambre de son petit-
fils que Quitterie avait couché, et assise sur
une chaise de nourrice, à côté de son lit, elle
l'avait regardé dormir. Là, tandis que l'ombre
et le silence enserraient le petit garçon dans
son parfait sommeil, elle s'était laissée aller
pour la première fois à ses larmes. Espérance
et mansuétude, joie et vaillance lui venaient
par l'enfant nouvellement né, elle éprouvait
ce grand bouleversement que ressentent les
âmes sensibles quand apparaît ou disparaît

une vie. C'était la première fois depuis longtemps.

5

Julia aurait aimé que l'on prénommât sa
petite-fille Victoire, mais Félicité, plus superstitieuse, et voyant bien que la guerre gardait
son époux, appela le nourrisson Marie. C'était
ce qu'on aimait dans ce pays en matière de
prénoms. M. le curé avait certes commencé
de baptiser des petites Joffrine et Mangine,
mais les préférences locales l'emportaient malgré tout. Joffrine ! Félicité se demandait quelle
sorte de femme donnait à son enfant le nom
de ceux qui menaient les hommes à la mort.
Des femmes qui comprennent ce que font les
soldats, répliquait Julia. Mais la vieille eut une
Marie, dont la mère avait pris la manie de
hausser les épaules.

La petite était à tel point le portrait de son
père que Julia connut l'erreur de ses soupçons. A cela s'ajoutait la date de sa naissance :
Jules n'était donc pas parti lorsqu'elle avait
été conçue ! se disait Julia. Elle sut qu'elle
avait été injuste avec sa belle-fille. Et avec
Petit-Louis. Où était-il maintenant, ce pauvre
garçon ? se répétait Julia. L'idée qu'elle avait
envoyé son jeune fils à la guerre à cause d'une
accusation sans vérité commença de lui ronger l'esprit. Elle en remâchait le regret, ne

cessant de s'en vouloir et de s'en repentir, et
puisque son orgueil l'empêchait encore de
demander pardon, Julia fut très malheureuse.
L'enfant de surcroît la bouleversait, elle lui
rappelait les deux fillettes qu'elle avait perdues.
Je suis aussi à l'envers que le monde, pensait Julia, et si je continue ainsi j'irai comme lui
à ma perte ! Elle prit le taureau par les cornes
et entreprit de regagner le cœur de sa belle-
fille. Dans le secret d'elle-même, un étrange
pari s'était instauré : si elle parvenait à effacer le passé et créer l'harmonie avec Félicité,
alors la guerre finirait et ses fils reviendraient
indemnes. Ainsi commença un singulier
manège dans sa pensée : lorsque Félicité ne
semblait pas mieux disposée, Julia la rendait
responsable du malheur qui pouvait arriver
à Jules et à Petit-Louis. Elle lui en voulait,
comme si le pari eût été réel, comme si Félicité en avait connu les termes, comme si
tout cela avait du sens. Tu ne sais pas ce que
tu fais ! grondait-elle à sa belle-fille, qui s'en
allait en haussant les épaules, légère en effet,
cruelle sans y songer, refusant de laisser sa
petite Marie embellir le cœur de Julia. Félicité
ne pensait qu'à sa fille, à Antoine, et à Jules
pour qui elle essayait de les décrire.

Félicité s'était levée deux jours après l'accouchement. Elle travaillait et chantait si bien
qu'on eût dit sa grossesse oubliée. C'était
de découvrir un nouveau bonheur. Une fille !
Cette naissance la comblait. Une fille ferait
une femme qui ne va pas à la guerre. Une fille
ferait une femme qui a appris de sa mère...

Tenant le bébé dans ses bras, Félicité se disait : Je ne serai pas une mère de garçons. Comme elle semblait alors résolue ! Elle ne savait pas bien d'où elle tenait cette idée, mais l'expression lui était venue spontanément à la bouche. Une mère de garçons ! C'était la colère d'être aimée comme une belle-fille qui la roidissait. A cause de Julia, Félicité n'avait pas foi dans cet amour par alliance : circonstancié, pas choisi, dans la compétition jalouse du sexe faible, l'amour des belles-filles et belles-mères naissait condamné. Les secondes avaient sûrement l'impression d'être dépossédées du fils qu'elles avaient si longtemps embrassé. Cet amour-là n'existe pas, pensait Félicité. Ce sont les fils qui l'inventent pour ne pas perdre leur mère. Ses certitudes mal bâties furent ébranlées par ce que lui confia un soir sa belle-mère.

Elles étaient devant l'âtre au maigre feu, lancé dans le printemps pour que la petite se sentît douillette. La petite dormait dans ses langes, sur les jupes de sa mère. Quand j'ai mis une fille au monde, disait Julia, j'ai senti le même bonheur qui t'illumine aujourd'hui. Les joues de Félicité s'empourprèrent. Tu es heureuse ! dit Julia. Il faudrait se crever les yeux et les tympans pour l'ignorer. Et moi, fit-elle, je le sais du dedans. Je peux remonter dans le temps de ma vie pour trouver le même bonheur de tenir sur sa poitrine une fillette. Une enfant faite comme on l'est. Une semblable. Pourquoi cette connivence ? Je ne savais pas le dire alors, mais je pouvais

le sentir, et depuis que je les ai perdues, les
deux sœurs que j'avais faites, je connais ce
que je tenais et que le bon Dieu m'a repris.
Ta petite Marie, elle sera une femme. Elle
portera tes petits-enfants. Tu te soucieras pour
elle quand elle sera grosse. Elle les fera grandir. Elle les éduquera comme on faisait dans
sa famille. Elle aura confiance en toi pour te
les confier. Tout ce que je n'ai pas eu, tu
l'auras, ma belle ! Félicité était bien étonnée
d'entendre sa belle-mère exprimer si précisément ce qu'elle était en train d'éprouver !

Je les ai perdues le même jour, une à
l'aube, l'autre le soir même de ce jour maudit, et sûrement parce que sa sœur l'avait
laissée le matin. Il y a des cœurs qui battent
ensemble et que rien ne saurait séparer, pas
même la mort, murmura Julia. Quand je leur
ai survécu, dit-elle, j'ai su que mon amour
pour elles n'était pas si grand que celui qu'elles
avaient entre elles. J'ai voulu mourir, dit-elle,
oh oui, j'ai supplié le Seigneur ! Mais ensuite, j'ai vu le pauvre Jules, qui jouait tout
seul sans vraiment comprendre ce qui se
passait, et Petit-Louis endormi dans son berceau, et j'ai su que j'avais encore à faire.

Ce jour-là, quand j'ai crié et voulu mourir,
dit Julia, j'ai fini d'être Julia. Le Seigneur
m'avait repris deux enfants, la mère est partie avec ses filles. La douceur, je ne l'ai plus
jamais eue. J'ai tellement prié qu'une partie
de mon esprit est restée au ciel. Dieu les voulait près de lui, mes deux anges, mes soleils,
alors il aurait la vieille avec lui ! Est-ce que

j'ai jamais réussi ensuite à éprouver une vraie
joie, à faire un vrai sourire ?... murmura
Julia.

Lorsque Julia avait perdu ses filles, les
vieux Landais s'étaient signés, baissant la
tête comme si ce moment était une punition
trop terrible, mais une punition tout de même.
Julia avait trop peu pleuré son époux, le Diu
(ainsi qu'ils disaient) avait voulu lui redonner le goût de l'amour perdu. Cela, la vieille
Julia n'avait pu le raconter à sa belle-fille car
elle n'en avait jamais rien su. Dans ce pays,
disait l'amie Quitterie, quand on parle des
morts, c'est en cachette, et ensuite ce qu'on
a entendu pour le répéter c'est rien, on est
comme la tombe.

6

En ce même mois d'avril 1915, un ordre du
grand quartier général imposa la suppres-
sion des chenils militaires. Les imbéciles !
commenta Jean Bourgeois. Jamais les chiens
n'avaient rendu autant de services et voilà
qu'on les supprimait. Le chien Prince aboyait.
T'as raison mon vieux, rouspète ! lui disait
Brêle. Mais t'inquiète pas ! Nous, on te garde !
Le bataillon se préparait pour une messe de
Pâques dont le moment fort serait le baptême de Paul Mignon. L'hiver meurtrier, loin
de faire changer d'avis l'instituteur, avait

affermi sa foi. Quand tant d'autres étaient
tombés à ses côtés, il était certain de devoir
sa vie aux attentions divines. Il ne cessait
plus désormais de ponctuer tout exposé de
ses projets d'avenir de la condition "si Dieu
me prête vie".

Paul Mignon n'était pas le seul à croire à
sa chance. Brêle lui aussi songeait que l'instituteur aurait pu être tué en maintes occa-
sions, mais qu'il était là, debout, fraîchement
lavé, souriant, ému même, ayant écrit à sa
femme ce qu'il faisait là, prêt à recevoir son
sacrement, à communier et confirmer son
choix, en pleine forme, comme si ce baptême
l'avait protégé. Dieu est malin, dit Brêle à
Joseph, il protège ses recrues ! Tu sais en
dire des bêtises quand tu veux ! dit Joseph,
tournant ses beaux yeux simples vers Dieuleveut qui faisait répéter les chants. *Gloria,
gloria in excelsis Deo !* A côté de lui, Jules
avait entonné le refrain : *Gloria, gloria, alleluia, alleluia !* Etait-ce l'allégresse du chant,
était-ce d'être le parrain, ou simplement de
sentir le frisson de sa foi vivante, d'en mesu-
rer l'ardeur et de prendre ce recul qu'elle
offre comme un cadeau qui ne finit pas, une
béatitude s'appropriait le visage de Jules.
Quand il s'avança vers le célébrant, il souriait
comme si la vie à ce moment valait d'être
vécue telle qu'elle se présentait, comme si
les vœux qu'il formait étaient exaucés.

Jules posa sa main droite sur l'épaule gauche
de Paul Mignon et répéta la profession de
foi. Pour vivre dans la liberté des enfants

de Dieu, rejetez-vous le péché ? demandait
Dieuleveut. Nous le rejetons ! répondit le
chœur des hommes. Nul besoin d'être chrétien pour faire cette réponse, pensait Brêle.
Croyez-vous en Dieu le Père tout-puissant,
créateur du ciel et de la terre ? Nous croyons !
répondirent les croyants. Brêle n'avait fait
que murmurer entre ses lèvres. Il aurait pu
voir le dos bien droit de Jules sous le drap
bleu délavé mais ce n'était pas son ami qu'il
voyait, c'était un corps décapité, dégouttant
son sang par-dessus le collet de la capote,
restant debout inexplicablement comme si
l'on pouvait perdre la tête et continuer. Il se
passa la main sur les yeux. C'était bien lui
qui perdait la tête ! Te sens-tu mal ? demanda Joseph avec sollicitude. Croyez-vous en
Jésus-Christ, son Fils unique, Notre-Seigneur
qui est né de la Vierge Marie, a souffert la Passion, a été enseveli, est ressuscité d'entre les
morts et qui est assis à la droite de Dieu ?
Tous avaient répondu : Nous croyons ! Ah !
pensait Brêle, ils voulaient tous croire, évidemment ! Ne le voulait-il pas lui-même ?
Croire que l'aventure ne s'achève pas dans
la boue d'un trou d'obus… Mais il y avait
trop de choses à croire, ça n'en finissait pas.
Croyez-vous en l'Esprit saint… on vous en
rajoutait des choses impensables et invisibles.
A la sainte Eglise catholique ? Par exemple !
Il n'y croyait pas. Au pardon des péchés, à la
résurrection de la chair, et à la vie éternelle ?
Nous y voilà ! pensa le soldat Brêle. Il regardait le prêtre et l'impétrant. Paul Mignon

avait les joues baignées de larmes, Jules le
tenait embrassé contre lui, Dieuleveut souriait. Brêle contemplait le trio en extase. Mais
brusquement les têtes disparaissaient, le
décapité s'imposait, à nouveau son sang dégouttait dans l'esprit de Brêle. Est-ce qu'il
ressusciterait avec une tête celui-là ? Maintenant les silhouettes fantomatiques des derniers tués revenaient dans l'assemblée des
vivants. A la messe de Noël, ils étaient encore
là, les tués des dernières attaques. Dieuleveut
faisait donc les mêmes gestes devant d'autres
visages. Comment le pouvait-il ? pensa Brêle,
passant encore sa main sur ses yeux. Sur
son front perlaient de minuscules gouttes de
sueur. Te sens-tu mal ? demandait à nouveau
Joseph. Très mal, répondit Brêle, je déraille,
pour ça oui.

  Viens t'asseoir par là, disait Joseph plein
de sollicitude. Moi aussi quand j'étais petit,
la messe me faisait tourner de l'œil, disait-il
à Brêle. Juste avant l'offertoire, paf ! fallait que
je m'asseye ! A ce qui paraît, c'est de rester debout. C'est pas ça, interrompit Brêle. Je perds
la boule, dit-il, je me défais pas d'une vilaine
image, tout le temps elle vient m'empoison-
ner, ça fait des jours que je peux plus dormir.
Va pas chercher plus loin ! s'exclama Joseph.
Faut voir le major, prendre un cachet, boire
un verre de gnôle… Le major a d'autres soucis ! dit Brêle. Laisse tomber, petit ! Le grand
Brêle va se requinquer tout seul. Mais tout
ce bon Dieu qu'on chante et qu'on acclame
en attendant que les obus nous explosent

en morceaux… Je veux pas être sacrilège, c'est peut-être pas le moment, rigola-t-il, mais ça me les brise menu… Nous coller des messes la veille des attaques ! Si c'est pour donner bonne conscience aux généraux, qu'ils apprennent ça : Brêle n'a jamais communié ! Et c'est pas la guerre qui le fera commencer !

7

Dès le lendemain, la belle cérémonie et la gloire de Dieu, la vie éternelle et l'amour du prochain étaient oubliés. Du moins n'en parlait-on plus. Le 18e et le 34e remontaient en ligne. Et Paul Mignon, baptisé ou pas, était dans la même merde ! soufflait Brêle. Il ne comprenait pas lui-même pourquoi cette idée le faisait rire à ce point. Il riait. Dieuleveut le rabrouait gentiment. Le jeune prêtre n'était pas susceptible, et lorsque les plus anticléricaux accusaient l'Eglise de profiter du malheur pour recruter, il se contentait de leur faire un sourire. C'était assez énervant, ce type imperturbable, pensait Brêle. Il n'était pas loin de se demander si ça n'était pas ça Dieu justement, cette force inaltérable, cette confiance. Mais puisqu'ils repartaient aux tranchées, le soldat Brêle avait d'autres choses à penser.

Avaient-ils jamais passé si sombrement les jours de Pâques ? Et comment les passeraient-ils

l'année prochaine ? Jules s'était endormi la
veille en imaginant sa femme occupée à cacher des œufs de sucre et de chocolat dans le
verger et son fils, courant avec un petit panier,
qui poussait des cris de joie chaque fois qu'il
en découvrait un. C'était ainsi, en commandant à ses rêves, que l'on pouvait se faire une
belle nuit, disait souvent Jules à Joseph. Mais
pour cette fois, sa technique n'eut pas le résultat escompté. Imaginer son fils ! Cela relevait désormais de l'imbécillité. Antoine avait
dû pousser comme un pin ! Et il se le figurait
encore avec ses deux ans... Une photographie, voilà ce qu'il demanderait à Félicité.
Elle pourrait peut-être aller jusqu'à Mont-
de-Marsan. Jules s'endormit apaisé par la vérité qu'apporterait ce cliché.

   Jules et Joseph n'étaient pas encore éveillés
lorsque tomba l'ordre de départ. Brêle accou-
rut les trouver. Prince aboyait. Assez ! lui
cria Jules. Les compagnies marcheront isolé-
ment. Départ dix heures, direction reculez
d'une case ! disait Brêle. Lundi de Pâques
mon cul ! finit-il en levant les bras. Il ignorait que les deux régiments allaient connaître
douze jours de première ligne dont quatre
de combats. L'eût-il su, il n'aurait pas pu
plaisanter.

   La 3e compagnie ferme le trou du Bois sans
ciel, annonçait maintenant le lieutenant Bourgeois. Ses yeux se tournaient souvent vers le
caporal Toulia, autour de qui se tenaient Jules,
Joseph et Brêle. Jean Bourgeois eut un sourire morose : Vous connaissez le coin ! Les

artilleurs ont tout marmité. Il n'y a plus rien,
plus de tranchées, pas une casemate, plus un
arbre. On creusera, mon lieutenant, dit Brêle
comme un élève plein de bonne volonté. Si
on a le temps ! dit le lieutenant. Les Boches
ont déguerpi. Mais on les attend. Nous serons
pilonnés. Nous serons attaqués. Faut se faire
à l'idée, dit la bonne volonté de Brêle. On
nous demande de tenir, termina Jean Bourgeois. Tenir ! Tenir ! Ils n'ont que ce mot-là
à la bouche ! pensait Jules, navré de ce qu'il
entendait. Ils retournaient au Bois sans ciel !
Comment pouvait-on leur faire ça ? A eux
qui avaient laissé là leurs camarades ! C'était
à peu près leur dire : Ah ! vous n'êtes pas
morts la dernière fois ! Eh bien, retournez-y !
Et mourez cette fois ! Jules n'éprouvait qu'une
incroyable tristesse. Il se rappelait tout à
coup tant de choses anciennes que le présent
s'estompait sous cette marée de mémoire
sombre. La ruée allemande, Joseph creusant
la terre comme une bête, Arteguy tué, Louis
Payant blessé au bras, le capitaine Dorette
disparu, Prince désobéissant et héroïque…
Tout ce qu'ils avaient vécu ! L'oublieraient-
ils jamais ? Quels hommes ces souvenirs
sanglants forgeraient-ils ? Des brutes ou des
sages ?

Ils se mirent en route, les pas dans les pas,
en cadence, avec au cœur la même mélancolique amertume, mais debout malgré elle,
vaillants. Que redouter maintenant ? pensait
Jules. Il pouvait entendre vers l'est le chahut
assourdi des marmitages ininterrompus. Le

village qu'ils laissaient était d'un calme lugubre, la rue principale était déserte, les autres
compagnies déjà parties, quelques civils restaient sur le pas de leur porte. Ils attaquent ?
demanda une vieille femme à Joseph. Mais
Brêle répondit avant lui : Et comment qu'ils
attaquent ! Ça va barder ! dit-il à la vieille
effrayée. Ne te vante pas trop ! cria Pierre-
Louis Porquet. C'est vrai que ça va barder ?
demandait Joseph oppressé. Jules subtilement
le rassurait. On peut bien rigoler ! disait Brêle
pour s'excuser. Sans blague, vous avez vu sa
tête à la mémé ! Puis, sérieux, il dit : Faut
quand même qu'ils sachent, tous ces cive-
lots qui se la coulent douce ! Il chercha Prince
des yeux. Le chien marchait à côté de Jules,
juste derrière lui. Nous sommes des héros,
pas vrai ? dit Brêle. Fais-nous pas cette figure
de carême, dit-il à Paul Mignon, c'est vrai ce
que je dis ! Y a pas que les morts qui méritent les honneurs ! Et ça te fera pas mourir
de le savoir ! L'instituteur ne disait plus rien.
Il regardait venir le colonel de Saint-Martin,
trottant botte à botte avec le capitaine Dorette
monté sur une rosse grise qui semblait ago-
niser. Les deux officiers cherchaient le lieutenant Bourgeois. Il ferme la marche, mon
capitaine, leur indiqua Pierre-Louis Porquet.

   Ils venaient annoncer à Jean Bourgeois
que son frère Louis était mort. Debout au
bord du talus, le capitaine Dorette essayait
de regarder dans les yeux le jeune lieutenant,
mais les yeux s'étaient enfuis, ils ne voulaient
pas qu'on leur transmît une quelconque force.

Le lieutenant regardait la colonne arrêtée, les
hommes curieux et intrigués. Des gamins in-
disciplinés, voilà à quoi ils ressemblaient à ce
moment. Qu'est-ce qui va nous tomber dessus ? disait Pierre-Louis Porquet, nerveux depuis le départ. Tu le sauras bien assez tôt,
répliqua Brêle. Tout cancanier qu'il était, il ne
voulait pas que l'on embêtât le lieutenant.
Le capitaine Dorette disait tristement : Il y a
deux jours que je voulais vous le dire. Mais
c'est si difficile n'est-ce pas d'annoncer ces
choses… je suppose que je n'ai pas eu le cœur
d'assombrir votre repos. Je sais que vous
étiez très proches et qu'il avait été décoré
dès septembre. Je vous présente mes condo-
léances. Merci mon capitaine, pensait Jean,
mais il ne put le dire. Sa gorge était comme
tranchée, plus rien n'y passait qu'une boule
énorme qui l'étouffait.

La marche avait repris. Le lieutenant n'est
pas dans son assiette, fit remarquer Joseph.
Quelque chose ne va pas, mon lieutenant ?
demanda aussitôt Brêle, adepte du franc-
parler quel que soit le problème. Je peux peut-
être vous aider ? La sollicitude avait fait taire
la moquerie dans cette voix familière et Jean
Bourgeois parla spontanément. Mon frère a
été tué, dit-il. Il y avait dans cette phrase une
sonorité glorieuse, une manière de noblesse,
une dynamique à la fois réconfortante et
impropre. Louis avait été tué, Louis s'était
fait tuer, il avait offert sa vie à la patrie, mais
toute cette bravoure active était achevée. Il
n'en restait plus rien qu'un cadavre. Et comme

s'il avait conscience de tout cela, Jean Bourgeois répéta les choses autrement. Il dit :
Mon frère est mort. Alors la réalité de son
deuil fut dite. Il ajouta : Mon frère jumeau.
Parce qu'il avait trois autres frères à la guerre
et que celui-là était le plus proche de son
cœur. Les larmes lui montaient aux yeux et
l'émotion lui serrait de nouveau la gorge.
Celui qui avait été décoré ? demanda Joseph.
Jean Bourgeois acquiesça. Décoré ! pensa
Brêle. Ça lui fait une belle jambe maintenant !
Mais il dit : Est-on sûr qu'il est mort ? Il est
peut-être seulement disparu. C'est ce que croit
ma mère, dit Jean Bourgeois, elle me l'avait
écrit. Pauvre femme ! murmura Jules. Alors il
pensa à sa mère. Il pensa à Petit-Louis. Où
était-il maintenant ?

8

Depuis que sa mère l'avait cru capable de la
pire des traîtrises, Petit-Louis avait troqué sa
vie d'enfant contre une existence d'homme.
En une colère d'automne, Julia avait brisé la
carapace maternelle qui étouffait son dernier-
né. Un garçon qui engrosse la femme de
son frère ne méritait pas mieux que d'aller
souffrir à la guerre. Voilà comment sa mère
avait vu les choses ! Elle se refusait à envisager qu'un de ses fils pût mourir. Dans son
aveuglement, Julia les avait rendus éternels.

Petit-Louis n'avait pas rectifié ce détail. Il s'était réjoui d'être enfin promu à l'âge adulte. Mieux valait une accusation injuste et ce nouveau statut que l'innocence enfantine dans laquelle Julia l'avait maintenu. S'il n'avait pas tenté un mot pour rétablir la vérité, c'était tout simplement qu'il ne voulait manquer ni la fièvre, ni le sacre promis aux combattants. L'honneur de sa belle-sœur importait moins que l'honneur d'être soldat. Félicité n'avait-elle pas sa vertu pour elle ? Il avait donc, grâce aux femmes, quitté sans regret le monde des femmes. C'était en janvier, juste après les fêtes de Noël, quand l'atmosphère de la maison était devenue aussi odieuse que le ventre de Félicité arrondi. Petit-Louis ne quittait pas un nid mais une poudrière ! Félicité l'avait embrassé. Elle était indulgente et douce, sans doute, pensa le jeune homme, parce qu'elle n'ignorait rien du caractère de Julia. Dieu te garde malgré ton péché, lui avait dit la vieille. Elle s'était mise du jour au lendemain à l'appeler Louis plutôt que Petit-Louis. Ainsi avait-il eu en même temps tout ce qu'il voulait. C'était un grand Louis qui avait quitté le pays. C'était un grand nigaud qui avait trouvé la guerre sans rapport avec ses rêves : cela après quoi il avait tant attendu n'avait pas le plus petit des attraits de ce qui mérite un désir.

Au dépôt, il avait pu croire encore aux grands faits d'armes qui l'attendaient. Mais dès le jour de son départ pour le front, la gloire avait tourné comme un lait. La communion

virile était devenue prosaïque. Petit-Louis avait
passé trois jours et trois nuits assis dans un
wagon de marchandises, convoyé de la même
façon qu'on transporterait un paquet sans conscience, tantôt roulant vers l'inconnu, tantôt
rangé sur des voies de garage, affamé et
transi, silencieux dans le silence, semblable
aux bêtes qui avaient jusqu'alors peuplé sa
vie. Dans les gares, il pouvait remarquer que
l'expression populaire avait changé. Beaucoup de femmes pleuraient et les hommes
retiraient leurs chapeaux quand passait le
convoi des renforts. Pourquoi font-ils cela ?
pensait Petit-Louis. Personne n'est mort ! Et
pour la première fois, une corde grave frémit
en lui.

Au matin du quatrième jour, le soldat Louis
Chabredoux arriva en pays minier, au milieu
d'un brouillard qui, crut-il, expliquait que
la guerre fût invisible. Il marcha encore jusqu'à la tombée de la nuit, pour rejoindre le
cantonnement de son régiment. Dans la lumière terne du soir brumeux, le jeune homme
put enfin découvrir comment les obus dé-
truisent les maisons, à quels gueux bruyants
ressemblent des soldats relâchés, et entendre
le bruit que fait une balle qui traverse l'air
sans trouver sa victime. Il dormit sur un
tapis de paille, dans une salle de classe, ron-
flant d'épuisement comme la plupart des
autres, puis réveillé par des éclatements sur
la toiture. Les recrues affolées couraient en
tous sens pour se cacher. Petit-Louis sentit
sa poitrine se gonfler d'orgueil parce qu'il

avait su faire la tortue sous sa musette. Enfin !
C'était la guerre et il était un brave !

Ce fut en brave qu'il rejoignit la compagnie à laquelle il était affecté. Il marcha de
nuit jusqu'en première ligne, par quelques
boyaux à demi écroulés et parfois à découvert, traversant des champs de betteraves à
sucre, qui avaient grossi en terre et dans lesquelles il butait en s'excusant. Deux autres
jeunes Landais étaient avec lui. Un planton
les guidait, qui leur recommanda la grande
prudence que réclame le grand danger. Mais
la prudence n'est pas une vertu dont l'art
militaire a suffisamment fait l'éloge. Faut-il
donc prendre garde à sa peau comme un
poltron ! Petit-Louis crut-il que c'était une
blague ? Voulut-il se prouver quelque chose
à lui-même dès le jour de l'arrivée ? Il agit
en tout cas comme si l'air était vierge, comme
si la nuit ne cachait pas des milliers d'hommes
prêts à s'entre-tuer, comme s'il était invisible.
C'est ainsi souvent que les enfants trop protégés par l'amour maternel découvrent en
un seul et premier coup fatal les accidents
qui arrivent, les trappes, les armes, et la
cruauté du monde. Petit-Louis ne suivait pas
les ordres et les gestes du guide. Malgré les
cent regards qu'il jetait vers le lieu présumé
des lignes, il n'eut pas le temps d'apercevoir
le début d'un bourrelet comme en font dans
la terre les tranchées. Un fusant attrapa cette
vaillance naïve.

Petit-Louis mourait comme rien, pour rien,
au milieu des betteraves gelées, abandonné

dans la nuit par les siens, sans avoir jamais possédé sa vie, et sans savoir que naîtrait une Marie dont le visage au premier jour saurait l'innocenter. Il y a des hommes qui obéissent et désobéissent à l'envers.

Ainsi ce fut au tour de Jules d'apprendre de la bouche du capitaine Dorette que son frère était mort. Un gosse ! répétait Jules. Un gosse ça sait pas se méfier ! Ça prend la guerre pour un jeu ! Faut voir comment on les instruit ! Chair à canon ! A la première relève, il avait dû marcher la tête haute, croyant donner sa preuve de courage, arborant sa fierté d'enfant venu à la fête. Macabre fête ! C'était tout vu. Tout avait été décalotté d'un coup, l'enfant, la tête, et la fierté.

Alors là ! clamait Brêle. Plus jamais de ma vie j'essaierai de dire une prière ! Et vous autres, laissez Dieu tranquille ! N'allez pas lui cirer les pompes ! Il s'essuie les pieds sur nous ! On aurait dit en effet que le baptême de Paul Mignon avait apporté malheur et deuil à la compagnie. Je suis comme toi, disait Brêle à Prince, j'ai des amis et des maîtres, mais de Dieu aucun.

9

A la ferme Chabredoux, quand arrivèrent le maire et le bordereau, la vieille Julia était seule à trier des pois gourmands dans la cuisine.

Celui qui l'avait aidée à faire passer au jeune fils le conseil de révision trouva le courage de venir annoncer que la guerre avait déjà pris ce fils. La pauvre femme, plus enivrée de propagande que de vérité, n'eut pas celui de lui ouvrir sa porte. Et le triste émissaire rentra chez lui sans avoir dit un seul mot. Tandis que glissait sur le sol le rectangle de papier aux couleurs de la France, Julia s'effondra doucement de sa chaise. Les couleurs de la France étaient comme celles des faisans : la mort les fanait. Julia respira péniblement. Moi je respire, pensa-t-elle en sentant sa poitrine se soulever. Et lui ? Où est-il ? Pourquoi ne puis-je le voir ? Une mort sans cadavre, sans veillée, sans messe… voilà ce qu'on réservait aux soldats ! Voilà ce qu'elle avait offert à Petit-Louis ! A cette idée Julia poussa un cri que sa violence éteignit. La voix était cassée, mais plus profond que sa racine même, quelque chose en elle s'éteignait. Une petite fenêtre venait de s'ouvrir dans son corps. Pfut ! Pfut ! Par cette ouverture invisible s'en allaient les forces de vie. Pfut ! Pfut ! Le deuxième classe Chabredoux Louis, versé à la 21e compagnie, avait trouvé la mort en rejoignant les premières lignes. Pfut ! Envolé le garçon ! Voilà ce que Julia inscrivit dans son cœur, avant de cacher le courrier sous la pile de nappes où Jules avait cherché quelques mois plus tôt son livret militaire. Antoine, qui espionnait sa grand-mère, courut aussitôt trouver Félicité, pour lui "dire une cachette".

Julia ne voulut rien confier à Félicité, ni jamais avec elle parler de la guerre de Petit-Louis. Quand Jules eut écrit à sa femme son chagrin d'avoir perdu un frère, on eût dit que la vieille Landaise, comme une mule refuse de passer une porte, ne voulait pas entrer dans la parole.

Le deuil de Jules, pas plus que celui du lieutenant, ne suspendait l'ordre des opérations. N'avait-on pas parlé d'un général qui avait perdu ses quatre fils sans quitter son commandement ? Les Landais avaient retrouvé une compagnie du 19e. Les artilleurs de Tarbes, disait Jules. Qu'est-ce qui se prépare ? demandait Joseph. Dans la nuit, il n'avait pas vu Jules et Jean partir en reconnaissance.

La position du Bois sans ciel n'avait plus rien d'un bois. Des arbres, autrefois en bataillon comme les hommes, ne restaient que des épines de bois plantées dans le sol, comme les croix rongées d'un vieux cimetière ou les planches pourries d'une épave centenaire. Le ravin des Cailles n'était pas une position plus hospitalière. Les cagnas inondées pouvaient nourrir la prémonition de ce que devenait la guerre : un naufrage de l'Europe. Brêle, Porquet, Mignon, Dieuleveut, Joseph, d'autres nouveaux dont ils n'auraient pas le temps de connaître le nom ou le tempérament étaient éparpillés dans des entonnoirs remplis d'eau, pataugeant dans une boue grise qui s'élevait en gerbe à chaque explosion. Cinq cents hommes étaient serrés là, qui tenaient la position, c'est-à-dire attendaient d'être touchés au lieu de se sauver. Deux cent trente-deux, après avoir pu souffrir de la mort des autres, trouveraient la leur, en quelques jours. Le chien Prince était méconnaissable, plus semblable à un loup qu'à lui-même, de la couleur de la boue, bon génie d'un lieu maudit. Sous le martèlement des obus, la terre avait des convulsions mortelles. Au lieu de rester ferme sous les pieds des soldats, elle se soulevait comme une mer et retombait sur les hommes. Les ensevelis hurlaient de toute leur âme. Pas mort ! Pas mort ! Prince courait, flairait, écoutait, puis il creusait avec une frénésie d'enragé, pour libérer ces souffles vivants que les obus recouvraient. Construisez des asiles de fous, des hôpitaux et des prisons…, pensait Brêle.

Dans une fosse géante où les morts dormaient dans leur sang, Prince trouva Jean Bourgeois sans connaissance. Le lieutenant avait été projeté en l'air par le souffle d'une explosion. Un obus de 340 avait creusé à quelques mètres de là un cratère de quatre mètres de profondeur. Dans ce sol détruit, les cadavres étaient emmêlés, hors de leur identité, sans individualité. Prince léchait le visage du lieutenant. Deux brancardiers le transportèrent, tandis que le chien jappait en courant à côté du blessé. Le jeune officier saignait beaucoup et l'animal léchait les gouttes qui tombaient sous la toile.

Le lieutenant Jean Bourgeois mourut sans reprendre conscience au poste de secours où sa blessure attendait un major disponible.

Posté dans une écorchure du terrain, au lieu dit
le Bois sans ciel, Jules apprit, par la rumeur,
la mort de son ami. Il ne pleura pas, il ne put
prononcer un mot, mais il sut ce qui se déchirait en lui, le dernier brin de l'optimisme,
cette impression d'aimer la vie, ce sentiment
que l'on ne sait nommer mais qui est là le
matin quand on se lève de son lit. Tout finit,
pensait-il, et cette certitude-là, comment fait-
on pour y faire face ? Les hommes sauraient-
ils se réjouir un jour s'ils inventaient un
moyen d'éradiquer la mort ? se demanda-t-il,
avant de se traiter d'idiot.

VIII

MORTS EN 1916

1

LA SEULE année 1915 était passée sur Julia comme une décennie. L'outrage qu'inflige le deuil à l'envie de vivre avait eu raison de la vieille Landaise. Au moment de pleurer un défunt, quand la sainteté de nos actes semble seule capable d'écarter l'impression d'inanité que laisse la vie, toutes les bontés qu'elle n'avait pas eues s'étaient tournées contre elle. Qu'avait-elle fait du temps qui lui avait été donné ? Tant de mal ! pensait-elle, s'exagérant ses erreurs, comme souvent font ceux qui entreprennent de se juger. Que valait de vivre si ce n'était pas pour la simplicité, la bonté et la vérité ? Mais il était trop tard pour changer, pensait Julia. Elle avait bien essayé, c'était peine perdue. A quoi bon faire des efforts quand les autres n'y croyaient pas ! Depuis la naissance de Marie, Julia avait eu beau perdre sa rudesse, les choses n'étaient pas pour autant devenues

comme elle les voulait. Ce n'était pas étonnant, mais elle s'en étonnait puisqu'elle le
déplorait, puisqu'elle en avait fait le vœu.
Elle demeurerait donc malgré elle la veuve
endurcie par la perte de ses deux filles, im-
pardonnable de n'avoir su aimer comme on
le peut ceux qui restaient, elle ne regagnerait
aucun cœur, elle ne ressusciterait pas le fils
tué qu'elle aurait pu garder. Bien sûr Félicité
était exquise ! Pourtant, pensait Julia, ses sourires n'étaient-ils pas inscrutables ? Et neutres
ses paroles ? Peut-elle m'aimer ? se demandait-
elle, commençant d'éprouver de l'affection
pour la jeune femme, puisque l'amour aussi
se cherche et se cultive. Comment le pourrait-
elle ? se disait Julia, alternant l'espoir et l'incrédulité. Les opinions qu'on s'est faites, on se
les garde ! Trop difficile d'en changer ! Attendant de la clémence, elle semait encore de la
colère. Et elle mettait fin à toutes ces questions en s'emportant : qui ferait l'effort d'aimer
une vieille ?

　　Quand il fut certain qu'elle ne pouvait plus
revenir en arrière, Julia regarda devant elle :
il n'y avait plus qu'une tombe. Son fils n'en
avait pas connu d'autre que le boyau éboulé
où il était couché. Où avait-elle entendu que
les morts étaient laissés sous le feu ? Comme
ils étaient tombés ! Livrés aux oiseaux ! Elle
s'en fit l'insoutenable image. Cette pensée
acheva de la jeter en terre. Est-ce qu'une
mère qui a donné son fils à la guerre avec
moins de compassion qu'un bœuf au boucher
a le droit de vivre ? Elle n'en a même plus

l'envie ! disait la vieille femme à voix haute.
Au-dedans, dans tous les replis de son esprit
fautif, Julia se préparait à mourir. Seigneur,
Seigneur, priait-elle. Pardonnez à votre pauvre
servante à qui vous aviez donné trop de
dureté ! Disant cela, Julia Chabredoux, née
Beliatz, était pleine de remords, et cependant sentait avec raison que quelque chose
en elle avait toujours été plus fort qu'elle,
quelque chose dont elle n'était pas coupable,
qui était son centre et sa matière : son tempérament. Dieu m'a faite une force brutale,
critique, sans trace de tendreté… Je suis *une
nature*, comme on dit. Mon père était semblable. On le disait assez par ici. Beliatz,
qu'es quocrun ! C'est quelqu'un ! On le disait
comme ça sans arrêt. Je suis pareille à lui.
Suis-je responsable de cela ? S'il y a bien
une chose que l'on ne choisit pas, c'est son
sang. On le prend comme il coule, mollas-
son ou tempétueux. Moi, c'était le tempétueux. J'ai été la fille qu'emplissait un sang
flamboyant. N'ai-je pas payé plus que le
prix pour avoir été comme je suis ? Quand
une femme perd trois petits…, disait-elle
à la vieille Quitterie. L'amie hochait la tête.
Elle-même n'avait jamais eu d'enfants. N'était-
ce pas pire ? pensait-elle, car chaque personne sait son propre malheur qui l'emporte
en son cœur face à celui d'autrui. Quand
une femme perd trois enfants, répétait Julia,
une place est faite pour elle au paradis. Entends bien ce que je te dis là, disait-elle à sa
visiteuse. Et Quitterie, lentement traversant

la cour, dans la tristesse que fait entrer en nous
la fréquentation des mourants, ses longues
jupes noires caressant la terre, regagnait sa
maison en plaignant son amie. Songeant que
Julia ne parlait jamais du mari dont elle était
la veuve, de celui que peut-être, avec sa tem-
pête, elle avait fini par tuer. Evoquer ce défunt,
c'était rappeler trop de fantômes, et l'on ne
vit pas bien dans les maisons hantées.

La vieille Quitterie sait pourquoi je n'ai
pas peur de mourir, disait Julia à sa belle-
fille, fanfaronne, en mangeant le potage. Elle
préférait tout avaler et tout rendre, plutôt que
laisser savoir qu'elle n'alimentait plus sa vie.
Tous les soirs, Julia cachait dans sa manche
un poireau, qu'elle enfilait ensuite dans sa
gorge, la tête penchée en arrière, habile à se
gaver comme une oie, sauf qu'il s'agissait là
de bien vomir tout son dîner. Si Julia tenait
encore debout, c'était à la manière des pins
foudroyés, dans l'attente immobile du petit
vent qui les fera coucher. Sa force avait fini
de s'éclipser par la petite ouverture invisible,
comme si la balle qui avait traversé son fils
l'avait transpercée elle aussi. Un enfant qui
naît ouvre une fenêtre dans le cœur de sa
mère, par où, tant qu'il vit, coule l'amour
qu'elle a pour lui, et par où s'enfuit la vie
qu'elle perd quand il meurt, disait Julia après
la naissance de Jules. J'ai quatre fenêtres,
disait-elle à Félicité qui ne comprenait pas.

Depuis la mort de Louis, ta mère n'a plus
sa tête, aurait voulu écrire Félicité à son mari.
Mais elle n'en faisait rien. Au contraire, plus

le fardeau lui semblait pénible, plus elle for-
çait la gaieté de ses lettres. Il lui suffisait pour
cela de parler à Jules de ses enfants. Marie a
une jolie tête bouclée comme un angelot.
Depuis quelques jours, Marie fait de beaux
sourires. Je te jure que c'est bien une fille :
charmeuse et belle ! Antoine est très gentil
avec sa sœur. Antoine parle comme un livre.
Antoine est tout le portrait de son père...
Antoine et Marie. N'étaient-ils pas le grand
bonheur de Jules ? Lui raconter comment la
guerre venait détruire sa famille jusque dans
sa maison n'aurait fait qu'affaiblir cet homme
sans pour autant réparer cette famille. Ne
voulant pas inquiéter Jules, Félicité ne pouvait se confier à lui. Elle était le témoin silencieux de la mort spirituelle d'une femme.
Elle faisait face à ce personnage complexe,
émue mais impuissante, car ce que toute une
vie a fabriqué ne se dénoue pas en un sourire. Et il y a bien des choses que l'on ne
peut pas oublier.

Certains jours, apprenant un deuil dans
une famille dont les hommes étaient au front,
Félicité se sentait étranglée par une puissance invisible ; la mort était partout, les
hommes ensemble, les femmes isolées, les
enfants perdus étaient immolés à des causes
insuffisantes. Elle pensait que la guerre était
un crime contre l'humanité. Pour avoir l'impression d'être vivante, pour posséder encore
des songes et des mots qui les disent, pour
être accueillie du côté de la joie, il ne restait
à Félicité que ses enfants. A trois ans passés,

Antoine aurait écouté sa mère pendant des heures. Sa mère parlait de la guerre ! Sa mère et la guerre, c'était là justement tout ce qu'aimait le garçonnet. Mais il ne fallait pas énerver cet enfant qui posait déjà trop de questions. Félicité essayait de se taire. Comme un fait exprès, les affiches bleu et blanc réapparues dans quelques magasins lui rappelaient son choix et cette consigne. *Silence ! Ne parlez pas de la guerre. Nos ennemis nous écoutent.* Et puisqu'il n'y avait que la guerre dans les esprits, on ne parlait plus de rien. Vivre devenait de plus en plus triste. Ce silence était un poids de plus à porter. Mais Félicité comprenait que se taire, pour peu que l'on sût s'arranger soi-même avec les mots étouffés, était salvateur et apaisant.

A sa fille seulement Félicité, à tort, croyait pouvoir parler sans danger. Elle lui livrait son inquiétude, sa longue attente, en même temps qu'elle la changeait, la nourrissait, ou la berçait. Elle lui décrivait ce père invisible qui manquait. A cette petite de dix mois, il suffisait de parler doucement et elle n'était pas effrayée. Marie, qui avait de grands yeux noirs comme sa mère, écoutait donc des récits de tristesse et de cataclysme, souriant à celle qui les contait, puis écoutant pleurer dans son cou en même temps qu'on venait l'embrasser. Ainsi la mère s'épanchant emmêlait un grand nœud de larmes au creux de son enfant, ignorant que le premier temps de la vie inscrit dans la chair toutes les angoisses qu'il ne comprend pas. L'une et l'autre cependant étaient heureuses de se respirer et de se toucher tendrement. Pour Marie, enfant de la guerre et de l'amour, le plaisir serait pour toujours mêlé au malheur sans qu'elle sût, ailleurs qu'au fond secret de son origine, la source de cette configuration personnelle. Aussi protégés que soient les enfants des guerres de leurs pères, ils sont atteints, car trop de choses voyagent et se transmettent par le cœur des femmes.

La Grande Guerre n'avait pourtant pas fini de modeler le siècle et les survivants. Ce fut bientôt le temps de Verdun. Dans le dernier mois de l'hiver, l'orgie meurtrière qui sacrifiait les soldats déploya sa grande ombre fatidique jusque sur le peuple non combattant. Chaque famille se contracta dans l'attente insupportable d'un deuil presque garanti. On aurait dit que la pulsation des canons devenait audible jusque dans les maisons. Le silence des femmes en noir, promesse lugubre pour celles qui avaient un homme au front, devint plus oppressant. Car les divisions d'armée se succédaient dans l'embrasement. C'était une hémorragie continue des hommes. Le deuil était national. Dans les fermes avoisinantes, pas une mère qui ne pleurât un fils ou qui ne s'attendît à bientôt le faire. Cette paysannerie, qui parlait le patois et ne possédait pas la terre, avait été versée dans l'infanterie : c'était elle qui mourait le mieux. L'incertitude, autrefois pleine d'espérance, avait basculé dans le drame : les disparus n'étaient plus des vivants mais des

cadavres non identifiables. Il y en a des déchiquetés ! disait la vieille Quitterie. Combien ? demandait-elle. Et faisant la réponse
elle-même : Beaucoup ! Beaucoup ! N'avais-
je pas raison de haïr les Allemands ? demandait Julia à sa belle-fille, avec un filet de voix
amenuisé par l'agonie. Avait-on jamais raison de haïr ? se demandait Félicité qui n'aurait pas contrarié une mourante.

A la fin de février, la vieille ne s'était plus
levée. Son visage minuscule restait enfoncé
dans l'oreiller. Ses paupières étaient trans-
parentes, nervurées de rose violine, comme
des pétales en putréfaction. Je n'ai plus le
goût, répétait-elle. C'est bien le cœur qui
nous tient debout, mais pas parce qu'il bat,
simplement parce qu'il aime, pensait Félicité
en voyant sa belle-mère. Que s'envolent les
objets de nos amours, alors nous devenons
l'ombre de nous-mêmes. Et même quand nous
n'avons pas su aimer. Julia faisait beaucoup
d'efforts ! Mais pouvaient-ils suffire à faire
oublier ce qu'avait été sa vie ? Fallait-il tout
effacer ? Il était triste de voir une femme finir
dans le reniement de ce qu'elle avait été. Et
tant pis si ce qu'elle avait donné n'était
qu'exigence, autorité, intransigeance, force !
En somme, à tout prendre, Félicité aurait préféré voir sa belle-mère rester tranchante et
dure, fidèle à elle-même. On ne peut pas
revenir sur tout, se disait la jeune femme.
Chaque jour s'accumule sur un autre, les
années sur les années, pour dire celui qu'on
est. Félicité, dont les conclusions à ce moment

étaient guidées par des sentiments person-
nels, avait néanmoins, à côté de sa rancune,
l'honnêteté de se les appliquer à elle-même.
Il faut se tenir tout au long, pensait-elle. Je
dois bien me comporter avec Julia. Maintenant. Mais comme c'était difficile !

En vérité, les mots aimables que pouvait
trouver Julia causaient une grande gêne à
Félicité. Ils l'avaient d'abord surprise dans
ses retranchements habituels. Elle ne savait
pas y répondre. Elle se demandait s'ils étaient
sincères. Pourquoi sa belle-mère changerait-
elle ? Puis elle songeait que Julia allait mourir. Peut-être l'approche de sa fin l'avait-elle
transformée. Mais alors, se disait Félicité,
que c'était stupide ! Pourquoi Julia avait-elle
été si déplaisante ? Fallait-il vraiment le lui
pardonner à cette heure ? Etait-ce être bonne
que le faire, ou bien était-ce être cruche et
niaise ? Qu'est-ce qui était mal et qu'est-ce
qui était bien ? Félicité ne savait plus que
faire et penser. Elle cherchait l'harmonie avec
ce qu'elle croyait être. Mais quelle femme
était-elle justement ? Quelle femme voulait-
elle être ? Bonne et chrétienne ? Intransi-
geante et juste ? Elle découvrait à quel point
les autres nous contraignent à nous réfléchir,
nous transformer ou nous interroger. Et quand
le matin venait, elle faisait ce qu'elle avait à
faire.

Félicité lavait sa belle-mère, la coiffait et la
changeait, la faisait manger. Tu t'occupes de
moi ? demandait la vieille. Félicité acquiesçait. Après tout ce que je t'ai fait ? disait la

vieille. Félicité acquiesçait. Je fais mon devoir,
répondait-elle à sa belle-mère. Et cette réponse faisait souffrir Julia, car ce n'était pas
le sens du devoir mais un élan d'amour qui
pouvait ensoleiller ses derniers jours. Félicité
n'avait pas pardonné, du moins le croyait-elle,
mais elle ne voulait pas mal se conduire.
Ton orgueil est trop grand, disait finalement
Julia. Vous ne voyez que le mauvais côté
des choses, remarquait Félicité. Prenez donc
ce que je vous donne sans demander pourquoi je vous le donne ! N'avez-vous donc
jamais appris à complimenter ? Tu as raison,
disait Julia. J'ai été fabriquée comme ça. Et
dans mon enfance on ne faisait pas de com-
pliments. Tournez-vous, demandait Félicité.
Elle déboutonnait des boutons, passait une
grosse toile mouillée sur la peau fripée, dé-
mêlait un nœud de cheveux. Vous pouvez
vous recoucher, disait-elle à sa belle-mère.
Je te remercie bien, disait Julia. Je comprends pourquoi mon fils t'a aimée, dit-elle
un matin après une longue et pénible toilette.
Dire cela n'était pas plus gênant que dévoi-
ler l'affreuse nudité de sa vieillesse. Je n'ai
pas d'orgueil, dit Julia, je peux dire que
je me suis beaucoup trompée dans ma vie. Je
le dis. C'est fait ! Est-ce que je répare en le
disant ? Je ne sais pas, répondit Félicité. La
vieille voulait un acquiescement, et même
lorsqu'elle n'était pas sûre de penser ce qu'elle
disait. Elle s'était habituée depuis longtemps
à avoir raison. Et voilà que la petite résistait !
Tu es bien dure avec moi ! s'exclama Julia.

Puis, apercevant la branche de mimosa sur la table de nuit : Tu es bonne ! Et Dieu te rendra tout ce que tu m'as fait. Elle perd la tête, pensait Félicité. Mais elle se trompait : ce n'était pas l'esprit que perdait Julia, c'était la vie.

Il avait fallu prévenir Jules. Comment voler à un fils la mort de sa mère ? *Julia se meurt*, avait écrit Félicité. Puis, trouvant sans doute que ce n'était pas exactement cela qui se passait, elle avait ajouté : *Julia veut mourir*. Ensuite, elle avait raconté la vérité simple de son cœur : *Je veille sur elle du mieux que je peux. Et je pense surtout à toi ! Mon amour ! Ne pleure pas ! Ne pleure pas celle qui t'a mis au monde, elle est si malheureuse que trépasser lui est une espérance. J'ai essayé...* Qu'est-ce que j'ai essayé ? pensait alors Félicité. De l'aimer ? D'être gentille avec elle ? Elle regardait sa belle-mère, silencieuse, avec son petit menton autoritaire qui pointait. A qui écris-tu encore, ma fille ? demandait Julia. A votre fils, à mon mari, disait Félicité. La vieille femme hochait la tête. Pouvait-on encore parler avec elle ? Julia répétait des phrases qui n'avaient de sens que pour elle. J'ai ouvert quatre fenêtres. J'ai eu quatre vies. Celle qui me reste ne suffit pas. De quoi parle-t-elle ? se demandait Félicité. Tout en la regardant somnoler, elle se rappelait leur rencontre et leurs mauvaises relations. Pourquoi a-t-elle été si désobligeante ? Qu'a-t-elle gagné à l'être ? Rien ! Et Félicité en déduisait que sa

belle-mère n'avait jamais réfléchi. Et maintenant ?

Maintenant c'est la fin, pensa Julia un matin.
Pourquoi ce matin-là plus qu'un autre ? Félicité se posa longtemps la question. Avait-elle
fait la veille quelque chose de particulier ?
Qu'y avait-il eu ce matin-là ? Le temps certes
n'était pas à vous faire monter les chansons
aux lèvres ! Il pleuvait comme souvent dans
les Landes : un rideau serré de pluie puissante
qui vient frapper la terre, la forêt, et l'océan
même, un déluge qui gifle. Mais cela ne pouvait être une explication, la vieille connaissait
son pays. D'ailleurs, pensait Félicité, Julia avait
toujours aimé la pluie. Et en effet la mourante
avait écouté ce tambourinement acharné avec
plaisir. A travers lui, c'était son monde et sa
vie qu'elle écoutait. On pouvait aimer la vie et
vouloir mettre fin à la sienne, on pouvait ne
l'aimer plus que chez les autres, pensait Julia.
Toutes les vies ne valaient pas d'être vécues,
la mort peut-être méritait d'être traversée.
Elle souhaitait aujourd'hui découvrir la sienne.
Quelle rencontre cela serait-il ? Sa mort aussi
désirait la connaître : au fond d'elle, dans cette
aube étouffée d'eau, Julia croyait entendre
un appel. Voulut-elle se mettre en complète
harmonie avec ce jour ? Voulut-elle aller
au-devant de ses enfants défunts ? Serrant sa
canne, Julia trouva la force de se lever, s'ha-
billa tout en noir, se coiffa de son chapeau du
dimanche, et s'éclipsa par le chemin de sable
qui traversait les bois, vers les marais. Nul ne
sut comment elle s'y prit pour faire accepter à

son corps de s'emplir d'eau. Quand un vieux
veut quelque chose..., pensait Félicité, qui
entendit longtemps la voix de sa belle-mère
résonner entre les murs de la ferme. Ce départ lui ressemble, pensait Félicité. Julia était
morte aussi cruellement qu'elle avait vécu,
sans paix, sans douceur aucune. Elle n'avait
pas pu attendre que la mort vînt lui prendre
la main et lui fermer les yeux, non, il avait
fallu encore qu'elle partît en avant la trouver,
au fond de l'eau boueuse et froide, avec des
pierres plein ses poches, et laissant sur son
oreiller ce mot cruel, écrit en tremblotements :
*Il manque quelqu'un près de moi, comme je
l'ai dit, je n'ai plus le goût, plus rien à faire,
plus personne. Que l'on me pardonne ou
pas...* La fin était illisible. Une dernière fois
Julia blessait ceux qui survivaient. Le lit vide
était défait comme par un combat. Enlevant
le drap, Félicité éclata en sanglots comme
une petite fille, en faisant du bruit, portant sur
son bras la toile qui lui semblait un suaire.
Nous restons semblables à nous-mêmes jusque dans l'au-delà, Julia faisait encore souffrir Félicité qui pleurnichait. Et plus rien ne
serait dit.

2

À son propre étonnement, Félicité pleura sa
belle-mère. Elle éprouva un chagrin sincère

qu'elle n'avait pas attendu. Le moment de la mort est si séparé du temps de la vie que notre jugement se modifie : la dureté de Julia apparut tout à coup à Félicité comme une immense faiblesse. Et elle oublia tout ce que lui avait fait ou dit cette belle-mère qui n'avait pas eu le courage d'être gentille. Ainsi font les grandes âmes. Existait-il un seul défunt indigne de nos larmes ? pensait Félicité, ouvrant sa maison aux vieux Landais venus rendre leur dernier hommage, écoutant leurs souvenirs se déverser sur la dépouille d'une femme qu'ils avaient connue jeune et vaillante. Tu es une bonne fille, disaient-ils à Félicité, Julia me le répétait souvent. Etait-ce un mensonge généreux ou une étonnante vérité, Félicité ne chercha pas à le savoir, elle fut bouleversée. Pleure, ma petite, pleure ! Ça fait du bien à ceux qui partent autant qu'à ceux qui restent. Avec ces vieux compagnons, que la guerre vieillissait encore en ne voulant pas d'eux, Félicité versa autant de larmes qu'au jour de la mobilisation. Elle était moins meurtrie pourtant. Pleura-t-elle à la place de Jules ? Pleura-t-elle pour Jules ? Ou parce que la France entière pleurait ? Ou simplement parce que les choses qui finissent impriment en nous le sens irrévocable de la perte ? C'était plutôt cela. Félicité pressentait que Julia emportait le morceau de la vie qui les avait tenues rapprochées. Ce temps d'être deux femmes à aimer Jules était révolu, et plus rien ne le ramènerait. Cette idée engendrait une insupportable mélancolie. Comme

il est difficile d'accepter la fin des choses, pensait Félicité. Et surtout quand nous n'avons
pas su percevoir leur saveur. Et à nouveau
les yeux mouillaient leur tristesse.

   Des larmes si récurrentes, Félicité ne put
les cacher à son fils. Où est grand-mère ?
demandait Antoine. Elle est au ciel, répondait
Félicité, conformément à ce qui se dit aux
enfants. Non ! trépignait le garçon. Elle est
dans le grand trou ! Et bientôt ce sera mon
tour ! disait-il, répétant là les mots de la vieille
Quitterie qui lui avait tenu la main devant la
tombe. On avait emmené le petit-fils au
cimetière puisqu'il n'y avait personne pour
le garder. Tous les vieux étaient présents, qui
faisaient des signes de croix et des prières,
bien que M. le curé eût décliné leurs invita-
tions. Julia, suicidée, avait été mise en terre
comme une impie, sans messe, sans béné-
diction. Excommuniée ? Au paradis des mères
meurtries ? Ceux que Dieu approuve, disait
l'amie Quitterie, qui le sait ? Félicité sentait
ses yeux encore s'emplir de larmes. Ah là
là ! Etait-ce normal de pleurer comme ça ?
Pour une vieille femme qui avait voulu mourir
et n'avait jamais aimé sa belle-fille ! Je suis
fatiguée, se disait Félicité, et je me fais du
souci pour Jules, voilà pourquoi je pleure sans
arrêt. Elle écrivit à Jules une lettre tendre et
triste. Pauvre Jules ! On ne perd pas une mère
impunément. Il éprouverait une profonde
tristesse de tout cela. Et s'il allait se laisser
tuer par désespoir d'avoir été absent quand
sa mère passait, et de rentrer trop tard ! se

désolait Félicité. Elle n'avait pas le pouvoir
d'effacer ce contretemps funèbre. C'était ce
qui la peinait le plus : à son retour, Jules ne
reverrait pas sa mère. Cette idée gâchait la
joie même du retour. Elle rappelait aussi que
le retour n'était pas gagné. Jules ! Il fallait lui
répéter qu'il y avait dans sa maison une
femme aimante et deux beaux enfants. Alors
Félicité lui écrivait de plus en plus souvent,
une lettre, parfois deux dans la même journée,
comme si elle tressait dans l'encre le lien qui
attachait son mari à la vie, comme si tout
amour protégeait de l'adversité, comme si on
ne mourait pas tant qu'on était attendu. *Mon
aimé... Mon Jules... J'ai tué les canards. J'ai
fait la sanquette. J'ai cuit les foies. J'ai fait les
confits.* Il n'y a pas de mots idiots. *J'ai lavé
les cheveux de Marie. Elle aime l'eau comme
moi. C'est une fille de l'océan ! J'ai coupé les
boucles d'Antoine. J'ai cuisiné un lapin...* Elle
s'enivrait d'écrire tout ce qu'elle faisait. Puis
tout à coup devenait grave : *Jules, tu n'as
pas oublié ta promesse ? Ne fais pas le brave !*
Elle le lui répétait à l'envi. Car il faut savoir
demander ce qu'on veut. Sinon qu'obtient-
on ? On peut tout demander. Il n'y a pas de
requête stupide. *Prends garde à toi ! Et que
Dieu te protège.*

3

Aucune des lettres qu'envoyait Félicité ne
parvenait plus à Jules. Ni celle qui prévenait
du déclin de Julia, ni celle qui annonça le
décès, malgré l'importance de leur message,
ne purent trouver le caporal Chabredoux.
Depuis le 21 février, les lettres vers la Meuse
ne faisaient du bien qu'à celles qui les écri-
vaient, elles ne rejoignaient plus leurs desti-
nataires. Comment l'auraient-elles pu ? Un
million d'obus tombaient du ciel. Les télé-
phones étaient coupés. Les positions étaient
inconnues. Le terrain devenait méconnaissable. Les cartes étaient inutiles. La guerre
n'avait plus la forme de la guerre. Ce qui avait
pu être un art de pensée, d'imagination, d'anti-
cipation et de ruse était devenu une difform-
ité diabolique. Des bataillons rangés, il ne
restait que des poignées d'hommes, égarés
dans des entonnoirs, blessés ou miraculés,
hagards ou hardis sans qu'ils crussent pouvoir changer l'aspect inéluctable de la bataille.
Un bombardement méthodique, imparable,
propulsé du fond destructeur et prédateur
de l'homme, répercutait son onde ravageuse.
Chaque morceau de terrain, chaque arbre et
chaque homme, chaque caillou, chaque cratère déjà creusé attendait l'éclatement qui le
désintégrerait. La terre se soulevait jusqu'au
ciel. Dans ce monde irréel poussaient en une
seconde de géantes fleurs de boue. Les nuages, comme de grands paquebots silencieux,

étaient éclaboussés par les gerbes noires qui
montaient du sol. Le vent qui les entraînait
enlevait les fumées échevelées qui enveloppaient la zone marmitée. A chaque minute
les élans d'un vivant étaient rendus au néant.
Les pertes ? Personne ne les connaissait. On
envoyait des coureurs vers l'arrière qui sau-
taient de trou en trou. Ils voulaient dire ce
déluge de ferraille et la configuration de ce
désordre. Mais ils mouraient eux aussi, arrêtés dans leur course et leur courage, à leur
tour accroissant le désordre. Cinq ou six
agents de liaison perdirent la vie pour une
mission confiée par des sous-officiers affolés.
On envoya Prince, qui passa là où les autres
étaient morts. Chance ? Talent ? Intelligence ?
Don de la nature ? Peu importait à Jules la clef
de cette réussite, il tremblait de peur pour
son chien, et quand tant d'hommes étaient
morts, il avait honte de le dire. Au premier
retour, si improbable, un miracle ! il avait
serré l'animal dans ses bras, comme on ferme
ses doigts sur la chair d'un enfant, avec des
larmes cachées dans ses yeux. Il était incapable de supporter la perte de ce compagnon. Ces messages étaient-ils si utiles ? On
n'en voyait jamais les effets, remarquait Brêle.
T'as vu des renforts toi ? demandait-il à
Joseph. Et les grenades ? On les a eues ? Car
Jules avait protesté : puisque Prince lui
obéissait aveuglément, c'était à lui Jules de
voir le danger et de protéger son chien. Il
a raison, appuyait Brêle, on ne va pas faire
mourir un animal pareil pour rien ! Mais les

simples soldats restaient simples et pragma-
tiques : fallait-il faire mourir un homme à la
place d'un chien ? C'est marre ! répondit alors
Brêle. Oui ! C'est marre avec vos questions
philosophiques. Y a plus d'officiers, y a plus
d'ordres à recevoir ou à donner, il n'y a plus
personne à appeler, tout est écrasé. Vous
voyez pas vous autres que tout est en fumée ?
On reste seuls. Sa voix s'étrangla pour dire
ces mots, lui Brêle, la forte tête et la grande
gueule, il était bouleversé. Il essaya d'articuler
la fin de son raisonnement. On reste seuls, pas
besoin d'envoyer des messages, qui voulez-
vous… Personne ne répondait. On cessa pour
un temps les missions.

Ils étaient seuls comme on ne doit pas
l'être à la guerre. Brêle ne savait pas si bien
dire. Plus loin à l'arrière, les QG de bataillon
étaient détruits, les officiers tués reposaient
dans ces ruines comme des choses à l'abandon du monde. On pouvait les trouver à leur
poste, parfois encore attablés à un bureau
devant des piles de papier, un téléphone à
portée de main… C'était ainsi que Prince les
avait vus, sourds à ses aboiements. Il était
revenu de sa dernière mission avec le message dans son tube, intact. Il n'avait donc pu
dénicher personne, confirmait Jules aux hommes autour de lui. Les compagnies qui tenaient
encore les lignes se trouvaient comme enca-
gées. Où sont les autres ? Que fait notre
artillerie ? pensait Joseph dont l'espérance
mourait. Il n'entendait que des canons allemands. Un sentiment d'abandon, qu'il essayait

de conjurer en appelant Jules, s'emparait de lui
dès qu'il réfléchissait. Car il pensait : Regardez ça ! Autour de Jules, à sa droite, à sa gauche, et derrière et devant, toutes les trois ou
quatre secondes, si près que c'était à se croire
mort, la boue gelée éclatait en paillettes et
retombait sur les hommes courbés, cinglant
comme une pluie d'échardes les capotes ra-
vaudées. Dieuleveut était mort comme un
prêtre, recueilli autour de l'éventration qui
l'emportait. On l'aurait dit coupé en deux,
ses compagnons le regardaient avec un effroi
incrédule, mais la colonne vertébrale intacte
tenait l'homme dans son supplice. Bœuf
vécut sa mort. Et Brêle pleura de voir celui-
là mourir avant lui. Ses sanglots enfantins,
personne ne risquait de les entendre. L'orage
d'acier et de glace, tonitruant, éternel depuis
plusieurs jours, couvrait de sa violence sauvage les murmures des vivants. Dans les
minuscules intervalles de silence, Jules entendait à peine un blessé en pleurs qui appelait d'invisibles brancardiers. Où était-il ce
pauvre-là ? Jules n'entendait pas davantage
ceux des camarades qui réclamaient de l'eau,
ni les prénoms, dont le sien, lancés dans l'air
fumant, parce qu'un prénom accompagne
un vivant et qu'on appelle un vivant. Jules !
Jules ! hurlait Joseph, accroupi dans un trou,
recroquevillé, les bras autour de sa tête, et
poussant ses cris vers la terre puisque la
mort venait du ciel. Jules n'entendait pas.
Les artilleurs allemands tambourinaient du
77, du 305, du 320, du 380 millimètres. Tous

les bruits du monde s'étaient éclipsés devant
cette panoplie d'apocalypse. Les oiseaux même
s'étaient tus, quelques petites dépouilles reposaient de-ci de-là, comme un tableau de
chasse abandonné.

Jules se tenait abasourdi dans l'espace clos
de lui-même. Que pouvait-il lui arriver d'autre
que sa propre mort ? Il n'y avait devant lui
que ce destin. Il était prêt. Ce qui avait fait
sa vie, les pensées qui l'avaient emplie s'effaçaient dans ce dernier bombardement.
Impossible de rappeler la terre ou un plaisir
d'autrefois, pensait Jules. Il ne restait que
l'amour pour sa famille. Il était sans nouvelles, mais il n'avait besoin de rien pour
que viennent en lui les visages, les sourires.
Dans l'immense espace dévasté de la bataille,
replié sur le faible espoir de survie, celui-là
que rien ne détruit, le jeune soldat avait
encore une femme et une mère. Il ignorait
le désespoir, la mort dans l'eau, l'enterrement
sans Dieu. D'ailleurs, à trois reprises, il eut
pour Julia de tristes pensées. Ma mère, vous
perdez votre dernier enfant. Me pardonnerez-
vous de vous causer cette peine ? (Si Félicité
n'y parvenait pas, peut-être Julia le pourrait-
elle.) Ma mère, quels mots pourriez-vous trouver devant ce spectacle ? Ma mère, comme
il est difficile d'être loin de vous. Il pouvait
savoir à cet instant combien il l'avait aimée,
combien il avait désiré son amour. Ma mère !
Cesse-t-on jamais d'appeler sa mère ? pensait
Jules en entendant les vains appels. Il avait
admiré quelques hommes qui, prenant le

temps de mourir, et sachant leur fin proche, souffrant de blessures graves, n'avaient réclamé personne, que le silence et la solitude. Il ne serait pas de ceux-là. S'il n'appelait pas Julia, il penserait à elle à la dernière heure. Puisqu'il avait vécu la première avec elle. Puisqu'il faudrait refermer la boucle qu'elle avait dessinée. Y avait-il des mères en Allemagne ? se disait parfois Jules. Il savait bien qu'il y en avait, et pas faites d'une autre argile que celles de France. N'avait-il pas entendu les jeunes soldats les appeler ? *Mutter ! Mutter !* Chez eux la classe 17 était déjà engagée. Qu'avaient-elles en tête, les mères de ces petits-là ? Donnaient-elles aussi leurs meurtrières idées ? Les gaz toxiques, qu'en pensaient-elles ? Savaient-elles comme ils pouvaient se retourner contre leurs propres enfants ? L'Allemagne entière, femmes comprises, était-elle motivée par l'effort de guerre ? Qui inventait ces nouvelles armes ? La créativité donnait de si monstrueux résultats, on ne savait à qui les attribuer ! Et voilà que je combats des dragons maintenant ! s'écria Brêle la première fois qu'il vit un lance-flammes. Le rugissement du feu émiettait la faculté qu'on a de croire en sa force, la certitude que l'on entretient de vivre pour longtemps. Prince d'ailleurs était pétrifié. Aucun ordre ne pouvait le faire décoller du sol quand bramait l'engin maléfique. Aucune accoutumance ne pouvait lui venir. Peut-être Prince apprenait-il qu'on ne doit pas s'habituer à l'horreur. C'est fou quand même, disait Brêle, d'inventer un

truc pareil. Il se penchait vers Prince : Y a
pas plus mauvais que les hommes ! Tu ne te
méfies pas assez d'eux, le chien ! lui disait-il.
Crois-en ton copain, les hommes quand ils
se lancent dans la cruauté, y a pas pire ! L'animal écoutait, ses yeux avaient un regard malheureux, qui n'était qu'un reflet du regard
des soldats.

4

Le général Pétain avait la grippe et commandait de son lit. Il ignorait, puisque tel est
l'ordre du présent et de l'avenir, comment la
plus gigantesque bataille défensive jamais
menée sur la terre de France viendrait s'in-
cruster à la manière d'un fossile intact dans
la mémoire du peuple, et comment lui-même,
Philippe Pétain, deviendrait aux yeux de ce
peuple, pour sa malédiction, le vainqueur
de Verdun. Le vieux militaire restait pragmatique : ce qu'il y a de plus simple dans la vie
humaine ne s'interrompt pas lorsque les circonstances deviennent exceptionnelles. Bouffer, pieuter, pisser, chier, espérer, disait Brêle,
tout ça ne s'arrête jamais ! Ceux qui résis-
taient sous la puissance du feu allemand
étaient des hommes, des corps qui avaient
faim et soif, des âmes en peine, des volontés
qu'il fallait encourager, un sang à ne pas faire
couler. Avait-on oublié cette règle cruciale de

la guerre : ne pas se faire tuer ? Il ne fallait
pas mourir, il ne fallait pas se laisser abattre.
A la barbarie industrialisée, le général d'armée
opposa l'humanité. Il souffla, avec un cœur
d'officier qui a la simplicité de se montrer,
un grand vent de sollicitude sur la troupe des
hommes dispersés sous l'orage. Ce vent-là
attisa le courage et la résistance. Jules, Joseph
et Brêle sentirent aussitôt leur moral remonter.
La fin de l'homme n'était pas arrivée. Aucun
feu roulant n'aurait raison de leur foi. L'acier
pouvait bien abattre la chair, il n'écornait pas
l'ardeur d'un patriote. Et tous semblaient
dire au ciel, à la terre : Gardez les yeux sur
nous et voyez ! Voilà de quoi les hommes sont
capables ! Et au loin, à l'abri, ceux qui pouvaient voir le grand feu priaient : Que Dieu
aide les hommes qui sont là-dessous ! Voilà
aussi de quoi les hommes sont capables.

Mais les grandes silhouettes qui couraient
debout, cibles verticales dans un paysage
dénudé, n'étaient pas capables de tout. S'il
avait été un homme, le chien Prince aurait
été un homme mort, un messager tombé en
pleine mission. Au lieu de quoi il était la
flèche roux et blanc qui filait hardiment dans
les périls, sourd, insensible à cette représen-
tation macabre autour de lui. Il fallait être
plus léger, plus rapide, invisible, preste et
agile, pour traverser les lignes de feu, au
milieu des fondrières, des cadavres, des explosions, pour aller sans voir, avancer sans
renoncer, chercher sans désespérer, et trouver au bout de ce calvaire le destinataire du

message. *Commandant à colonel. Demande grenades et fusées. Bataillon presque détruit. Je ne vois plus qu'un officier. Situation très critique.* Jules glissait le rouleau dans le petit tube accroché au collier du chien, à l'aplomb de son oreille droite. Lui au moins ne s'énervera pas de la réponse qu'on lui fera ! disait Jules. Et Brêle rétorquait : Les soldats estafettes aussi restent calmes une fois qu'ils sont tués !

Et Prince partait, sans attendre, sans discuter ni se plaindre, occupé par l'obéissance, soumis par on ne sait quel mystère à une loi de devoir absolu envers Jules. Quand il s'élançait, son corps entier se tendait, ses pattes se déployaient au-devant, se dépliaient à l'arrière, longues, fines, tendineuses, il faisait de grands bonds. Sa silhouette en plein saut disparaissait derrière des jaillissements de boue noire. Il retombait comme si la terre était douce, élastique, comme s'il était un chien volant. Sur le chemin à parcourir s'accumulaient pourtant des monceaux de choses blessantes à escalader : des casques, des musettes, des bidons, beaucoup de corps et de morceaux de corps, des buttes après des creux, des fragments d'arbres, des montagnes de terre et de cailloux, des clous, des morceaux de métal, des boules de barbelés, des colonies de rats agglutinés... Chaque course offrait à Prince le spectacle de la chair morte qui travaille à sa putréfaction, entourée de ceux qui l'aident. Que voyait-il ? Que comprenait-il à cette barbarie ? Sa mission

tenait tout son esprit. Il avançait sans appréhension, sur ces terrains dégagés par les
vagues d'obus, bondissant au-dessus d'un
visage dépiauté par les corbeaux, ne voyant
pas plus celui-ci, qui avait la face dans la boue,
que celui-là, qui gardait la bouche ouverte,
comme s'il ne voulait pas mourir et prenait
l'air à grande bouffée. Le vent d'hiver caressait
l'atroce capharnaüm, embrassant l'odeur nau-
séabonde qui s'envolait avec lui. Le dégel
avait commencé de ramollir le sol, les entonnoirs s'étaient remplis d'eau et leurs parois
glissantes s'effondraient sous les pas. Dans
les plus grands cratères, des lacs de boue
s'étaient formés, immergeant les cadavres,
confiant les morts à leur secret. La terre liquide
était bien pire que la terre gelée. Mais, disait
Brêle, c'est cette merde qui nous sauve, car
les Boches, tout Boches qu'ils soient, ils amè-
neront pas des canons là-dedans ! Avec la
même méticulosité efficace, Prince contour-
nait trous d'eau et cadavres. Les explosions
ne le surprenaient plus depuis longtemps, le
silence eût été plus angoissant. Il avait appris
à ne pas craindre cet orage sans éclairs. Quand
un obus éclatait près de lui, il détalait avec
une vivacité dont aucun homme n'est capable,
de sorte que si un éclat venait à le toucher,
ce n'était que de loin, au bout de sa course,
ayant perdu la force de percer le poil.

Pour cette fois, c'était l'aube. Le jour de
février ne se pressait pas pour se lever. Une
mince ouverture lumineuse blanchissait l'horizon et commençait de faire jeter des éclairs

aux choses qui peuvent briller. La rosée glacée
sur les capotes des morts, sur les casques, sur
les branches cassées... Les rats de cadavre
étaient gros comme des lapins de garenne,
leur pelage ne brillait pas, dans la clarté nais-
sante on pouvait voir qu'ils n'avaient pas leur
habituelle couleur terne, mais qu'ils étaient
grenat, de ce rouge sombre que prend le sang
quand il coagule. Les grands bonds du chien
effrayaient ceux des rats qui s'étaient isolés,
mais très vite les gourmands reprenaient leur
place au festin. Ils se frottaient les mousta-
ches avant de s'attaquer à un bon morceau :
les lèvres gorgées de sang, ou les yeux qu'ils
sortaient de l'orbite d'un coup de patte précis et rapide, comme s'ils jouaient. Quelques
uniformes allemands étaient mêlés dans ce
charnier aux capotes bleues des Français. Il
y avait eu là un ultime corps à corps. Le chien
Prince survolait cette mêlée. Qui pouvait évi-
ter d'éprouver cette tristesse des choses détruites dans un paysage voué à la splendeur ?
Prince le pouvait, et lorsque les mains d'un
soldat le délivraient de son message, il était
heureux. Il se laissait faire par les hommes.
On le faisait boire. On le complimentait en lui
tapotant le flanc. Les hommes le disent-ils
sans le croire ? Il y a un réel plaisir à faire son
devoir. C'était le plaisir du chien Prince.

5

Dans les premiers jours d'avril, les soldats Brêle et Joseph, le caporal Chabredoux et le chien Prince furent décorés. Jules reçut la croix de guerre. Prince fut promu au grade exceptionnel de sous-lieutenant sans commandement. Pour l'armée, qui a besoin de ranger ses soldats, Prince appartenait désormais à la catégorie des chiens estafettes. Il écouta, assis bien droit à la gauche de Jules, le discours d'un colonel qui parlait de son courage et de son extraordinaire réussite. A qui s'adressaient ces mots ? pensait Joseph. Comme le lieutenant Bourgeois aurait été heureux de les entendre ! murmurait-il à Jules. Quelques chiffres, élogieux pour nos amis les chiens, disait le colonel, achevaient en effet de démontrer, s'il en était encore besoin, que les chiens de liaison délivraient en cette heure grave du conflit des centaines de messages, épargnant bien des surprises. Le colonel crut bon de lire en entier le petit topo qu'un gratte-papier planqué (comme disait Brêle) lui avait préparé pour l'occasion. Cela disait que les chiens sanitaires avaient sauvé des milliers de blessés qui sans eux n'auraient jamais été retrouvés. Grande journée pour les chiens ! commenta Jules. Grande journée pour les maîtres ! dit Brêle. Je suis fier de toi, mon vieux, dit-il à Prince. Joseph riait, la joie donnait à son visage une jeunesse merveilleuse, vivifiante. Brêle le regardait avec un

étonnement heureux. Ils n'avaient donc pas
fini de rire ! Ce regard franc dans ce visage
de jeune garçon, c'était à ne pas y croire après
ce qu'ils avaient vécu, c'était la preuve de la
force de l'homme, de son corps et de son âme
exceptionnels ! Il y a toujours un œil en nous
pour apercevoir un fragment de bonheur
dans les nuits noires de la vie, pensait Brêle.
Sommes-nous donc faits pour avoir envie de
vivre ? A nouveau il regardait Joseph. Sans
vouloir te vexer, lui dit-il, tu ressembles à un
bleuet. C'était ainsi que l'on appelait ceux
de la classe 16. Le temps n'a pas de prise
sur lui, acquiesça Jules, posant le plat de sa
main sur le dos de son protégé. Le colonel
avait fini de parler. Jules fit sortir Prince du
rang. Le chien était seul devant la ligne des
soldats. Jules avait brossé le jabot blanc qui
bouffait par-devant. L'animal tenait sa tête
haute. Quelle image insolite ! pensait Brêle.
Ah ! je me marre ! Oui, je me marre !

Un ciel très bleu, lacéré de bandes de cir-
rus, illuminait le terrain inhospitalier où ils
étaient rassemblés. Les hommes étaient venus nombreux. Baïonnette au canon ! Mouvements, cliquetis, silence, clairons. Toujours
le même cirque, pensait Brêle, voilà ce qu'on
a dans la tête ! Nous aimons la guerre et les
décorations, pensait-il au spectacle de cette
prise d'armes. Le colonel était venu à cheval,
son ordonnance aussi. Les deux bêtes piaf-
faient. Pour accrocher une médaille militaire
au collier de Prince, le vieil officier dut se baisser et s'y reprendre à deux fois. D'habitude

il épinglait sur une poitrine. Le colonel eut
un sourire en caressant Prince. Etait-il ému,
ou admiratif ? Ou bien pensait-il que la sottise avait ses limites ? Certains hommes ont
besoin de croire à l'infériorité des bêtes. Mais
non, pensa Brêle, ça n'avait pas l'air d'être
son cas. Le colonel gratta la tête du chien en
disant : Merci à toi, tu as participé à la victoire. C'était un peu tarte, fit remarquer Jules,
mais on pouvait comprendre qu'un colonel
n'eût pas l'habitude de s'adresser à un chien.
Et les hommes défilèrent ! On distinguait au
loin un roucoulement continu de canons.
C'était encore la guerre et ils défilaient !
râlait Brêle. Ils peuvent pas nous foutre la
paix !

Ils rentrèrent à leur cantonnement. A la
maison ! disait Jules à son chien. La cérémonie, le clairon et le défilé avaient excité l'animal, qui courait en rond autour de son maître
en aboyant. Effrayés à l'idée de se faire repérer, les bleuets le regardaient avec de grands
yeux réprobateurs. Joseph et Jules riaient. Ils
avaient bu comme des trous une piquette
dénichée par Brêle.

6

Et l'obscurité vint une fois encore les protéger. Des renforts étaient arrivés qui les attendaient. Il fallait déjà repartir. Des camions

nuitamment les transportèrent. Nuit de guerre,
nuit attendue, nuit calme, nuit noire, nuit
blanche, nuit polaire, nuit des temps, nuit du
tombeau, nuit complète, nuit de débauche,
nuit d'amour…, énumérait Brêle, égrenant sa
pensée dans l'ivresse qui ravivait ses désirs
et sa tristesse. Ils n'eurent qu'une nuit blanche
dans un bois d'arbres que les obus avaient
lancés en l'air et déchiquetés. L'air était glacial et humide. Les hommes jugeaient la
nature inhospitalière parce qu'ils s'y frottaient à l'heure où ils auraient dû être entre
les draps d'un lit. Vous n'avez jamais été
scouts de France ! La guerre nous aura fait découvrir le monde qui dort, disait Jean Bourgeois. Mais le lieutenant n'était plus là pour
leur parler. Une vie de loups ! dit Jules. Voilà
comment ça finit toujours ! pensait Brêle en
s'installant dans un trou. Celui-là n'était pas
encore rempli d'eau, c'était un trou frais.
On avait donc marmité par ici récemment ?
pensa Brêle. Puis, résigné : où n'avait-on pas
marmité ?

Et voilà que ça recommence ! pensa-t-il
quand l'aurore fit apparaître leurs visages
désunis par la fatigue. C'était une préparation
d'artillerie gigantesque, à nouveau comme
une nuée d'oiseaux noirs au-dessus d'eux.
Des volatiles maladroits qui vous tombent
dessus ! disait Jules. Il écoutait. Les obus à
gaz ne volaient pas avec le même bruit que
les autres. Est-ce que les masques étaient
encore efficaces ? Tu vois quelque chose par-
devant ? criait-on à Joseph placé en sentinelle

avec Prince. C'est tout tranquille ! répondait
Joseph. Jules s'en étonnait. Les feldgrau allaient
débouler pour rompre le front. C'était couru
d'avance ! disait Brêle. Pourquoi on nous
aurait amenés là en camion sans ça ? Une fu-
reur le prit. Tu crois qu'ils pourraient nous
le dire ? Non ! Surtout pas ! On est trop cons !
Calme-toi, mon vieux, murmura Jules sortant
sa tête d'un entonnoir voisin. Creuse au lieu
de parler pour rien ! Lui-même avait sorti sa
pelle portative. Creuse ta tombe ! dit Brêle.
Moi je préfère mourir à ciel ouvert. Toute sa
force de joie s'était envolée pendant cette
nuit. Il ne restait que l'ombre en lui, toute
l'ombre du tombeau des autres. Ah ! fit Jules,
nous sommes beaux si tu as fini de rire !

Et c'est là, tandis que ces mots étaient
encore dans l'air entre eux, nous sommes
beaux si…, tout d'un coup, en un éclair, justement quand on s'était mis à le croire éternel,
que le corps de Jules valsa dans les airs en
fragments et en sang.

L'obus avait foncé comme un projectile
guidé par le destin. L'obus sifflait : Je suis
pour toi ! Je viens vers toi ! Et il venait habiter sa proie. Il poussait les murs de la maison de chair, et la pauvre chair s'éparpillait
en petits morceaux gluants. Le corps d'un
homme est tendre, on y entre comme dans
du beurre. Et ensuite les boulettes sangui-
nolentes vont se coller partout. On entend
des cris autour du spectacle. Voilà même un
homme qui vomit ! C'est Brêle. Ah nous sommes beaux si tu vomis… Brêle toussait,

crachait et pleurait. L'éclatement du 210 lui
avait piqueté les mains de minuscules brû-
lures, mais ce n'était pas ce qu'il regardait.
Sa capote était maculée de points rouges et
cela, c'était Jules sur lui. L'ombre au-dedans
de Brêle se cristallisa en un cœur noir qui
tressautait comme les doigts d'un mourant
tremblent une dernière fois. Le masque à gaz
avait giclé avec la tête de Jules. L'obus lui
était entré dans le corps par le cou, sous le
menton, coupant l'homme en deux. Le décapité ! C'était Jules ! Le cœur noir de Brêle
pouvait-il éclater ? Pourquoi n'éclatait-il pas
sur-le-champ ? Comme Jules ! Avec Jules !
Pour lui dire que l'amitié va bel et bien jusqu'à la mort et que la souffrance de survivre
est dissuasive.

Il est plus facile de mourir, bafouillait Brêle
dans ses pleurs. Jules n'avait pas eu le temps
de voir l'éclair foudroyant le saisir, mêler
l'acier et la chair en un éclatement brûlant.
Mais Brêle avait distingué le choc, l'explosion
et la fournaise. Braise et sang, c'était tout du
rouge vif et brillant qui jaillit du feu, c'était
un flamboiement qui va s'éteindre, ah ! Dieu
de Dieu ! Brêle se mit à lécher frénétiquement
sa manche, près du poignet. Des caillots blancs
et rouges, des lambeaux de peau dont les
plus grands portaient des poils, et de longs
filaments rouges. Nouvelle décoration ! Qu'en
pense le colonel ? Est-ce que je mange mon
copain ? La langue de Brêle travaillait de plus
en plus vite pour nettoyer la capote ensanglantée. Quelle sorte de vie peut-on vivre

après ce moment ? Une petite voix dans
la tête de Brêle susurrait : Pas de vie après.
Un autre survivant était encore à appeler. Jules ! Jules ! Seigneur non ! Juuuuuuules ! Ce
refus-là, c'était Joseph là-bas, qui hurlait
dans ses pleurs. Et le chien Prince poussait
ce hululement à la mort que font les loups
et parfois les chiens, qui vous saisit en un
point du ventre et vous envoie valdinguer
en entier dans la tristesse. Un soldat tué venait d'en blesser trois. Ils n'entendaient plus
les obus dont la tombée régulière avait di-
minué. Si l'on s'en tenait aux pratiques
habituelles des Allemands, l'attaque était
imminente.

Je peux abandonner maintenant, pensa
Brêle, plus rien ne m'attache. Qu'ils me tuent
donc ! Qu'ils le fassent enfin ! Il s'était mis
debout, les bras ouverts, offrant sa poitrine
large à l'air du matin, au monde, aux Boches.
Saletés ! Venez ! Tirez ! Saletés ! criait-il.
Qu'est-ce que tu fais ? hurlait Joseph. Ses
mots allaient toujours à la terre vers laquelle
sa bouche était tournée. Mais un aboi de
chien jaillit de cette terre et monta dans l'air
poussiéreux. Brêle s'arrêta de penser sa
mort. Prince ! Il l'avait oublié celui-là. Prince
avait sauté hors de l'entonnoir pour se jeter,
les pattes en avant, sur Brêle. Il entendait
bien faire tomber cet homme debout, le ren-
foncer dans sa cachette et lui interdire de
mourir. Au fond du trou, le chien enfouissait
son museau dans le chaud des bras de Brêle,
et le soldat endeuillé pleurait dans le rugueux

des poils de la bête. Il n'y avait qu'autrui pour nous tenir en vie.

"Le 9 avril est une journée glorieuse pour nos armes ; les assauts furieux des armées du Kronprinz ont été partout brisés. Fantassins, sapeurs, artilleurs, aviateurs de la 2e armée ont rivalisé d'héroïsme. Honneur à tous ! Les Allemands attaqueront sans doute encore ; que chacun travaille et veille pour obtenir le même succès qu'hier ! Courage !... On les aura !" La résistance des Français avait encore eu raison de l'offensive générale menée par les Allemands sur les deux rives de la Meuse. Le général Pétain continuait de fonder son commandement sur l'encouragement.

7

Quand elle eut fini tout son ouvrage, ayant ce soir-là recousu des boutons et reprisé des torchons devant un bout de bougie qui mourait, Félicité se coucha. Les enfants étaient dans leur lit, le linge était propre, les canetons avaient assez de chaleur, le veau dormait sous sa mère, la vaisselle était lavée et rangée, le vent murmurait la chanson des terres océanes, et les pins dressaient dans l'ombre leurs longs fûts gris. La ferme Chabredoux était telle qu'elle avait toujours été. Mais il manquait le maître et l'enchanteur des lieux, pensait Félicité. Tout le labeur du jour évitait

de penser, et maintenant que le soir la rendait
à elle-même, voilà que la tristesse emportait
la jeune femme. Si seule, les enfants endor-
mis, la vieille morte, dans l'escalier que frôlaient ses jupes noires, elle sentait son cœur
près de clamer ce que nul ne devait entendre.
Mais les hommes ! Quand donc reviendraient-
ils ? Elle finirait aussi par en mourir d'être
seule. Quelle femme ne s'étiolerait pas à attendre la mort de celui qu'elle aime ? Aucun
monde, aucun temps ne pouvait se survivre
s'il se privait des hommes ! C'était un suicide
collectif. Félicité ouvrit la fenêtre pour attraper les gros volets de bois plein. La nuit était
froide et claire. Pas un nuage ne masquait
l'essaim d'étoiles. Quelle féerie gâchée ! Elle
recevait en gifle l'indifférence de l'univers.
Le ciel au-dessus de la terre en guerre était
le ciel de la paix. La nuit faisait comme si les
hommes dormaient.

Félicité aurait pu crier à la nuit : Ils sont
éveillés, ils s'épient et s'entre-tuent ! Ils n'en
finissent pas de se battre ! Nos enfants dorment mais pas nos hommes ! Dans la chambre,
Antoine était roulé en boule sous la couette
de plumes d'oie. Félicité alla regarder dormir
son fils. Comment croire que les soldats
avaient été semblables un jour à ce petit garçon ! Ils avaient été de beaux enfants choyés,
ils avaient été aimés et câlinés, ils avaient
pleuré, séché des larmes. Oui, ils avaient été
vulnérables et inoffensifs, et désormais ils
étaient des barbares sanguinaires, tous, même
Jules. Ils étaient capables d'arracher la vie des

corps qui la glorifiaient, oubliant leurs ressem-
blances et leurs enfances, refermant leurs
avenirs. Comment la mémoire de ce passé
tendre pouvait-elle cohabiter avec la violence de la guerre ? Comment pouvaient-ils
ignorer que seule la vie compte ? Comment
pouvait-on tuer avec rage ce qui était si long
à construire : une personne tout entière ?
Les nations consommaient leurs hommes
comme des navets. A quoi servait de faire
des enfants ? Félicité pleura parce qu'elle ne
pouvait rien entreprendre, rien dire, rien gagner. Elle ne pouvait pas renier ceux qu'elle
avait engendrés. Ni les tuer s'il fallait un jour
les voir livrés à cette souffrance : Antoine à
la guerre et Marie à l'attendre. C'était un
avenir possible. Il fallait y songer. Car la
guerre engendrait la guerre, pensait Félicité.
Comment faire pour que la guerre n'existe
plus ? se demandait-elle. Pourquoi était-elle
la seule à se le demander ? Elle ne pouvait
pas vaincre la guerre toute seule ! Une colère
la prenait : ils étaient rassemblés aux portes
de la France, sous le déluge d'acier allemand,
et il faudrait vivre auprès des petits garçons
avec courage et fierté ! Sacré Dieu ! jurait-elle
au-dedans. Le bon sens avait-il quitté la terre
des hommes ? Le courage des femmes ? Mais
ce serait de pleurer sans cesse, du matin au
soir, sur toutes les places publiques, devant
les mairies, les préfectures, devant l'Assemblée nationale ! Hurler qu'on ne fera plus
naître un garçon tant que cette guerre tuera
ceux qu'ils deviennent. Mais voilà, on se

tient ! Au lieu de crier notre amour malmené,
notre crainte qui ne finit pas… Elles n'ont
qu'à faire la grève du travail, la grève des
mères, la grève de la patience. De quoi ont-
elles peur, les femmes, pour se taire ainsi et
accepter ce sacrifice ? Tous et toutes veulent
paraître courageux, pensa Félicité. Etait-ce
l'explication ? Elle voyait la grandeur et l'utilité qu'il y a parfois à accepter de passer
pour un lâche. Même les femmes étaient
assez bêtes pour admirer les guerriers et se
moquer des lâches ! Je ne veux me moquer
de personne si ce n'est de la guerre, pensa
Félicité. Et qu'ils se moquent de l'amour, de
Dieu qui nous l'apprend, et s'ils ont si peu
de sagesse, qu'ils meurent ! Jules ! Jules !
Elle serait capable de l'appeler pendant des
heures, de crier son nom toute la nuit, de se
coucher dans son souvenir et de mettre un
terme au reste.

Jules ! Elle voudrait lui dire ce qu'elle fait
pendant qu'elle l'aime sans le voir, que tout
cela serve à quelque chose. Jules, je voudrais que tu me voies t'attendre. Tout le jour
je travaille, mais dès que le soir vient, je ne
fais que penser à toi. Veux-tu que je te dise ce
que c'est de n'avoir que le droit d'attendre ?
Est-ce que ce n'est pas simplement souffrir ?
Fermer les yeux. Se souvenir. Espérer. Pleurer.
Imaginer le pire. Essayer de penser à autre
chose. Avoir si peur. Rester comme une
idiote. Vivre à côté de ceux qui ont fini d'attendre. Découvrir qu'il vaut mieux attendre.
Se remettre à son travail sans pouvoir éclairer

son cœur. Et retrouver la nuit humide, comme on imagine un tombeau. Que personne ne me dise qu'attendre est le contraire d'agir ! Car il y a mille actions de l'attente. Mais il n'y aura pas de lauriers pour celles qui attendent. Et cependant, elles demeurent entre elles, dans cette espérance peut-être vaine, et elles pourraient devenir comme des brutes.

Que voudrais-tu de moi ? Tu ne voudrais pas que je pleure, pensait Félicité maintenant que le malheur était là. Tu voudrais que je continue ce que nous avions entrepris. Voudrais-tu que j'espère ? Pourrait-on encore te retrouver ?

Car il était bien là le malheur qu'on avait craint. M. le maire était revenu à la ferme Chabredoux. Félicité l'avait vu de loin descendre le chemin. Ah mon Dieu ! s'était-elle écriée. Puis, étonnée de l'avoir si vite aperçu : L'ai-je guetté depuis tout ce temps ? s'était-elle demandé. Elle eut l'impression que son cœur frissonnait dans sa poitrine. Mais on a plus de force qu'on ne se l'imagine, on peut vivre les moments que l'on juge insurmontables : Félicité, qui croyait s'écrouler, fut capable d'ouvrir la porte, de se tenir debout, de rester calme, et d'écouter venir son désespoir. Jules avait été porté disparu ! Autant dire qu'il était mort. Ainsi Jules n'avait pas su tenir sa promesse : il avait été brave. Il n'en reviendrait pas. Il s'était enfoncé dans la guerre au point de s'y perdre. Mais que faisait-il à Verdun ? pensait Félicité. Pourquoi n'était-il pas à l'abri ? Elle le demanda au

maire, avec une jolie naïveté, ses grands yeux
noirs attendant si ardemment une réponse
que le bonhomme chagriné raconta ce qu'il
savait, sans se demander, pour cette fois, si
ce qu'il disait était conforme aux consignes,
s'il parlait comme il le fallait à un civil. Ma
pauvre petite dame, disait ce chevalier de
la République, il n'y a plus rien là-bas, plus
d'abris, plus d'arbres, plus de tranchées, tout
est enseveli, c'est un immense charnier, on
dit que les tympans des soldats éclatent, les
corps glissent dans des trous de vase et on
ne les retrouve jamais ! A ces mots Félicité
fut prise d'un tremblement. Elle ne pleurait
pas. Ne me dites plus rien..., supplia-t-elle
d'une voix si douce qu'on ne pouvait l'entendre. Elle se sentait remonter le temps jusqu'à la mort de son père et de son frère,
disparus en mer. Les hommes qu'elle avait
aimés mouraient en emportant leurs corps,
sans laisser une trace, quelle malédiction
était-ce ? Allait-elle faire comme sa mère,
devenir muette et folle, mourir d'on ne savait
quelle maladie qui s'appelle le chagrin ? Le
jeune Antoine avait accouru vers le visiteur.
Maman ! Maman ! L'enfant tournait autour
de sa mère qui paraissait ne pas le voir. Elle
le regardait pourtant, mais c'était dans un
affreux songe, puisqu'il était le dernier homme
qu'elle aimait...

    Le maire était embarrassé par ce silence
sans larmes. C'était inhabituel. Cette jeune
femme pétrifiée, que lui dire, est-ce qu'elle
entendait même ? Alors il parlait à l'enfant.

Il faut que tu sois brave comme ton papa,
lui disait-il. Mais Antoine, qui ne comprenait
pas pourquoi le monsieur venait lui dire ça,
continuait de serrer, à travers les jupes, la
jambe de sa mère. Allait-il trépigner de la
voir si lointaine ? Laisse un peu ta maman
tranquille, murmura le maire. Ah ! se disait-il,
quelle triste besogne ! Il n'en pouvait plus.
Combien de visites par jour cela faisait-il ! La
prochaine fois il enverrait le garde cham-
pêtre. Ici il n'y aurait pas de prochaine fois :
il n'y avait plus de fils dans cette maison. Le
vieil homme hocha la tête. Pour se donner
contenance, il parla encore au garçonnet. Sois
bien gentil avec ta maman qui a du chagrin,
disait-il. Pourquoi tu as du chagrin, maman ?
demandait Antoine à sa mère. Il voulait le
lui entendre dire. Mais elle ne pouvait énon-
cer pareille vérité. Pour rien, pour rien, murmurait Félicité. Les parents mentent aux
enfants. Pour leur bien. Tous les enfants le
savent. Antoine le savait. Je sais bien pourquoi tu as du chagrin, dit-il à sa mère. Tu ne
sais rien ! répliqua-t-elle. Et lui ne répliqua
pas, faisant comme s'il ne savait rien, posant
ses yeux tristes sur le monsieur qui ne s'en
allait pas, percevant dans le silence que
c'était pourtant le moment de les laisser seuls,
le fils et sa mère, l'orphelin et la veuve.
A quatre ans, on voit l'essentiel. Si maman se
taisait, il suffisait de la regarder, de se taire
aussi, et de l'aimer. Je t'aime ! souffla Antoine
à sa mère. Qui est sûr de ce qu'il faut dire
ou faire quand le malheur est trop grand ?

Dieu seul l'est, et Dieu n'est pas toujours
avec nous. Tout va bien ! dit Félicité avec un
doux sourire. Antoine serra sa joue contre la
jupe de sa mère. Il pouvait sentir des doigts
jouer avec ses cheveux. Les parents ne disent
pas toujours la vérité. Parce que la réalité n'a
pas la beauté qu'ils veulent. Tous les enfants
le découvrent. C'était bien le même monsieur
que quand l'oncle Louis était mort, pensait
le fils de Jules.

8

A pas de géant, l'été arriva sur le deuil. Le
ciel portait chaque jour l'immense robe bleue.
Le soleil chauffait à faire chanter les pins.
Comme il faisait bon ! pensait Félicité. C'était
un bonheur blessant. Jules aurait si bien
goûté ce temps… Il fallait tuer cette pensée
sans tuer le souvenir de Jules.

Les soirées douces attiraient dehors les
bavardes, les curieuses, les jalouses, celles qui
se vantaient, se plaignaient, s'inquiétaient, se
renseignaient. Elles avaient toujours à dire.
Les prisonniers allemands dans les arènes de
Mont-de-Marsan faisaient beaucoup parler,
les familles réfugiées qu'on avait installées
dans l'ancienne école, l'hôpital où l'on soignait nos soldats blessés, un mouvement
d'impiété parmi eux, les nouvelles du front
de Verdun, l'offensive dans la Somme qui

venait de commencer... Elles répétaient
pour finir ce qu'avaient dit leurs hommes aux
jours de la mobilisation, qu'anerà viste, s'accrochant à cette illusion comme les poux aux
poilus et les poilus au terrain. Félicité ne
voyait plus personne.

Parce que la vie de tous ne s'arrêtait pas
avec celle d'un seul, il y eut des fêtes pour
Félicité. Antoine eut quatre ans. C'est mon
anniversaire ! disait le garçonnet. Bien sûr
que c'était important, pensait Félicité pour
s'en convaincre. Quel âge as-tu maintenant ?
demandait-elle à son fils. J'ai quatre ans,
répondait l'enfant sérieux et fier. Il pouvait
répondre dix fois de suite sans lasser sa fierté.
Et Félicité se remémorait la naissance d'Antoine, cet accouchement si long et Jules qui
attendait dans la cour. Il fallait un mari pour
savoir qu'un anniversaire est d'abord celui
d'un accouchement. En juillet, Félicité alluma
donc quatre bougies sur un gâteau. Et sur le
gâteau pleura, parce qu'on ne se refait pas.
Jules ne verrait pas l'enfant rire et souffler.
Jules ne verrait *jamais* son enfant rire et souffler. Ces idées-là, il faudrait les tuer, disait
Félicité à M. le curé qui venait souvent voir
Antoine. Mais est-ce qu'on peut ? On est bien
obligé de penser ! Et à quoi peut-on penser
quand les hommes s'en vont mourir en troupeau ? La guerre est la pire des choses,
répétait Félicité à son fils. Il ne répondait
pas, parce qu'il ne la croyait pas. Quelque
chose dans les hommes aime la guerre...
Félicité, en voyant jouer son fils au soldat,

croyait encore entendre murmurer sa belle-
mère.

Antoine souriait devant les bougies, les
joues illuminées par leurs quatre petites flam-
mes, et il regardait les yeux pleins de larmes
de sa mère, puis de nouveau les bougies,
les yeux, les larmes, les bougies, les yeux,
les larmes, et son sourire restait cependant.
Il était ce sourire. Souffle donc ! murmura
Félicité. Non ! fit le fils avec sa tête, et il eut
un joli rire comme un grelot qui venait dans
sa gorge. Il y a dans l'enfance une puissance
de vie irrécusable, une gaieté résistante qui
veut nier le malheur, un allant ancré et pro-
grammé, qui demeure un mystère. Antoine
souriait donc. Il ne se décidait pas à souffler.
Puisque sa mère était en dehors de cette
gaieté, l'enfant réfléchissait. Aussi, au bout
de quelques minutes pendant lesquelles le
sourire et les larmes se faisaient face, sous
l'effet d'une inspiration spontanée, il mit ses
deux mains potelées sur les joues de Félicité,
la caressant avec une douceur attentive qui la
saisit. C'était découvrir déjà l'amant tendre et
l'homme qu'il serait. Ne pleure plus, maman,
demanda-t-il, avec un visage qui s'était fait
grave. Il venait jusque dans la tristesse de sa
mère pour l'en tirer. Elle le regarda vraiment :
ses yeux bleus et brillants, sa petite bouche
bien dessinée, les joues rondes, les boucles
brunes... Quel bel enfant ! Une grâce de Dieu !
Et il était gentil ! Ne pleure plus, répétait-il.
C'était une requête faite avec autorité. Tu as
raison, mon grand, murmura Félicité, prise

de court, étonnée, mais capable de se ressai-
sir. Il était grand en effet ! Ce n'était plus le
bébé que Jules avait quitté. Et pourtant elle
le traitait comme s'il ne comprenait pas ce
que vivait sa famille. Félicité comprenait
grâce à son garçon de quelle manière, nécessaire et difficile, elle devait changer au fur
et à mesure qu'il grandissait, et comment on
ne peut jamais s'installer dans ce que l'on
croit et sait. Elle ne pouvait pas continuer
de lui mentir ! Alors, d'une voix douce et
distincte, serrant ses lèvres minces pour ne
pas se remettre à pleurer, elle parla au fils
de Jules.

Comprends-tu, je n'ai pas voulu te le dire
et te rendre malheureux, mais je vois bien
que j'ai eu tort. Tu peux entendre maintenant
des choses que l'on ne dit pas aux petits
enfants. Alors voilà, mon grand… tu vas savoir pourquoi je pleure. A ce moment de
livrer l'irrémédiable, Félicité avala sa salive,
toussota sans raison, prit une inspiration.
Antoine s'était détourné de la lumière des
bougies et regardait sa mère dans les yeux.
Elle se sentit gênée par ce regard dépouillé
d'enfance. Je pleure parce que ton père est
mort, lui dit-elle. Et elle scruta avec anxiété
l'effet de cette annonce sur le jeune visage.
Les yeux bleus s'étaient-ils agrandis ? D'effroi ?
De surprise ? Ils ne quittaient pas celle qui
parlait. Félicité dit : Il a été tué à Verdun. Nous
ne le verrons plus. Marie ne le connaîtra pas.
Cette idée appelait les sanglots. Elle essaya
de les esquiver, murmurant : Te souviens-tu

de lui ? Mais c'était trop pour elle. Félicité se tut. Elle ne pouvait dire un mot de plus. Le silence était revenu. Mais le fils voulait tout savoir. Est-il dans le grand trou avec grand-mère ? demanda-t-il. Non, répondit Félicité, il n'est pas avec Julia. Elle chercha comment dire son chagrin. Il est dans la terre de Verdun, avec les soldats, et son âme est au ciel. Elle n'avait pas réussi à dire à son fils : Son corps n'a pas été retrouvé. Pouvait-elle le laisser s'imaginer la charogne que fait un cadavre sans sépulture ? Elle voulait parler de ce qui s'élève. Tu veux dire que son âme est au paradis ? dit Antoine. Je suis bien sûre de ça ! dit Félicité. Tant mieux, répondit l'enfant, je pourrai le trouver.

Comme la plupart de ces enfants qui naquirent dans le conflit, la guerre fascinait Antoine. Ayant fait le siège de ses jeunes années, elle hanterait toutes les autres. Il l'ignorait bien sûr et se donnait entier à sa curiosité, grappillant les informations qu'on lui cachait. La guerre est la pire des choses, répétait Félicité sans arrêt. Lorsque tu es né, nous étions les plus heureux du monde, et c'était la paix en Europe. Ce que lui disait sa mère ne changeait rien à son enthousiasme intérieur. Au contraire : il comprenait encore mieux que ce moment était exceptionnel. S'il avait eu des camarades, il aurait été capable de se vanter : Moi, mon père est mort à Verdun ! Et il a été décoré ! Bien qu'on lui racontât peu de choses, il entendait parler et se faisait ses idées. Il passait de grands

moments à jouer avec le petit canon en bois
que lui avait offert Julia avant de mourir. Trois
boulets, bleu, blanc, rouge, dont les couleurs
s'usaient sur le sable de la cour où ils étaient
tirés et tirés encore. Feu ! disait le garçonnet.
Quelle idée, ce cadeau ! pensait Félicité, mais
elle souriait dans sa mélancolie. Quand il jugeait que sa mère était bien disposée, Antoine
venait la questionner. Dis maman, qu'est-ce
qu'ils font les soldats à la guerre ? Félicité
essayait de répondre. Elle ne disait pas à son
fils qu'elle n'en savait rien. D'ailleurs, elle ne
se l'avouait pas. Elle ne voulait pas que sa
haine de la guerre eût l'air de reposer sur une
ignorance. Ils se cachent, ils tirent avec leur
fusil, puis ils vont se reposer, répondait-elle
sans passion, comme avec dégoût. Ensuite
le garçon imitait ces soldats imaginaires qui
ne mouraient pas. Comment son père avait-
il fait pour se faire tuer ? Il ne se posait pas
la question. Aux enfants, on présente la disparition d'un homme comme une chose abstraite. Etait-ce pour cette raison, la mort de
Jules serait une peine dont son fils parlerait
toute sa vie sans larmes. Mon père est mort
à Verdun quand j'avais quatre ans. Mon
père a été porté disparu en avril 1916. Ma
grand-mère venait d'être enterrée quand ma
mère est devenue veuve. On m'a annoncé
la disparition de mon père le jour de mes
quatre ans... On eût dit qu'il n'avait pas de
cicatrice. Mais il serait un homme sans père,
un orphelin, un cœur composé dans le deuil
sans mots des petits enfants.

Maman ! Maman ! Maman ! appelait maintenant Antoine. Il y avait dans ces appels une
injonction pressante qui pouvait fatiguer,
décourager même. Félicité éprouvait certains
jours cette lassitude. La petite Marie commençait de faire des cauchemars et réveillait sa
mère toutes les nuits. Et comment se ren-
dormir ensuite, déplorait Félicité, quand tant
de pensées aussi noires que la nuit viennent
vous saisir ! M. le curé hochait la tête. Pauvre
Félicité ! Dire qu'il l'avait mariée et qu'il
l'accompagnait aujourd'hui dans la peine.
Etait-ce que le deuil l'avait lassée de tout ?
Etre mère… ça ne s'arrêtait jamais ! pensait
Félicité. Les enfants étaient pires encore que
les bêtes, elles au moins, on pouvait les tuer !
Maman ! Maman ! appelait Antoine. Combien
de fois était-il capable de le dire ? se demandait Félicité. Elle avait assis sa fille sur un
petit tas de paille et ajoutait des grains aux
canetons. Car l'ouvrage en réalité ne s'interrompait pas mieux que la maternité. Maman !
Maman ! Elle entendait la voix haut perchée
qui s'approchait. Maman ! Où es-tu ?! Maman ! Il le crierait autant qu'il le fallait pour
faire répondre sa mère, aurait dit la vieille
avec une nuance de reproche. Qu'est-ce que
tu veux ? demanda Félicité à son fils qui, de
tout de son poids, entrouvrait le grand vantail. Il y a du courrier ! dit l'enfant. Depuis la
mort de Jules, c'était la première fois.

9

C'était une lettre de Brêle. Adressée à Mme Jules Chabredoux. L'orthographe du nom était
exacte. Elle commençait ainsi : *Madame,
j'étais un ami de votre mari. Il n'a pas dû
vous parler de moi parce qu'il n'y avait pas
beaucoup à dire. Je suis Brêle, c'est comme
ça que votre mari m'appelait, il savait même
pas mon prénom, mais il m'avait dit le vôtre.*
    Depuis le 24 juin, on disait que Verdun
était sauvé. Etait-ce seulement vrai ? pensait
Félicité. Tant de mensonges étaient concoc-
tés pour le peuple de l'arrière. Ce monsieur
Brêle écrivait qu'il était au repos avec une
poignée de survivants. Hélas, Jules et Joseph
n'en étaient pas.
    Joseph s'était fait tuer dans l'attaque qui
avait suivi la mort de Jules. Il était dans son
trou à pleurer quand les troupes allemandes
avançaient. Un lance-flammes, en bramant,
avait commencé de sécher ses larmes. Brêle
avait tiré sur le porteur de l'engin. Une langue
de feu et une colonne de fumée s'étaient
embrassées dans le ciel. Prince semblait pleurer comme un homme. Brêle ne racontait que
les larmes du chien.
    Ainsi Félicité apprit que Prince était en vie.
La mort ne veut pas de ce héros ! écrivait
Brêle. A cette formule Félicité avait souri tristement. Mais elle avait relu ce courrier près
de vingt fois. Brêle racontait ce qu'elle ne
pouvait lire dans aucun journal : cette victoire

appartenait en entier à chaque poilu, mort ou vivant. Les officiers des états-majors pouvaient faire comme si elle n'existait pas : car ils n'y étaient pour rien. Et surtout pas ce général Joffre ! Pétain le disait lui-même, qui avait dû se battre pour tout, les renforts, l'artillerie, les munitions... Vrai ! s'indignait Brêle, on ne leur donnait rien de rien. On ne leur laissait que la chance de mourir ! Et la chance avait avalé Jules, pensa Félicité.

Brêle avait écrit dans un jaillissement d'amour et dans le deuil. Il était alors au comble du malheur d'un homme, croyait-il. Jules était mort, se répétait-il. Il fallait se faire à cette idée. Avec un tel souvenir ce serait toujours la guerre, pensait Brêle, il ne se déferait jamais de ce drame. Victoire ou pas, la déchiqueteuse serait en lui, dans ses nuits, dans ses yeux, et le décapité serait son emblème. La porte de la France était aussi refermée que celle du bonheur. Brêle s'était porté volontaire auprès des Anglais pour l'offensive alliée prévue en juillet.

La lettre finissait par un hommage émouvant. *Jules m'a quelquefois parlé de vous, madame. Un jour, je viendrai vous reconnaître. Et je vous ramènerai le chien de votre mari. Car le brave animal me reste fidèle, je suis le dernier à qui il peut donner son cœur. Madame, je prends bien part, et je vous salue très respectueusement, du bord de la vie où je me tiens dans la peine.*

BRÊLE

IX

LE MUTIN DE 1917

UNE ANNÉE entière s'éclipsa encore dans la guerre. Brêle restait seul survivant, privé de tous les anciens compagnons. Toulia, Bourgeois, Arteguy, Dieuleveut, Payant, Moulin… Jules, Joseph : morts pour la France. Comme la France était vorace ! pensait Brêle. Il ne fallait pas ruminer cette idée. La vie d'armes réclamait que l'on balayât les amitiés qu'elle générait puis perdait. Sans traîner, on renflouait les compagnies décimées, on refoulait l'idée du deuil en reformant de nouvelles colonnes. Peut-on se battre longtemps dans le deuil ? Sûrement non ! Il faut être en plein du côté de la vie, avec la rage du territoire et du sang à défendre, avec l'envie d'en découdre. Mais combien d'hommes ainsi trempés pouvait-il rester en France ? se demandait Brêle, puisqu'il avait perdu cette foi batailleuse. La pénurie de soldats se laissait deviner dans le recrutement qui avait cessé d'être régional. Il vint à Brêle un sentiment d'étrangeté, de solitude, c'était la fin de ce quelque chose qui avait réussi à fleurir dans le massacre. Les renforts frais, venus recomposer le régiment, faisaient la guerre avec Brêle comme si Jules et Joseph n'avaient pas existé. Ils n'avaient pas connu ces défunts. Cet effacement était la pire épreuve pour le cœur de Brêle, qui se refusait désormais à toutes les amitiés. On meurt pour rien et tout continue, répétait-il à qui s'approchait de lui. Et si l'autre faisait remarquer que ni la mort, ni la vanité de l'action n'ont besoin de la guerre pour imposer leur joug, Brêle finissait là l'entretien. Apprends une chose, disait-il. Tu fermes ton clapet et tu me laisses causer. Sa croix de guerre impressionnait les bleuets. Il avait le dernier mot. Alors, pour marquer son autorité, il répétait bien distinctement : On meurt pour rien... Ce n'était qu'une observation nuisible.

Le manège cosmique faisait tourner la terre comme une roue de torture : dans l'alternance des saisons, la nature imposait sa rigueur de glace ou de feu, faisant aux soldats une souffrance de plus, car les hommes ne doivent pas habiter des maisons de vent et de boue. En avril 1917, le soldat Brêle achevait son trente-troisième mois de guerre sous le soleil et la pluie. Une permission passée à Paris pendant les grèves des femmes contre la vie chère l'avait convaincu que sa place était au front. L'arrière louvoyait dans la pensée abstraite. L'arrière se préoccupait de son

propre sort ; d'ailleurs les grèves avaient
cessé avec les augmentations de salaire. Belle
solidarité ! avait dit Brêle au comptoir d'un
estaminet. D'une bagarre il avait été la cause.
Comment pouvait-on se battre pour si peu ?
N'importe quel combat lui semblait désormais ne pas valoir son motif. La dernière
des choses à faire était bien d'entrer dans la
violence. Pour oublier ce regrettable épisode,
il s'était fait photographier en uniforme, frais,
peigné, rasé de près, la jambe droite dégagée
en avant, les mains dans les poches de son
pantalon, le chien Prince assis à sa gauche.
Le photographe était sérieux et Brêle se
trouvait risible. A qui pouvait-il envoyer ce
cliché ? Il était sans nouvelles de sa femme
depuis le début de la guerre. Il voulait oublier
cette raclure ! Oublier le mauvais goût qu'il
avait eu de la choisir. Il avait glissé la photographie dans sa vareuse. (Plus tard, au printemps, à la veille de l'attaque Nivelle, c'était
à Félicité qu'il l'adresserait avec ses pensées
bienveillantes.) Comme il était seul ! Il s'en
était plaint au chien Prince. Puis il avait rejoint sa compagnie six jours avant la date
officielle notifiée sur sa feuille de permission.
Et il avait fait la guerre comme un fou, c'est-
à-dire comme un qui ne tient pas à sa peau.

Le chien Prince suivait le soldat Brêle. L'animal avait refait sa vie avec celui qui, toute la
guerre, s'était confié à son silence. Sans ce
dernier amour, la disparition du maître unique
aurait laissé Prince prostré, prêt à mourir.
Partout où allait Brêle, là où l'on peut trouver

la mort que l'on cherche et celle que l'on
craint, l'animal l'accompagnait. Le soldat et
le chien se côtoyaient dans le deuil de leur
joie. C'était le miracle de la mémoire et du
silence. Depuis que je ne parle plus aux hommes, disait Brêle à Prince, nous nous res-
semblons vraiment. Tous les deux tristes et
secrets. Tous les deux sur la terre et pas dans
les cieux. Et bien pris dans la guerre. Tous les
deux pas immortels. Tu le sais bien, maintenant que tu as vu ce massacre ! Pas vrai le
chien, que tu sais ça ! Prince regardait Brêle.
Ah ! soufflait Brêle. Je donnerais ma solde
pour savoir ce que tu as dans la tête ! Ne voudrais-tu pas un jour rentrer chez toi ? Est-elle
jolie ta maîtresse ? Eh ! dis, l'animal ! Tu réponds des fois quand je te cause ! rigolait
Brêle. Le chien Prince allait se cacher. Depuis
la mort de Jules, il ne supportait plus un
rire. Brêle se distrayait tout seul, et c'était le
spectacle préféré de tous les nouveaux. Ils
se poussaient du coude dès qu'ils aperce-
vaient le géant bouclé parler à son cabot et,
sous cape, se moquaient de lui. C'était leur
pauvre vengeance contre cet ancien qui refusait de se lier. Brêle ne se doutait de rien.
Lui aussi s'amusait de ce bavardage quotidien avec un chien quand il ne voulait plus
dire un mot à un homme. Mais quel animal !
pensait-il aussitôt pour se rassurer : non, il
ne perdait pas la boule.

　　Flanqué du chien Prince, muet et revêche,
de toutes les patrouilles, de tous les coups de
main, décoré, promu caporal, ne comptant

plus les prisonniers qu'il avait faits ou le sang qu'il avait versé, le soldat Brêle cherchait sa tombe. Mais la terre le protégeait sans vouloir l'ensevelir. Il s'était résigné à posséder, disait-il, un avenir et un chien. On ne cesse pas de troquer ce que l'on croit vouloir contre ce que l'on veut vraiment. La forte nature de Brêle reprit le dessus : avec ou sans Jules, la vie valait qu'on l'aimât. Tous ceux qu'il rabrouait purent savoir que Brêle renaissait : un matin, il sortit de sa poche un miroir minuscule, que le chahut de la vie militaire avait épargné. Il le nettoya avec sa manche. Passe voir ! disaient les autres. Mais Brêle se regarda longuement, contractant les muscles de ses joues, avançant le menton, essayant de flatter ce visage qu'il contemplait. Il souriait à son image, puis rangea le miroir, oubliant les ratiocinations des autres, et rêvant. Son visage s'était-il transformé ? Et l'expression qu'il prenait pour regarder le monde, comment était-elle ? Il n'était pas capable de se rappeler l'homme qu'il avait été avant la guerre. Il n'aurait pas espéré lui ressembler. Comment l'aurait-il pu ? Mais il ne voulait pas laisser voir la tristesse en lui, ni la rage, celles-là mêmes qui l'éloignaient des amitiés possibles, qui l'amenaient parfois à pleurnicher comme un gosse, qui le faisaient garder son miroir pour lui seul et se foutre de tous les autres. Il cacherait celui qu'il était devenu. Pour les femmes, qui figuraient sa dernière espérance, les moins compromises, il n'aurait pas le visage d'un guerrier mais

celui d'un amant. A cette idée, il pouvait entendre en lui les mots de Jules : Voulez-vous
donc faire peur à vos femmes ? Pour ça non !
grognait Brêle à haute voix. C'était la dernière
chose qu'il voulait. En un sens, bien avant
qu'on vît le bout de la guerre, Brêle se prépara
au retour.

                          2

L'offensive dans la Somme avait fait un
amoncellement de morts. Anglais et Français
s'étaient mêlés dans le hachis des mitrailleuses allemandes, que la préparation d'artillerie n'avait pas effleurées. Tapies dans des
alcôves bétonnées, invisibles, inexpugnables,
les petites bouches à feu pivotantes tournaient sur leur trépied, à gauche, à droite, à
gauche, pétillaient follement pour flageller
l'espace dénudé. L'air portait des milliers de
projectiles qui s'engouffraient jusqu'au fond
des chairs. Dans cette collision mortelle s'était
enfin envolée l'illusion tenace de la guerre
courte. La souffrance durerait : le peuple de
l'arrière se faisait peu à peu à cette idée. Combien de temps ? Des mois ? Des années ? Le
gouvernement français calculait sans relâche :
réserves d'hommes, réserves de munitions,
obus, canons, grenades, ravitaillement... L'arithmétique a sa beauté, mais elle peut devenir
plus émouvante que belle lorsqu'elle compte

des hommes qui tombent. Elle peut devenir approximative plutôt qu'exacte lorsque les corps explosent ou disparaissent en cendres. Un million de soldats français et allemands tués à Verdun. Un million dans la Somme. Civils et soldats commençaient à réclamer la paix, sans annexion, sans réparations. Assez d'hommes tués, la paix ! Rendez nos enfants ! Il fallait en finir. La victoire par la paix !

Mais c'était la paix par la victoire que voulaient généraux et politiques. L'espoir de rompre le mur allemand revint donc sur le devant de la scène dans l'hiver de 1917. Il neigeait à Paris. Les pacifistes se faisaient arrêter en Allemagne, en Grande-Bretagne. Les grèves menaçaient l'équilibre économique. Le gouvernement qui tomberait au printemps, à défaut de changer les stratégies et les tactiques, changea l'homme qui les validait. Ce fut au général Nivelle, polytechnicien, attaquant, convaincu de réussir la percée décisive, qu'il revint de dilapider les dernières espérances. Les derniers hommes. Alors Brêle, d'une manière qui n'était pas celle qu'il attendait, prit le chemin des dames.

Que l'on imagine cette longue falaise sur trente kilomètres où tout l'hiver courait sans obstacle un vent glacial, dont les souffles, tour à tour murmurants ou rugissants, hantaient l'espace ouvert. A cent mètres de hauteur, un énorme bloc de roche formait un sommet en plateau. Le ciel promenait ses nuages au-dessus de cette paume offerte aux pas des hommes. Ils s'approchaient, plus d'un

million de soldats français, avec leurs cinq
cent mille chevaux et leurs milliers de canons,
une cohue disposée pour le sacre sanglant
du lieu. L'armée de France rassemblait ses
meilleurs corps. Leur foule lassée, résignée,
perdante et pourtant prête à bondir au premier ordre, s'apprêtait à percer dans la guerre
un grand trou de mémoire. En avant ! En
avant ! Derrière moi ! Il fallait enlever le plateau ! Il fallait mourir. Pourquoi le fallait-il ?
Au matin du 16 avril, deux cent cinquante
mille soldats se le demandèrent, en même
temps qu'ils s'effondraient, après avoir
chanté. "Adieu la vie, adieu l'amour. Adieu
toutes les femmes…" Aussitôt lancée, on a
su que l'attaque était tournée en couille !
disait Brêle. C'est fort de persister à perdre la
vie des autres tandis qu'on garde la sienne !
Ne peuvent-ils pas dire : J'ai eu tort, on arrête,
tous ces types-là ? demandait-il au ciel plein
de fumées. Sa colère faisait éclater la chrysalide d'obéissance. Oubliant sa parole, Nivelle s'entêtait dans une percée fantôme, au
mépris de la vie.

Le régiment des Landais, des Basques et
des Béarnais fut décimé. Une clameur enflait
autour de Brêle. Le chien Prince aboyait sans
arrêt, et quand les hommes riaient il partait
se cacher, car il croyait que c'était lui qu'on
moquait.

3

Les historiens attendraient près de quatre-vingts ans pour l'écrire : l'alcool fut le dernier plaisir. Brêle ne se privait de rien. Il buvait toutes les sortes de piquettes que les civils sortaient de leurs caves lorsque l'argent sortait des poches. Cette cupidité nourrie à la guerre scandalisait Brêle, mais il préférait encore payer et boire, plutôt que n'avoir rien pour apaiser sa colère. Il buvait. Son grand corps engloutissait le mauvais vin sans broncher. A ta santé ! disait-il à Prince. On eût dit que le chien n'aimait pas voir s'enivrer les hommes : au bistrot, à cette heure où les soldats étaient chauds, il dormait caché sous une table.

Les survivants de Craonne furent mis au repos à l'arrière dans un village presque évacué. Ils prenaient de bonnes cuites. Lorsqu'il était ivre, Brêle parlait fort et protestait. On a trop écouté des incapables. Faire son devoir aujourd'hui, c'est leur désobéir ! Des hourras lui donnaient la réplique. La compagnie, le régiment même, et peut-être l'armée entière, étaient mûrs pour la révolte.

L'alcool vous change un tempérament : Brêle ne se ressemblait plus. De modeste, il était devenu faraud. Il était un meneur mené par son courroux. Sa drôlerie s'était muée en révolte. La colère avait poussé comme un bel arbre. Elle grandissait lorsqu'il contemplait dans les yeux de Prince cette incompréhensible

mélancolie qui venait se mêler à son affection,
comme si le chien savait tout désormais,
comment on souffre et meurt, sans être en
rien le maître du corps et de l'esprit qu'on
croyait gouverner. L'amertume envahissait
Brêle lorsqu'il songeait aux morts des derniers jours. Pour quoi les prenait-on ? Il était
prêt à désobéir aux chefs incompétents, il
était partant pour la mutinerie totale. Avec
les autres il chantait les chansons interdites.
Il y a des choses que l'on ne peut pas interdire ! disait-il. Elles sont nées, elles se dé-
ploient. Et quand l'officier de liaison vint
chercher ceux-là qui étaient au repos, pour
les mener remonter aux tranchées, ce fut la
rébellion. Qu'est-ce qu'on lui a mis à ce
planton ! commentait Brêle. Qu'est-ce qu'ils
croient ! Qu'on est les larbins du Nivelle, et
qu'on peut crever sans rien dire ! Ah les
vaches ! C'est fini de nous avoir ! C'est bien
fini de nous compter pour rien. Il criait tellement que Prince aboyait et cela faisait un
raffut complet.

Mais il ne suffit pas d'élever la voix. L'armée
sait quoi faire des gueulards ! disait souvent
le caporal Toulia. Comme il avait raison !
pensa Brêle quand on vint les arrêter. Il en
fut. Il fallait un caporal. Vous avez souillé le
drapeau ! leur donnait-on pour toute explication. Où il est ce drapeau ! rigolait Brêle.
Les autres restaient silencieux. Prince avait
la queue sous le ventre, il n'aimait pas quand
Brêle avait trop bu, il n'aimait pas non plus
les gendarmes.

C'est l'alcool qui l'a fait, répéta Brêle en ce simulacre de procès. Il ignorait que c'était un simulacre. D'autres firent son éloge, celui qu'il avait mérité. C'est un brave homme. C'est un bon soldat. Voilà ce que l'on pouvait dire de lui. Mais la justice militaire voulait des exemples : il lui fallait des sentences capables de rétablir l'ordre. Quatre condamnations à mort, est-ce que ça pouvait aller ?

Les quatre promis furent enfermés dans une remise à betteraves en attendant l'exécution. Le chien Prince, que l'on avait laissé dehors, séparé de son maître, était posté devant la porte comme un chien de garde. Brêle lui parlait à travers le bois. Tu me fais chaud au cœur. On va se faire la malle tous les deux ! Attends un peu que je trouve le moyen. Et la veille du jour fatal, Brêle, saisissant une occasion, trompa ses gardes puis se sauva pendant la nuit.

J'avais pas peur de mourir, dirait-il des années plus tard, mais je pouvais pas supporter l'idée d'être tué par les miens.

Il marcha dans le petit jour qui montait comme un habit pâle autour de la terre. Il entendit les coups de feu qui tuaient les compagnons. Son cœur frémit. Prince marqua un temps d'arrêt, une patte en l'air, suspendu dans l'émotion partagée. Puis la patte se posa, leur longue marche reprit de plus belle. Il fallait se sauver, fuir la mort injuste et inutile, et quitter la guerre comme on quitte une épouse, alors que quelque chose en soi continue de l'aimer, par fidélité à celui qu'on a été.

Le déserteur Brêle et le sous-lieutenant Prince gagnèrent Paris par de petits sentiers, et sans faire une seule rencontre militaire. On eût dit que tous les hommes de ce pays avaient rejoint ce Chemin des Dames où, comme les éléphants marchant vers leur mythique cimetière, ils mourraient ensemble. A la gare d'Austerlitz, Brêle et Prince se mêlèrent à des soldats qui avaient déjà été contrôlés et prirent le train vers le Sud-Ouest. Voyage de retour, murmurait Brêle à son chien, je te ramène chez toi. Et il pensait : Et moi, où est-ce que je me ramène ? Il n'avait plus de famille... Je n'ai que toi au monde, murmura-t-il au chien Prince. C'était bon d'avoir cette bête à côté de soi quand on se sauvait devant l'injustice. Eh ! vas-tu le reconnaître le chemin de ta maison ?

4

Voyez le chien de votre père ! disait Félicité à ses enfants. Antoine serrait dans ses mains le cliché où figuraient Brêle et Prince, ne comprenant pas que l'homme à côté du chien ne fût pas son père. C'était un ami de papa, expliqua Félicité. Dans les bras de sa mère, la petite Marie, qui venait d'avoir deux ans, regardait aussi. Chin ! Chin ! criait-elle. Oui ! disait Félicité à sa fille, émerveillée de sa précocité. La fillette riait, souriait à sa mère, et

c'était un bonheur inattendu, puisque cette
enfant-là avait été langée dans le chagrin
des femmes.

Plus tard dans cette matinée, la vieille Quitterie vint jouer avec Antoine. Le petit garçon
était sa dernière joie. J'ai gardé ton papa
quand il avait ton âge, lui disait-elle. Il la
fixait avec ce regard explorateur que les
enfants portent sur les anciens, comme s'il
était extraordinaire à ce jeune âge de découvrir ce que le temps fait aux visages. Tu es
vraiment vieille, disait-il. Elle acquiesçait. Et
tu n'es pas encore morte, ajoutait-il. Elle opi-
nait encore, avec sa tête, comme un cheval.
Elle était devenue beaucoup plus rigolote
depuis que Julia n'était plus là pour la surveiller. Le garçonnet riait aux éclats. Chut !
faisait Quitterie, tu vas réveiller ta sœur ! Marie
dormait. Félicité avait entrepris de tuer les
canards. C'était pour elle un mauvais jour de
plus.

Elle les fixait par les pattes aux crochets
plantés dans le mur de l'étable. Il y avait huit
crochets. Cinq fois de suite, huit canards
pendaient la tête en bas et se vidaient de
leur sang dans une cuve émaillée. Depuis
que Jules était mort, cette couleur rouge lui
donnait envie de vomir. Verser le sang des
bêtes était devenu plus pénible. Si Julia avait
été là, elle aurait haussé les épaules à cette
idée. Et Félicité pensait que sa belle-mère
était peut-être une forte nature, mais que la
forte nature n'avait pas survécu. La dureté
n'avait pas su s'y prendre avec la guerre,

elle avait tout perdu. Mieux valait s'avouer
sa tendreté plutôt que se croire fort et ne
pas résister. Vivre était devenu ardu et Félicité sentait peser sur son courage les jours
difficiles. Elle accrocha un canard à un crochet, donna un tournicotis de couteau dans
la carotide, aussitôt le sang jaillit et martela
l'émail blanc. Tournant le dos à l'hémorragie, Félicité plumait les bêtes déjà mortes.

Quand la vieille Quitterie, fatiguée, rentra
chez elle, Antoine rejoignit sa mère. Il la suivait partout, observant ses gestes, portant un
seau de grain, un sac de plumes... et posant
des questions dès lors que le moment semblait propice. Est-ce que la guerre est finie,
maman ? demanda-t-il ce jour-là. Elle ne l'est
pas encore, dit Félicité. Est-ce que papa est
un héros ? Oui ! ton père a été un héros, tu ne
dois jamais l'oublier. Et si quelqu'un te dit le
contraire, ne l'écoute pas, ne le crois pas.
Qu'est-ce qu'ils font tous les autres maintenant ? demanda encore le garçonnet. Ils
espèrent que la guerre va finir, dit Félicité.
Partout le pays réclame la fin de la guerre,
dit-elle à son fils. Mais le petit garçon ne
l'écoutait plus. Il y a un homme sur la route,
fit-il remarquer. Il ne venait plus personne
ces derniers mois. Il a un chien avec lui,
disait Antoine. Puis, sa vision s'améliorant :
Un chien comme celui de papa, dit-il. Alors
seulement sa mère leva les yeux. Le canard
qu'elle plumait tomba par terre, Félicité restait
à regarder : c'était le chien Prince qui courait
vers elle.

Le bonheur de Prince faisait autour de Félicité un raffut mouillé. La jeune femme riait tandis qu'Antoine la regardait étonné et que Marie, mal réveillée de sa sieste, était effrayée par l'animal trop remuant. Est-ce que c'était un peu de Jules qui rentrait ? pensa-t-elle, surprise dans sa joie.

Brêle s'approcha pour saluer, se présenter, s'excuser de déranger, s'empêtrer dans des explications. Il ne voulait pas déranger. Il n'allait pas rester. Il ramenait le chien. D'ailleurs il avait écrit qu'il le ferait. Félicité le fit taire en un seul sourire. Elle l'avait reconnu aussitôt. Le facteur a apporté la photographie ce matin ! disait-elle. Aujourd'hui je sais qui vous êtes. Elle se retenait de pleurer. Quelle journée ! pensait son cœur. Dites bonjour à M. Brêle, les enfants !

Je dois vous dire tout de suite, madame, que pour l'armée je suis un déserteur, et un condamné à mort pour trahison, prévenait Brêle quand ils furent assis dans la cuisine. Chut ! fit Félicité en désignant Antoine qui écoutait tout. Pour moi, dit-elle, vous êtes un ami de Jules.

5

Félicité cacha Brêle pendant une semaine. Les gendarmes iront chez ma femme ! disait-il. Elle pourra gueuler que j'ai encore fait une

connerie ! Quand il parlait, Félicité ne pouvait
s'empêcher de penser à Jules : voilà donc le
compagnon qu'avait eu son mari pendant
près de deux années. Elle pouvait faire confiance à cet homme. D'ailleurs Prince l'avait
suivi.

Elle se prit à l'aimer. Au fil des conversations et des travaux partagés, dans les silences timides, elle laissa son cœur s'approcher.
Quant à Brêle, il était déjà complètement
amoureux. Qu'une si jolie femme, souriante
et travailleuse, pût exister quelque part, il
y avait longtemps qu'il ne le savait plus. Au
premier sourire qu'elle eut, il frémit. Il était
respectueux et gentil. Je vais vous donner
un coup de main, madame, disait-il. Oh laissez ça, je m'en charge ! Allez Antoine ! on
aide ta mère !… Il savait parler aux enfants.
Comment s'y prenait-il ? Félicité se le demandait. Car elle trouvait Antoine ramassé avec
Prince aux pieds du géant bouclé, et Marie
sur ses genoux, tous deux sages et rieurs,
écoutant une des histoires qu'il inventait. Ils
l'appelaient "monsieur Brêle", Marie disait
"sieu Brê", et Brêle riait en montrant toutes
ses petites dents pointues. Il leur parla aussi
de Jules. Votre père a été mon ami. Votre
père se battait avec courage. Tous les soldats
aimaient votre père. Avec délicatesse, il éveillait en eux le respect et l'amour d'un homme
qu'ils n'avaient pu connaître. Et à Antoine il
disait : Sais-tu qu'il me parlait de toi ? Il t'aimait ! Il t'aimait énorme comme ça. Brêle faisait un grand geste. Félicité pouvait entendre

le rire de son fils. Je ne saurai jamais comment
vous remercier pour cela, disait-elle. Vous
me remerciez déjà, répondait Brêle. Ne leur
parlez jamais de venger ce père perdu, souf-
flait-il, honteux d'infliger un conseil, mais
obligé de donner celui-là, tant il voulait arracher le chiendent de la haine dans le cœur
des enfants.

Il était le meilleur des hommes ! Mais il ne
pouvait pas rester. Il dormait avec les bêtes.
Dès que Quitterie venait, il se cachait. Mais
tout de même, pensait Félicité, cela finirait
par se savoir. Un homme par ici ne pouvait
passer inaperçu. Les voisins risquaient de parler. Ne vous faites pas de souci ! disait-il. Mais
il voyait bien qu'elle était inquiète. Les gens
parlent par ici ? s'étonnait-il. Je ne sais pas,
répondait Félicité qui ne comprenait pas
cette question, est-ce que les gens ne causaient pas partout, ici comme ailleurs ? Brêle
riait. Les femmes de ce pays sont des terribles, murmurait Félicité. Il riait encore plus :
Pour ça, disait-il, il n'y a pas que les Landaises !

Pour rien au monde il n'aurait voulu causer
du tort à la femme de Jules. Ils décidèrent
qu'il partirait. Félicité sollicita le concours
de M. le curé. L'abbé vint. Vous avez connu
Jules au régiment ? Moi, je l'ai connu petiot !
C'était un brave petit garçon, disait-il en tournant son regard vers Antoine, et qui travaillait très bien à l'école ! Puis il dit tout bas :
Je ne peux croire qu'il soit mort. Les mots
restèrent noués dans la gorge de Brêle, lui

ne pouvait parler de la mort de Jules. Il pouvait y croire, hélas. M. le curé n'insista pas. Quelques jours plus tard, il organisa un départ vers l'Espagne.

Le moindre détail du voyage était prévu. Une seule question restait en suspens : que fallait-il faire de Prince ? Devait-il suivre Brêle ? Devait-il rester avec Félicité et les petits ? Brêle pouvait bien interroger le chien, guetter un signe, un désir, il n'en tenait pas pour autant la réponse.

C'était en somme que cette réponse était inutile. Retrouver la ferme de son enfance et de son maître avait causé un grand choc au chien Prince. Toute la mémoire de son ancien attachement l'avait saisi, le filet de cet amour passé se refermait sur lui. Il ne pouvait plus respirer comme avant. Ses yeux avaient mangé la maison, la forêt, la femme de son maître, le fils grandi, la fille nouvellement née, et la canne de la vieille mère. Tout cela chauffait sous le soleil de mai. Le soleil aussi était le même. Quand il l'eut inscrit dans ses yeux, il les ferma pour mourir. Le monde sans Jules était ténébreux, il s'endormit dans cette désolation de l'avoir perdu.

Il se coucha au pied du lit d'Antoine et n'en bougea plus. Le garçonnet ravi lui apportait de l'eau, du pain, des petites choses qu'il gardait de son dîner en cachette de sa mère. Mais l'animal ne prenait rien. Félicité croyait revivre les jours qui avaient suivi le départ de Jules. Tu recommences ? lui disait-elle en plaisantant. Antoine venait se coucher sur son nouvel ami. Le chien se laissait faire. Savait-il que c'était le fils de Jules ? se demandait Félicité.

Un matin, Félicité lui trouva l'œil désespéré et la truffe chaude. Le chien Prince était en train de mourir et le savait. Félicité en fut certaine. Cette idée frappait son cœur. Que dire à cette bête ? Prince était-il effrayé ? Cette souffrance sans mots semblait intolérable. Félicité pensait que c'était maintenant la fin d'un temps, un autre départ de Jules. Elle caressait le chien en pleurant. A ce moment il était pour elle une personne. D'ailleurs il se conduisait comme une personne. Il voulut lui dire adieu. Il attrapa entre ses crocs la main de celle qui appartenait au maître, et serra si fort qu'elle s'effraya. Longtemps Félicité crut que la mort était venue emporter sa raison. Plus tard elle comprit qu'il ne faisait que lui tenir la main pour passer. Sans un soupir. Je suis vivante, pensait-elle. J'aimais Jules mais je ne puis mourir de chagrin. La vie me tient, j'aime Antoine, Marie, ce que nous avons commencé… Elle imaginait que Jules la voyait poursuivre. Je ne peux pas mourir. Je ne dois pas mourir. Elle avait conjuré le chien Prince de faire comme elle : il fallait vivre, répétait-elle, non non, il ne fallait pas se laisser mourir. On n'a pas le droit de se laisser mourir, murmurait-elle, des larmes dans la voix, essayant de se convaincre elle-même qu'elle avait raison. Mais le chien regardait au loin, un point qui n'existait pas, une image invisible. Puis il avait fermé ses yeux. Il était

déjà loin de la terre. Et tandis qu'elle passait
et repassait sa main sur son flanc, elle le sentit retomber et rester immobile.

6

Il y a une chose que Jules ne m'avait pas dite,
madame, murmura Brêle. Il gardait les yeux
baissés comme si le sable de la cour l'intéressait. C'est comme vous étiez jolie ! dit-il.
Une onde d'émotion remua le silence de
Félicité. Elle eut un sourire. Son corps n'avait
pas cessé de vivre, le regard de Brêle le faisait tout à coup chantonner. Jolie ! Belle !
Elle l'avait été dans les mains de Jules. Pouvait-elle le devenir pour un autre ? Elle ne
voulait pas encore de cette idée mais elle
rougissait. Je vous demande pardon, murmura
Brêle, est-ce que je sais ce que je dis moi !
Faudra pas m'en vouloir, madame. Mais
non ! ce n'était rien, disait Félicité. Comme
c'était joli à voir une petite femme, pensait-il.
Maintenant vous devez partir, dit Félicité, M. le
curé va vous attendre. Vous avez bien tout
compris ? demanda-t-elle, comme on s'en inquiète auprès d'un enfant. Elle répéta : Tout
droit à travers la forêt, en suivant le layon,
jusqu'aux marais, il vous attend dans la cabane bleue !

Je vous remercie bien, disait Brêle. Il serrait dans ses paumes, comme on tient un

oiseau, les deux mains de Félicité. Elle n'osait pas faire un geste. Il ne faut pas me remercier, répondit-elle, je vous aide aussi pour la mémoire de Jules. Je vous remercie bien, répéta Brêle. Et elle entendait qu'il disait : Je vous aime. Alors elle répondit : Moi aussi, je vous remercie bien. Il avait lâché les mains qu'elle serrait maintenant sur son ventre, puis qu'elle sépara l'une de l'autre pour faire signe : Adieu, cria-t-elle. Non ! fit-il, pas adieu, au revoir.

C'était les mêmes mots qu'avait trouvés Jules en partant. C'était les mots de l'amour. C'était l'amour de Jules revenu par un autre.

X

ARMISTICE

1

L E MOT "armistice" est le plus beau du monde, pensait Félicité. Mais une ombre étreignait son cœur généreux : comment partager la joie des autres quand ce jour de paix ne ramènera aucun soldat dans votre maison ? Jules était mort. Petit-Louis était mort. Il ne fallait pas l'oublier. Est-ce que les enfants n'allaient pas justement se mettre à réclamer leur père ? Cette possibilité l'inquiétait. Pauvres petits ! Elle n'attendait personne. On prévenait déjà que la démobilisation serait lente, qu'il faudrait être patient, que beaucoup de soldats étaient blessés… Félicité se désolait qu'aucune de ces exhortations ne la concernât. Patiente ! A la place des chanceuses, comme elle l'aurait été, croyait-elle. Les cloches sonnaient. On criait partout. Ils criaient parce que c'était fini comme ils avaient crié parce que ça commençait, remarquait Félicité. Il fallait de la bonté pour se réjouir

avec la foule. Elle l'écrivait à Brêle qui, en
Espagne, commençait à revivre. Son cœur
là-bas recollait ses fragments, nourrissant
une fringale de beauté avec le visage de Félicité. Quel prénom elle avait là ! pensait-il,
plongé dans la belle eau de l'amour nais-
sant. La vie et la mort se nouaient en une
embrassade funeste au creux de lui-même.
Une ouverture lumineuse s'était faite dans le
sombre de la guerre, mais la mémoire ne
s'effaçait pas devant l'avenir. *Nous serons
toujours des êtres d'après cette barbarie*, écrivait Brêle, *et vous verrez, bientôt on ne
saura même plus pourquoi l'on s'est battus.
D'ailleurs ça fait bien longtemps que personne ne le sait plus. On découvrira que tout
ça n'a servi à rien.*

Félicité se nourrissait de papier. Elle fouil-
lait dans ce même vaisselier où quatre années
plus tôt Jules avait cherché son livret. Les
lettres qu'il avait écrites étaient toutes là.
Maintenant que Julia était morte, il n'était
plus nécessaire de les cacher. Qu'est-ce qui
était nécessaire d'ailleurs ? pensait Félicité.
Ses yeux caressaient les mots de Jules. *J'ai le
moral*, écrivait Jules. *On les aura ! J'ai le moral
et je t'aime. Dieu te garde, ma belle chérie.*
Comme elle avait pleuré en lisant ces lignes !
D'ailleurs, elle ne les lirait plus, car les larmes
avaient tout effacé.

2

Antoine et Marie s'amusaient ensemble dans
la cour. La fillette obéissait à ce frère qui savait
comment jouer. Elle avait maintenant trois
ans et lui six. Sa bonne taille rappelait chaque
jour à sa mère comme le temps avait passé.
En avant ! disait Antoine. Ils traînaient le petit
canon de Julia. Les boulets avaient perdu
toute leur couleur. Feu ! cria Antoine. Puis il
souffla à sa sœur : Tu dois te coucher par
terre ! Marie s'étendit sur le ventre. Les mains
en l'air ! criait maintenant le frère. Elle se
redressa aussitôt, rouge de plaisir. Elle levait
ses mains pleines de sable. Et son rire éclatait comme un chapelet de pétards.

Assise sur une chaise de la cuisine, n'entendant pas ses enfants jouer, Félicité pleurait. Elle capitulait. Personne n'était plus
là pour la voir. Toute une famille tuée par la
guerre : un mari, un beau-frère et une belle-
mère, et même le chien. Deux fils et la femme
qui les a portés... Tout était fini, et elle pensait qu'en effet tout finit, tout doit finir et
la tristesse nous est un sort inéluctable. Voilà
bien le genre de pensée qu'il ne faut pas
avoir pour élever des enfants. Chaque geste,
chaque effort paraît vain. A quoi bon ? se
dit-on. Rarement il avait été donné à Félicité
d'être à ce point à contretemps du monde.
Oh oui ! Il aurait fallu se réjouir, et crier, sortir les drapeaux, applaudir. Elle pleurait. Par
terre, contre le pied de sa chaise, un de ces

journaux qui avaient tant menti essayait de trouver la vérité de ce grand moment.

"Au cinquante-deuxième mois d'une guerre sans précédent dans l'histoire, l'armée française avec l'aide de ses alliés a consommé la défaite de l'ennemi.

Nos troupes, animées du plus pur esprit de sacrifice, donnant pendant quatre années de combats ininterrompus l'exemple d'une sublime endurance et d'un héroïsme quotidien, ont rempli la tâche que leur avait confiée la patrie.

Tantôt supportant avec une énergie indomptable les assauts de l'ennemi, tantôt attaquant à leur tour elles-mêmes, et forçant la victoire, elles ont après une offensive décisive de quatre mois bousculé, battu et jeté hors de France la puissante armée allemande et l'ont contrainte à demander la paix.

Toutes les conditions exigées pour la suspension des hostilités ayant été acceptées par l'ennemi, l'armistice est entré en vigueur, ce matin, à onze heures."

TABLE

"un endroit où aller"
Une collection créée en 1995 par Françoise et Hubert Nyssen

OUVRAGE RÉALISÉ
PAR L'ATELIER GRAPHIQUE ACTES SUD
REPRODUIT ET ACHEVÉ D'IMPRIMER SUR ROTO-PAGE
EN JUIN 2003
PAR L'IMPRIMERIE FLOCH
A MAYENNE
SUR PAPIER DES PAPETERIES DE LA GORGE DE DOMÈNE
POUR LE COMPTE DES ÉDITIONS
ACTES SUD
LE MÉJAN
PLACE NINA-BERBEROVA
13200 ARLES

DÉPÔT LÉGAL
1re ÉDITION : AOÛT 2003
N° impr. : 57450
(Imprimé en France)